Herbjørg Wassmo:
Gefühlloser Himmel

Roman

Aus dem Norwegischen von Ingrid Sack

Knaur

Tora ist noch ein Mädchen, als sie von ihrem Stiefvater vergewaltigt wird und dann, unbemerkt von ihrer Umgebung, ein totes Kind zur Welt bringt. Sie kommt von dem Erlebten nie mehr los und zerbricht fast daran. Immer stärker entfernt sie sich von den Menschen – mit Ausnahme ihrer Tante Rakel, die jedoch bald stirbt.
Ein erschütternder Roman über die Folgen von Vergewaltigung und sexuellem Mißbrauch auf das Leben eines Mädchens.

Herbjørg Wassmo, 1942 in Myre auf den Vesterålen in Nordnorwegen geboren, hat bisher nur in Nordnorwegen gelebt. Sie wurde als Lehrerin ausgebildet und studierte Literaturwissenschaften an der Universität in Tromsø. In Honningsvåg und Lødingen war sie als Lehrerin tätig. Seit einigen Jahren ist sie freie Schriftstellerin und im Vorstand des norwegischen Schriftstellerverbandes. 1976 und 1977 erschienen von Herbjørg Wassmo zwei Lyrikbände. Für ihr erstes Buch »Das Haus mit der blinden Glasveranda« (1981) wurde sie für den Nordischen Literaturpreis nominiert und erhielt den norwegischen Kritikerpreis. 1983 folgte »Der stumme Raum«, das mit dem norwegischen Buchhändlerpreis ausgezeichnet wurde. 1986 bekam sie für ihren Roman »Gefühlloser Himmel« den Literaturpreis des Nordischen Rats. Unter den 26 Gewinnern dieses Preises ist sie erst die zweite Frau. Herbjørg Wassmo hat außerdem noch Hörspiele und einen Dokumentarroman geschrieben.

Von Herbjørg Wassmo sind bisher als Knaur-Taschenbücher erschienen:

»Das Haus mit der blinden Glasveranda« (Band 8008)
»Der stumme Raum« (Band 8037)

Deutsche Erstausgabe 1987

Titel der Originalausgabe »Hudløs himmel«

Umschlaggestaltung Adolf Bachmann, Reischach
Umschlagillustration Brigitte Schneider, Lüftelberg
Satz IBV Satz- und Datentechnik GmbH, Berlin
Druck und Bindung Clausen & Bosse, Leck
Printed in Germany 5 4 3 2 1
ISBN 3-426-08075-3

I

Es schneite in Breiland. Große, flauschige Flocken blieben wie frischgeschorene, nasse Wolle überall liegen. Es war unbedingt notwendig, ein paar wackelige Fußspuren von dem steinigen Hang bis zu den ersten Häusern zu verstecken. Sie vor Elisifs Gott zu verbergen. In seinem fernen Kopf hatte er sich mit so vielem herumzuschlagen, und früher hatte er kein besonderes Interesse für Fußspuren gezeigt, aber man konnte nie wissen. Deshalb – und nur deshalb schneite es stark und anhaltend. Weiche, dichte Flocken, die auf dem warmen Gesicht zergingen. Ein mildes, dampfendes Tauwetter umgab sie und ließ die Eiszapfen in dem roten Haar schmelzen, drehte feuchte Haarlocken um einen unsichtbaren Finger.
Irgendwo glitt sie in die Knie, um auszuruhen. Die Hände steckten rot und geschwollen in dem Schneehaufen. Sie hatte sie vorher nicht gesehen. Eine dunkle Erinnerung sagte ihr, daß sie die Handschuhe auf dem Hang vergessen hatte. Oder auf dem Weg verloren? Sie beruhigte sich, so wie es Tante Rakel machte, wenn etwas los war: »Das ist nicht schlimm, Tora. Keiner weiß, daß es deine Handschuhe sind!«
In dem leeren Rucksack rumorte der hölzerne

Schöpflöffel im Takt, sobald sie wieder anfing zu gehen. Er jammerte immer wieder. Daß er nie Steine und Erde gegraben hätte, und er leugnete, daß er ihr jemals geholfen hätte. Und Tora bat ihn stumm, sich ruhig zu verhalten. Es könnte doch jemand hören, was er gemacht hatte.
»Es schneit. Alles ist jetzt vorbei.«
Trotzdem verstärkte sich das Geräusch des Holzes gegen das Segeltuch, bis von überall her ein Echo kam. Sie kniete abermals nieder, damit es Frieden gab. Schloß die Augen und war in sich selbst versunken.
Als sie wieder aufschaute – war das Moor voller Margeriten. Mit gelben Köpfen in der Mitte. Staubgefäße in dem schwachen Wind. Das Moor wogte. Das Licht aus den Häusern lag ruhig über dem Ganzen. Sie spürte, daß sich etwas im Mund und in den Nasenlöchern sammelte. Aber es wollte nicht heraus. Der Löffel war jetzt still. Eine gewisse Freude stach ein Loch nach dem anderen in sie hinein. Alles war vorüber. Und sie lebte noch!
Während sie durch ein Meer von Margeriten wanderte, begriff sie, daß sie nicht in ihrem Körper war. Sie hörte keinen Laut, spürte nicht, daß die Füße auf der Straße gingen. Der Himmel wölbte sich mächtig und weiß über ihr. Der Rauch aus den Schornsteinen malte grobe Zeichen in das viele Weiß.

Bald standen die Torpfosten zu beiden Seiten der Straße. Ein paarmal sah sie menschliche Gestalten

weiter vorn. Sie verschwanden, ehe sie sie erreichte. Sie wäre am liebsten losgerannt. Aber sie hatte viele blutverkrustete Einlagen zwischen den Beinen, auch wenn sie nichts davon merkte. Hatte gelernt, daß Dinge eben *da* sind, auch wenn man sie nicht spürt.
Sie bog automatisch ein, als sie zu Frau Karlsens Haus kam. Sie war auf das Schlimmste gefaßt: Frau Karlsen stand auf der Treppe, schloß die Haustür ab und drehte ihr in dem braunen Mantel den Rücken zu. Sie ließ die Arme entsetzlich langsam am Körper heruntersinken, die braune Handtasche in der rechten Hand. Die Tasche baumelte wie ein Pendel, während sie sich zu Tora umwandte.
Ein überraschtes Lächeln wurde in dem blutleeren Gesicht entzündet, als sie Tora erblickte.
»Ach, du warst fort? Ja, ich hab' wohl gemerkt, daß du nicht da warst, weil du auf mein Klopfen nicht geantwortet hast. Wollte dich zu Tee und Teilchen einladen. Ich hab' den Eindruck, daß du's mit dem Essen nicht so genau nimmst. Du gehst ohne Mütze? Bei dem Wetter! Meine Liebe, du mußt ein bißchen mehr auf dich aufpassen. Na ja, es geht mich ja eigentlich nichts an.«
Sie machte eine Handbewegung zu dem Schneewetter hin und seufzte tief, beinahe entzückt. Dann zog sie langsam ihre Handschuhe an.
»Alles ist fertig für die Beerdigung. Es wird eine schöne Beerdigung, davon bin ich überzeugt. Eine richtige Feierstunde für uns alle. Du mußt auf jeden Fall runterkommen.«

Sie bürstete ein wenig Schnee von dem Mantelsaum ab, der an dem verschneiten Treppengeländer vorbeigestrichen war. Dann floß sie unendlich langsam durch Tora hindurch und verschwand in der Blumenwiese. Tora hatte das Gefühl, als wenn eine Tür geöffnet würde und der Blumenduft zu ihr hereinströmte, indes Frau Karlsen hindurcheilte.
Sie hatte Frau Karlsen bestimmt noch nie vorher gesehen. Sie bekam direkt Lust, ihr hinterherzulaufen und sich ein bißchen zu wärmen. Aber sie rettete sich in ihr eigenes Elend und lief nirgendwohin. Mühsam stieg sie die Treppen hoch. Sie wußte, daß der Spiegel da hing und ihr alles enthüllen würde, falls sie sich umdrehte.
Während sie in der Tasche nach dem Schlüssel suchte, verschwand alles, was gewesen war. Die Menschen, die Blumenwiese, das Bündel in dem Geröllhang, der Löffel. Es blieb bei der Tür stehen und kam nicht weiter.
Weil sie es nicht mitnehmen wollte.
Es war ineinander verstrickt. Alles. Verschmähte sie das eine, verschmähte sie auch das andere. Sie konnte nicht einfach das Schlimmste abwählen.
Der Hahn über dem Ausguß im Flur tropfte stetig. Sie wankte dorthin. Die solide Brandmauer, an der man den Ausguß befestigt hatte, war warm. Sie legte beide Hände und die Stirn dagegen. Blieb vornübergebeugt stehen. Dann trank sie langsam von dem herben Wasser. Sah, wie es durch die Löcher verschwand. Das moorhaltige Wasser hatte ekelhafte

braune Flecken in dem emaillierten Becken hinterlassen. Ein ewiger Schlund nach unten. Der alles, was sie nicht schlucken konnte, hinaus ins Meer schickte.
Als sie den Hahn zudrehte, floß sie fort. Hielt sich an der widerlichen Gummikante des Beckens fest. Aber das nützte nichts. Sie wurde in den Schlund gezogen. Dicke schwarze Tropfen trafen sie in den Nacken und drückten sie hinunter. Schließlich lag sie am Rand eines der Löcher und konnte sich nicht mehr festhalten. Die Rohre waren viel weiter, als sie gedacht hatte. Sie fiel und fiel. Schwerelos wie eine Schneeflocke. Es war feucht und warm in der Kloake. Beinahe sicher. Sie ließ sich los. War gewiß auf dem Weg zum Meer. Es spielte irgendwie keine Rolle mehr. Sie fiel und floß.

Der Raum zeichnete sich ab, als sie in der Türöffnung stand. Die Fensterkreuze teilten den Fußboden in acht graue Vierecke, obwohl die Vorhänge zugezogen waren. Es war fast dunkel hier drinnen. Nur die Lichter von der Straße drangen durch die verschneiten Fenster. Sie öffnete die Ofentür, bevor sie das Licht anmachte. Es war noch Glut im Ofen. Keine Spur von der blutigen Wachstuchdecke.
Tora begriff, daß sie sich mit den Dingen befreunden mußte, um alles zuzudecken. Sie hatte sich bei dem Ausguß mit einem Geschmack nach Blei und Kloake im Mund wiedergefunden. Es war noch nicht Schluß.

Sie tastete nach dem Schalter neben der Tür. Das Licht flammte kalt auf. Wie ein Urteil. Blutflecken auf dem Boden? Sie hatte doch geputzt, ehe sie wegging. Warum hatte sie sie nicht gesehen? Sie kamen ihr entgegen. Direkt vom Boden herauf. Saugten sich fest in den Augen, so daß sie wie geblendet war. Sie fand draußen im Gang einen Putzlappen und wischte die Flecken weg. Spülte den Putzlappen in dem eiskalten Wasser im Ausguß gut aus und hängte ihn wieder auf. Niemand sollte merken, daß sie ihn benutzt hatte.

Dann zog sie vorsichtig die Rollos herunter. Der Raum wurde gelb, wie gewöhnlich. Es war jedesmal so, wenn sie die Rollos herunterzog. Jetzt fand sie einen gewissen Trost darin.

Sie schloß die Tür zu und zog sich langsam aus. Die Mütze und der Schal, die sie in den Schritt gelegt hatte, zeigten alle nur möglichen Schattierungen in Rot. Sie stand zögernd damit vor der offenen Ofentür. Dann legte sie sie schnell in die Flammen. Das Feuer kam gleichsam aus dem Ofen heraus und über sie. Brannte ihr im Gesicht, wurde in ihren Kopf hineingesogen. Der Kopf weitete sich zu einem Ballon und schwamm im Zimmer herum, mit allem in sich.

Und alles war in dem gelben Licht. Das sich immer im Kreis bewegte.

Tora legte sich ins Bett und dachte an Frau Karlsens Mann, der tot war. Er lag steif und still in dem Altersheim, in dem er mehrere Jahre gewohnt hatte. Er

hätte der alte Vater von Frau Karlsen sein können, dachte Tora. Oder – vielleicht war es das offene Grab, das sie so erschreckt hatte, daß sie nicht wagte, die Leiter hinunterzusteigen und das kleine Loch zu graben, um das Bündel zu verstecken?
Das Bündel? Das Vogeljunge? Das aus ihr herausgeglitten war, als sie auf der Wachstuchdecke vor dem Bett lag und sich in Stücke reißen ließ. Aber das Bett hatte sie gerettet. Es war genauso sauber und ordentlich, wie es immer gewesen war. Und die alte Wachstuchdecke existierte nicht mehr. Die Flammen hatten sie aufgegessen. Sie hatte da drinnen in dem Ofenbauch gejammert, lange.
Das Grab – oder Frau Karlsens Mann hatte sie gezwungen, das kleine Bündel in die Geröllhalde zu legen und Steine darüber zu rollen. Und sie hatte vergessen, die Leiter wieder auf den Platz zu hängen! Hatte solche Angst vor dem offenen Grab gehabt.

Der Totengräber von Breiland watete bis zu den Waden im nassen Schnee und sah so aus, als ob er wenig von des Herren Sommerplänen begriff. Vermutlich hatte er Regen erwartet, denn er hatte das frisch ausgehobene Direktoren-Grab nicht zugedeckt. Und jetzt konnte man sich gut vorstellen, daß der Schnee da unten in der Tiefe einen ruhigen Platz gefunden hatte. Ansonsten hatten sich die Leute angestrengt, an diesem verflixt kalten Ende eines langen Winters am Leben zu bleiben.
So eine Idee konnte auch nur ein Totengräber an ei-

nem solchen Außenposten haben, daß nämlich der Frühling zeitig kommen würde. Aber das Leben war nicht immer einfach. Er blieb stehen und betrachtete die alten Haken an der weißen Wand des Geräteschuppens. Leer. Die Leiter war weg! So weit entfernt von Haus und Hof konnte doch kein Mensch eine Leiter gebrauchen?

Der Totengräber sah auf den Neuschnee, als ob er glaubte, daß die Leiter über den Boden geflogen wäre, ohne eine Spur zu hinterlassen. Er war kein ängstlicher Mann – bei Tageslicht. Und so viel wußten alle: daß es einer Leiter unmöglich war, sich von allein zu bewegen! Er wischte sich übers Kinn und schüttelte seinen wuchtigen, windgepeitschten Körper. Eine Bewegung, die eine Art verwirrte Einsamkeit widerspiegelte.

Dann ließ er den Blick über den Friedhof schweifen. Als ob er den Wind für die Entführung verdächtigte. Blinzelnde Augen in dem leicht nebligen Licht. Zögernd ging er zu dem offenen Grab, als sein Fuß auf einmal gegen etwas Hartes und Unfreundliches stieß, das ihn beinahe zu Fall gebracht hätte. Er heftete schließlich den Blick auf die quadratischen Erhöhungen in dem Neuschnee unter ihm. Die Leiter. Er trat dagegen, so daß die Eiskruste abfiel und das weiße Holz zum Vorschein kam. Während er sie auf die Schulter nahm, schielte er mit gerunzelten Brauen verstohlen in das Grab, als ob er zu sich selbst sagte: »Dieser Bursche geht da nicht hinunter, und wenn es bis zum Rand hinauf schneit. Es bleibt

allemal Platz für einen abgemagerten Alten und seinen Sarg.«
Der Totengräber hängte die Leiter an ihren Platz und nahm einen Priem. Dann trottete er zum Gemeindehaus und in die Kaffeestube. Die Männer bekamen die Geschichte von der Leiter erzählt. Sie wechselten Blicke und sagten nichts. Sie hatten früher schon Gespenstergeschichten von dem Totengräber gehört. Wußten, wie sehr sie ihn durch höhnische Worte verletzen konnten, deshalb schwiegen sie. Es war nicht der richtige Zeitpunkt, um einen windschiefen, alten Totengräber zu demütigen. Zwei Zwangsauktionen standen bevor, außerdem waren Milch und Butter teurer geworden. 10 Öre pro Liter und 1 Krone und 25 Öre pro Kilo.
Künftig mußte er sich das Brot ohne Butter und Milch kaufen, bei dem Lohn, den so ein armer Kerl bekam. Die Gespenstergeschichte reichte ihm wohl.

2

Die Geräusche kamen durch Schichten von Wirklichkeit zu ihr. Ein Klopfgeräusch? Der Schmerz einer verrenkten Schulter. Schaler Geschmack von altem Durst. Ein Gefühl, daß jemand sie anfaßte. Oder die Tür?

Tora schlug die Augen auf. Die Türklinke bewegte sich langsam nach unten und wieder rauf. Dann stand sie still, und ein vorsichtiges Klopfen erfüllte ihren Kopf mit einem ohrenbetäubenden Lärm.
Sie versuchte sich umzusehen. Die offene Ofentür, aus der keine Wärme mehr kam. Der muffige Geruch. Die Steppdecke halb unter dem Bett. Der Flikkenteppich. Wo war der Flickenteppich?
»Biste zu Haus, Tora?«
Die Stimme war deutlich. Als ob sie aus ihr selbst käme.
Sie holte tief Luft, während sie versuchte, die Zunge zu bewegen und das Gehirn zum Funktionieren zu bringen. Aber es ging nicht. Die Stille lag wie eine Mauer zwischen der Tür und ihr.
»Ich hab' dir was zu essen gemacht, falls du's nicht verschmähst.«
Frau Karlsens Stimme pflanzte sich wie ein vorwurfsvolles Echo in allen Ecken fort.
»Es geht mir nicht gut, wissen Sie...«
Die Stimme trug. Erstaunlich. Sie kroch über den Boden und legte sich Frau Karlsen zu Füßen. Demütig.
Die Klinke bewegte sich wieder nach unten.
»Willste nicht aufschließen, damit ich nach dir sehen kann? Haste Fieber?«
»Nein, ich möcht' nur ein kleines bißchen ausruhn.«
»Ja, aber willste nicht, daß ich dir was zu essen bringe?«

»Nein, ich hab' keinen Hunger... Vielen Dank!«
»Na gut.«
Die Stimme auf dem Flur wurde verschlossen und mürrisch. Aber sie nahm die ganze Frau Karlsen die Treppe mit hinunter. Die Stille tat so gut. So gut. Sie öffnete mit Mühe das vereiste Fenster und atmete den Abend in langen Zügen ein.
Die Bewegungen waren langsam und lautlos.

Am nächsten Morgen ließ sie Frau Karlsen zu sich herein.
Sie stand mit dem Tablett in den Händen in der offenen Tür und war ein Mensch. Nicht mehr und nicht weniger.
»Du bist krank«, stellte Frau Karlsen, ohne zu zögern, fest. Die Stimme war trocken und sicher und ohne Mißtrauen. Tora konnte aufatmen. Kaffeeduft und Frühstück. Frau Karlsen hatte den Kaffeekessel unten aus der Küche mitgenommen und ließ ihn auf einem dicken schwarz-rot-karierten Topflappen neben dem Bett stehen. Sie hätte gerne mit Tora zusammen Kaffee getrunken, aber es war so viel zu tun. Außerdem hatte sie ein wenig Angst, sich anzustekken. Ja, Tora solle das nicht mißverstehen, aber sie könne sich bei der Beerdigung doch nicht krank ins Bett legen.
»Du hast 'nen Brief bekommen. Und ich hab' auch die Zeitung mitgebracht«, sagte sie und las mit feierlicher Stimme vor: »Mordtragödie in Hollywood. Die 14jährige Cheryl erstach den Gangster, der das

Leben ihrer Mutter Lana Turner bedrohte! Fürchterlich, was die Jugend in Hollywood alles anstellt. Ja, sie ist nicht viel jünger als du. Du kannst froh sein, daß du in friedlicheren Verhältnissen lebst. Das muß ich schon sagen.«

Am Rand des Tabletts lag Ingrids Brief.

»Haste Fieber? Das kommt davon, daß du immer halbnackt gehst. Auch wenn man jung ist, kann man doch nicht nackt draußen rumlaufen. Es ist noch nicht Frühling, das weißte doch. Es ist eiskalt. Bleib nur ruhig liegen! Du gehst heut auch nicht in die Schule! Ich werd' anrufen und sagen, daß du krank bist!« erklärte sie schon in der Tür – und war weg.

Ingrid lag in dem Brief. Tora konnte heute ihre Worte nicht ertragen.

Mit jedem Mundvoll Brot und Käse wurde eine zarte Freude in ihr entfacht. Die eine kam zur anderen, bis sie auf das Kissen sank und es wagte, sie selbst zu sein.

Im Laufe des Vormittags mußte sie mehrmals aus dem Bett, weil ihre Brüste zu zerspringen drohten. Sie flossen über, so daß sie ein Handtuch auflegen mußte. Einmal sah sie sich in dem Spiegel im Treppenhaus: eine unbeholfene, lächerliche Gestalt mit ausgestopfter Brust unter dem Nachthemd. Sie ähnelte Ole in Vaeret, als er sich beim Schulabschluß in irgendeinem Sketch in dem großgeblümten Kleid seiner Mutter als Frau ausgestopft hatte. Sie hätte sich liebend gern gewünscht, daß sie es nicht sei, die da stand, damit sie hätte lachen können. Lachen – viel und laut.

Einmal war sie auf der Toilette und glaubte zu weinen. Die Brüste waren wie Wunden. Sie versuchte, selbst zu saugen. Aber sie kam nicht dran. Sie drückte vorsichtig, damit die Milch herauslaufen sollte. Manchmal hatte sie das Bild des kleinen Wesens vor Augen.
Es war fast nicht auszuhalten.
Bei Frau Karlsen unten klappten ab und zu die Türen. Sie stellten sicher Möbel um. Einmal rief sie zu ihr herauf, wie es gehe. Und Tora blies sich auf und antwortete. Es gehe gut.
Frau Karlsen kam nicht oft. Trotzdem war es eine Erleichterung, als Tora endlich das bekannte Geräusch vernahm, das ihr sagte, daß Frau Karlsen die Haustür abschloß und zu Bett ging.
Da erst konnte Tora den Schlaf zu sich hereinlassen. Ihr Kopf war den ganzen Nachmittag eine schmerzende Eiterbeule gewesen. Sie hatte sich mit Mühe durch das Zimmer geschleppt, um alle Details nachzuprüfen, das Ganze mit den Augen zu ordnen – bis Frau Karlsen das nächstemal erschien. Sie überlegte, ob sie nachts die Tür zuschließen sollte. Was würde Frau Karlsen sagen, wenn sie mit dem Frühstückstablett kam, ehe sie zur Bank ging?
Aber sie mußte. Ertrug es nicht, daß die Leute einfach auftauchten und sie sahen. Die Decke konnte heruntergerutscht sein, so daß die Milchflecken von der überquellenden Brust sichtbar wurden. Sie könnte ein Detail übersehen haben, das Frau Karlsen sah.

Nachts nähten Randi und sie die Lappen des Bettüberwurfs zusammen, den Randi ihr geschenkt hatte. Alle Nähte waren aufgegangen. Randi tröstete sie und meinte, sie würden es schon wieder hinkriegen, aber Tora war so beschämt, daß sie Randi kaum anzusehen wagte. Und während sie so saßen, kam Onkel Simon mit einem dicken Tau, band sie zusammen und lachte gutmütig. Trotzdem stimmte etwas nicht, und als sie an sich heruntersah, war das Tau aus gedrehter Haut gemacht und fühlte sich kalt und tot an den Armen an. Ein Netz von Blutadern wuchs aus dem Tau in ihren Kopf hinein. Aber die anderen merkten nichts. Schließlich konnte sie keinen einzigen Lappen mehr annähen. Die Arme waren wie gelähmt.

Tora wurde wach und machte Licht an.

Sie schlug die Decke zur Seite und sah an sich herunter.

Es war vier Uhr.

Sie zwang die Füße, bis zum Schrank zu gehen, und holte die Strickdecke heraus. Die Blutflecke waren wie getrocknete dunkle Schollen in dem vielen Rot. Als ob die Decke schon immer dazu bestimmt gewesen wäre, ein schmuddeliges Vogeljunges einzuhüllen. Tora wickelte sich in die Decke. Steckte die Füße in die Filzpantoffeln und setzte sich an den Tisch. Die Hand fuhr mechanisch zum Schalter und knipste die Schreibtischlampe an. Ein Buch nach dem anderen landete auf der Tischplatte.

Dann fing sie an, englische Vokabeln zu lernen.

Die Beerdigungsgäste brachten eine unwahrscheinliche Habgier ins Haus. Die laute, gellende Stimme von Frau Karlsen versuchte gleichsam, die Gäste daran zu hindern, ganz in Frau Karlsens Seele einzudringen. Aber es nutzte wenig. Sie hatte bestimmt genausoviel Angst vor der Familie ihres Mannes wie Ingrid vor den Rechnungen, die mit der Post kamen. Tora ertappte sich dabei, daß ihr Frau Karlsen leid tat.
Aber die Gäste wurden auch zu einer Bedrohung für Tora. Sie konnten irgendwann im oberen Flur und auf der Toilette auftauchen. Es war besonders eine Frau, die sich wie ein Gespenst bewegte. Lautlos. Das Knirschen ihrer Schritte hörte man erst, ein paar Minuten nachdem sie vorbeigegangen war. Sie öffnete die Schränke auf dem Dachgeschoß, wenn Frau Karlsen zum Einkaufen fort war. Tora hörte, wie sie an den Türen entlangstrich bis zu ihrem Zimmer. Dann wurde es still. Sie sah ihr leuchtendes, bösartiges Auge durch das Schlüsselloch bis zu ihrem Bett. Zum erstenmal in ihrem Leben wurde ihr bewußt, wie wenig sie die Menschen mochte. Das Dachgeschoß hatte ihr allein gehört, außer wenn der Mann, der auf dem Frachtschiff fuhr, für ein oder zwei Tage nach Hause kam. Jetzt wurde es von raschelnden, schwatzenden, murmelnden Wesen in Beschlag genommen – die nur eine Sache im Auge hatten: den alten Karlsen unter die Erde zu bringen und herauszufinden, was er in den Schränken und Schubladen hinterlassen hatte. Die Gespräche hörten sich an, als ob

sie gedächten, auch Frau Karlsen zu beerdigen. Die Worte strömten durch die Wände direkt in Toras Ohr. Sie hatte das schreckliche Gefühl, daß sie einen Mord planten.

Einer von den Männern redete ununterbrochen davon, daß das Haus keinen Pfifferling wert sei, aber das Grundstück eine Goldgrube. Er hatte eine Stimme wie das auflaufende Wasser unter dem Plumpsklo im Tausendheim. Sie leckte mit großen, schlabbernden Bissen durch die Wände, so daß Tora sie auf dem Gesicht spürte, während sie mit geschlossenen Augen dalag. Sie war die ganze Zeit vor lauter Angst in Schweiß gebadet.

Die Geräusche ihrer Körper auf den knackenden Matratzen, das Wasser, das in die Waschschüsseln lief, die Stimmen, die quer durch die Wände bis zu ihr drangen, worüber sie sich nicht klar waren, das Schnarchen, Atmen – alles war ihr so widerlich, daß sie es am liebsten mit Frau Karlsen geteilt hätte, als sie abends heraufkam und fragte, wie es mit ihrer Grippe stehe.

Aber natürlich sagte sie nichts davon. Sie verkündete statt dessen mit bleichem Lächeln, daß sie am nächsten Tag in die Schule ginge. Ob Frau Karlsen ihr eine Entschuldigung schreiben könne?

Tora segnete die spitzen Ellenbogen, die aus den schwarzen Kleiderärmeln herausstachen, und den schmalen Mund in dem gequälten Gesicht, als Frau Karlsen eine gehaltvolle Entschuldigung schrieb, die sie ausführlich mit Fieber und Halsschmerzen und

Grippe begründete. Und darunter: Stella Karlsen, Zimmerwirtin.
Stella! Was für ein sonderbarer Name. Für jemanden wie Frau Karlsen! Stella! War das nicht der Name eines Sterns? Oder eines Schiffs? Das Pferd vom Pfarrer auf der Insel hieß auch Stella.
»Es ist besser, du gehst morgen nicht mit auf den Friedhof!«
Frau Karlsens Stimme wurde von den Wänden aufgesaugt, und das Gesicht wuchs und wuchs. Tora schüttelte den Kopf und schluckte. Hätte so gerne etwas gesagt – etwas Nettes. Aber es war nicht möglich.
»Es ist zu kalt für dich, wo du gerade krank warst. Aber komm zum Kaffee runter. Um vier!«

Tora schloß die Tür hinter ihr zu und suchte ihre Kleider für den nächsten Tag zusammen. Zögernd zog sie die Jeans an. Der Reißverschluß ging wieder zu! Merkwürdig, daß ein Körper wieder so wurde wie vorher. Sie stand mitten im Zimmer und sah an sich herunter. Wagte sich nicht auf den Flur, um sich im Spiegel zu betrachten. Es konnte jemand kommen. Noch zitterte sie ein wenig, wenn sie länger stand. Aber morgen würde es besser sein. Viel besser! Sie versuchte, sich in dem kleinen Spiegel zu betrachten, den sie an der Wand hängen hatte, fühlte sich schwindlig und elend. Aber die Neugierde war zu groß. Sie kletterte unsicher auf einen Stuhl und hielt sich an der Wand fest. Der Hose war deutlich

anzumerken, daß ein anderer Körper sie zuletzt getragen hatte. Sie schien von einem geliehen zu sein, der ein paar Nummern größer trug.
Während sie sich so musterte, ging es ihr auf, daß sie – abgesehen von den laufenden und schmerzenden Brüsten und den Blutungen – durchgekommen war.
Wagte sie daran zu glauben? Sie drehte sich ein bißchen, um die eingefallene Hosenlinie auch von der Seite sehen zu können. Sie kletterte vom Stuhl herunter und sank mit den Jeans ins Bett. Die Augen liefen über. Ein Strom der Erleichterung.
Aber das kalte, tote Bündel im Geröll?
»Was für ein Bündel?«
Weit draußen im Fjord glitt das Tauwetter heran. Naßkalt und lauernd und ohne eine andere Hoffnung, als daß es ein fremder Frühling aus dem Süden war.

3

Tora ging nach der Schule in den Supermarkt und kaufte zwei Pakete Binden. Sie steckte sie schnell in das Plastiknetz zu den Schulbüchern. Erst als sie auf dem Weg nach draußen war, fiel ihr ein, daß sie sich etwas zu essen hätte kaufen sollen. Aber es war ihr unmöglich, wieder hineinzugehen. Es roch so stark nach Fleisch da drinnen.

Den ganzen Tag hatte sie durch die Menschen hindurchgesehen. Sie lösten sich vor ihr auf.
Jeder hatte seinen Lichtschimmer. Meistens in bläulichen Nuancen. Aber auch in roten und gelben. Besonders um die Köpfe. Das machte sie unnahbar und unwirklich. Tora hielt sie von sich fern. Einmal strich Jon im Korridor an ihr vorbei. Er hatte ein weißes Licht um sich. Sie fühlte sich verschwitzt und schmutzig. Er hob eine Hand, als ob er sie anfassen wollte. Sie floh hinter die Toilettentür.
Sie fühlte wieder so etwas wie Einsamkeit. Saß dort, bis es zur Stunde schellte.

Alle standen in Gruppen oder zu zweit. Ein paarmal streifte sie der Gedanke – daß sie nur in irgendeinen Kreis hineinzugehen brauchte und so zu tun, als ob sie dazugehörte. Aber es wurde nichts daraus.
In den beiden ersten Stunden war es ganz gut gegangen. Sie hatte die Entschuldigung abgeliefert. Die Pausen waren schlimmer. Meistens hielt sie sich auf dem Klo auf. Hoffte, der aufsichtführende Lehrer würde es nicht merken, daß sie immer aus der Toilette kam, wenn es klingelte.
Frau Ring, die sie in Englisch hatten, kommentierte laut, daß sie noch nicht gesund aussehe. Ob sie nicht zu früh aufgestanden sei? Und das Licht um Frau Rings Kopf explodierte. Frau Ring fragte vorsichtig, ob sie Aufgaben gemacht habe, ob jemand mit den Aufgaben bei ihr gewesen sei.
Tora räusperte sich und sagte, daß sie ab den Aufga-

ben für Samstag drei Seiten weiter gelernt habe. Sie wurde starke Verben abgefragt. Konnte antworten. War froh, daß sie irgendwie mit dabei war.
»Danke!« sagte Frau Ring und machte hinter Toras Namen ein Zeichen.
Die Wände beugten sich über Tora. Lange. Als sie aufsah, war sie nicht mehr im Kreis. Ihre Minute war vorüber. Alle Blicke hatten sich dem nächsten zugewandt, der abgefragt wurde.
Da entdeckte sie es: daß die Telefondrähte, die von der Hauswand zu dem Pfosten bei der Eingangspforte führten, voller Spatzen waren. Spatzen! Winzig kleine Vögel, die zurückgekommen waren. Warum? Wozu kamen sie? Wußten sie nicht, wie es heutzutage um Vogelkinder stand? Und das Licht um Frau Rings Kopf wurde zu einem kleinen roten Nest aus Handtüchern mit einem bläulichen Vögelchen darin. Es pfiff ein bißchen heiser. Als ob es nicht genug Luft bekäme.
Tora dachte nicht an die englischen Verben.
Die Stimmen kamen und gingen, sie sah die Münder sich wie in einer Welle bewegen. Sie fing bei Frau Ring an und pflanzte sich durch die ganze Klasse fort. Aber sie konnte nicht hören, was gesagt wurde. Sie dachte an Frits. Er hörte auch nichts. Zum erstenmal verstand sie, wie das war. Die Kugellampen schwankten leicht über ihrem Kopf. Im Takt, als ob jemand sie in Bewegung gesetzt hätte. Anne drehte sich zu ihr um, öffnete den Mund, und es wogte und wogte. Und es war nicht für sie. Sie hatten alle ihr Licht, ihre Wellen.

Es war die letzte Stunde. Die Augen: Sandpapier auf einer Wunde. Sie trödelte lange, nachdem es geklingelt hatte. Wartete, bis alle gegangen waren. Als sie nach draußen an die Luft kam, hatte sie das Gefühl, tagelang die Treppen im Tausendheim geputzt zu haben, während die Haustür zu dem eiskalten Schnee hin offenstand, und hinter jeder Schmutzspur, die sie weggeputzt hatte, wurde neuer Schmutz gemacht.

Sie war in ihr Zimmer gekommen, hatte sich mit den Kleidern hingelegt und war eingeschlafen. Um vier Uhr kam Frau Karlsen in einem neuen schwarzen Kleid herauf und lud sie zum Kaffee ein. Tora hatte die Tür nicht abgeschlossen. Sie schaute schnell an sich herunter, wie es ihr zur Gewohnheit geworden war, bevor sie Frau Karlsen bat, hereinzukommen. Ob sie noch nicht gesund sei? Frau Karlsens Stimme war zerstreut teilnahmsvoll. Ob sie ein paar Sandwiches nach oben haben wolle? Tora zwang sich, zu antworten. Sie setzte sich auf und klagte, daß sie sich noch recht elend fühle. Ob Frau Karlsen entschuldigen würde, aber sie könne nicht nach unten kommen...
Eine fremde Dame mit einem harten, spähenden Blick kam mit einem Tablett. Sie war in Schwarz, wie Frau Karlsen, und hatte schwere Armbänder um beide Handgelenke. Sie sagte »Bitte« und »Laß dir's gut schmecken« und versuchte ein paar Worte mit Tora zu wechseln, während ihre Augen wie Motten umherschwirrten – Tora erkannte ihre Stimme wie-

der. Sie hatte sie durch die Wand gehört. Sie glich einer der bösen Gestalten aus *Alice im Wunderland.* Oder war sie eine der Figuren von der Rückseite der Spielkarten?

Tora aß.

Noch hatte sie Ingrids Brief nicht geöffnet. Sie faßte den Entschluß, nie mehr auf die Insel zurückzukehren. Kaute die feinen Brote und dachte es immer wieder.

Dann setzte sie sich an den Tisch und holte die Bücher hervor. Brauchte viel Zeit. Es flimmerte und barst vor ihren Augen. Ingrids Brief wuchs aus der Tischschublade und klebte sich an alles, was sie in die Hand nahm. Schließlich zog sie ihn langsam heraus und schlitzte ihn mit einer Stricknadel auf.

Ingrid schrieb vom Wetter. Vom Ausbleiben der Fische, so daß sie ohne Verdienst sei und Tora ein wenig auf das Geld warten müsse, das sie zum Leben brauche. Eine Woche? Die Buchstaben kamen ihr entgegen wie einsame blaue Spuren im Schnee. Kreisten um ihre Arme. Sie baten Tora zu sparen, so daß sie jedenfalls Ostern nach Hause kommen könne. Die Buchstaben schwebten um ihre schmerzenden Schultern, die sie bis zu den Ohren hinaufgezogen hatte. Sie mußte den Kopf schützen. Warum las sie diesen Brief? Er hatte nichts mit ihr zu tun. Sie konnte und wollte diese Ingrid nicht erreichen.

Tora wechselte die Binde und lernte Geschichte.

Gegen Abend stiegen sie in Grüppchen die Treppe herauf, klappten die Kofferdeckel auf und zu und raschelten mit irgendwelchen Sachen in ihren Zimmern. Sie war sich nicht ganz sicher, ob Frau Karlsen klargekommen war. Sie hörte sie nicht, zunächst. Ein ungutes Gefühl beschlich Tora. Trugen sie nicht schwere Gegenstände durch die Halle? Schleppten sie nicht etwas hinter sich her? Überall war Durcheinander, und endlich hörte Tora Frau Karlsens erregte Stimme, die »gute Fahrt« wünschte. Dann fiel die Haustür ins Schloß, und die letzten Gäste verschwanden wie unwillige Krabben die Treppe hinunter und hinein in die Autos. Kurz darauf hörte sie jemanden pfeifen, *Love me tender, love me true.* Es war Frau Karlsen.

Sie stand auf dem Gipfel des Veten und stürzte den Berg hinunter. Sie sah sich selbst in der Geröllhalde liegen. Nein, es war Almar! Ganz zerschlagen. Sie näherte sich ihm sehr schnell, und gerade als sie auf die großen grauen Steine stieß, sah sie das Vogeljunge. Jemand hatte es ausgegraben.

Sie kämpfte eine Weile mit der Decke, ehe sie ganz wach wurde. Dann ging sie zum Fenster, das nur einen Spaltbreit offen war, und öffnete es weit gegen die dunkle Nacht. Die Luft kam wie ein Schmerz auf sie zu. Eine Erinnerung an etwas, das sie früher empfunden hatte.

Allmählich wurde sie ruhig. Und die Margeritenwiese wuchs vertrauensvoll bis hinauf an das Fensterbrett der ersten Etage. Sie nahm deutlich den Geruch wahr. Es tropfte gleichmäßig aus der Dachrinne.

Als sie sich wieder zum Raum umdrehte, sah sie direkt auf die Wand über dem Bett. Das abscheuliche Gemälde von dem Schiff im Sturm. Düstere Farben. Häßlich mit der polierten, verschönernden Gischt. Sie war augenblicklich beim Bett, nahm das Bild von der Wand, hielt es einen Moment vor dem Fenster hoch, bereit, es hinauszuwerfen. Sie stand ratlos vor dem offenen Fenster, das Gemälde über den Kopf haltend.
Es wurde ihr schwindlig vor Anstrengung. Die Arme sanken herunter.
Sie stellte das Bild, mit der Vorderseite zur Wand, draußen im Gang neben die Tür.
Sie hätte nach dem Vogeljungen in der Geröllhalde sehen sollen, aber es ging nicht. Denn da hätte sie alle Blumen niedertreten müssen. Daß jemand das kleine Grab gefunden hatte, war wohl unmöglich. Der Löffel hatte gründliche Arbeit geleistet. Jedesmal, wenn sie auf den Löffel schaute, der in der Schublade lag, war sie ihrer Sache sicher. Das Vogeljunge war gut verborgen. Niemand sollte es schänden. Jedesmal, wenn sie mit hoher Geschwindigkeit durch den Himmel fiel und das offene kleine Grab sah, gelang es ihr, sich zu wecken, ehe es zu spät war.
Der Himmel war überall so offen. Das liebte sie nicht. Die Luft war so klar. Alles war durchsichtig und lag wie ein Druck auf ihr. Jede Nacht toste sie durch den Himmel und herunter auf die Geröllhalde. Jede Nacht endete sie vor dem offenen Fenster. Der Abfluß war so groß. Während sie dahinra-

ste, spürte sie den Wind auf der Haut. Im Gesicht. War leer wie ein flatterndes Kopfkissen auf der Leine im Wind.

Sie stand in Frau Karlsens Badewanne. Das Wasser strömte an ihr herunter. Warmes Wasser. Ihr schwindelte in endlosen Augenblicken.
Langsam seifte sie sich ein. Die Haare. Den Körper. Spülte sich ab und seifte sich erneut ein. Es war schon lange her, daß sie etwas – als so wohltuend empfunden hatte. Man konnte sich darin ausruhen. Die Muskeln und die Haut bekamen wieder Leben. Unter dem Wasserstrahl. Sie wärmte sich. Erfrischte sich. Sie war sie selbst, so wie sie es vorher nie gewesen war.
Ein paarmal spürte sie den Boden unter sich weichen, wenn sie in das Loch sah, durch welches das Seifenwasser mächtig schäumend und ruckweise in den Abfluß gesaugt wurde. Rosa. Sie vermochte sich nicht an das viele Blut zu gewöhnen. Einmal mußte doch Schluß sein. Sie sollte sich doch wohl nicht zu Tode bluten.
Seifengeruch. Sie spülte die Haare, die sich spröde und sauber anfühlten, wenn sie mit den Fingern durchfuhr. Der Dampf stand wie eine Wolke vor dem kleinen halboffenen Fenster hoch oben an der Wand. Der Plastikvorhang mit seinen grellen violetten Blumen hing steif herunter. Alles war fremd, aber schön. Sie schien es vorher nie gesehen zu haben.

Sie trocknete sich sorgfältig ab. Zog frische Wäsche an. Ließ das weite Hemd über den Jeans hängen. Hatte eine richtige Binde im Schritt, als ob es sich um ihre Tage handelte.
Sie machte das Fenster wegen des Dampfes ganz auf, wagte aber nicht, die Tür zur Küche zu öffnen. Frau Karlsen war nur einkaufen gegangen, sie konnte jederzeit zurückkommen. Tora hatte die Erlaubnis zu baden. Trotzdem ging es nicht an, daß Frau Karlsen sie im Bad sah. Es nützte auch nichts, daß sie angezogen war. Die Spuren könnten sie verraten. Unerwartet. Katastrophal. Nur ein winzig kleines Detail.

Das Mädchen von der Insel spürte die Blicke im Nacken – auf dem Schulhof, in den Fluren oder auf der Straße. Sie war nie gesprächig gewesen. Aber jetzt schien sie jede Sprachfähigkeit verloren zu haben. Nur wenn sie die Aufgaben abgefragt wurde, kam eine Art nach innen gerichtetes Säuseln von ihr. Eine Stimme, die so wenig benutzt wurde, daß sie sich jedesmal daran gewöhnen mußte, zu tragen. Die Sätze kamen direkt aus dem Buch, durch das Mädchen hindurch und in den Raum. Es war, als ob ein Tonbandgerät in ihrem Magen säße. Aber im übrigen konnte man von ihr nichts hören.
Vor allem Anne versuchte, Kontakt zu ihr zu bekommen. Ob sie ins Kino gehen wollten? Ins Café? Tora hatte tausend Entschuldigungen. Man kam nicht an sie heran. Seit sie damals im Herbst ohnmächtig wurde, war in den Augen der anderen etwas

Mystisches an ihr hängengeblieben. Sie sprach nie über sich selbst. Die anderen wußten kaum, wo sie wohnte. Sie war glatt wie ein Aal. Saß an ihrem Pult. Ging in den Pausen hinaus. Erhob sich auf Kommando wie ein Soldat und leierte ihre Aufgaben herunter. Schrieb, was man ihr diktierte. Alles mit dem gleichen roboterartigen Ausdruck.

4

Ingrid wartete auf Post von Tora. Schließlich wußte sie sich keinen anderen Rat mehr, als nach Bekkejordet zu gehen und Simon und Rakel zu bitten, daß sie telefonieren dürfe.
Nach Worten suchend, erklärte sie, daß sie Ingrid Toste sei. Toras Mutter. Ob Tora krank sei, weil sie nicht schreibe.
Frau Karlsen zeigte freundliche Teilnahme. Ja, Tora habe eine unangenehme Grippe gehabt und im Bett gelegen, aber das sei schon eine Woche her. Die Schulaufgaben hätten sie wohl am Schreiben gehindert. Sie sei immer zu Hause, immer ruhig und ordentlich. Ja, die beste Untermieterin, die sie je gehabt habe. Es sei schön, einen Menschen im Haus zu haben, wenn man Witwe geworden sei. Sie habe ja viele Jahre allein gelebt, natürlich, weil der Mann krank

und bettlägerig gewesen sei und im Altersheim. Und das sei gutgegangen. Aber es sei doch etwas anderes, wenn man *wüßte*, daß man allein sei. Ingrid machte vorsichtig, aber entschieden Schluß und legte auf.

»Was hat sie gesagt?« fragte Rakel und sah die Schwester fragend an.

»Daß sie Witwe geworden ist.«

»Witwe?«

»Ja, Frau Karlsen. Aber die Tora war nicht da. Sie lernt sicher so viel, daß sie keine Zeit zum Schreiben hat... Sie hat die Grippe gehabt...«

»Aber hat sie dir nicht gesagt, wann die Tora nach Haus kommt?«

»Ich hab' vergessen zu fragen. Sie hat soviel geredet. Ich hab' direkt Kopfweh davon.«

Rakel lachte und schenkte noch mehr Kaffee ein.

»Ja, ja, nun kommt sie Ostern wohl, du wirst schon sehn.«

Ingrid schaute auf die Tischdecke.

»Ich glaub' fast, daß sie nicht kommt!«

»Warum sollte sie denn nicht kommen?«

»Sie ist seit Weihnachten nicht mehr zu Haus gewesen. Ja, sie hat natürlich auch nicht genug Geld, um zu fahren. Geld hat sie von mir nicht grad viel bekommen.«

»Liebe Ingrid, da hätt' sie ja wohl schreiben können, wenn sie blank ist.«

»Nein, die Tora nicht.«

»Möchteste, daß ich ihr 'n paar Kronen schick'?«

»Nein, ich hab' ihr Geld geschickt, damit sie bis Ostern zu leben hat.«

Rakel faßte Ingrid am Arm.
»Aber da haste doch getan, was du konntest. Und wenn sie nur Geld bis Ostern hat, dann *muß* sie ja nach Haus kommen.«
»Sie schreibt ja auch nicht.«
»Vielleicht hat sie sich verliebt.«
»Die Wirtin hat gesagt, daß sie nie fortgeht. Ich bin ganz unruhig deswegen. Ich denk' überhaupt an nichts andres mehr, als was die Tora macht.«
»Das versteh' ich gut.«
Wie so oft, wenn sie zusammensaßen und schwätzten, hielt Ingrid den Blick gesenkt. Es irritierte Rakel auch diesmal. Aber sie ließ es sich nicht anmerken. Ingrid hatte ihre Gründe.
Und Rakels Kümmernisse wurden dagegen zu einer Bagatelle. Nichts, um damit anzugeben. Das Geschäft blühte in dieser Saison wie noch nie. Den Schafen ging es gut im Stall, und der Frühling und die Bergweide standen bereits vor der Tür.
Rakel hatte weniger Schmerzen. Sie wußte wohl, daß das Übel noch da saß. Aber die Ärzte hatten ihr Leben und Gesundheit beinahe versprochen. Sie reiste ständig nach Oslo zur Behandlung. Hatte sich direkt ans Reisen gewöhnt.
Sie spielte, daß es eine Ferientour war. Versuchte, nicht daran zu denken, daß sie ins Krankenhaus mußte, zur Bestrahlung, zu Untersuchungen, Proben. Übernachtete in Bodø im Hotel, bevor sie das Flugzeug nach Süden nahm. Ging in Geschäfte. Ins Kino. Hatte eine versiegelte Büchse in sich, in der sie

alles versteckte, was ekelhaft und krank war. Aber jedesmal, wenn sie in den breiten Türen des Krankenhauses stand, war die Gerichtsverhandlung im Gange.

Auf dem Heimweg graute ihr bereits vor der nächsten Tour. Die Sehnsucht nach Simon war ein Garten voller Früchte, von denen sie nicht zu essen wagte. Sie schien sich einzubilden, daß sie dafür bestraft würde. Deshalb kaufte sie sich Kleinigkeiten zum Anziehen, anstatt ihre Gefühle auszuleben. Blüschen aus Satin. Moderne Faltenröcke mit einem glatten Hüftteil. Alle möglichen Schuhe. Je mehr Warnungen sie über die Krankheit bekam, desto mehr tröstete sie sich mit derlei Unsinn. Sie war sich selbst klar darüber. Lächelte bitter über das eigene Verhalten.

Aber wenn sie Ingrids Sorgen sah, ihre Plackerei, damit es vorne und hinten reichte, wurden ihre eigenen Kümmernisse so klein.

Sie wünschte, sich ausweinen zu können in Ingrids Schoß und Erleichterung zu finden. Aber es war unmöglich. Ingrid würde auch das noch auf sich nehmen und Rakels Krebs der langen Kette von Schicksalsschlägen hinzufügen, die sie jeden Tag im Tausendheim in sich verschloß. Hätte Ingrid doch etwas mehr Fähigkeit zur Freude gehabt!

»Soll ich mal nachhören, wie es ihr geht? In der Schule anrufen?« fragte sie vorsichtig.

»Nein«, sagte Ingrid müde.

»Ich find', du solltest das hier nicht so schwer nehmen. Du wirst schon sehn, da ist irgendein Grund. Mach dir doch nicht solche Sorgen. Davon wird's auch nicht besser.«

»Du hast leicht reden«, murmelte Ingrid. Sie zog sich den verschlissenen Mantel an. »Du hast kein Kind, an das du denken mußt.«

»Nein, da haste recht, Ingrid«, sagte Rakel mit flammenden Wangen.

Es erstaunte sie jedesmal, wenn Ingrid sie verletzte. Es war jedesmal der gleiche Schock. Sie glaubte immer, es sei unmöglich, so etwas von Ingrid gesagt zu bekommen. Aber sie vermochte ihr nicht zu widersprechen. Vermochte es deshalb nicht, weil sie überzeugt war, daß die andere gar nicht ahnte, was sie Schlimmes gesagt hatte. Manche Menschen merken nie, daß sie eine tödliche Lawine auslösen konnten. Und Rakel, die sonst über alles ungeniert redete, sank in sich zusammen und verbarg ihre Wunden vor der einzigen Schwester.

Rakel tat den Napfkuchen auf einen geblümten Teller mit gebogenem Rand. Sie hielt den Teller gegen das Licht und betrachtete ihn einen Augenblick. Als ob sie ihn auf Katzenhaare oder eine andere Unreinlichkeit hin inspizieren wollte. Dann setzte sie ihn entschlossen ab.

»Der Henrik sagt, daß das der Dank dafür ist, daß ich sie auf die Schule nach Breiland schick'. Es steigt ihr in den Kopf. Zu Haus ist ihr nichts mehr gut genug. Er meint, daß sie schon Weihnachten bockig und aufmüpfig war«, murmelte Ingrid.

»Ach so, der Henrik sagt das.«
Rakel grinste nicht einmal.
Ingrid verstand trotzdem die Spitze und senkte den Kopf. Hatte gelernt, den Kopf zu beugen. Das konnte sie am besten.
»Ja, ich weiß, was du von dem Henrik hältst. Er trägt für alle Zeit einen Stempel. Aber du kannst ihm ja wohl gönnen, eine Meinung über die Sache zu haben.«
»Ich gönn' dem Henrik alles Gute, meine Liebe. Und ich hab' den Henrik bis zum Geht-nicht-mehr verteidigt, ob das nun bei dem Gerichtsverfahren war oder zu Haus, wenn ich mit dem Simon gestritten hab'. Jetzt will ich davon nichts mehr hören. Aber ich hab' nie gesehn, daß der Henrik sich bemüht hätte, anderen das Leben zu erleichtern. Das muß ich doch mal sagen, wenn wir schon dabei sind.«
»Was meinste?«
»Stell dich nicht so an! Hat er jemals einen kleinen Finger gerührt, um für dich oder Tora nur das Geringste zu tun? Das weißte wohl. Wie ihr miteinander auskommt, wenn ihr allein seid, das geht mich nichts an... Ich mein' nur, du solltest dich von ihm scheiden lassen!«
Sie hatte es ausgesprochen. Ohne Einleitung. Hart. Ohne Umschweife. Der Nachklang war das Schlimmste.
Von Ingrid kam kein Laut.
»Ja! Liebste ihn denn etwa?«

Rakel schrie es heraus wie eine Anklage. Stand da, die Hände in die Seiten gestemmt. Mit halboffenem Mund. Bereit, den nächsten Satz herauszuschleudern. Bereit, Ingrid fertigzumachen, wenn sie sich verteidigte. Sie zu überzeugen. Sie von sich selbst zu erlösen. Zum erstenmal störte sie die schnurrende Katze auf der Torfkiste.
Ingrid legte den Kopf auf den Tisch, schützte ihn mit ihren dünnen Armen, so gut sie konnte.
Rakel betrachtete sich selbst. Sie fühlte sich nicht wohl in ihrer Haut. Sie schämte sich so, daß ihre Wangen brannten. Wußte nicht, was schwerwiegender war: ihr eigener Hochmut – oder daß sie ihn dazu benutzt hatte, einen gedankenlosen Satz über ihre Kinderlosigkeit zu rächen. Es ging ihr auf, daß es vielleicht nur wenige gab, die bereit waren, Mensch für andere Menschen zu sein. Daß sie da keine Ausnahme bildete. Aber sie war nicht fähig, den Arm auszustrecken und Ingrid zu berühren. Es war, als ob etwas sie festhielte.
Sie ging zögernd durch den Raum und wischte die Krümel vom Küchenschrank, um Zeit zu gewinnen.
»Kümmer dich nicht um das, was ich sag', Ingrid.«
»Ich weiß nicht, was mit mir los ist, daß ich so wenig aushalte...«
Ingrid hielt die Tränen zurück und holte ein Taschentuch hervor.
»Du hast es nicht gut, Ingrid. Du hast zuviel Verantwortung, zuviel Schinderei. Du solltest einen Mann

haben, der 'n bißchen auf dich aufpaßt, nicht einen, der kritisiert, daß die Tora auf die Schule geht, und der dir das Leben sauer macht.«
»Der Henrik hat's auch nicht so leicht...«
Rakel überkommt das ekelhafte Gefühl, sich zu langweilen. Sie weiß, daß sie ein paar tröstende Worte finden müßte. Ablenken von Toras Fernsein und Henriks Sauertöpfigkeit – bis irgend etwas Ingrids Tage wieder erhellte. Aber sie steht einfach da und langweilt sich. Hat das Gefühl, daß sie mit Ingrid nicht wie mit einer Ebenbürtigen reden kann. Weiß nicht, warum sie sich doppelt so alt fühlt, obwohl Ingrid älter ist und viel, viel mehr erlebt hat. Sie hat immer mit Erstaunen festgestellt, daß Ingrid nie etwas aus all dem lernt, durch das sie hindurch muß. Wurde immer nur tüchtiger in ihrer Arbeit. Hatte keinen Drang zur Auflehnung, keinen Trotz, schluckte Haß und Groll herunter – und ließ sich immer wieder schlagen.
Ingrid raffte den alten Mantel um sich, stand auf und war bei der Tür.
Sie sah Rakel mit einem seltsamen Blick an.
»Nein, ich muß jetzt machen, daß ich wegkomm', es ist schon spät...«
Die Stimme war wie gewöhnlich.
Rakel blieb stehen.
Sie sah, wie Ingrid die Gartentüre öffnete und wieder schloß, ohne ein Auge auf das Haus oder das Küchenfenster zu werfen. Sah sie die Hügel hinuntergehen. Langsam. Stetig. Alles war gesagt.

Nichts war gesagt. Nichts war entschieden.
Kurz bevor Ingrid in dem Wäldchen verschwand, kam Rakel zu sich. Sie riß die Tür zum Windfang auf und ergriff das erste beste, was sie da draußen fand. Simons Stalljacke. Schlüpfte in ein paar abgeschnittene Stiefel und stürmte Ingrid taumelnd auf dem matschigen Weg nach. Erreichte sie schnell. Sprang sie von hinten an und hielt sie fest.
»Ich bin ein schreckliches Mädchen, Ingrid!«
Ingrid fuhr mit steifen Händen über ihr Gesicht.
»Du willst doch nur in allem Ordnung haben. Ordnung...«
Rakel begleitete Ingrid die Hügel hinunter bis zu den ersten Häusern. Da kehrte sie um, weil sie nur die Stalljacke und die abgeschnittenen Stiefel anhatte. Sie zeigte an sich herunter und lachte. Sie lachten beide ein wenig.
»Ich versuch', mehr über Tora zu erfahren, dann komm' ich zu dir runter.«
Ingrid nickte.
»Ich bin's ja nur, die sich aufregt. Du hast ja recht. Es gibt hier auf der Insel nicht so viel Interessantes für Tora. Ich bin auch mal von hier geflohn... Danach war's zu spät. Es ist, als ob alles mich erstickt hätte – und es mir ermöglichte, zu leben, ohne zu atmen.«
Sie hob die Hand zum Gruß. Eine schwerelose Bewegung. Ein heimliches Verstehen. Wie damals, als sie junge Mädchen gewesen waren und sich stritten, aber genötigt waren, wieder Freunde zu werden, weil sie nur sich hatten. Gemeinsamen Kummer. Ge-

meinsame Geheimnisse. Gemeinsame Schürfwunden und Träume.
Der Schnee war trotz allem zusammengeschrumpft auf den Wiesen und Äckern. Er schmolz am Waldrand und in den Gräben. Aber der Frost biß Rakel in die Ohren.

5

Jeden Tag brach sie eine Scheibe Brot in Stücke und legte sie auf die Fensterbank. Winzig kleine Bissen. Dann setzte sie sich auf einen Hocker und wartete. Die schwarze Krähe. Die schimmernde, glänzende Elster. Sie kamen. Drehten jäh im Flug ab, wenn sie sie sahen. Verstanden, daß sie Wache hielt. Daß die Bröckchen nicht für sie waren. Es war nicht deren Junges, das sie in die Geröllhalde gelegt hatte.
O nein, wirklich nicht. Sie wußten sicher, mit wem sie die Bröckchen teilen wollte.
Sie nahm langsam den Gummi von ihrem Pferdeschwanz und schüttelte die Haare. Sie lüftete sie, während sie dasaß. Sie wartete wohl auf ein Rotkehlchen. Oder einen Fink. Einen Wintervogel. Einen, der nicht vor dem Winter flüchtete.
Sie aß ihr eigenes Brot und trank Milch. Die Nachmittagssonne zitterte und lebte wie ein offenes Feuer. Rollte das Licht zu ihr hin und machte sie

schwindlig. Der Himmel war eine Feuerglut. Die Abende wurden so hell. Waren nichts, um sich darin zu verstecken. Sie balancierte das Glas auf einen Hocker neben sich. Das Brot hielt sie in der Hand. Es krümelte gleichmäßig auf ihren Pullover. Sie konnte den schwachen Wollgeruch wahrnehmen, der sich mit dem Geschmack von Brot und Käse und Milch mischte.

Zeitweise vergaß sie sich und vergaß, warum sie da saß. Kaute nur. Aber jedesmal, wenn sie anfing zu frieren, erinnerte sie sich an den Vogel. Holte er sich nicht bald sein Essen? Auch heute nicht?

Sie nahm die Bröckchen genau zehn Minuten nach vier von der Fensterbank und schloß das Fenster. Gleich darauf hörte sie immer, daß Frau Karlsen die Haustür aufschloß.

Gelegentlich erinnerte sie sich an Ingrid. Oder an Onkel Simon und Tante Rakel. Frau Karlsen hatte erzählt, daß Ingrid angerufen habe. Daß sie einen Brief von Tora vermisse. Sie hatte das ganz streng gesagt, so wie der Pfarrer auf der Insel, als sie in den Konfirmandenunterricht ging. Frau Karlsen war zur Stiefmutter in dem Märchen vom Schneewittchen geworden. Sie schwatzte Tora Ermahnungen auf, die ebenso rot und giftig waren wie der Apfel, den Schneewittchen aß, bevor sie umfiel.

Den erhobenen Zeigefinger hin- und herbewegend, sagte Frau Karlsen:

»Man darf nie vergessen, seiner Mutter zu schreiben.«

Und Tora blendete das Geräusch ihrer Stimme aus.

Die anderen hatten die Osterprüfungen an den Tagen gehabt, an denen sie krank zu Hause war. Der Oberlehrer ließ etwas von einem ärztlichen Attest verlauten. Sie hatten ihn in Mathematik. Tora saß mit geradem Rücken und blassen Wangen da. Der Pullover lag um ihre Hüften. Schützte sie jetzt noch immer, obwohl sie nichts mehr zu verbergen hatte. Auch das war gefährlich.
Er sah vom Klassenbuch auf und versuchte, dem Blick des Mädchens zu begegnen. Aber Tora hatte bereits Blickkontakt mit der Weltkarte über der Tafel.
Es war Anne, die das Ganze in die Hand nahm:
»Tora hat eine Entschuldigung abgegeben. Von der Wirtin. Liegt sie nicht im Klassenbuch?«
»Ja, aber sie hat mehr als drei Tage gefehlt«, bemerkte der Oberlehrer trocken.
»Das ist doch nie so genau genommen worden. Hauptsache, die Zimmerwirtin oder die Eltern haben unterschrieben. Sie kann doch jetzt nicht mehr zum Doktor gehen wegen eines Attests. Sie ist doch wieder gesund.«
Verhaltenes Kichern. Eine altbekannte Übelkeit stieg in Tora hoch. Sie sah die blauen Adern um die Nasenflügel des Oberlehrers. Die kalten Augen ohne Ausdruck. Angst breitete sich langsam aus. Sie ging in eine Wut über, die sie nicht mehr beherrschen konnte. Sie spürte, daß die Schenkel unter dem Pult

zitterten. Ein sonderbar sprödes Läuten war in ihrem Kopf. Wie ein Sausen. Ein Zustand, wie nach einem Fieberanfall. Warme Wollbüschel flogen vor ihren Augen vorbei. Sie griff nach dem Pult, um das Zittern unter Kontrolle zu bekommen. Registrierte, daß der Mundwinkel sich ihrer Kontrolle entzogen hatte. Wußte, wie sie jetzt aussah. Das ließ sie noch wütender werden.

»Da konnt' ich nicht dran denken. Mir war schlecht. Außerdem hatte ich kein Geld von zu Haus... Ich glaub' nicht, daß der Doktor in Breiland was umsonst macht.«

Alle Gesichter wandten sich in erstauntem Respekt Tora zu. So eine lange Rede hatten sie bisher kaum von ihr vernommen. Das Mädchen sah ganz wild aus. Das Gesicht war beinahe entstellt. Irgend etwas stimmte nicht mit dem Mund. Sicher eine Art Lähmung.

Der Oberlehrer sah verlegen ins Klassenbuch. Das hatte er nicht erwartet. Wollte nur den starken Mann markieren.

Er hatte ein solches Bedürfnis nach Ordnung gerade an diesem Tag. Und da endete es damit, daß er echte Verzweiflung sah. Er war beleidigt deswegen und prüfte nicht einmal mehr die Anwesenheitsliste. Merkte nicht, daß Gunlaug nicht auf ihrem Platz saß, weil sie mit ihren Aufgaben nicht fertig geworden war.

Aber als er ins Lehrerzimmer kam, ließ er ein paar Bemerkungen fallen, daß ihm die Klasse etwas un-

diszipliniert vorkomme. Es gebe da einige undisziplinierte Elemente. Die anderen Lehrer sahen kaum auf. Antworteten nicht. Die Kaffeetassen waren halb leer, der Kaffee nur noch lauwarm. Es war schon lange her, daß die Tassen Freude gemacht hatten.
Der Klassenlehrer war nicht anwesend. Keiner fühlte sich verpflichtet, dem Oberlehrer zu antworten. Der konzentrierte Geruch nach Achselschweiß und Pfeifentabak mischte sich mit dem von Staub, Tinte und kaltem Kaffee. Jeder hatte mit sich zu tun. Undiszipliniertheit war ein Teil ihrer Lebensaufgabe, für jeden von ihnen. Der eigentliche Lebensprozeß. Es war beinahe Blasphemie, das Wort auszusprechen. Es hatte so etwas wie eine heilige Schwäche in sich.
Tora wurde nicht mehr nach dem Attest gefragt. Aber sie bekam ein paar Hausaufgaben, damit man hieb- und stichfeste Noten für das Osterzeugnis machen konnte. Das war nicht schlimm. Sie nahm die Aufgaben mit in ihr Zimmer und ließ sich Zeit.
Alle Aufgaben, die ein normales Wissen verlangten, waren einfach. Sie hatte viel Platz in ihrem Kopf. Als ob Hausputz und großes Aufräumen gewesen wäre. Was sie aus den Büchern lernen konnte, saß beinahe schon, ehe sie den Text fertig durchgelesen hatte. Aber bei allem, wo sie eigene Gedanken entwickeln mußte und was nicht in den Büchern stand – war es hoffnungslos, etwas Vernünftiges zustande zu bringen. Sie hatte das eigene Denken verloren. Konnte nur mechanisch lernen. Von hier bis da. Wie ein Ro-

boter. Mathematikaufgaben nach bestimmten Regeln lösen. Verben konjugieren. Historische Fragen nach Namen und Zahlen beantworten. Zahlen! Sie waren magisch und gut.
Aber das nützte ihr nichts, wenn sie einen Aufsatz schreiben mußte. Viele Seiten voller Gedanken, die nur aus ihr selbst kommen sollten. Vielleicht schrieb sie etwas, was zu Fragen nach dem Attest führte. Die Worte waren so gefährlich.
Sie bekam schreckliche Kopfschmerzen, wenn sie die Worte durchsiebte. Mißtrauisch setzte sie sie in Reih und Glied auf eine Linie. Wußte, daß sie hinter ihr her waren. Es kostete sie viele Stunden, einen Aufsatz über ihre Begegnung mit der Kommunalen Realschule in Breiland zu schreiben. Ihre Gedanken waren voller Brüche, wie die Gletscher im Frühling. Bodenlos, wie die Moore rund um das Jugendhaus auf der Insel.
Sie brachte den Aufsatz einigermaßen zuwege. Drei Seiten. Nicht mehr und nicht weniger. Sie versuchte nicht einmal, das Ganze durch Abschnitte und Zwischenräume in die Länge zu ziehen. Ließ es sein. Am letzten Schultag vor Ostern bekam sie ihn zurück. Mit der Note »ausreichend +«. Sie starrte ungläubig auf die Note. Der Kommentar des Norwegischlehrers war scharf. Aber ohne einen Beiklang von Mißtrauen wegen ihres Fehlens während der Osterprüfungen. Tora verbesserte die Rechtschreibefehler und lieferte den Aufsatz wieder ab.
Die Norwegischnote war »befriedigend«. Sonst sah

das Zeugnis gut aus. Sie kam glimpflich davon. Keine Rüge oder Mitteilung an die Eltern.
Da mußte sie auch nicht nach Hause fahren. Sie hatte sich bereits entschlossen. In der Nacht vor Schulschluß. Während sie im Bett lag und sich ausstreckte und spürte, daß der Schlaf sich immer mehr zurückzog, und das Tageslicht sich immer deutlicher an den Vorhängen abzeichnete und die Konturen der Möbel und Dinge im Zimmer sichtbarer werden ließ.
Sie fühlte sich beinahe glücklich. So leicht war es, eigentlich. Sich zu entschließen. Für eine lange Zeit nicht mehr auf die Insel. Vielleicht nie mehr. *Ihn* nie mehr sehen! Nie mehr die steilen Treppen zu den Räumen im Tausendheim hinaufgehen. Nie mehr den merkwürdigen Geruch im Treppenhaus wahrnehmen. Nie mehr gezwungen sein, mit *ihm* an einem Tisch zu sitzen.
Sie würde Ingrid schreiben. Sagen, daß sie Ostern woandershin wollte. Auf eine Hütte. Zusammen mit Freunden. Mädchen. Sonst würde man es ihr wohl nicht erlauben. Die Idee war ihr in der Schule gekommen. Viele wollten auf eine Hütte. Und sie wollten alle zu Hause sagen, daß sie mit Mädchen gingen. Machten aus, sich gegenseitig zu decken, falls gefragt wurde. Kicherten nervös und fühlten sich sehr erwachsen.
Der Brief wurde kurz. Ohne Schnickschnack. Bat nicht um Geld. Sie brachte ihn sofort zur Post.
Die Erleichterung machte sie schwindlig. Sie saß lange auf einem Stahlrohrstuhl in der Post, nachdem

sie den Brief abgeliefert hatte. Der Postbeamte sah sie ganz seltsam an, und sie bekam Angst, daß er fragen würde, ob sie krank sei. Diese Frage ertrug sie nicht.

Dann ging sie in die Bibliothek. Lieh sich ein Netz voll Bücher aus. Sie kaufte Brot, Kaffee, braunen Käse und vier Eier. Trug alles zusammen hinauf in ihr Zimmer und setzte sich vor das offene Fenster, um den Vogel zu füttern. Sie hatte keinem Menschen erzählt, daß sie Ostern in Breiland blieb. Alle hielten es für selbstverständlich, daß sie nach Hause fuhr.

In Sicherheit! Viele Stunden konnte sie hier mutterseelenallein sitzen, ohne daß jemand zu wissen brauchte, wo sie war.

Zehn Minuten nach vier schloß sie das Fenster, weil Frau Karlsen zu erwarten war. Die Vogelmutter kam nicht. Tora reckte sich nach allen Seiten, bevor sie das Fenster heranzog und die Haken einhängte. Die Bröckchen hatte sie hinaus in den Schnee gefegt. Sie waren gelbe Flecken da unten in all dem Weiß. Jeden Morgen waren sie fort. Sie hörte das Geschrei und Gekrächze der Krähen. Es war nur eine Frage der Zeit, wann Frau Karlsen entdeckte, warum sich so gierige Vögel in der Nähe ihres Hauses aufhielten. Tora schob den Gedanken von sich. Sie mußte Kontakt mit der kleinen Vogelmutter bekommen. Erzählen, wohin sie das Junge gelegt hatte.

6

Rakel entschloß sich, nach Breiland zu fahren. Das komme so plötzlich, meinte Simon. Sie erklärte, daß sie Menschen sehen müsse, sonst würde sie erstikken. Alles sei so klein auf der Insel...
Ob das seine Schuld sei? Nein, versicherte sie ihm. Aber so leicht war er nicht zu überzeugen.
Schließlich mußte sie mit der Sprache herausrücken, daß nämlich Ingrid ganz verzweifelt war, weil sie einen kurzen, kalten Brief von Tora bekommen hatte, in dem sie ihr mitteilte, daß sie Ostern nicht komme, weil sie mit Freundinnen auf eine Hütte wolle.
Simon meinte, daß es prima sei, daß das Mädchen Freunde habe. Es sei doch wohl nicht schlimm, wenn sie Ostern nicht nach Hause komme. Rakel seufzte und gab ihm recht, aber sie bestand trotzdem darauf, nach Breiland zu fahren. Da könne sie nach Tora sehen. Ein bißchen allein sein. Ins Kino gehen. Der Magen quäle sie, fügte sie hinzu. Da duckte er sich und sagte nichts mehr.
Rakel mußte handeln, wenn die Gedanken sie plagten. Immer mußte sie etwas *tun*. Sie *war* nun mal so.
Sie dachte darüber nach, was wohl der Grund für Toras Brief sein könnte. Ein Freund, von dem sie der Mutter nichts zu erzählen wagte? Nein, da hätte sie versucht, mit vielen Details, vielen Entschuldigungen eine Erklärung zu finden. Da hätte sie wahrscheinlich einen netten Brief mit überzeugenden Lügen geschrieben.

Simon brachte Rakel in dem kleinen Motorboot über den Fjord. Sie versprach, gleich nach ihrer Ankunft anzurufen. Stand da in ihrem neuen blauen Wollmantel, den sie in Oslo gekauft hatte, als sie zuletzt dort war. Er war ein Schild gegen neugierige Augen, damit die Leute nicht ihren abgemagerten, kranken Körper sehen sollten, wenn sie in Vaeret spazierenging. Sie sollten nur nicken und sagen: Rakel Bekkejordet war in der Hauptstadt und hat sich einen neuen Mantel angeschafft...
Keiner sollte sehen, daß es eine Entschädigung für Schmerzen war.
Aber Simon wurde ganz weich bei ihrem Anblick. Er fuhr allein über den Fjord zurück und spürte immer noch ihren Duft. Mitten durch die salzige Gischt. Er drehte den Motor voll auf und stellte fest, daß er gut lief.

Der Bus fuhr durch Millionen von Kurven und hielt ununterbrochen, so schien es Rakel. Sie hatte sich bereits überlegt, wie sie sich verhalten sollte, wenn sie nach Breiland kam. Sie wollte Frau Karlsen anrufen und nach Tora fragen. Dann wollte sie zu dem Haus gehen. Machte keiner auf, dann würde sie ein Hotelzimmer nehmen und das Weitere überdenken.
Es war grau in Breiland. Rakel hatte sich ein für allemal eine Meinung darüber gebildet. Seit sie erfahren hatte, daß sie zu Tests und Untersuchungen nach Breiland mußte. Das war schon lange her. Trotzdem war der Grauton da. Ein für allemal. Sie brachte es nicht über sich, diesen Eindruck zu revidieren.

Der Ton im Telefon war auch grau. Es klingelte in einem Raum, den sie nicht sehen konnte. Niemand hob ab. Sie hatte es im voraus gewußt. Sie knöpfte den Mantel zu, nahm die Reisetasche vom Boden auf und dankte der Verkäuferin, daß sie das Telefon hatte benutzen dürfen.
Ging geradewegs hinaus in den bleigrauen Tag.
Das Haus fand sie leicht. Wußte ungefähr, wo es war. Es brannte Licht im Flur und in der ersten Etage. Ein gelber, ängstlicher Schein, der über alten Schnee floß. Da oben waren die Rollgardinen heruntergezogen. Ein Schild über der Messingklingel. Herrschaftlich. Trotz aller Kümmernisse konnte Rakel sich ein solches Schild in Bekkejordet vorstellen. An der Haustür: Simon und Rakel Bekkejordet. Nur um zu irritieren und zu verwirren. Und weil es ihr gefiel. Aber es müßte einfacher sein. Und in jedem Fall mit einem Klingelknopf. Sie mußte beinahe lachen.
Niemand öffnete. Sie zog einen Handschuh aus und benutzte den nackten Zeigefinger. Als ob das helfen würde. Ein Ritual, um die Menschen herbeizuzaubern. Sie spürte, wie das Geräusch sich von ihrer Fingerkuppe bis in das Haus fortpflanzte. Bis zu dem Zimmer, in dem Tora war. Ein Ruf, eine Ankündigung, daß sie, Rakel, gekommen war. Aber das Haus antwortete mit beleidigter Stille. Verzaubert und abweisend.
Eine Bewegung da oben? Sie war sich nicht sicher. Sie klopfte laut an die Tür. Tat kund, daß sie sich nicht ohne weiteres zufriedengeben würde. Aber es

geschah nichts. Sie überlegte, daß Tora vielleicht eine gewisse Zeit brauchte, um sich vorzubereiten. Nahm einen Bleistift aus der Handtasche und riß eine Seite aus dem Notizbuch heraus. Dann schrieb sie, daß sie dagewesen sei und wiederkommen werde. Befestigte den Zettel in der Türspalte und wandte sich zum Gehen.

Als sie ein letztes Mal hinaufsah, bemerkte sie einen Schatten am Fenster. Das Rollo schnellte hoch. Sie glaubte, den scharfen Knall zu hören.

Tora stand wie ein gekreuzigter Schatten da. Die Sprossen im Fenster waren echt genug. Ein Kreuz. Rakel hob die Hand. Versuchte zu lächeln. Das Fenster wurde langsam nach außen aufgestoßen. Toras rotes Haar erschien in der Fensteröffnung. Rakel wußte nicht, was sie erwartet hatte.

Vielleicht ein Lächeln? Eine Entschuldigung? Ein kleines Hei!

Aber nichts von alledem. Es war, als ob Tora sie nie gesehen hätte. Als ob sie einen zufälligen Hausierer betrachtete und wünschte, daß er sein Begehren nennen würde und gehen.

»Hallo! Ich hab' schon geglaubt, daß niemand zu Haus ist. Kann ich raufkommen?«

Es war immer noch kein Laut aus dem offenen Fenster zu vernehmen.

Der Kopf verschwand, das Fenster wurde zugemacht. Einen Augenblick stand Rakel mit einer verwirrenden Lawine von Gedanken da. Einer davon war, daß Tora ihr wohl nicht öffnen würde. Aber

kurz darauf hörte sie von drinnen Schritte, und der Schlüssel wurde umgedreht.
Der Mensch in der Tür war Tora. Und war nicht Tora. Rakel blieb auf der Treppe stehen. Ihre Augen fuhren blitzartig über das junge Mädchen. Dann blickte sie verlegen zur Seite. Hatte das Gefühl, durch ein Schlüsselloch geschaut zu haben.
Das dichte Haar hing in Strähnen über die Schultern. Das Gesicht wirkte verlebt und war entsetzlich bleich. Die Augen sahen sie an, ohne zu sehen. Derselbe graue Pullover, den sie schon Weihnachten angehabt hatte. Aber der Kinderspeck, die runden Formen, die Frische – waren verschwunden. Sie konnte dieses Menschenkind nicht anders definieren als mit abgrundtiefem Unglück.
Natürlich. Dieses Menschenkind hatte den Brief an Ingrid geschrieben.
Rakel wartete nicht länger, daß Tora etwas sagen würde, sie folgte ihr einfach die Treppe hinauf in ihr Zimmer. Blieb an der Tür stehen. Schweigend. Betrachtete eingehend die triste, schwere Tapete, das schmale, altmodische Bett, die dunklen Vorhänge, das Licht der Straßenlaternen, das frech durch die hohen, kahlen Fenster hereinbrach. Den Flecken auf der Wand, wo einmal ein Bild gehangen hatte, die Wachstuchdecke mit den grellen Blumen. Die großen, alten Sessel und die Plüschdecke auf dem runden Tisch. Alles hatte bessere Tage gesehen, lange bevor Tora geboren wurde.
Rakel hängte ihren Mantel in den Gang, schlüpfte

aus den Stiefeln, rieb sich die Hände, während sie zum Ofen ging.
»Es ist schön warm hier«, sagte sie und verschwand fast in einem der Sessel. Tora setzte sich auf die äußerste Kante des Schreibtischstuhls.
Auf dem Schreibtisch lagen Bücher. Tora hatte sicher gerade für die Schule gearbeitet. Auf dem Bett lagen verstreut zehn, zwölf Bücher mit Bibliotheks-einband. Sonst war alles blitzsauber. Aufgeräumt bis ins kleinste Detail.
»Du lernst und lernst«, sagte Rakel lächelnd und fuhr mit den Fingern durch die Haare, um sie ein wenig in Ordnung zu bringen.
Tora nickte.
»Biste allein hier?« fragte Rakel vorsichtig.
»Ja. Frau Karlsen ist über Ostern bei Verwandten.«
Endlich konnte man ihre Stimme hören. Ganz konkret.
»Und du? Du willst nicht nach Haus, hab' ich gehört?«
»Hat die Mama dich geschickt?«
»Nein, keineswegs! Ich hab' in Breiland was zu erledigen. Ich hab' mich selbst geschickt. Aber ich mußte auch nach dir sehn.«
Plötzlich faßte Rakel einen Entschluß. Ehrlich sein. Wenn sie durch diese Schale durchdringen wollte.
»Aber ich hab' den Brief gesehn, den du nach Haus geschrieben hast. Du gehst also nicht auf irgendeine Tour – eine Hüttentour, nicht wahr?«
Tora starrte Rakel an. Das Gesicht, der Körper, aber

vor allem die Augen spiegelten genau den Ausdruck wider, den Rakel bei Tieren gesehen hatte, wenn sie geschlachtet werden sollten. Sie schluckte.
»Was *ist los,* Tora?«
»Nichts! Ich kann nur nicht. Es ist teuer und... Möchteste Kaffee?«
Das Mädchen schien aus einer Art Trance zu erwachen. Sie erhob sich jäh und ging ein paarmal ziellos im Zimmer umher. Ein nervöser, geschäftiger Tanz. Auf der Suche nach dem kleinen Kaffeekessel, der auf dem Tisch mit den Schulbüchern stand. Rakel deutete schließlich darauf. Zwei rote Flecken erschienen auf Toras Wangen. Rakel sah, wie der Schweiß auf Stirn und Oberlippe ausbrach. Sie hielt sich zurück, damit Tora sich beruhigte. Erinnerte sich plötzlich an die Episode mit Ingrid, als sie ihr geradeheraus gesagt hatte, daß sie Henrik verlassen solle. Man sollte den Menschen nicht soviel sagen. Es wurde schnell zuviel für einen, der den Gedanken schon gedacht und ihn dann verworfen hatte.
In mancherlei Hinsicht ähnelte Tora ihr selbst. Aber sie war trotzdem Ingrids Tochter, Ingrids Schande. Rakel war nie eines Menschen Schande gewesen.
Tora war bereits auf dem Weg nach draußen, um Kaffeewasser zu holen. Rakel merkte, daß sie sich in ein gefährliches Gebiet hineingeschwatzt hatte. Das konnte alles so undurchdringlich machen, daß sie keinen Zugang zu dem Mädchen bekam.
»Wirste dich Ostern hier amüsieren, da du ja nicht nach Haus fahren willst?«

»Nein... Ja, das heißt...«
Tora stand mit dem Rücken zu ihr und brauchte lange, um die elektrische Kochplatte anzudrehen. Bald darauf zischte es unter dem Kessel. Sie stand gebeugt über der Platte und konnte nicht von dem Deckel mit dem roten Bakelitknopf loskommen.
»Wisch den Kessel ab, Tora! Ich werd' ganz nervös, wenn das Wasser dauernd auf der heißen Platte zischt.«
Tora streckte mit einem Ruck den Nacken und nahm einen Lappen.
»Ja«, sagte sie. Lange nachdem sie den kleinen Handgriff getan hatte.
Es war schlimmer, als Rakel gedacht hatte.
»Haste Liebeskummer, Tora?«
Sie versuchte, ihrer Stimme einen warmen und behutsamen Klang zu geben, aber sie merkte selbst, wie hohl sie sich anhörte.
»Nein.«
»Erzähl mir, warum du nicht nach Haus willst. Es bleibt unter uns.«
»Es ist nichts.«
»Etwas muß es doch sein. Das merken wir beide, deine Mutter und ich. Der Henrik hat's sogar gemerkt.«
Das Zittern begann gleichsam am Rocksaum. Pflanzte sich durch den kleinen Körper fort. Die Halsadern zeichneten sich plötzlich blau unter der Haut ab. Der Mund öffnete sich, und der eine Mundwinkel fiel herunter, als ob er sich ausgehakt hätte.

Das Mädchen stand kerzengerade mit hängenden Armen da und zitterte.
Rakel erhob sich und nahm sie in den Arm. Der Pullover war klamm. Schweiß strömte über das Gesicht, und sie wischte ihn zaghaft fort, als ob es Tränen wären. Die Haare kräuselten sich am Haaransatz und sahen wie frisch gewaschen aus.
»Ich wart' auf jemanden – verstehste...«
»Auf wen wartest du denn?«
»Auf eine, die was zu essen bekommen muß. Eine, die ihr Junges verloren hat.«
»Eine, die... was?«
Sie starrten einander in die Augen. Rakel wich aus.
»Es ist eine Vogelmutter. Sie kann jederzeit kommen.«
»Tora!«
Der Raum schwankte um sie beide. Ganz langsam. Decke und Wände. Der Fußboden. Sie waren Spielbälle in des Herren leerem Raum. Rakel streckte die Hand aus, aber niemand ergriff sie. Tora streckte die Faust aus, aber niemand ergriff sie. So war das nun einmal. Rakel schluckte und holte tief Luft, dann sagte sie sehr energisch:
»Erzähl mir davon! Alles!«
»Nein. Du sollst jetzt gehn.«
Mit bittender Stimme. Wie Hasenpfötchen auf verharschtem Schnee.
»Ich geh' nicht! Erzähl mir absolut alles!«
»Du sollst gehn!«
»Nein!!!«

Rakel verlor vollständig die Fassung und schüttelte das Mädchen so heftig, daß das Bett nachgab. Ließ sie plötzlich los und sah beschämt auf ihre Hände. Tora zog die Knie an und rutschte bis hinauf ans Kopfende, schlang die Arme um die Beine und verbarg das Gesicht.
Wiegte sich sanft in ihrem eigenen Rhythmus hin und her. Hin und her. Von einer Seite zur anderen. Sie war eine Uhr. Ein Pendel, das die Minuten zwischen ihnen vorantrieb.
»Ich werd' den Doktor für dich holen. Tora, du bist ja wie von Sinnen.«
Tora sah auf, mit wilden Augen.
»Ich bin nicht wie von Sinnen. Ich werd' auch brav sein. Ich werd' alles tun, was du willst, wenn du nur nicht...«
Das Kaffeewasser kochte über. Rakel stand auf, um es in Sicherheit zu bringen. Verschüttete mehrere Löffel Kaffee, als sie den Kaffee in den Kessel geben wollte. Hörte sich sagen:
»Leg dich hin, und ruh dich ein bißchen aus, Tora. Du bist müde. Ich trink' derweilen meinen Kaffee hier hinten und schau' in deine Bücher.«
Rakel blieb am Fenster stehen und sah hinaus, ziellos. Sie stellte die gesprungene Tasse auf die Fensterbank. Das Nachmittagslicht war bläulich. Eine einsame Lärche bewegte unruhig ihre Zweige gegen etwas Unsichtbares. Irgend jemand mußte vor langer Zeit ein Loch in die Erde gegraben und den Baum gepflanzt haben. Ihn behütet, ihn zum Wachsen ge-

bracht haben. Wie zum Trotz gegen die Natur. Allzu nahe am Pol. Vielleicht lag es an der Stärke des Baumes. Vielleicht war es die schwarze, umklammernde Liebe der Erde zu den Wurzeln.

Während sie den Lärchenbaum betrachtete, geschah es. Ein spröder Laut gegen die Fensterscheibe. Ein Picken. Einsam und von nirgendwoher, wie die Luft, die sie einatmete. Unglaublich, wie alles andere, womit wir uns umgeben, auf das Konto »Selbstverständlichkeit« geht!

Eine Goldammer klammerte sich an die schmale Kante des Fensters. Breitete die Flügel aus und streckte den kleinen, krummen Hals vor. Klopfte. Herzschläge gegen eine kalte Fensterscheibe. Poch, poch, poch.

Toras Gesicht glättete sich. Der Körper löste sich und war auf dem Sprung zum Fenster. Endlich hatte sie die Hände an den Fensterhaken. Der Vogel schwang sich einen Augenblick empor, als ob er das Ganze geplant hätte. Ein zitternder Propeller in der Luft. Tora öffnete das Fenster. Schnell. Als ob sie Übung darin hätte. Als ob sie die Haken geschmiert, alle Trägheit aus den morschen, winternassen Fensterrahmen entfernt hätte. Als ob das Leben genau auf diesen Augenblick eingestellt wäre. Sie ging zu der Brottüte, holte ein paar Brocken, kam zurück und legte sie vorsichtig auf das Fensterbrett. Der Vogel saß ruhig im Lärchenbaum und wartete. Wartete? Konnte das möglich sein? Rakel bekam das sonderbare Gefühl, Zeuge einer Opferhandlung zu sein. Ei-

nes Rituals, dem beizuwohnen sie auserwählt war. Tora stand mit leuchtendem Gesicht da, während der Vogel ein paar Bissen aufpickte, zu seinem Zweig flog, zurückkam und noch ein paar Bissen holte. Mehrmals wiederholte sich das. Dann blieb er ruhig in der Luft stehen und bewegte nur die Flügel. Eine Art Gruß. Tora hob die Hand. Dann war er fort. Die Bröckchen lagen wie Brandmale auf dem Fensterbrett.
Rakels Schultern fielen herunter.
Tora war wieder im Zimmer.
Sie wandte sich um und sah Rakel an. Nickte stumm. Dann schloß sie sorgfältig das Fenster.
»Er wird's jetzt allein schaffen! Hast du's gesehn?«
Rakel versuchte, in Toras Welt hineinzukommen. Sie nickte nur ein wenig mit dem Kopf.

Sie aßen Brot mit Fleischrolle, die Rakel mitgebracht hatte. Dazu tranken sie Kaffee. Saßen an dem runden Tisch mit der Plüschdecke, die Arme ziemlich hoch, weil die Armlehnen der Sessel so hoch waren.
Rakel wartete. Etwas mußte ja geschehen. Sie wußte, daß sie nicht die Voraussetzung hatte, Tora ohne weiteres zu verstehen. Spürte trotzdem intuitiv, daß sie auf dem richtigen Weg war.
»Frau Karlsen ist Witwe geworden«, sagte Tora schließlich und kaute nachdenklich. Ihr Gesicht hatte etwas Farbe bekommen.
»Ja, ich hab's gehört. Nimmt sie's schwer?«
»Er war im Altersheim. Ich glaub' nicht, daß sie's versteht. Daß er tot ist, mein' ich.«

»Das ist oft so. Als deine Großmutter starb...«
»Ich glaub' nicht, daß wir sterben«, unterbrach Tora. Es war deutlich, daß sie nicht zuhörte.
»Das müssen wir alle, Tora.«
»Nein, ich glaub', das ist nur eine Lüge! Ich glaub', daß wir die ganze Zeit da sind, auch wenn wir uns nicht zeigen. Deswegen macht sich auch Elisifs Gott nicht die Mühe, den Henrik sterben zu lassen. Er ist ja doch da. Die ganze Zeit.«
Rakel nahm den einen Fuß, den sie auf den anderen gestellt hatte, auf den Boden herunter, als ob er eine Sache wäre. Er stand einen Augenblick in der Luft. Die Hand, die eigentlich die Kaffeetasse zum Mund führen wollte, sank in den Schoß.
»Warum soll der Henrik nicht sterben?« fragte sie mit steifen Lippen.
»Nein, er kann nicht sterben. Menschen wie er können nicht sterben... Aber das macht nichts – denn ich komm' ja nicht nach Haus!«
»Weil du den Henrik nicht magst?«
»Keiner mag den Henrik.«
»Hör mal zu! Du brauchst den Henrik nicht zu mögen, auch wenn er mit deiner Mutter verheiratet ist. Du kannst deswegen ruhig nach Haus fahren. Du brauchst mit dem Henrik nicht mal zu reden. War er Weihnachten häßlich zu dir?«
»Nein. Ich war gemein.«
»Wie denn?«
»Ich hab' die Kaffeetasse so weit weggestellt, daß er nicht drankam, denn er hatte ja den Fuß in Gips. Ich

hab' ihn nicht gestützt, wenn er Hilfe brauchte, um aufs Klo zu kommen.«
Tora grinste. Die Augen glänzten wie im Fieber.
»Warum, Tora?«
»Jemand muß das machen. Damit er versteht, daß er nicht sterben kann.«
Etwas Unheimliches kroch aus den Wänden, so daß es Rakel naßkalt über den Rücken lief.
»Sag mal, warum kannst du den Henrik nicht leiden? Was hat er dir getan? Hat er dich geschlagen? Dir gedroht?«
»Alle wissen, daß er schlägt. Ich will nicht dahin. Ich muß dem Vogel zu essen geben.«
Tora vergrub ihre Finger in Rakels Strickjacke, beugte sich vor und sah ihr in die Augen. Jemand hatte mehrere Kerzen tief drinnen hinter der Netzhaut angezündet. Nun flackerten sie im Zug. Zug woher? Wie ein Kind. Ein kleines Kind, dachte Rakel. Tora ließ Rakels Jacke los. Lachte. Es hörte sich an, als ob Reißbrettstifte in einer Tabakbüchse klapperten.
»Alle wissen, was der Henrik tut, außer *einer* Sache.«
Tora schloß den Mund. Ganz fest. Schürzte die Lippen und wiegte sich hin und her.
»Was für eine Sache?«
»Er weiß nicht, daß er ein Vogeljunges hat. Er weiß nicht, daß die Vogelmutter um Brot an meinem Fenster bettelt. Er weiß nichts von sich selber.«
»Daß er ein Vogeljunges hat...?«
»Du hast doch den Vogel gesehn, nicht wahr? Er kam, obwohl du hier warst! Nicht wahr?«

»Ja, Tora, ich hab' den Vogel gesehn. Kannste mir erklären, was der Henrik mit dem Vogel zu tun hat?«
»Er ist der Vater von dem Vogeljungen, verstehste das nicht... Er ist zu groß, um der Vater von einem Vogel zu sein...«
Rakel versuchte, Ordnung dahinein zu bringen. Irgend etwas stimmte nicht mit der Tapete. Der Stoß über dem Bett klappte nicht. Das Samtmuster paßte nicht aufeinander. Die Augen wanderten von der einen Tapetenbahn zur anderen.
»Halt mich nicht zum Narren, Tora.«
Toras Augen schauten durch Rakel hindurch. Die Stimme wurde eindringlich leise. Als ob sie einen Traum erzählte, der Eindruck auf sie gemacht hatte. Als ob sie von einem Buch berichtete, das sie gelesen hatte.
»Er war klein, verstehste. Schon blau. Keiner wußte davon, deshalb starb er einfach. Aber die Mutter trauerte...«
Dann erstarrte sie plötzlich. Rang nach Atem. Die Fäuste hämmerten auf den Sessel. Staub wirbelte auf. Ein alter, trockener Geruch ließ es Rakel übel werden. Toras Augen waren voller Tränen, und aus der Kehle kamen irgendwelche Laute.
Rakel erhob sich und zog sie von dem Sessel hoch. Sie landeten alle beide auf dem Fußboden. Der Flikkenteppich verrutschte unter ihnen, wie es ihm paßte. Das Nachmittagslicht war sparsam hier unten. Machte den Raum flach. Schob die Wände auseinander. Die Decke mit dem abscheulichen, mehrarmi-

gen Kronleuchter wurde drohend. Die vergilbten Bakelitschirme hatten von zu starken Birnen Risse bekommen. Rakel zählte die Schirme. Sechs.
Tora schlürfte ihr Weinen in sich hinein. Fuhr mit dem Ärmel übers Gesicht. Schluchzte noch ein wenig. Sie war zwei Jahre alt. Lag in der Tante Schoß. Hatte sich das Knie fürchterlich aufgeschlagen, so daß sie weinen mußte. Aber es gab Abhilfe für alles. Rakel legte einen Lappen auf. Die Tante legte immer einen Lappen auf. Sie blies auf die Wunde, bis der Schmerz weg war. So war es immer gewesen.
»Hier! Hier kam das Vögelchen raus. Und dann starb es einfach! Aber ich hab' das Blut aufgewischt. Alles verbrannt. Tante. Nicht wahr, es ist jetzt schön hier?«
Zuerst zeigte sie mit einem zitternden Finger auf den Teppich unter ihnen. Dann machte sie eine weit ausholende Bewegung mit der Hand und schickte ein zerbrochenes Lächeln in den Raum.
»Niemand hat's gesehn, Tante.«

7

Es ruhte ein blasser Feiertagsfrieden über Vaeret. In der Woche vor Ostern war es ihnen gegangen wie einer Henne, die ein Ei legen will. Aber sie gackerte nicht viel. Stakste nur hierhin und dahin, während die Zeit verging. Und das Nest blieb leer.
Die Fischer hatten mehr Furchen im Gesicht als gewöhnlich. Einige sagten ganz offen und sehr verbittert, daß das Zugnetz der Fischerei mehr schade als das Grundnetz. Sie blieben bei Laune, indem sie gegenseitig die Zähne fletschten, wie Tigerjunge beim ernsthaften Spiel um die Beute, der sie das Leben nicht zu nehmen vermögen.
Normalerweise fischten sie bis Mitte April. Aber nicht in diesem Jahr. Die Zugnetzfischer leugneten, daß sie daran schuld seien, obwohl es sogar in der Zeitung stand, daß der Fischfang gut gewesen sei bis zum »Zugnetz-Datum«. Zusätzlich fischten die verdammten Krabbenkutter alle kleinen Fische in der Barentssee bis herunter zur norwegischen Territorialgrenze weg. Piratenpack! Man mußte es nach Ostern in der Finnmark probieren. Über eines waren sie sich einig in den Fischerhütten, bei Tabaksrauch und Schwarzgebranntem: die Zwölfmeilengrenze! Das wäre für sie die Rettung.
Simon hörte an diesem Karfreitag den Männern zu. Sonst wanderte er nicht oft dahinunter. Er konnte, um die Wahrheit zu sagen, den Gestank nicht aushal-

ten. Aber das sagte er nicht laut. Deshalb hieß es auch, daß er seiner Frau am Rockzipfel hänge. Es konnte ihm egal sein, was die Leute redeten. Simon mochte keine Erklärungen abgeben. Er vergab den Leuten gerne ihre Dummheit, nur nicht, daß sie stanken. Das sagte er jedoch nur zu Rakel. Sie lachte und meinte, er sei verwöhnt. Kniff die Augenbrauen zusammen und ermahnte ihn, seinesgleichen nicht zu verachten. Ein Fischer *mußte* riechen, wenn er zu seiner Frau kam! Ja, ja. Sogar Simon konnte gewisse Dinge, die er nicht mochte, mit Wohlwollen betrachten, wenn Rakel sie in Schutz nahm.

An diesem Abend war Simon Strohwitwer. Er war zu Hause in Bekkejordet im Kreis herumgelaufen und hatte die Daumen gedreht. Zu guter Letzt hatte es ihn nach Vaeret und in die Tobiashütte gezogen. Dort war nicht viel von Karfreitag zu spüren. Die ansässigen Fischer waren nach Hause gekommen, und die auswärtigen waren weggefahren. Der Tabaksqualm von den Heimkehrern war ebenso grau wie der von den Fremden, auch wenn die Einheimischen etwas hellere Kleider anhatten. Sie hatten Frauen auf der Insel, die alles in Ordnung hielten.

Die Köchin hatte eine liebevolle Hand gehabt und einen Kätzchenzweig in einer Flasche auf den Tisch gestellt. Die Flasche wackelte jedesmal gefährlich, wenn die Männer den Ellenbogen wechselten, um das feiertäglich gesäuberte Haupt zu stützen, oder eine Karte auf den Tisch knallten und den Stich mit einer ausholenden Armbewegung kassierten.

»Die *M/K Heimen* mit Netzen und dem ganzen Kram, Echolot und übriger Ausrüstung, kommt nach Ostern zur Zwangsauktion«, verkündete einer der Männer und strich sich ernst übers Kinn. Als ob er erstaunt wäre, daß dort ein Bart wuchs, strich er ungläubig noch ein paarmal darüber. Dann begann er an den Stoppeln zu zupfen, um sie mit der Wurzel auszureißen.

»Puhl dir nicht im Gesicht rum, Mann, du bist hier nicht allein. Es wird wohl noch mehr passieren als nur das, nach dieser Saison!« sagte eine bissige Stimme.

Simon hatte immer ein ungutes Gefühl, wenn das Gespräch diese Wendung nahm. Früher oder später würde ein Sündenbock für die schlechten Zeiten gefunden werden.

Henrik saß mit gesenktem Kopf beim Ofen. Er hatte die Stiefel ausgezogen und war in sich zusammengesunken, als ob er schliefe. Aber alle wußten, daß er leidlich nüchtern war und daß er das Gespräch wie ein Habicht verfolgte, auch wenn er sich kaum einmischte.

»Biste lange auf dem tollen Schiff gefahren?« fragte Håkon, einer von denen, die man sehr oft in der Tobiashütte hören konnte.

»Zwei Jahre. Weiß der Teufel, wie es jetzt weitergeht, es bringt nicht viel, in die Finnmark zu fahren, wenn die Staatliche Fischereibank ihr Geld bekommen hat.«

»Sie sind wie der Teufel, wenn man ihnen den klei-

nen Finger reicht, nehmen sie gleich die ganze Hand!« Einar spuckte auf den Boden. »Man sollte beim Simon anheuern«, fügte er hinzu und schielte gleichzeitig zu Simon hin.
»Meine Mannschaft ist komplett«, sagte Simon. »Aber es gibt wohl eine Möglichkeit. Sie können ja nicht einfach die Boote nehmen. Das wäre so, als ob man die Leute in den Schuldturm werfen würde. Es ist doch klar, ohne Arbeitsplatz kann keiner seine Schulden bezahlen.«
»Du red'st wie 'n Pfarrer«, fauchte Einar.
»Pfarrer kannste selber sein«, meinte Simon gutmütig.
»Wo ist übrigens die Rakel Ostern?«
»In Breiland, soviel ich weiß.«
»Habt ihr da Verwandte?«
»Nein.«
Henrik richtete sich in seiner Ofenecke auf.
»Manche sind so stinkvornehm, daß sie Ostern nicht mehr zu Haus feiern können. Sie wohnt wohl im Hotel, die Rakel? Und strickt Osterfigürchen, was?«
Simons Gesicht verdunkelte sich. Er vermochte nicht zu antworten. Es wurde still um den Tisch. Die Männer senkten den Kopf und vermieden, Simon anzusehen.
Es war der schroffe Håkon, der ein böses Maul hatte, der aber eher weinte als eine Frau und half, wo er nur konnte. Es war der sture, naive »Himmelgløtten«, den die Leute nicht für einen ordentlichen Menschen

hielten, weil er schielte und mit dem Kopf wackelte. Es war Nas-Eldar, der den Lastwagen vom Dahl fuhr, der überall war, nur nicht da, wo er sein sollte. Es war Einar von der Veranda-Dachstube, der einst vom Pfarrhof vertrieben wurde, weil er es sich zur Gewohnheit gemacht hatte, Speck aus dem Vorratshaus des Pfarrhofs mitzunehmen – und der plötzlich ein Dieb war, als der neue Pfarrer kam. Er las Bücher und kam wie ein Prophet mit Warnungen über die allen Dingen innewohnende Teufelei. Der Grünschnabel war auch da. Er war viel zu jung, um mit den alten Männern in der Hütte zu sitzen, aber er wurde trotzdem geduldet, weil er solche Schwierigkeiten hatte, eine Frau zu finden, und sich irgend jemand ja seiner annehmen mußte. Schließlich war da noch Kornelius, der keinen Spitznamen und keine Besonderheit hatte, der es aber auch nie sehr eilig hatte, nach Hause zu gehen. Es waren noch zwei andere da. Und alle waren gleichermaßen verlegen.
Einar, der sonst den Mund als letzter aufmachte. Leise, während er an einem Loch im Zahn lutschte:
»Du sollst jetzt Ruh' geben, Henrik. Du weißt, es ist noch so zeitig im Jahr, daß der Mist friert, wenn man ihn ausstreut.«
»Du hast ein ziemlich scharfes Maul, wie ich hör'. Was meinste damit?« fragte Henrik. Er war sauer wie ein Seemannshandschuh, der wochenlang benutzt worden war.
»Wenn du dich nicht anständig benimmst, dann schmeißen wir dich raus. Wir nehmen Partei. Ist das

klar? Für den Simon. Du hast mal im Gefängnis gesessen, reicht das nicht? Ich versteh' nicht, daß der Simon es nach der Brandgeschichte noch über sich bringt, mit dir in einem Raum zu sitzen.«

Niemand hatte es für möglich gehalten. Trotzdem geschah es. Henrik fuhr hoch, erstaunlich schnell. Dann saß seine gesunde Faust mitten in Einars Gesicht. Der alte Mann zuckte ein bißchen, ehe er vom Stuhl glitt.

Henrik stand mit wilden Augen mitten im Raum. Der Alte lag wie ein Sack vor dem Ofen. Die Männer waren aufgesprungen. Hocker und Lederstiefel. Sonderbare Kehllaute. Eine Art Fauchen. Wie auf Kommando fielen sie über Henrik her. Endlich! Sie hatten lange darauf gewartet. Jetzt war die Gelegenheit da. Simon war mittendrin, ohne daß er es wußte. Alle schlugen drauflos, als ob das ganze Leben, die Gefahr eines Konkurses, der fehlgeschlagene Fischfang, unbezahlte Rechnungen – *alles* sich in ihren Fäusten konzentrierte. Die Arme flogen wie Windmühlenflügel und trafen das Ziel wo auch immer.

Schließlich nahmen die Männer wahr, daß zwei Körper am Boden lagen. Einar und Henrik. Sie standen mit hängenden Armen im Kreis um die beiden herum und atmeten schwer. Der Karfreitag schlich sich barfuß zu ihnen herein, aber es gab keine andere Möglichkeit. Der Mann mußte fertiggemacht werden. Endlich! Der Räuber kam ans Kreuz. Um die Wahrheit zu sagen, es waren bestimmt viele Räuber. Aber Christus war abwesend. Deshalb nahmen sie

Strafe und Vergebung in ihre eigenen Hände. Es war nicht zu ändern.
Håkon weinte ein wenig, als er sah, wie übel es um Einars Nase stand. Er verfluchte und beschimpfte einen am Boden liegenden Henrik, der überhaupt nicht imstande war, einen Laut zu hören. Jemand holte eine Schüssel Wasser und fing unbeholfen an, das Elend in Ordnung zu bringen.
Simon sah lange zu. Sein Oberkörper war ganz steif, aber er spürte, wie gut es getan hatte, draufloszuschlagen. Gleichzeitig wurde ihm bewußt, wie wenig es von den Problemen, die zwischen Bekkejordet und dem Tausendheim bestanden, gelöst hatte. Dennoch: Was für eine Erleichterung war es gewesen! Die Männer hatten mitgemacht. Es gab keinen Zweifel darüber, wer Simon war – und wer Henrik war! Aber beim Weiterspinnen dieses Gedankens: Wußte Henrik, warum Rakel in Breiland blieb? Was er, Simon, nicht wußte? Da legten sich rote Wolken vor seine Augen. Er stieß mit dem Stiefel gegen den leblosen Körper, ganz kurz. Hart.

Simon wollte nicht dabeisein, wenn sie Henrik nach Hause zu Ingrid brachten, nachdem sie ihn mühsam wieder zum Leben erweckt hatten. Er war feige. Außerdem war er verwirrt über die süße Rache, die in den rasenden Schlägen gelegen hatte.
Simon erinnerte sich an Situationen, in denen er geprügelt hatte. Es waren nicht viele. Ein paarmal in seiner Jugend. Als er noch seine Männlichkeit bewei-

sen mußte. Dann den jungen Burschen bei dem Tanz auf dem Kai, der sich an Tora gehängt hatte. Henrik. Was war mit diesem Mann los? Henrik schien gewissermaßen Simons Leben zu steuern. Wußte, wann er zupacken mußte. Wußte, wo Simon verwundbar war. Er hatte den seltsamen Gesichtsausdruck gesehen, als Henrik nach der Schlägerei aufgewacht war. Die Augen waren beinahe froh gewesen. Erleichtert. Als ob er um die Prügel gebeten hätte. Glücklich wäre über alle Schläge... Und die Männer – beschämt. Gute Männer. Waren dennoch viele gegen einen gewesen. Eine Todsünde.
Einar wurde krank durch den Schlag. Kotzte ein bißchen. Auf diese Weise wurde die Bestrafung gerechtfertigt.
So erklärten sie es auch Ingrid. Henrik hatte den alten Einar geschlagen. Sie malten es nicht weiter aus. Und Ingrid war es nicht gewohnt, daß man ihr erklärte, was vorgefallen war, deshalb sagte sie nichts.
Bei Einar gab es keine Frau. Man brauchte ihn nur ins Bett zu legen und das Beste zu hoffen. Ingrid versprach, nach ihm zu sehen. Das sei ja das wenigste, was sie tun könne, meinten die Männer – mit so einem verdammten Mann im Haus wie Henrik. Trotzdem waren sie nicht sehr fröhlich gestimmt, als sie sich trennten und jeder nach Hause ging. Der Nachmittag und der Abend waren nicht so geworden, wie sie sich das gedacht hatten. Und sie erzählten zu Hause nicht viel. Um bei der Wahrheit zu bleiben, sie sagten gar nichts.

Aber alles wurde in gewisser Weise in Ordnung gebracht. Die Leute, die ins Tausendheim gehörten, wurden dahin verfrachtet, die anderen gingen dorthin, wohin sie gehörten. Alle wurden in die richtige Kiste sortiert. Diesem Muster folgten sie seit Generationen.

Der Frühling war scharf rund um die Fischgestelle längs des Weges. Ein scharfer Geruch nach Fisch, der zum Trocknen gegen den hellen Himmel hing. Es schmolz ein bißchen um die Steine über Mittag. Abends fror es wieder, und es bildeten sich Eisnadeln auf den Wegen und an den alten Grashalmen vom Vorjahr, die im Winde schwankten.
Simon ging, die Hände auf der Lenkstange, den Hang hinauf und verfluchte den Schnaps. Alles lief verkehrt. Er hätte sich nicht auf die Schnäpse, die angeboten wurden, einlassen sollen.
Er hatte sich wie ein Kind aufgeführt! Nahe am Gartenzaun von Bekkejordet traf ihn die Erkenntnis wie ein Pfahl. Daß dieser Abend sie alle rammen würde. Nicht in erster Linie Henrik. Aber ihn selbst, Rakel und vielleicht am meisten: Ingrid.
Auch wenn er nicht verstand, was in Ingrids Kopf vor sich ging, so würde er es doch ungern sehen, daß ihre Situation sich verschlimmerte.
Er brauchte nicht lange für den Rückweg. Bald stand er vor Ingrids Küchentür und klopfte an. Zögernd. Er wußte nicht, wie man ihn empfangen würde. Aber es sollte gehen, wie es wollte. Es war doch alles

falsch. Die Stimme von drinnen klang dünn. Aber sie trug erstaunlich gut. Wie ein Ruf über das Wasser bei dichtem Nebel.

»Herein!«

Sie war mit irgend etwas hinten am Küchenschrank beschäftigt. Drehte sich nicht gleich um, als er eintrat. Aber Henrik richtete die tiefen, dunklen Augen sofort auf ihn. Er zog sich gerade die Stiefel aus. War im Gesicht übel zugerichtet.

»Guten Abend«, sagte Simon, nahm die Mütze ab und blieb stehen.

»Setz dich!« sagte Ingrid leise, ohne ihn anzusehen. Wandte sich dann aber um und kam bis an den Lichtkegel beim Tisch. Sie hatte eine Mullbinde und Jod in den Händen.

Simon setzte sich in ihrer Nähe an den Tisch. Als ob sie eine Art Verbündete wäre. Er wußte nicht, ob er Angst vor Henrik hatte, jetzt, wo er allein war. Jedenfalls war es so etwas wie eine Probe, durch die er hindurch mußte, um sich selbst wieder in die Augen sehen zu können.

»Henrik hatte Probleme«, sagte sie bemerkenswert neutral. Wie die Stimme, die im Radio den Wetterbericht las. Sie feuchtete ein Stückchen Mull mit Jod an. Ging fünf kleine Schritte zum Herd, neben dem der Mann saß. Reinigte die Wunde. Holte behend zwei Heftpflaster aus der Schürzentasche und setzte sie über Kreuz auf das Stück Mull. Henrik rührte sich kaum. Schnitt nur Grimassen wie ein kleiner Junge, als das Jod ihn traf.

»Ja, ich war auch da«, sagte Simon und räusperte sich.
Sie drehte sich um. Blitzschnell. Als ob sie ihren Ohren nicht traute. Ihre Blicke hielten einander stand.
»Ich fürchte, ich hab' mich auch an der Mißhandlung beteiligt...«
Simon spürte plötzlich, wie warm es in dem Raum war. Das Gefühl, zu ersticken, lähmte den Rest seiner Rede, die er sich überlegt hatte.
»Warum das denn?« flüsterte Ingrid wie betäubt. Sie sah wie von weither auf Henrik und legte automatisch Schere, Pflaster, Jod, Mullbinde in einem unordentlichen Haufen auf den Tisch.
»Er hat schlecht über Rakel gesprochen, und ich bin nicht der Mann, so was hinzunehmen«, erklärte Simon, als ob nur Ingrid und er im Raum wären.
Ingrid sah von einem zum anderen.
»Schlecht? Wieso schlecht?«
»Nun, es war wohl nicht so bös gemeint, oder?« räumte Simon ein und sah Henrik fragend an. Wollte ihn mit hineinziehen.
»Was haste gesagt?« fragte Ingrid und sah Henrik an.
Die Möwen da draußen hatten etwas gefunden, worum sie sich zankten. Sie schrien, als ob auch sie den Sachverhalt erklären wollten.
»Das ist alles Unsinn.«
Henrik stand auf und schleuderte seine Stiefel unter den Herd.
»Ja, was nun war oder nicht war, wir hätten's auf eine

andre Art und Weise bereinigen sollen, Henrik. Ich hätt' mich nicht in die Schlägerei in der Tobiashütte einmischen sollen. Aber du bist nun mal so, daß selbst ein Stein vor Wut zerspringen könnte. Ja, ich hab's bisher nicht gesagt. Wir haben wohl seit dem Brand überhaupt nicht mehr miteinander geredet... Aber wie dem auch sei, ich möcht' jetzt einen Schlußstrich ziehn. Ich kann die Menschen nicht argwöhnisch anschaun und mich fragen, wie sie zu mir stehn. Unsre Frauen sind Schwestern... Wir können das Leben unsrer Frauen nicht durch unsre Feindschaft zerstören. Das wär' nicht recht.«

Die lange Rede hatte er nun doch losgelassen. Simon fühlte sich erleichtert und lehnte sich auf seinem Stuhl zurück. Die Kugellampe über dem Tisch ergoß ihr Licht über seine blonden Haare.

Hinten in der Ecke beim Herd war es warm. Aber das Licht hielt sich von dort fern. Henrik war ein Tier, das sich da hinten rührte. Bewegte ein bißchen den gesunden Arm. Ein Schatten.

Ingrid wußte nicht, was sie von dem Ganzen halten sollte.

»Es gibt kaum etwas, worüber wir zu reden hätten, mein' ich«, fing Henrik an. Aber die Stimme verriet ihn. Sie taugte nicht viel. Es war nicht üblich auf der Insel, daß Feinde in der Küche zusammensaßen, um alten Groll aus der Welt zu schaffen. Die Worte waren eingeschlossene Stiefkinder.

»Na schön, es könnte so aussehn. Aber ich glaub' nicht, daß du so boshaft bist, Henrik.«

»Boshaft!« schrie Ingrid. Stieß Pfrieme in die Luft, so daß Simon kaum atmen konnte.
»Boshaft? Warum sagste so was, Simon?«
»Weil ich nicht weiß, was ich sagen soll! Weil ich ihn nicht zu fassen krieg', den Mann, mit dem du zusammenlebst!«
Simon verlor die Fassung, aber hatte sich schnell wieder in der Hand. Er sah klar Henriks Fähigkeit, die Menschen zum Kochen zu bringen, während er selbst am Rand saß und einfach nur anwesend war. Die Wut pochte wieder hinter Simons Stirn. Die Lust, noch einmal auf diesen Burschen loszugehen!
»Ich begreif' nicht, was du gegen Rakel und mich hast, Henrik. Versteh' nicht, was wir dir eigentlich getan haben. Verstehst du's selbst?«
Es kam keine Antwort. Die Wände saugten die Worte an. Gierig. Als ob es darauf ankäme, sie möglichst schnell unsichtbar zu machen.
Er strich sich entmutigt übers Gesicht. Wurde sich allmählich dessen bewußt, daß er bei einem um gut Wetter bat, der gar nicht daran interessiert war, etwas in Ordnung zu bringen. Er sah sich in der Küche mit den schäbigen Wänden um. Die Farbe war abgewaschen oder abgerieben worden, schon lange bevor Ingrid mit ihrem Schmierseifenwasser angefangen hatte. Die armseligen Möbel. Die abgetragenen Kleidungsstücke am Haken neben der Tür. Der Geruch eines Hauses, in dem viele Menschen lebten. Die Türen vermochten nicht, neugierige Augen und Ohren auszuschließen. Wahrscheinlich waren Oh-

ren im Treppenhaus entlang der Wände angeklebt. Um zur Stelle zu sein, wenn etwas los war. Die Ohnmacht gegenüber dem eigenen Schicksal konnte dadurch gelindert werden, daß man miterlebte, wie das Leben anderer Menschen zerbrach. Einen Augenblick sah er Rakels Familie vor sich, dann erhob er sich müde und machte sich fertig zum Gehen.
Henrik und Ingrid folgten ihm stumm mit den Augen. Jeder für sich, ohne Kontakt miteinander zu haben. Simon empfand es als eine Erleichterung, die eigenen Schritte auf dem abgetretenen Holzfußboden zu hören.
»Du – ihr könntet schon erzählen, was in der Hütte gesagt worden ist.« Ingrid sah endlich von einem zum anderen. Es rauschte aufbrausend in den Rohren über ihren Köpfen. Eine Art Signal, daß die Welt sich drehte – noch.
Simon blieb stehen – und versuchte dankbar die Worte, die Henrik in der Tobiashütte gebraucht hatte, wiederzugeben. Was Einar geantwortet hatte. Den Schlag. Die Schlägerei.
Henriks Gesicht war eine nicht gestrichene Bretterwand.
»Die Rakel ist in Breiland, um nach der Tora zu sehn, das wißt ihr doch?« fügte er hinzu.
»Warum denn? Wie meinste das?«
Ingrid wurde unruhig.
War auf dem Sprung. Knickte in der Mitte etwas zusammen.
»Die Rakel hat angerufen und gesagt, daß sie vor

morgen nicht nach Haus kommt. Denn der Tora geht's nicht besonders gut.«
»Hat sie nicht gesagt, was ihr fehlt?« fragte Ingrid.
»Nein. Nur, daß sie noch bleibt. Ich dachte, ihr wüßtet...«
»Nein«, sagte Ingrid.
Sie zog sich mit steifen Händen die verschlissene geblümte Schürze aus. Legte sie auf dem Tisch ordentlich zusammen.
»Ich geh' jetzt mit dir nach Haus, Simon, und dann ruf' ich in Breiland an. Ich muß was Genaueres erfahren.«
Henrik hob endlich den Kopf. Die Schwellungen von den harten Schlägen wurden immer bedenklicher. Er sah ziemlich mitgenommen aus.
»Du gehst nirgendwo mit ihm hin!«
Beide drehten sich zu Henrik um.
»Ich will nicht, daß du nach Bekkejordet raufläufst wie ein Flittchen!«
Die Stimme klang, wie wenn alte, dürre Kiefernstämme im Sturm brachen. Einer nach dem anderen. Ein einsames Rufen. Das Simon verstand. Tief innerlich. Er wußte nicht, warum. Es war einfach so. Endlich sah er die Eifersucht, die die Gedanken und Reaktionen dieses Mannes antrieben.
»Geh du nur rauf und ruf an, Ingrid. Ich bleib' solange hier unten und leiste dem Henrik Gesellschaft. Kochste Kaffee, Henrik?«
Es flogen Schatten über das Gesicht des Mannes in der Ofenecke. Scham? Ein Funken Trauer? Ein Eingeständnis?

Ingrid machte einen gehetzten Eindruck, aber sie ging. Als die Tür sich hinter ihr schloß, spürte Simon, wie ihn ein unheimliches Gefühl beschlich. Ein Netz über allen Gedanken. Er zwang sich dazu, Henrik den Rücken zu kehren, während er selbst Kaffee kochte. Holte die Kaffeebüchse und ließ Wasser in den Kessel laufen. Heizte ein. Alles in der verkehrten Reihenfolge. Aber der Kaffee kam zum Kochen. Und die Geräusche im Haus erinnerten ihn daran, daß er mit Henrik nicht allein war. Zu guter Letzt zwang er sich auf den Stuhl, der Henrik am nächsten stand, und sah den Mann abwartend an.

»Du red'st nicht viel, Henrik. Aber du sagst jedenfalls Bescheid, so daß du's immer so hinkriegst, wie du's haben willst.«

»Das schert mich den Teufel, was ihr glaubt.«

»Ja, das wissen wir.«

Simon sagte mit Absicht *wir.* Überlegte, wie er es anfangen sollte.

»Glaubste wirklich, Henrik, daß Ingrid und ich was miteinander haben, so daß wir nicht zusammen nach Bekkejordet gehn dürfen? Man hat dauernd den Eindruck, daß du nicht ganz richtig im Kopf bist, mein Junge.«

»Ich scheiß' auf das, was du denkst. Aber du sollst, zum Teufel noch mal, meiner Frau nicht nachstellen.«

»Ich glaub', du spinnst. Andrerseits ist es ein Wunder, daß sie dich immer noch hier hat, so wie du dich benommen hast – mit dem Brand und dem Alkohol. Aber das geht ja niemand was an.«

»Halt's Maul!«
»Na schön.«
Simon paßte auf den Kessel auf. Dann machte er den Kaffee fertig. Langsam und umständlich. Rakel hatte es ihm beigebracht. Nahm zwei Tassen heraus und schenkte ein.
»Du bist sehr vertraut hier, wie ich seh'«, stichelte Henrik mit einem Grinsen. »Du warst wohl öfters hier, während ich gesessen hab'? Was?«
»Hör mal zu, jetzt reicht's mir bald. Laß uns von was anderm reden. Warum haste meinen Betrieb angesteckt, Henrik? Ich hätte nie geglaubt, daß sich mal die Gelegenheit bieten würde, dich zu fragen. Aber jetzt tu' ich's. Warum, Henrik?«
»Ich hab' nie gesagt, daß ich's getan hab'!«
»Aber du hast's getan!«
Simons Herz hämmerte.
»Du hast's getan!« wiederholte er. Die Stimme war leise und atemlos.
»Ja. Es ist so...«
Simon sah die ganze Zeit dem Mann direkt in die Augen. Jetzt schien der Blick dort hinten in der Ecke zu bersten. Kam und ging. Hatte keinen Anfang. Kein Ende.
Das Wort Ja – bedeutete nichts. Aber des anderen Gesicht!
Der Mann schielte zur Tür, als ob er darauf wartete, daß jemand hereinkäme. Um im nächsten Moment die Augen wieder auf Simon zu richten. Es lag etwas wie eine Bitte in ihnen.

»Aber warum?« flüsterte Simon. Fenster und Türen hatten Augen und Ohren. Das ganze Haus hielt die Luft an.
Simon schlürfte den glühendheißen Kaffee, aber er ließ Henrik nicht aus den Augen.
»Ich weiß nicht…«
Simon hatte schon den Mund geöffnet für den nächsten Schachzug, aber er hielt inne.
»Ja, vielleicht bin ich boshaft. Und wenn schon. Es ist doch egal. Aber jedenfalls weiß ich, was die Hölle ist! Verstehste? Ich weiß es.«
Henrik erhob sich. Stand zusammengesunken da und sah vor sich hin. Dann bewegte er sich seitwärts bis zur Mitte des Raumes. Wie eine verletzte Krabbe scharrte er über den Boden.
»Vielleicht soll ich das sein. Boshaft!«
Das Lachen klang rostig und gepreßt.
»Erzähl mir, Henrik, von deiner Hölle.«
Es war noch immer Karfreitag. Der Schnaps war noch im Körper.
Henrik ergriff Simons Hand. Er schwankte wie ein großer, unförmiger Stamm, den einige vergebens versucht hatten aufzurichten. Dann fiel er über Simons Schulter zusammen.
»Keiner hat mit mir geredet. Kein Mann hat bisher mit mir geredet. Weißte das, du Dummkopf? Weißte, was es heißt, nie mit dabeizusein? Nie den Respekt zu bekommen, den man zum Leben braucht?«
Simon wurde es übel, aber er schluckte die Übelkeit

herunter. Er hörte sich alle Vorwürfe gegen jedermann an. Hörte sich an, was für eine leichtfertige Frau Ingrid war, was für ein anspruchsvolles Mädchen Tora. Was für eine Kindheit Henrik gehabt hatte. Wie alle versagt hatten. Der Krieg. Die Torpedierung. Das Gefängnis.
Simon fühlte sich allmählich besser. Aber die Leere war schlimmer. Dieser Mann war blind gegenüber sich selbst. Er hatte nie ein Auge auf sich selbst geworfen.
»Ist dir nie aufgegangen, daß du vieles von den Mißgeschicken, die dir widerfahren sind, selbst verschuldet hast?« sagte Simon schließlich. Henrik mit gesenktem Kopf. Der rechte Kiefer schlenkerte gleichsam nach unten. Ein armer Kerl. Das war er.
Simon wußte nicht, was er von diesem Besuch erwartet hatte. Sein Gewissen erleichtern? Und jetzt stand er bis zu den Knien in Henriks verspieltem Leben. Die Stimme des Mannes schwamm wie altes Laub im Hochwasser. Runter in den Graben damit.
Als Simon ging, wußte er nicht, ob er mit einem Feind quitt geworden war oder ob die Feindschaft sich noch mehr verstärkt hatte. Aber er wußte zwei Dinge, als Ingrid zurückkam. Das Telefon bei Frau Karlsen in Breiland hob niemand ab – und: Er hatte sein eigenes Gewissen wegen des Geschehens in der Tobiashütte so erleichtert, daß er Rakel davon erzählen konnte.
Er hoffte nur, daß Henrik nicht alles an Ingrid ausließ, wenn sie allein waren. Der Bursche schaute

schon wütend drein, als sie nur die Treppe heraufkam. Simon verstand die Menschen nicht. Natürlich hatte er auch manchmal Wut auf Rakel. Aber er konnte seine Wut nicht an ihr auslassen. Wenn er sie ansah, wurde er ganz weich. Wie ihr Strickgarn. Die Wolle, die sie von den Schafen schoren. Wenn Rakel ihn umarmte, spürte er so recht, daß sie ihm immer gefehlt hatte. Sie machte ihn stark. Gab den Tagen, zu denen er aufstand, Farbe. Sie!
Vielleicht, weil er immer so sicher gewesen war, daß er der Mann war, den sie haben wollte.

Es wehte ein strammer Wind von der Bucht herein. Der Frühling machte sich breit. Simon stand auf dem Hügel und sah über die Landschaft. Das tat er oft. Hatte das Fahrrad zum zweitenmal an diesem Abend hinaufgeschoben. Draußen leuchtete der Horizont. Die Inseln lagen in einer Art schimmernder Dämmerung. Simon gehörte nicht zu den Menschen, die Visionen und ein außergewöhnliches seelisches Erlebnis hatten, wenn sie eine so schöne Natur sahen. Er lebte in ihr und mit ihr. Aber manchmal tat er seine großen blauen Augen mehr auf als sonst – und *sah*. Das weckte einen gewissen Widerhall in ihm, bei dem er sich sehr wohl fühlte. Genauso wie nach einer guten Mahlzeit mit Rakel, die ihm bei Tisch gegenübersaß. Aber er grübelte es nicht weg. Ließ nicht zu, daß es Besitz von ihm ergriff.
Jetzt stand er da oben und schaute auf seinen neuen Betrieb. Er hob sich in der Dämmerung ab. Mit dem

weißen Anstrich stach er aus all dem Grauen und Blauen hervor. Schob sich von selbst in jedermanns Blickfeld.
Simon besaß. Er verwaltete. Er war nicht besonders hochmütig. Er hatte im Tausendheim für klare Verhältnisse gesorgt, auch wenn Rakel nicht da war. Er stand in der Dämmerung und war glücklich. Das war alles.
Trotzdem brannte eine gewisse Unruhe in ihm. Warum kam sie nicht nach Hause? War Tora wirklich krank? Oder wollte sie von der Insel fort – von ihm? War es zu eng für sie in Simons Reich? Hatte er während seines ganzen Erwachsenenlebens auf die Katastrophe gewartet, die ihn in den Abgrund stürzen würde? Weil Simon, der uneheliche Junge aus Bø, von einem Leben wußte, in dem man sich immer überflüssig fühlte und allen Leuten im Weg war. In dem man immer zuviel aß, zuviel herumlungerte. So war es bei den Pflegeeltern gewesen. Bis er als junger Kerl auf die Insel gekommen war, weil der Onkel kräftige Fäuste für die Arbeit brauchte.
Und dann war der Onkel ebenso gelegen und zuverlässig gestorben, wie im Herbst die Johannisbeeren gepflückt werden. Und Simon wurde über Nacht König. Er hatte um einen Onkel, den er kaum kannte, nicht getrauert. Hatte nur ein paar von den schlechtesten Möbeln in die Scheune befördert und war die Bilanz durchgegangen. Er verstand nicht allzuviel davon und nahm sie mit zum Steuerberater nach Breiland, der ihm sagen konnte, daß das Ge-

schäft und die Gebäude und das Boot sozusagen schuldenfrei waren. Ebenso das Wohnhaus und die Landwirtschaft. Dreitausend Kronen sollten an die Mission gehen, aber alles andere – der Besitz und das Bankkonto – gehörte ihm. Simon war zwanzig Jahre alt. Er vergaß nie, wie leicht es gewesen war. Und er hatte eine tiefverwurzelte Angst, daß er ebenso leicht alles wieder verlieren könnte. Der Brand war eine Warnung gewesen.

An dem Tag, nachdem der Onkel unter die Erde gekommen war, hatte er sich Felder und Wiesen und das ganze Umland, Wohnhaus und Ställe angesehen. Mit den Händen in den Hosentaschen. Als ob er Angst hätte, es würde etwas vor seinen Augen verschwinden, wenn er es anfaßte. Nach ein paar Tagen ging er in den Fischereibeibetrieb, machte heimlich Skizzen und plante Verbesserungen und Modernisierungen.

Ein Wunder löste das andere ab. Rakel war das größte. Sie zog mit ihren drei Schafen zu ihm herauf und blieb. Anfangs ging sie noch jeden Abend von Bekkejordet in das kleine Fischerhaus zu ihren Eltern, weil der Vater es so wollte. Aber ihre roten kräftigen Haare waren überall zu finden. Im Schafstall, in der Ofenecke, in der Speisekammer und im Dachgeschoß. Sogar in Simons Bett. Und ihr Geruch blieb zurück wie der Geruch von getrockneten Blumen, die im Herbst in dem kleinen Nebenraum hingen. Sie waren so jung. Es fehlte ihnen nichts. Zunächst.

Simon und Rakel hatten ihre Hochzeit selbst ganz groß ausgerichtet. Ohne jemanden um Rat zu fragen. Und die Braut war nicht schwanger.
Der Schafstall war in jedem Frühling voller Lämmer. Ebenso sicher, wie das Licht über den Inseln in die Bucht kam. Aber Rakels Leib blieb flach. Der Segen wolle sich in diesem Haus nicht einstellen, hieß es. Jedoch Simon wußte. Auch wenn Rakel nach Breiland fuhr und zurückkam und ihm erzählte, daß sie keine Kinder bekommen könne, Simon *wußte.* Manchmal weinte es in ihm deswegen. Aber er konnte es nicht ertragen, daß Rakel weinte. Deshalb wagte er nicht, es ihr zu zeigen.
Er war unfruchtbar, nicht Rakel. Er wußte es seit der Zeit, als er ein armer Kerl war und sich eine Freude holte, wo er sie bekommen konnte, ohne daß ihn das Gewissen sonderlich plagte, wie wohl das Schicksal des Mädchens aussehen werde. Aber es kam nie ein Kind. Darüber hatte er sich ab und zu gewundert.
Sie waren einander Kinder, Geliebte, Diener und Träume. Sie spielten wie Tierkinder, drinnen und draußen. Bis die Freude herausbrach wie bei heißblütigen jungen Pferden. Gelegentlich ließen sie Zorn und Angst aneinander aus, um im nächsten Augenblick zueinanderzukriechen zu gegenseitigem Trost. Rundum wuchs und gedieh alles.
Simon stand auf dem Hügel und sah nach Vaeret hinunter und über den Fjord. Und er vermißte Rakel so sehr, daß der Blick getrübt war und die großen, starken Hände unruhig und schutzlos auf der Lenkstange lagen.

8

Rakel wußte nicht, wie viele Stunden vergangen waren.
Jetzt lagen Tora und sie jedenfalls in dem großen Hotelbett. Die Dunkelheit war wie eine nasse Plane über sie gekrochen. Toras Geschichte hatte sie beide so dicht zusammengeschnürt, daß sie wohl nie mehr voneinander loskommen würden. Eine Geschichte, die dieser hier auch nur annähernd glich, hatte Rakel noch nie gehört. Nicht in den Fischerhäusern, nicht auf der Straße, und auch in ihrer wildesten Phantasie hätte sie sich so etwas nicht vorstellen können. Sie würde sie bestimmt niemandem erzählen. Sie war ihr auferlegt worden. Weil Tora überleben mußte. Sie sah das deutlich.
Als sie auf dem Fußboden gesessen hatten, war die Wirklichkeit mehr, als Rakels Verstand fassen konnte, auch wenn sie ihr als Gleichnis von einem Vogeljungen präsentiert wurde. Rakel brachte es bis zu einem gewissen Grad fertig, den nächsten Tag zu verdrängen. Die Gesichter, denen sie begegnen mußte. Die Situationen, die sie auf die Probe stellen würden – jeden Tag.
Sie sah auf das schlafende Mädchen neben sich im Bett und gestand sich ein, daß sie den Gedanken nicht denken konnte: Henrik! Ein jammervolles Gefühl, Tora nicht erlösen zu können. Alles ungeschehen zu machen.

Tora hatte tiefe Ringe unter den Augen. Sie glich der Großmutter, als diese im Sterben lag. Die gleiche straffe Haut über den Backenknochen. Aber es zuckte und lebte in dem Gesicht und im ganzen Körper. Sie kämpfte. Wollte nicht aufgeben. Tief im Schlaf befangen.
Während Rakel das Gesicht auf dem Kissen betrachtete, überfiel sie ein so leidenschaftlicher Haß, daß er das Mitleid für Tora erstickte. Jeden vernünftigen Gedanken erstickte. Sie nahm den Haß auf sich. Spürte, wie stark sie davon wurde. Ingrid würde die Wahrheit nie überleben – und »Henrik konnte nicht sterben«. Tora hatte recht. Er war verflucht, er hatte sich in eine Situation gebracht, in der es ihm nicht vergönnt war, zu sterben. Sonst wäre er ertrunken oder vor langer Zeit vom Blitz erschlagen worden!
Rakel gelobte, daß sie die Rechnung für alles begleichen würde, was der Herrgott versäumt hatte. Dafür war sie geboren worden.
Dieses Kind zu beschützen, dem das Leben gerade im Begriff war die Haut abzuziehen. Gott mochte ihnen allen helfen. Sie hatte es noch nicht klar vor Augen, wie sie das schaffen würde. Aber schaffen würde sie es.
Und mit diesem Gedanken glitt sie in einen leichten Schlaf.
Im Halbschlaf tasteten sie nacheinander. Die eine hatte jemanden bekommen, mit dem sie ihre Angst teilen konnte. Tora bekam eine Hälfte ihres Ichs zurück. Eine leere Hälfte, um alle Dinge darauf aufzubauen. Sie fing an zu träumen.

Rakel und sie ruderten im Sturm. Sie waren seekrank. Erbrachen sich über das ganze Boot, das gleichzeitig das Bett war. Aber dann wurde das Meer außerhalb des Lichtkegels der Lampe ruhig, dort, wo das Meer sonst tobte, und die Bucht machte eine Biegung und verschwand hinter der Landzunge. Sie lagen im Wasser und planschten und wuschen sich rein. Schwammen nur im Sonnenschein. Das tat so gut. Sie spürte, wie der ganze Körper sich dort im Wasser ausruhte.
Aber Rakel hatte die Hälfte der Angst bekommen, die sie nicht gewohnt war zu tragen. Sie war anders als die Angst vor Krebs oder Brand. Sie hatte jetzt die Verantwortung für Tora, deren Kopf sich zu verwirren drohte. Rakel sah das Grab oben in der Geröllhalde vor sich. Sie mußten *beide* dorthin. Sie dachte an all die Monate, in denen Tora mit dieser Sache allein gewesen war. Monate? Sie maß die Dunkelheit mit den Augen. Ob es wohl mehr als nur Monate gewesen waren? Ob es sich über einen langen Zeitraum erstreckt hatte? Übelkeit breitete sich aus. Wallte hoch. Sie mußte sich im Bett aufsetzen, um den Mageninhalt bei sich zu behalten. Wand sich behutsam aus den dünnen Mädchenarmen. Blieb lange sitzen, ließ die Beine über die Bettkante hängen. Den Kopf nach unten, das rote Haar glühte, ohne daß jemand es sah. Dann beschwor sie den Haß herauf, um sich zu schützen. Bitter und gut. Sie würde ihn schon erledigen. Ihn erledigen. *Ihn erledigen!* Und wenn sie Jahre dafür brauchen sollte!

Es rührte sich neben ihr.
»Schläfste nicht, Tora?«
»Nein.«
»Denkste an alles, was du mir gesagt hast?«
»Ja.«
»Das darfste nicht. Ich hab's auf mich genommen. Es ist meine Angelegenheit. Und es bleibt unter uns. Wenn du glaubst, daß ich zu irgend jemand hinlauf', damit der Henrik hinter Schloß und Riegel kommt, dann kann ich dir nur sagen, daß ich das nicht tu'. Ingrid würde mit demselben Boot untergehn, fürcht' ich... Das haste auch gedacht, nicht wahr, Tora?«
»Ja.«
»Wir werden jetzt Pläne machen, du und ich. Du mußt mir vertrauen, und du mußt darauf vertraun, daß das, was ich sag', richtig für dich ist. Glaubste, daß du das schaffst, Tora?«
»Ja, Tante.«
Die Stimme war ein leises Schwirren, wie wenn man Zucker auf eine Scheibe Brot streut. Sie hatte die Erlaubnis, ganz klein zu sein in Tante Rakels Bett. Die Dunkelheit war außerhalb des Bettes und schloß sie gemeinsam ein. Tora legte den geschundenen Körper und den leeren Kopf ganz nah an Rakels Körper. Sie wurde aufgefangen als das Bündel, das sie war. Der Tante Stimme rieselte auf sie wie lauwarmes Wasser. Sie war noch nie in ihrem Leben so erleichtert gewesen. Und sie hatte den flüchtigen Gedanken, daß, wenn man nicht wüßte, wie es war, durch die Glut zu waten – man vielleicht auch nicht wüßte, was Linderung war.

Rakel knipste die Nachttischlampe an. Dann holte sie am Waschbecken ein Handtuch und trocknete ihre Gesichter ab. Behutsam und gründlich. Nahm sich Zeit. Legte die Steppdecke gut um sie beide und sagte:

»Du mußt ein andres Zimmer haben. Das ist mal das erste.«

»Warum denn?«

»Weil das Zimmer das ungemütlichste ist, das ich je gesehn hab'. Allein die Tapete ist so, daß man am liebsten gegen die Wand rennen möchte. Da kannste nicht bleiben.«

Sie vermied zu sagen: Dort ist es passiert.

»Aber Frau Karlsen?« murmelte Tora.

»Sie kann ja an andre vermieten. Komm mir doch nicht mit solchen Fragen. Wir brauchen uns um die Frau Karlsen keine Sorgen zu machen!«

»Nein...«

»Glaubste, daß du's schaffst, nach Ostern wieder in die Schule zu gehn?«

»Ja, ich geh' schon über eine Woche wieder in die Schule. Es ist lang her, daß ich... krank war...«

»Wie ging's... wie haste dich gefühlt? Ich mein' – hattest du irgendwo Schmerzen, nachdem... nachdem was geschehn ist?«

Rakel sah Tora hilflos an.

Tora schlug die Augen nieder. Es tropfte und lief unter den Augenwimpern hervor. Unablässig.

»Ja. Aber jetzt ist's vorüber. Ich blute nur noch. Das war anfangs am schlimmsten. Hier auch. Es drückte so.«

Sie machte eine schnelle Bewegung über die Brüste. Rakel reichte ihr das Handtuch. Sie trocknete sich das Gesicht ab. Dann waren sie eine Weile still. Aber sie waren die ganze Zeit mit den Gedanken beieinander.

Irgendwo im Haus schlug eine Uhr fünf schwere Schläge. Das Licht kroch unmerklich zu ihnen herein.

»Wir tragen jeder unsren Teil zu dieser Arbeit hier bei, Tora. Ich werd' alles, was nötig ist, auf der Insel in Ordnung bringen, bei deiner Mutter. Ich verschaff' dir ein andres Zimmer. Und du versuchst, dein eignes Leben zu leben, als ob nichts geschehn wäre. Verstehste? *Nichts* ist geschehn. Für alles hab' ich jetzt die Verantwortung. Genauso wie es vorher *seine* Verantwortung war. Gott helfe ihm!« murmelte sie.

»Aber Tante?«

»Ja?«

»Ich fühl' mich so kaputt. Wie tot.«

»Das mußte in dich hineinfressen. Bissen für Bissen. Nicht *du* bist kaputt, mein Kind. *Er* ist kaputt. Es ist seine Schande. Nicht deine! Hörst du? *Nicht deine!* Sag dir jeden Tag: Es ist nicht meine Schande. Du wirst sehn, es kann zu einem Segen werden, auch wenn wir's jetzt noch nicht erkennen können.«

Tora hörte Rakels Worte wie von der Kanzel in der Kirche. Der Tante energische Pastorenstimme über allen Bankreihen, zwischen allen Kronleuchtern:

»Es ist seine Schande, nicht deine. *Nicht deine!* Es kann zu einem Segen werden... Segen. Segen.«
Sie saßen eine Weile, ohne etwas zu sagen.
»Weißte, Tora, ich glaub', ich hab' noch nie jemanden so bewundert, wie ich dich bewundre. Du hast für die ganze Familie etwas geleistet. Für deine Mutter, für mich, für Simon. Ganz allein. Ich kenn' keinen, der eine so große Leistung vollbracht hat. Du mußt nun auch noch den Rest schaffen. Das mußte einfach um deinetwillen. Für dein eigenes Leben. Dein Körper gehört *dir*. Deshalb mußte da durch.«
Tora saß mit gesenktem Blick da.
Sie hatte aufgehört, von dem Vogeljungen zu reden. Rakel merkte, daß die wenigen Worte, die sie sagte, normal klangen. Eine Erleichterung, an die sie sich klammerte. Rakel sandte ein drohendes Gebet nach oben. Stumm. Mit trotzigen Augen: »Lieber Gott, laß ihren Verstand keinen Schaden genommen haben, sonst weiß ich nicht, was ich tu'. Ich wetze alle Schlachtmesser in Bekkejordet und geh' los auf den Teufel von einem Mann. Hörst du, Gott?«
Sie beschwor den Herren zu erscheinen. Dort im Bett bei ihnen. Der Mund stand halb offen, und die Gedanken lagen wie Stacheldraht in ihrem Kopf. War sie in die Welt gesetzt worden, um zu hassen, dann war es Zeit, den Haß jetzt hervorzuholen.

9

Die Frühjahrsbestellung verzögerte sich in Nordnorwegen, und in Berlin starben die Menschen am Hitzschlag. Verrückt war das in jedem Fall. Der Regen sei eine Strafe von oben für die Leute auf der Insel, meinte Elisif. In Breiland traf sie der Regen nicht so hart. Das war der Vorteil von Orten, wo sie alle in Häusern arbeiteten. Die Einwohner von Breiland fanden es natürlich auch schön, wenn die Sonne schien – und wenn alles grünte und blühte –, aber es war nicht unbedingt notwendig. Die Stunden und Tage vergingen auch so. Einzig unangenehm konnte es werden, wenn die Menschen wetterfühlig waren oder wenn sie sich von einem Haus zum anderen begaben und naß wurden.

Aber Rakel mußte die Kartoffeln in die Erde bekommen. Außerdem grübelte sie viel. Die Schmerzen im Leib waren wieder da. Sie machten sich nachts wie mit einer Kneifzange bemerkbar – wenn Simon fest und tief schlief. An manchen Tagen schleppte sie sich nur noch bis zum Stall. Aber sie sagte nichts. Simon sah es und wurde ganz unruhig. Es klappte in diesem Frühjahr sozusagen gar nichts.

Rakel wußte selbst nicht, wie sie es schaffen sollte, Henrik zu begegnen, als sie von Breiland zurück war. Sie hatte ihn bereits bei der Ankunft des Linienschiffs überraschend am Kai getroffen. Er stand da, als ob er sie erwartet hätte. Sie hatte ihm direkt ins

Gesicht gesehen, genickt und war vorbeigegangen. Wußte, daß er sich umdrehte. Sie heftete ihren Blick auf Ottars Ladenschild, und nichts anderes war wichtig. Die Worte standen Schlange hinter der Stirn. Sie wagte nicht einmal soviel, wie guten Tag zu sagen. Außerdem wünschte sie ihm alles nur erdenklich Schlechte. Nacken und Schultern verkrampften sich vor Widerwillen und Abscheu. Und wenn sie daran dachte, daß ihre einzige Schwester mit so einem zusammenlebte und Bett und Tisch mit so einem teilte, dann brannte ihr die Kotze bereits im Mund.

Aber sie verschloß die Worte. Bis auf weiteres. Rakel nahm sich Zeit, wenn sie große Dinge vorhatte.

Dann war Simon auf dem Fahrrad gekommen, und das Ganze hatte sich in einer sonderbaren Begrüßung aufgelöst. Er hatte die Schafe und die Büroarbeit verflucht, die ihn an die Insel gebunden hatten, denn sonst wäre er nach Breiland gekommen. Aber Rakel war froh über alles, was ihn anband. Es war genug, die Verantwortung für ein Leben zu tragen. Mehr, als sie eigentlich tragen konnte.

Sie hatte auch mit Ingrid gesprochen. Ingrid mit einer Stimme wie steifgefrorene Laken auf der Leine im Wind. Ingrid mit ihrem verschlossenen Stolz. Das war das schlimmste gewesen, ihr nicht alles ins Gesicht schreien zu können. Aber sie wußte, daß sie das nicht durfte. Es würde ihrer aller Leben ruinieren... Würde wie ein Grasbrand um sich greifen und sie alle verzehren...

Rakel dachte an Toras Lügen. Toras Gesicht in verschiedenen Situationen, von denen niemand etwas wissen durfte. Sie dachte an die abgrundtiefe Hölle, die es gewesen sein mußte. Und der Haß wurde rot wie das Schlachtblut, das sie nicht rühren konnte; dafür heuerte sie andere an. Der Haß zeichnete sie. Sie wußte, daß sie nie davon loskommen würde. Hatte ihn auf sich genommen.
Sie ermannte sich und setzte Kartoffeln. Alte Kartoffelmütter voll bleicher Keimlinge, die sie vorsichtig und schnell in die Erde legte. Dann bekam sie einen von den jungen Burschen aus dem Betrieb zum Harken. Sie hatte gleichsam alle ihre Kräfte beim Kartoffelsetzen verbraucht. Sie brachte nicht viel zuwege in diesem Jahr. Die Gedanken und die Schmerzen im Leib entkräfteten sie und ließen sie wie durchsichtiges Glas erscheinen.
Simon näherte sich ihr auf seine Weise. Mit großen, warmen Händen im Bett. Mit unbeholfenen Grimassen und wilden Geschichten in der Küche. War Clown. Manchmal weinte sie nachts und konnte nicht erklären, warum. Da stand Simon auf, zog sich an und wanderte hinaus in die nasse Frühlingsnacht, ohne etwas zu finden, woran er sich klammern konnte. Sie kam jedesmal ans Fenster und rief ihn herein. Bittend. Weich wie ein Hermelinfell strich sein Name, getragen von ihrer Stimme, über den Hof.
»Si-i-mon… Komm zu mir herein… Simon…«
Und immer ging er sofort wieder ins Schlafzimmer.

Ließ sich trösten. Fand schließlich heraus, daß er auf diese Weise auch sie trösten konnte. Dann schliefen sie zusammen ein wie Geschwister. Eng aneinandergeschmiegt und den Mund nahe an des anderen bloßer Haut.
Aber Simon wußte, daß Rakel ihm etwas verheimlichte.
Er tröstete sich damit, daß es wohl besser werden würde, wenn die Schafe ins Gebirge kamen und sie sich an den Webstuhl setzte.

Ein paar Tage vor dem 17. Mai schlug Simon vor, daß sie Ingrid und Henrik zu einem kleinen Imbiß und einem Schnaps für den Feiertag einladen könnten. Henrik hatte sich seit dem Gespräch am Karfreitag in Ingrids Küche meistens wie ein Mann ihm gegenüber benommen. Simon dachte, daß er Rakel vielleicht einen Gefallen tun würde, wenn er ihrer Verwandtschaft ein wenig guten Willen zeigte.
Aber Rakel hatte aufgesehen, mit blutleerem Gesicht, und »Nein« gesagt. Er war ungehalten geworden, weil er sie nicht verstand. Da war sie aufgesprungen wie eine jähzornige Ziege und hatte den Kopf in seine Brust gestoßen und geschimpft, daß er noch keine Zeit gehabt hatte, ihr beim Aufziehen der Kette am Webstuhl zu helfen, damit sie anfangen konnte, zu weben.
Ihre Reaktion war ihm unverständlich.
Er erwähnte die Einladung nicht mehr.

10

Rakel hatte alles aufgeboten, was sie an Bekannten und Energie besaß, um für Tora eine neue Bleibe zu finden. Es hatte hoffnungslos ausgesehen, Osterfeiertage und so weiter. Aber dann fiel ihr ein, daß sie einen der Krankenhausärzte kannte. Sie war an dem schwärzesten Tag ihres Lebens bei ihm und seiner Frau zu Hause gewesen, als sie nämlich erfahren hatte, daß alle Gewebeproben Darmkrebs ergeben hatten. Berg hieß der Arzt, der ihr das Urteil über einen staubfreien braunen Schreibtisch hinweg verkündet hatte. Seitdem hatte sie ihn vergessen wollen. Hielt ihn gewissermaßen für schuldig. Weil er als erster das Wort ausgesprochen hatte: Krebs. Es nützte wenig, daß er menschlich war und sie nach Hause zum Mittagessen einlud. Es war lange her.

Familie Berg hatte ein großes ockergelbes Haus in einem Garten mit großen, alten Bäumen. Einige davon waren nicht in dieser nördlichen Region heimisch. Eiche. Ein verkrüppelter Apfelbaum, der in der ganzen Zeit, soviel man wußte, nur dreimal Früchte getragen hatte. Eine Handvoll saure grüne Äpfel, die niemand aß. Das erstemal, als Rakel dorthin gegangen war, schmolz gerade der Schnee, so daß das Gras vom Vorjahr herausragte. Ungepflegt und frech. Und die Äste und Zweige von der Naturraserei des letzten Herbstes waren Baumaterial für Elster und Krähe.

Familie Berg war modern. Sie hatten keine Zeit, den Garten zu pflegen. Er konnte im großen und ganzen in seinem eigenen Rhythmus wachsen. Frau Ringmor Berg war Pharmazeutin, Gunnar Berg war als Arzt mächtig beschäftigt und außerdem Präsident des *Rotary Clubs* und Vorsitzender der *Venstre*-Partei.
Der älteste Sohn studierte in Oslo, der jüngste ging in die Volksschule, und der mittlere war bald Landwirt und hatte sich bereits in Schulden gestürzt, um einen kleinen Bauernhof zu erwerben. Sie schämten sich nicht, daß er auf Grund seiner Neigungen im Overall herumlief und schmutzige Fingernägel hatte. Überhaupt nicht. Sie erwähnten ihn zuerst, wenn sie fremden Leuten von ihren Kindern erzählten. Er war das Kuriosum der Familie. Was dazu führte, daß sie Kontakt zu den »Arbeitern« und dem »Leben« hatten. Gunnar Berg hatte Interesse an Rakel bekommen, über die Tatsache hinaus, daß sie seine Patientin im Krankenhaus war. Er war sonst sehr genau damit, seine Arbeit und seine Patienten nicht mit nach Hause zu nehmen. Vielleicht lag es daran, daß er mit Rakel über ihre Krankheit gesprochen hatte. Vielleicht war er mehr Mann als Arzt, langweilte sich zu Hause und wollte eine kleine Abwechslung haben. Jedenfalls rief er Frau Ringmor an und fragte, ob sie das Essen für vier statt für drei Uhr richten könne. Er wolle eine Patientin zum Essen mitbringen, eine von den Inseln. Frau Ringmor war verdutzt, für ein paar Sekunden, bevor sie sagte, daß es in Ordnung gehe.

Und Rakel war gekommen, mit ihrem frischen »Urteil« im Sinn. Benahm sich wie eine Königin und gab der Mahlzeit die Ruhe, die eines Schafadels würdig ist. Sie schmeckte heraus, daß das Fleisch in Wein mariniert war und mit Senf eingerieben, und kommentierte das auch. Die roten Locken standen üppig um ihren Kopf, der Mund lächelte, und die Augen waren abgrundtief. Die Kleider nach der neuesten Mode. Sie sprach mit leiser, eindringlicher Stimme, die nicht einen Augenblick verriet, daß sie das Gefühl hatte, an einem seidenen Faden am steilsten Felsen zu hängen.
Sie sprach mit ihnen über Weben, Schafe und Kartoffeln. Über Simon und den Fischereibetrieb. Und über die Kommunikation zu den Inseln. Erzählte von Tora, als sie fragten, ob sie Kinder habe. Daß Tora gut in der Schule sei.
Sie war nicht orientiert in Literatur und Malerei und täuschte auch keine Kenntnisse vor, als sie anfingen, von derlei zu reden. Aber sie kannte das Hohelied Salomos und zitierte Teile daraus, während Frau Ringmor vergaß, den Mund beim Essen zuzumachen. Und Rakel reagierte nicht auf Gunnars offensichtliche Bewunderung und sein Flirten. Frau Ringmor bemerkte es. Sie war es gewohnt, daß alle Frauen einen besonderen Ausdruck bekamen, wenn ihr Mann sie ansah. Diese Frau von der Insel machte das Spiel nicht mit.
Frau Ringmors Schultern fielen langsam wieder auf ihren Platz, und die Stimme kam in ihre normale

Lage. Sie achtete nicht mehr so sehr darauf, wie alle sich gaben. Hatte mehr Zeit, um zuzuhören und teilzunehmen. Und der Sohn, Ivar, durfte vom Tisch aufstehen, bevor die Erwachsenen fertig waren.
Sie war eine kleine, lebendige Frau mit hellem Haar und strahlenden blauen Augen, die ab und zu ihre Unsicherheit verrieten, ohne daß sie sich klar darüber war.
Rakel sah es.
An diesem Tag sah Rakel die Menschen überdeutlich. Wie hautlos sie waren. Nur Einsamkeit, um die angstvolle Seele darin zu verstecken. Sie nahm ihre innersten Geheimnisse wahr. Trug ihre Gedanken. Hörte das Gras wachsen. Sah den eisblauen, zerbrechlichen Himmel. Die Düfte kamen ihr schmerzvoll entgegen. Sie empfand so stark, weil für sie ein Vorhang zwischen Leben und Tod weggerissen worden war.
Sie wußte, ohne besonders darüber nachzudenken, daß Frau Ringmor ein Mensch war, der gerne tüchtig sein wollte – und klug. Und daß sie so viel Zeit und Energie darauf verwandte, daß sie vergaß zu leben.
Wenn Rakel auf das Paar sah, das vor ihr am Tisch saß, dann ging ihr auf, daß die beiden weniger froh waren als sie selbst, auch wenn sie Gesundheit und Leben – und einander hatten. Die Gedanken wanderten zu Simon. Sie hätte ihn gerne dagehabt. Nahe bei sich. Es war, als ob sie erst seit diesem Tage wußte, wie innig sie ihn liebte. Jetzt.
Später, als Frau Ringmor in der Küche war, fragte Gunnar Berg:

»Haben Sie mit Ihrem Mann gesprochen – über die Krankheit?«
»Nein.«
»Das müssen Sie. Oder soll ich es machen?«
»Nein, ich sag' selbst, was gesagt werden muß.«
»Nun ja, es gibt mancherlei Art, die Dinge zu sagen. Und Sie sind ja stark.«
»Nein, nicht stark genug, um den Anblick eines ruinierten Mannes zu ertragen. Das bring' ich nicht fertig. Das muß ein andrer machen, wenn's soweit ist.«
»Und Sie selbst? Sie haben doch wohl die Hoffnung nicht ganz aufgegeben? Ich meine ... es gibt keine Statistik, die besagt, daß es das Ende ist – für Sie. Manche haben es geschafft – lange. In der Medizin kommen wir ständig weiter...«
»Ich hab' Angst. Wenn Sie das meinen. Aber ich hoffe. Ja. Auf diese Art von Kindlichkeit will ich nicht verzichten.«
Die Kerzen auf dem Tisch flackerten in ihrer beider Atem. Rakel versteckte den Mund einen Augenblick in der Serviette. Dann sah sie auf, beinahe böse.
»Man fühlt sich ganz leer, wissen Sie. Da gibt's nichts zu beschönigen. Ich seh' sozusagen alles vor mir, was gut ist und was gut war in meinem Leben. Ich weiß, daß ich zu den wenigen gehöre, die nicht so zu tun brauchen, als ob sie den Menschen gern hätten, mit dem sie zusammenleben.«
Sie sah ihm trotzig in die Augen. Abwartend. Als ob sie etwas von ihm forderte. Er strich sich übers Kinn.

Frau Ringmor kam wieder herein. Der Faden war abgeschnitten. Die Kerzenflamme beruhigte sich.
Später spielte Frau Ringmor Klavier. Gestand ein, daß ihr die Übung fehle. Gunnar Berg ging zu ihr hin, küßte sie auf die Wange, drehte sich zu Rakel um und erklärte, wie gut Ringmor sein könnte, wenn sie nicht soviel anderes zu tun gehabt hätte.
Rakel nickte. Lächelte.
»Jede Frau muß ein wenig Lebenskünstler sein, und das verbraucht so viel Energie, daß alles andere, was sie interessiert – erst an zweiter Stelle kommt...«
»Lebenskunst?« sagte Ringmor leicht bitter. »Ich würde es eher Lebenssklaverei nennen.«
»Nein, nicht mit Sklaverei vergleichen. Das Leben ist wie ein Geschenk, das wir für eine kurze Zeit bekommen haben – nur.«
Sie sah blitzschnell – beinahe geniert – die beiden anderen an. War verwundert und wartete auf das eigene Weinen, das aber nicht kam.
Ringmor sah von einem zum anderen. Irgendwo im Haus ging jemand auf einer Treppe. Der Wind saugte leise im Ventilator. Der Frühling nahte.

Auf Grund dieses Abends landete Tora in der Mansarde des ockergelben Hauses, direkt gegenüber dem Café, dem Park und dem Marktplatz. Mit einem Waschbecken in der Ecke hinter einem blauen Baumwollvorhang und einem Schreibtisch am Fenster mit Aussicht auf die Straße.
So hoch, daß sie über die anderen Häuser hinwegse-

hen und ein Fleckchen von dem launischen Himmel bei sich haben konnte, wenn sie wollte.
Ringmor Berg und Rakel hatten noch ein paar kurze Briefe gewechselt, mit vorsichtigen Fragen, wie es ihnen ginge.
Deswegen hatten sie also nicht nein gesagt. Auch wenn sie nicht daran gedacht hatten, Sigurds Zimmer zu vermieten, aber sie brauchten es nicht. Es stand ja leer. Und Sigurd konnte in den Sommerferien gut dort schlafen, denn in den Ferien war Tora nicht da.

11

Tora hatte Frau Ringmor geholfen, die Wimpel, Diplome und Fußballbilder von der Wand zu nehmen. Die Wand gehörte allmählich ihr. Perlgrau, beinahe weiß. Mit Wunden und Kerben von achtlosen Jungenhänden, Hammer und Nägeln. Frau Ringmor hatte gefragt, ob sie die Bücher entfernen solle. Aber Tora meinte, daß es schön sei mit Büchern. Auch wenn es vor allem Jungenbücher waren, die sie längst gelesen hatte und für die sie jetzt zu alt war, so hatte sie doch das Gefühl, daß die Buchrücken das Zimmer erwärmten. Das Bett war ein Sofa, das man ausziehen konnte, so daß es für die Nacht ein Bett wurde. Der Raum war ein richtiges kleines Wohn-

zimmer. Ordentliche Bücherregale. Ein kleiner Tisch und zwei kleine Sessel. Ein Radiator sorgte immer für die nötige Wärme.
Sie dachte an den schwarzen Ofen bei Frau Karlsen. Der war jetzt kalt. Frau Karlsen hatte geweint, als sie zusammen mit Tante Rakel und dem Pappkoffer und ihren Kartons in das Taxi gestiegen war. Geweint! Das war ganz unvorstellbar für Tora. Frau Karlsen, die bei der Beerdigung ihres Mannes nicht geweint hatte. Das sagte sie jedenfalls. Der Herrgott habe ihr Kraft gegeben, sagte sie... Und Rakel mußte immer wieder betonen, daß Tora nicht umzog, weil es ihr bei Frau Karlsen nicht gefiel. Sie zog um, weil sie ein Zimmer bei Freunden bekam, wo Jugend im Haus war.

In der ersten Nacht im Bergschen Haus wachte sie auf und glaubte, sie höre die Vogelmutter am Fenster. Sie stand auf und schob den Vorhang sachte zur Seite. Der Frühling strömte herunter dort draußen. Die Bäume neigten sich mit ihren verzweigten Ästen im Morgenlicht. Aber keine Vogelmutter ließ sich blicken.
Das kleine Grab kam aus den Vorhangfalten heraus. Es lag offen vor ihr. Sie roch es. Erde und Moos. Etwas anderes... was sie vergessen hatte. Eine gewisse Kälte überfiel sie. Rakel war jetzt in Bekkejordet. Sie hätte ihr wirklich nichts sagen sollen. Es war treulos. Gegenüber der Vogelmutter?
Vielleicht verstand Rakel sowieso nichts von dem Ganzen. Wie es wirklich war?

Erst als sie wieder unter der Decke lag, wagte sie den Gedanken weiterzudenken: Verstand sie es selbst? Und irgend etwas explodierte in ihrem Kopf. Ein gewaltiger Druck riß alles in Fetzen. Sie richtete sich halb im Bett auf, weil sie nicht mehr atmen konnte. Die Riesenwelle kam! Über die flachen Felsen in der Bucht. Über die zerklüfteten Schären weit draußen im Meer. Die Riesenwelle war in der Sturmnacht gekommen, als Almars Boot zu Kleinholz zerschlagen wurde. Sie war auch der Fluß, der vom Veten kam und in der Bucht mündete, dort, wo sie die Wäsche spülten und die weiße Wäsche auf der Feuerstelle in dem großen schwarzen Eisenkessel der Großmutter kochten. Es blubberte und siedete in dem Kessel. Kochte und brauste. Der Schaum wuchs über den Rand und lief in das Feuer, worauf das Feuer böse wurde und zischte und fluchte und drohte, sich selbst zu löschen – so daß alles kalt und schwarz würde.

Sie stand auf und schaltete den Radiator ein. Allmählich flutete das Licht zu ihr herein, und die Nacht verschwand von den perlgrauen Wänden und aus den blauen Baumwollvorhängen. Das Vogelgrab verblaßte in den Falten. Löste sich auf wie ein nachtgraues, ängstliches, kleines Gespenst. Es war nicht hier geschehen. Die Dinge hier wußten nichts. Sie konnte neu anfangen. Dieser Raum war nur für den neuen Körper. Er fühlte sich wie der eines Arbeiters nach einer schweren Schicht.

Sie kam beinahe zu spät in die Schule. Hatte Schwierigkeiten, den ganzen Tag das Gesicht zu wahren. Die Augen brannten, und die Finger hielten krampfhaft den Federhalter. Aber sie fühlte eine gewisse Freiheit, eine Erleichterung, die fast der Freude gleichkam.

Am Tag von Rakels Abreise waren sie hinaufgegangen. Tora voran. Die Möwen schrien. Schnee wehte vom Meer herein. Die Dämmerung klammerte sich an ihre Körper.
Sie waren im Regen am Friedhof vorbeigegangen. Die Schneehaufen waren zu einem Nichts zusammengeschrumpft. Die Leiter hing an der Schuppenwand.
Rakel legte einen zitternden Arm um Tora, als diese anhielt und am Ziel war.
Tora hatte dort gestanden und war wieder zwei Jahre alt gewesen. Die Tante nahm sie auf den Schoß. Aber sie sah nicht sehr fröhlich aus. Tante Rakels Gesicht erschreckte sie. Wie mit einer scharfen Schere aus Zeitungspapier ausgeschnitten. Striche und Zeichen in Rakels Gesicht. Die Augen schwammen in dem Ganzen. Tora hatte das Gefühl, daß es trotzdem nicht geschehen sein konnte.
Sie sprachen nicht viel, während sie da standen. Jäh drehte Rakel sich zu ihr herum. Hielt ihre beiden Handgelenke fest. Schmolz mit ihr zusammen. Einen vibrierenden Augenblick lang waren sie nicht zwei. Sondern eins.
»Das nehm' ich auf mich. Du darfst nicht mehr dran

denken. Es reicht, was du getan hast. Alles ist Friede. Du wirst sehn, das, was du jetzt vom Leben weißt, macht dich größer als andre. Das mußte tragen, Tora. Daß du größer bist als andre. Mehr weißt, mehr verstehst – als andre. Begreifste das?«

Tora schüttelte den Kopf.

»Du begreifst es, wenn die Wunde erst vernarbt ist. Da mußte noch hinkommen. So lange mußte dir jeden Tag sagen, daß nicht *du* es gewollt hast. Man kann dir nichts vorwerfen. Nichts! Hörst du?«

Tora hatte das Gefühl, daß ein kleiner, gurgelnder Laut von den Steinen über dem Grab käme. Sie wußte, daß sie den Laut gehört hatte, aber daß er nur in ihrem Kopf war. Und die Nasenlöcher füllten sich langsam mit Blut. Es tropfte herunter auf den groben, alten Schnee. Rhythmisch, als ob kleine Tropfen abgemessen und dort hinuntergeschickt würden. Es hämmerte. Ein ohrenbetäubendes Geräusch, sie wußte nicht, wovon. Es waren wohl die Tropfen. Tropf, tropf. Auf den uralten grauen Schnee, den der Regen beinahe zu Tode peinigte. Warum waren die kleine Birke und die Steine und der Himmel da und glotzten? Wenn doch nichts mehr zu ändern war? Warum sah der Himmel so aus, als ob ihm jemand die Haut abgezogen hätte? Die Sonne war ja irgendwo da draußen im Meer. War es ein Zeichen, daß Rakel log? Daß niemand ihr die Schuld abnehmen konnte?

Rakel hatte nicht miterlebt, wie es war, als der kleine Klumpen herausglitt und einfach dalag. Sie hatte

nicht die Adern unter der bläulichen Haut gesehen. Und das Blut? Rakel, die nicht mal das Blut beim Schlachten sehen konnte!
Rakel nahm eine Handvoll grobkörnigen Schnee und hielt ihn einen Augenblick unter Toras Nase. Dann warf sie den Schnee auf den Hang. Dreimal wiederholte sie das. Die Schneeklumpen waren blutdurchtränkt und blieben wie Rosenblätter neben den Steinen liegen.
Es gab sich. Das Nasenbluten. Sie gingen den Hang hinunter. Den Strand entlang. Am Friedhof vorbei. Über Wiesen und Felder. Sie gingen dicht zusammen. Der Rauch aus den Schornsteinen zeichnete verschwommene Striche in den Himmel, als sie sich den Häusern näherten. Dann kamen die Gerüche. Koks und Kohle.

Tora hatte ihren Körper zurückbekommen. Er kam zurück, als sie die alten Kleider aus ihrem Pappkoffer auspackte und in den Kleiderschrank im Gang hängte.
»Du bist zu dünn, liebe Tora. Aber es wird schon wieder werden«, hatte Rakel gesagt.
Und Tora hatte an sich heruntergesehen. Die Linien traten hervor. Seltsam. Als ob sie sich vorher nie gesehen hätte.
Später, im Konfektionsgeschäft, hatte sie festgestellt, daß sie wirklich dünn war. Aber sie hatte noch etwas anderes festgestellt: daß sie eine Frau war. Ein merkwürdiges, erschreckendes Gefühl. Bis ihr aufging,

daß die Zeit vorbei war, in der sie etwas verstecken mußte.
Rakel hatte sie eingekleidet. Jeans, die auf den neuen Körper paßten. Pullover und Rock. Schuhe zum Tanzen. Tora war ganz zittrig und verschwitzt und glücklich, als sie endlich oben in ihrem Zimmer war. Hatte überschwenglich gedankt, so wie Ingrid es getan hätte, das wußte sie.
Und Rakel hatte wieder ihr normales Gesicht bekommen. Das machte die Mansarde im Bergschen Haus zu einem Zufluchtsort. Rakel schien ihr Gesicht zurückzulassen, als sie abreiste.
»Ich ruf' dich an. Oft!« hatte Rakel gesagt, als sie in den Bus steigen mußte.
»Ja.«
»Du kannst mich auch anrufen, wenn du willst, Tora. R-Gespräch. Falls du mich brauchst, komm' ich. Sofern ich gesund bin und Simon zu Hause bei den Schafen bleibt. Sie ziehen übrigens bald ins Gebirge.«
Der Bus gab ein lautes Prusten von sich, und die Türen schlossen sich. Dann donnerte er auf der Straße davon und nahm die Tante mit. Die Straßen waren unschöne Narben in der Welt.

Die Margeriten, die sie an *diesem* Tag mit in ihre Träume genommen hatte – veränderten sich. Sie wurden zu roten, steifgefrorenen Rosen im alten Schnee. Manche Nacht mußte sie aufstehen und sich über das Waschbecken beugen, weil sie in ihrem Nasenblut zu ersticken drohte.

Zuweilen hatte sie das Gefühl, sich selbst an der Hand zu halten. Da Tante Rakel weggefahren war, mußte sie das tun. Sie hörte ihre eigenen Schritte neben Toras Schritten. Wußte nicht, ob Tora sie selbst war. Oder existierte sie gar nicht? Aber Schritte hatte sie. Manchmal kam es ihr so vor, als ob sie Fieber hätte, lange. Das Sausen in den Ohren. Das flimmernde Licht. Luft, die auf die Augenlider drückte wie Sandpapier. Sie konnte am Fenster stehen und die Adern an ihren Händen betrachten. Sie waren in letzter Zeit gleichsam aus der Haut herausgekommen. Bläulich. Lagen wie Drähte auf den Handrükken. Wanden sich. Wie Schlangen. Das erinnerte sie an etwas. Was sie vielleicht geträumt hatte.

Und wenn sie es sah, fiel ihr ein, daß sie den Holzlöffel nicht mitgenommen hatte, als sie bei Frau Karlsen auszog. Er konnte dableiben. Die Strickdecke auch.

Die Tante hatte nicht gesagt, daß es schlimm war, wenn die schöne Decke zurückblieb. Sie hatte sich nicht einmal in der Tür umgedreht und sie gesehen.

Das hatte Tora getan. Sich umgedreht.

Da hatte sie es gesehen.

Daß die Decke für sie gestrickt worden war, um liegenzubleiben.

Genau da.

12

Das Bergsche Haus hatte seinen eigenen rastlosen Stil. Gelegentlich kamen sie zu ihr herauf mit einem Anliegen. Der Mann rief meistens im Treppenhaus und stand da und raschelte mit der Zeitung, wenn sie auf dem Treppenabsatz erschien. Er war unwirklich für sie. Hatte immer den gleichen Gesichtsausdruck. Tora glaubte nicht, daß er irgendeinen von den Menschen sah, denen er begegnete. Er sah jedenfalls nicht die, mit denen er zusammen im Haus lebte. Einmal traf sie ihn auf der Straße. Da war sie ganz erstaunt, daß er sie erkannte und grüßte. War beinahe irritiert, weil sie geglaubt hatte, er wäre wie sie. Er ließe die Menschen nicht an sich heran. Es gäbe da etwas, das er für sich allein haben wolle. Aber es war sicher nichts Besonderes an ihm. Da hörte sie auf, an ihn zu denken.

Ringmor hatte Namen und Gesicht und eine Narbe auf dem linken Daumen, die weiß leuchtete, wenn sie Klavier spielte. Manchmal ähnelte sie Ingrid. Zum Beispiel morgens, wenn sie dem Mann und dem Sohn Befehle erteilte, ehe sie zur Arbeit ging. Tora hörte ihre Stimme im Flur. Voll angsterfüllter Tage und einsamer Nächte. Sie gab oft Gesellschaften. Aber sie lachte selten.

Das beste an Ringmor war, daß sie Klavier spielte. Tora schlich auf den Treppenabsatz, um zu lauschen. Sie spielte Musik, die Tora sonst nur im Radio gehört hatte. Es war wunderschön. Die alte Orgel in der Kirche auf der Insel war nichts dagegen. Die abgedroschenen Kirchenlieder und die lächerlichen Stimmen auch. Das hier war etwas ganz anderes. Tora hörte, daß diese Musik von irgendwoher kam, wofür es keinen Namen gab. Diese Melodien ließen Ringmor die langweiligen Gesellschaften ertragen, den lauten Jungen und den Mann mit der Zeitung.

Einmal war der Sohn nach Hause gekommen, als sie gerade auf dem Treppenabsatz saß und heimlich lauschte. Er hatte sie verpetzt, und Ringmor kam heraus und bat sie ins Wohnzimmer, damit sie besser hören könne. Sie sah so geniert aus, daß Tora vergaß, daß sie beim Horchen erwischt worden war. Sie ging bis zum Klavier und blieb dort stehen. Da lagen Notenhefte mit Namen, die sie aus dem Radio kannte. Mozart, Smetana, Mendelssohn, Schubert. Eine Welt voller Musik! Ringmor machte oft Fehler. Da senkte sie den Kopf, als ob sie in der Kommunalen Realschule Breiland die Aufgaben abgehört würde und sie nicht könnte. Dann entschuldigte sie sich damit, daß sie so wenig übe.

Aber wenn sie ein ganzes Notenblatt schaffte, ohne steckenzubleiben, legte sie den Kopf zurück und schloß halb die Augen. Dann schien sie Toras Gegenwart vergessen zu haben.

Es kam öfters vor, daß sie Tora herunterrief, wenn sie spielte. Besonders, wenn sie ein Stück geübt hatte und es gut beherrschte. Öfters konnte Tora hören, daß Ringmor mit wütenden Fingern auf die Tasten

schlug. Dann rief sie niemals nach ihr. Und es war auch egal. Die Musik war an solchen Tagen nicht magisch.
Der Sohn hieß Ivar. Tora ließ ihn nicht näher an sich heran. Ab und zu kam er zu ihr herauf, damit sie ihm bei den Aufgaben half. Er hatte sofort entdeckt, daß Tora ihm bei den Rechenaufgaben helfen konnte.
Anfangs wußte sie nicht, wie sie ihn wieder aus dem Zimmer bekommen sollte. Sie mochte die Unruhe nicht, die in ihm steckte. Als ob sein Körper voller Wunden wäre, die juckten. Sie sagte, sie habe so viele Aufgaben, daß sie keine Zeit habe. Was im Grunde auch stimmte. Er sah enttäuscht und einsam aus, wenn er ging. Danach arbeitete sie nicht besonders gut. Aber die Schweißausbrüche, die sie während seiner Anwesenheit immer bekam, hörten auf.
Es war etwas an der Art, wie er sie ansah. Als ob er durch sie hindurchsähe oder um etwas bettelte.
Er hatte so hilflose Augen. War mindestens zwei Jahre jünger als sie. Seine Pickel waren ihr so nahe, als ob es ihre eigenen wären. Sie ertrug es nicht.
Wenn er gegangen war, dachte sie immer an Frits. Frits, der keine Stimme hatte. Frits mit dem langen Hals und den schönen Daumen. Sie war froh, daß er aus ihrem Leben verschwunden war. Er hatte auch Augen, die sahen. Aber er hatte eine fröhlichere Mutter als Ivar.
Zuweilen überlegte sie, wie wohl die anderen Söhne des Hauses waren. Sie wünschte, daß sie zu Hause wären. Vielleicht hätte sie mit ihnen reden können.

Aber dann fiel ihr ein, daß sie nicht einmal mit Jon reden konnte. Zum Schluß war sie froh, daß alles so war, wie es war.
»Bemüh dich, unter Menschen zu gehn!« hatte Rakel gesagt.
Sie entschloß sich immer wieder dazu. Aber sie kam nicht weiter als bis zu Ringmors Klavier oder bis zum Schulhof.
Mitunter bildete sie sich ein, daß es so bis in alle Ewigkeit bleiben würde. Daß sie immer allein sein würde in ihrem eigenen Kopf. Und es konnte ihr nicht einmal Angst einflößen. Sie tröstete sich einfach damit, daß sie alles hatte, was sie brauchte, und daß der Radiator unter dem Fenster ihre Füße warm hielt. Sie überließ sich einer gewissen Müdigkeit und war zufrieden.
Nur Ringmors Klavier konnte sie rühren. Da hätte sie wahrhaftig weinen können.

Sie bewegte sich langsam. Durchdachte alle Dinge genau, bevor sie etwas sagte oder tat. Wenn sie sich nachmittags an ihre Aufgaben setzte, sah sie immer zuerst auf die Uhr. Fing dann mit Mathematik und den schriftlichen Aufgaben an. Nahm sich zuletzt das vor, was sie auswendig lernen mußte.
Es war, als ob sie alles wieder von neuem lernen müßte. Als ob in ihrem Kopf ein Großreinemachen stattgefunden hätte. Sie entdeckte, daß sie alles vergessen hatte, was sie vor Ostern in der Schule durchgenommen hatten. Sie mußte viel nachholen. Arbei-

tete sich durch die Bücher rückwärts durch und machte gleichzeitig die täglichen Aufgaben. Saß am Fenster und baute in ihrem Kopf alles gründlich wieder auf. Sie hatte das Gefühl, daß der Kopf kalt und leer war, daß gleichsam immer ein Wind durch den Raum strich und sich hinter ihre Stirn legte.

Manchmal hatte sie das Gefühl, daß ein dichtes Häutchen sie und ihr Dasein umgab, durch das die Leuchtröhren im Klassenzimmer der Kommunalen Realschule Breiland nicht hindurchzudringen vermochten.

Tora sah Gesichter und Körper. Hörte Stimmen im Schulhof. Sie spielte eine schwierige Rolle in einem Theaterstück, in dem alle Repliken ihr fremd waren. Aber es war das einzige Theater, das sie hatte. Ab und zu *sah* sie Augen, die den Augen von jemandem glichen, den sie gesehen hatte. Aber sie war nicht sicher. Sie hatte die ganze Zeit das Gefühl, daß sie nicht ein brauchbares Wort gelernt hatte, um es anderen zu sagen. Andere hatten es schon vorher gesagt. Andere hatten die Worte an ihrer Stelle gelernt. Andere befahlen ihr, gerade dieses oder jenes zu sagen.

Sie sah es den Gesichtern an, wenn die anderen meinten, daß sie ihre Replik richtig gesagt hatte. Besonders deutlich war es bei den Lehrern. Ihre Gesichter waren Spiegelbilder dessen, was sie sagte.

An manchen Tagen war es nicht so schlimm. Sie ging zu den Kais und genoß das Licht. Die Farben waren beinahe jeden Tag wie gewaschen. Das milde Wetter war endgültig gekommen.

Der Frühling roch in Breiland anders als auf der Insel. Der Fischgeruch fehlte. Der Erdgeruch war auch nicht so intensiv. Er war mit dem Geruch nach Moorwasser und nach vermodertem Laub von den Bäumen vermischt. Auf den Kais roch es nach Holzkästen und Benzin. Nach Holzwolle und Salzwasser. Der Tanggeruch war sozusagen ausgesiebt. Genau wie der Fischgeruch.
Wenn sie nachmittags einige von der Schule traf, wurde es schwierig. Sie suchte nach Worten. Begann mit: Hei! Aber die Worte, die sie sagten, schienen sich in der Luft aufzulösen. Und Tora konnte ihnen nicht in die Augen sehen, weil diese so verschleiert und nichtssagend waren.
Sie wollten sie mit ins Café nehmen. Aber sie gaben es sofort auf, wenn Tora sagte, daß sie nicht könne. Gelegentlich hatte sie den Eindruck, daß die anderen einsam und ängstlich aussahen. Es war, als ob sie sich selbst im Spiegel sehe. Das erinnerte sie daran, daß sie Tante Rakel versprochen hatte, alles aufzuessen. Jeden Tag einen Mundvoll, bis zum Schluß alles aufgegessen war. Inzwischen fingen die Birken an auszuschlagen. Duft. Licht. Farben. Die Birkenallee hinauf zur Eingangstür wogte ihr entgegen, wogte in ihr. Sie sah, daß die Wipfel ein wenig zitterten. Winzig kleine grüne Schimmer. Gerade so viel, daß ihr Auge sie einfangen konnte. Ein gütiger Schatten, der von irgendwoher geschickt wurde. Hatte sie das verdient? Wer war sie, Tora? Warum war sie nicht wie die anderen? Warum hatte sie diese dünne Haut um

sich herum? Wie ein Zaun. Ein weiß gestrichenes Staket aus abgeblätterten, ängstlichen Holzlatten. Mit spitzen Enden wie Pfeile. Zeigten direkt nach oben. Gaben klaren Bescheid. Bis hierher, aber nicht weiter. Ich bin hier drinnen. Mit einer ist es genug.
Manchmal sehnte sie sich nach Menschen. Aber sie wußte, wie gefährlich das war. Sie mußte nicht noch mehr von sich selbst verlieren. Mußte das bewachen, was sie hatte. Darauf aufbauen. Gedanken zu Gedanken legen. Die Note »gut« zu Note »gut«. Fach zu Fach. Den Kopf mit solchen Dingen füllen, die sie nie richtig froh oder richtig verzweifelt machen würden. Die sie befähigten zu spüren, daß der Tee zu heiß zum Trinken war. Daß die Augen vom Lesen müde geworden waren. Daß sie Licht anmachen mußte. Daß sie Vaseline auf den Mund streichen mußte, weil sie aufgesprungene Lippen hatte. Daß sie Hunger hatte und daß es klug war, eine Scheibe Brot zu essen, bevor sie sich an den Schreibtisch setzte. Daß sie aufs Klo gehen mußte.
Sie war ein flaches, unförmiges Tier, das auf der Erde lag und versuchte, die ganze Unterlage zu bedecken. Dicht, dicht. Gleichzeitig war da etwas, das sie hinauf in die Luft zwingen wollte. Zu den Bergen. Zum Himmel. Und das Tier sagte zu sich selbst: »Bleib hier! Decke mit deinem Körper und mit deinen Gedanken gut zu. Laß von der Erde, auf der du liegst, nichts ans Licht kommen! Denn das ist gefährlich.«
Gleichzeitig waren die Sehnsüchte dicht über ihrem Kopf, wie Funken im Regen.

Die Fenster der Kommunalen Realschule Breiland standen jetzt den ganzen Tag offen. Der Himmel und die Sonne waren lästig. Die deutschen Regeln und Deklinationen lagen wie verhaßte Guerillasoldaten in der verschwitzten Luft voller Kreidestaub und Widerwillen. Das ging allen so. Aber nicht Tora.

Sie lag da und bedeckte die ganze Unterlage. Sie preßte sich mit aller Kraft an die Erde. Die Tage hatten keine Wunden mehr. Sie standen auf Pfählen. Fest.

Demnächst war Examen. Toras Kopf hatte gut Platz für alles, was sie lernte, denn sie hatte sich bald selbst aufgegessen. Ihr altes Ich. Und was unverdaulich war, hatte sie flach unter sich gepreßt in ihrem Eifer, alles auf der Erde zuzudecken, auf der sie lag.

13

Ingrid schrieb Tora einen Brief. Eine seltsam unbeholfene Ansammlung von Worten. Mit ordentlicher Schrift. Über selbstverständliche Dinge. Geld. Der Brief roch nach Kupfermünzen und Schmierseife.

Sie hatte keine Angst mehr vor Ingrids Briefen. Sie waren ungefährlich und ängstlich. Sie las sie schnell durch und vergaß sie. Sie stammten von einer, die sie

einmal gekannt hatte, aber die sie nichts mehr anging. Wenn sie antwortete, erzählte sie von der Schule, den Noten, den Lehrern. Von dem schönen Zimmer bei Bergs. Aber sie konnte sich nicht entschließen, von der Aussicht in den Himmel zu schreiben. Oder wie es war, jeden Tag in dem drängenden Licht von der Schule nach Hause zu gehen.
Ein paarmal dachte Tora daran, was Rakel wohl zu Ingrid gesagt hatte. Aber sie schob den Gedanken beiseite. Rakel rief oft an. Eines Tages sagte sie, daß Ingrid außer sich sei, weil Tora an den Wochenenden nie nach Hause komme.
»Ich weiß nicht, wie wir das bewerkstelligen sollen. Am Telefon kann man nicht gut darüber reden, aber wenn du mir schreibst, wie du dir das Ganze denkst, dann würd' ich schon probieren, was zu machen. Was meinste?«
»Ich hab' keine Zeit, nach Haus zu kommen«, sagte Tora unerwartet energisch.
»Biste sicher? Du kannst bei uns wohnen. Ich find' schon 'ne Ausrede...«
»Nein.«
»Na schön.«
Die Stimme erstarb, und Tora begriff, daß Rakel sie verstand. Und was sie nicht verstand, verblaßte in dem Willen, zu verstehen.
Alle Flure haben Spiegel, dachte sie. Hier war der Spiegel beim Telefon. Nicht im Treppenaufgang wie bei Frau Karlsen. Sie drehte dem Spiegel den Rücken zu, damit sie ihre Antworten nicht zu sehen

brauchte. Das Gesicht wurde zu einem ungewaschenen Wollknäuel in dem Spiegelrahmen. Floß in einem Kreis mal hierhin, mal dorthin. Unaufhörlich wie ein Pendel. An diesem Abend ging Tora ins Café. Sie bestellte sich an der Theke ein Glas Saft und suchte sich einen Tisch. Es waren nur ein paar vom Gymnasium da. Sie sprachen nicht mit ihr. Aber sie schauten. Tora hatte das ekelhafte Gefühl, daß sie das Telefongespräch mit Rakel gehört hatten. Daß es auf ihren Kleidern geschrieben stand. Daß auch sie sich überlegten, warum sie nie nach Hause fuhr. Genau wie Familie Berg.

»Du fährst nicht oft nach Hause, Tora«, sagte Ringmor Berg.

»Du bist tüchtiger in der Schule als unsere Jungen und gönnst dir kaum Freizeit«, sagte Gunnar Berg. Dann sahen sie sie forschend an.

Tora kämpfte immer gegen die Versuchung an, etwas zu erklären. Eine Entschuldigung zu finden. Die sie später vergaß. So daß sie zum Schluß in einem Sumpf von Lügen stand. Das konnte sie nicht. Sie sollten denken, was sie wollten. Sie sagte ja oder nein zu solchen Fragen. Oder: »Das stimmt schon.« Ihre Antworten kamen allmählich automatisch. Sie brauchte sich nur gegen die Blicke zu wappnen – und dann eine kurze Antwort zu geben, die nicht zu Vertraulichkeit und neuen Fragen einlud.

Sie hielt ihre Noten wie einen Schild vor sich.

Würde es ihnen bei der Prüfung schon zeigen! Würde ihnen zeigen, was sie machte, wenn sie nicht nach Hause fuhr.

Sie hatte das Gefühl, es wären mehrere Jahre vergangen, seit sie zuletzt im Café war. Die Resopaltische mit den Stahlrohrbeinen. Der noch nicht entfernte Osterschmuck an der Kugellampe über der Theke. Die prunkvoll gemusterten Vorhänge. Die deutlichen Spuren von schmutzigen Schuhen auf dem Linoleum. Der erkältete junge Mann hinten in der Ecke, der sich ständig in seinen Pulloverärmel schneuzte. Das zerbrechliche Licht über der Tischplatte mit halbvollen Aschenbechern und von den Gläsern hinterlassenen Ringen.
Sie zog sich aus dem Raum zurück und starrte zum Fenster hinaus. Versuchte einen gewissen Sinn darin zu sehen, daß die Dinge nun einmal so waren. Sah ihr Spiegelbild in der Fensterscheibe wie einen schwachen Schatten, der über der Resopalplatte schwebte und keine Füße und keinen Körper hatte. Ein vergessenes Gesicht mit Haaren darum. Wie der Puppenkopf von Mutters Puppe, die auf der Kommode im Tausendheim stand. Tora hatte nie damit spielen dürfen, denn der Puppenkopf war aus Porzellan. Sie verstand, daß er nicht zu gebrauchen war, denn er hatte keinen Körper. Hatte sie selbst auch keinen Körper? Unangreifbar? Vielleicht war es doch nicht gefährlich, nach Hause zu fahren? Auch wenn *er* da war?
Sie drehte an einem losen Faden, der aus dem Pullover herausschaute. Dachte daran, daß sie eine Nadel nehmen und den Faden besser vernähen mußte. Aber sie schaffte es nicht, aufzustehen und zu gehen.

Der Saft war noch nicht zur Hälfte getrunken. Es war Dienstag, und es kamen nicht viele. Mittwoch und Samstag war Cafétag. Es war egal.
Das Paar an dem Tisch am anderen Ende des Raums flüsterte miteinander. Steckte die Köpfe dicht zusammen. Der junge Mann strich dem Mädchen die Haare aus dem Gesicht und küßte sie flüchtig auf die Nase.
Tora wandte die Augen ab. Dann trank sie einen großen Schluck aus dem Glas und sah wieder zum Fenster hinaus. Der Schmutz lag schmierig und unersättlich da draußen. Autospuren durchschnitten die Straßen der Länge nach. Die Birken im Park hatten Millionen von grünschimmernden Punkten. Sie hatten sich lange versteckt. Ängstlich, als ob sie auf den Herbst warteten.

Er stand plötzlich in der Tür. Das schmutzige gelbe Licht aus den Kugellampen an der Decke sandte schläfrige Angriffe auf den Frühling, der durch die offene Tür hereinbrach.
Er stand mitten in dem Lichtkrieg. Ohne Farben oder Gesichtszüge. Dann schloß er die Tür hinter sich und ging zur Theke.
Jon.
Die Dame hinter der Theke war ein Vollmond. Sie lächelte über das ganze Gesicht. Die Kugellampen falteten sich auseinander und ähnelten auf einmal den Kronleuchtern im Speisesaal des Hotels. Es tönte. Immer lauter.

Alles ging kaputt, als er sich umdrehte und sie sah. Er zögerte und blickte sich um. Als ob er einen Vorwand haben wollte, um mit ihr zu reden. Dann kam er mit einer Flasche Cola und mit einem Glas in den Händen durch den Raum. Stülpte das Glas nicht auf die offene Flasche, wie die anderen es machten. Benutzte beide Hände. Auch wenn sie ihn in den Korridoren oder auf dem Schulhof häufig gesehen hatte, so war es doch nicht in ihr Bewußtsein gedrungen. Daß er existierte. Nicht bis zu diesem Augenblick. Er blieb vor dem Tisch stehen. Abwartend. Nickte schließlich und ließ sich auf den freien Stuhl gleiten, der in äußerster Not aufschrie, als Jon ihn zurückschob, um für seinen langen Körper Platz zu bekommen. Er schenkte ein, bevor er etwas sagte.

»Man sieht dich selten – im Café.«

»Ja.«

»Du lernst?«

»Ja.«

»Geht's dir gut?«

»Ja.«

»Du siehst nicht grad so aus. Ich hab' dich beobachtet. Du siehst aus, als ob du Liebeskummer hättest – mindestens!«

Tora wechselte die Farbe. Spürte, wie es unter den Armen und am Rücken feucht wurde. Es war zuviel Dunst in dem Café.

»Was machste denn, wenn du nicht lernst?«

»Ich lern'.«

Er lachte. Sein Gesicht verzog sich in gutmütige Falten.

»Les' Bücher und so was«, stotterte sie. Gleichzeitig verhärtete sie sich innerlich. Weil sie merkte, daß er sie verspottete, um sich selbst zu schützen.
»Gehste mit ins Kino?«
Das Gesicht wurde plötzlich ernst. Er feuchtete die Lippen an und wußte vor lauter Unbeholfenheit nicht, wohin mit den Händen. Nahm das Glas und wollte trinken. Überlegte es sich anders und ließ das Glas stehen.
»Was gibt's denn?«
»Ich weiß nicht, aber wir können ja auf dem Plakat nachschauen.« Er wurde eifrig. Sah auf.

Der Frühling war ein Stoß in den Unterleib.
So einfach war das. Als ob man gar nicht darüber zu reden brauchte. Als ob es schon vor langer Zeit so bestimmt war. Vor dem Fest in der Schulbaracke. Vor – vor allem…
Sie trotteten zum Kino. Er war viel größer. Sah ab und zu auf sie herunter. Vorsichtig, von der Seite. Vergewisserte sich, daß sie wirklich da ging. Sagte nicht viel. Ließ die Dinge einfach geschehen. Und sie geschahen. Sprießten wie ein Wunder aus dem schmutzigen Hang. Flimmerten als kleine, gütige Flecken in dem lichten Himmel, über den Hausdächern und am Ende der Straße, wo Himmel und Meer um den Platz am Horizont kämpften. Sie atmete in tiefen Zügen. Eine Art Beweis, daß sie mehr war als ein Puppenkopf.
Jon nahm ihre Hand, als das Licht im Kino ausging und der Film über die Leinwand lief.

Sie wußte nicht so genau, was sie sagte. Das tat er sicher auch nicht. Ein Zug raste zwischen der Leinwand und ihr. Lange. Nahm sie beide mit. Sie reisten zusammen. Auf der Leinwand. Tora hatte in Wirklichkeit noch nie einen Zug gesehen. Ein stöhnendes schwarzes Eisentier mit einem langen Schwanz.
Als sie herauskamen, war der Frühling schrecklich hell.
»Komm mit mir nach Haus.«
Er sagte es so, als ob er lange darüber nachgedacht hätte, wie er diesen Satz formulieren sollte.
»Nein.«
»Warum nicht? Wir können ein Brot essen und Platten hören.«
»Nein. Ich muß mir noch Geschichte für morgen ansehn.«
»Du übertreibst. Aber ich möchte wetten, du sagst das nur, weil du nicht willst.«
Er blieb mit hängenden Armen stehen. Nacktes Gesicht im Wind. Die Wimpern waren dunkel und berührten die Wangen.
»Das stimmt nicht...«
»Okay!« er brach ab und legte den Arm um sie.
Sie gingen zu dem ockergelben Haus, in dem Tora wohnte.
»Warum biste von Frau Karlsen weggezogen? War's ungemütlich bei ihr?«
»Nein. Aber bei Bergs ist's besser. Die kümmern sich nicht soviel um mich. Und sie laden mich auch nicht so oft zum Essen ein.«

Sie lachten sich ein wenig an.
»Darf ich sehn, wie du wohnst?«
»Jetzt nicht.«
Tora hatte sich diese Antwort angewöhnt. Wußte, daß er fragen würde.
»Du bist störrisch. Wie ein Esel. Willste eine Eins in allen Fächern haben?«
»Ja«, sagte sie schlicht. »Außer in Turnen.«
Er lachte wieder, als ob er glaubte, daß er das müsse, um dann plötzlich wieder ernst zu werden wie ein Kirchenlied:
»Ich hab' darüber nachgedacht, wie ich mal mit dir reden könnte. Wie ich dich mal treffen könnte. Hatte es aufgegeben – beinahe. Und jetzt biste da. Was glaubste, was ich mir heut für einen Mut machen mußte.«
Eine ohnmächtige Freude überwältigte Tora. Sie schubste einen Stein weg. Weit.
»Warum warste damals so, als ich zu dir aufs Zimmer kam? Du hast solche Angst vor mir gehabt, daß ich auch Angst bekam.«
»Ich weiß nicht, es ist schon so lange her«, versuchte sie.
»Du entgleitest mir die ganze Zeit. Du willst nicht reden. Warum?«
»Ich bin nicht gewohnt, über alles zu reden.«
Sie sah ihn verzweifelt an.
»*Versuch* es wenigstens. Sonst lernen wir uns nie kennen. Wenn du glaubst, daß ich dir nachlauf', nur um eine zum Abknutschen zu haben – dann irrste

dich. Ich muß jemand zum Reden haben. Sonst werd' ich verrückt! Zu Haus laufen sie immer im Kreis rum wie in einer Mühle und haben alles mögliche zu *tun*. Mutter und Vater und Tove und Eric. Nicht eine Seele hat Zeit zum *Reden*. Da hab' ich dich am ersten Schultag auf dem Schulhof gesehn, und da hab' ich geglaubt, du wärst ein Mensch, mit dem man reden könnte. Du hast nicht gegrinst und dich verstellt wie die andern Mädchen. Du hast beobachtet. *Zugehört*. Ich glaub', deswegen hab' ich mich in dich verliebt. Weil du zugehört hast.«
Er stockte.
»Red mit mir, Tora«, flüsterte er.
»Ich werd's versuchen. Ehrenwort.«
Sie reckte sich auf die Zehen und legte beide Arme um seinen Hals. Ganz fest. Danach schaffte sie es nicht, ihn anzusehen. Sie ging ein paar Schritte von ihm weg und schaute zu den Fenstern. Aber nein. Da bewegte sich kein Kopf hinter der Gardine. Bei Bergs hatten sie etwas anderes zu tun.

Sie lernte an diesem Abend nicht mehr. Das Licht von draußen war zu stark.
Die tiefen Grübchen in seinen Wangen. Die übermütigen Augen, die so schnell erlöschen konnten. Sie spürte seine Hände, während sie am Fenster saß.
Der Himmel ihr gegenüber war hautlos und blutig.
Sie hatte die größte Lust, etwas kaputtzumachen. Aus dem Fenster zu werfen. War sie für die Freude nicht geschaffen? So daß sie nicht mit ihr fertig

wurde, wenn man sie ihr in den Schoß legte? Weil sie eben nie von Dauer war?
Was hatte er gesagt? »Ich glaub', deshalb hab' ich mich in dich verliebt... weil du zugehört hast.«
Sie nahm den Spiegel von der Wand und stellte ihn auf einen Sessel, so daß sie sich in voller Größe sehen konnte. Dann streckte sie die Arme über den Kopf und schaute. Ein dünnes, zartes junges Mädchen in Jeans und mit üppigen roten Haaren um ein blasses Gesicht. Die Nase war zu groß. Aber sie akzeptierte sie. Der Mund war schmaler, als er zu sein brauchte, weil sie ihn immer geschlossen hielt. »Red mit mir!« Er hatte sie gern. *Hatte sie gern.*
Hätte sie ein Radio gehabt, dann hätte sie es jetzt voll aufgedreht. Soviel war sicher!

14

Die Zeitung lag aufgeschlagen auf dem Wohnzimmertisch. Ringmor Berg war außer sich. Sie rannte wie ein aufgescheuchtes Huhn herum, das nicht wußte, wo es sein Ei hinlegen sollte.
»Komm doch mal gucken!« rief sie. Die Stimme war drei Töne höher als sonst.
Tora guckte. Suchte zwischen den Bildern und Überschriften nach dem, was Ringmor Berg veran-

laßt hatte, die Treppe laut hinaufzurufen, daß sie ihr etwas zeigen wolle. Ihre Augen suchten unruhig die Zeitungsseite rauf und runter. »König Olaf in Trondheim eingesegnet«, »Mittsommernacht strahlendes Wetter«. Dann weiteten sich die Buchstaben plötzlich aus und kamen ihr entgegen: »Kinderleiche in einer Plastiktüte nahe der Straße. Das Kind hat nach der Geburt gelebt, also: Mord!«

Das Büfett mit den Bildern warf sich auf sie. Bekam ein Gesicht. Gesichter in Rahmen. Blaue Adern schlängelten sich rhythmisch um alles zusammen. Ein Wandleuchter hing schief an der Wand und traf sie in den Magen.
Sie mußte zu sich kommen, ehe es zu spät war. Sie fiel in langsam gleitenden Bewegungen, die kein Ende nahmen.
Ringmor hatte wohl alles entdeckt. Nun war endgültig Schluß. Sie fühlte sich fast erleichtert. Aber übel.
»Ivar, komm mit einem Lappen! Wring ihn in kaltem Wasser aus! Und ein Glas Wasser!«
Ringmor sah ratlos auf das Mädchen am Boden. Ging ihr das wirklich so nahe? Sie mußte es doch gewußt haben. War es möglich, so auf das zu reagieren, was über einen in der Zeitung stand. Sie hob Toras Kopf ein wenig hoch, damit sie trinken konnte.
Der Junge, Ivar, war ein blasser, verlegener Zuschauer.
Später las Ringmor laut, mit stolzer Stimme, als ob es sie selbst betreffen würde, vor:

»Eine Schülerin der Kommunalen Realschule Breiland hat sich durch ›sehr gut‹ in allen Fächern, in denen es möglich war, ausgezeichnet. Sie heißt Tora Johansen und kommt von den Inseln. Die Lehrer zögern nicht, sie als begabt zu bezeichnen.«
Tora hörte die Worte in Wellen. Das Echo kam von allen Wänden. Sie richtete sich auf und trank das Wasser in gierigen großen Schlucken.
Sie hatte die Zeitung im Fallen mit heruntergerissen. Diese hatte Spuren auf ihren Armen hinterlassen. Schwarze, verschwommene Schatten. Sie zwang sich, noch einmal auf die Zeitungsseite zu sehen: »Kinderleiche in einer Plastiktüte gefunden. In einem Privathaus nahe der Straße außerhalb von Oslo. Das Kind hat nach der Geburt gelebt, also: Mord!«
Sie lag mit angezogenen Knien und dem Kinn auf dem kalten Wasserglas. Wollte aufstehen. Aber die Zimmerdecke drückte sie herunter. Es war so schrecklich hell. Mord... dachte sie. Da war es wohl Mord gewesen. Sie würden es in die Zeitung setzen. Daß es Mord war.

Als Doktor Berg nach Hause kam, lag sie noch auf dem Boden. Es war unmöglich, ein Wort aus ihr herauszukriegen.
Er gab ihr ein Beruhigungsmittel. Stellte die Diagnose: überanstrengt. Stützte sie bis hinauf in ihr Zimmer und verordnete Ruhe und Pflege mit der gleichen Stimme wie im Krankenhaus.
Ringmor schlich zu ihr herein. Sie strich ihr über die

Haare und sagte ein paar freundliche Worte. Ivar schaute herein mit einem Eis vom Kiosk. Erzählte, daß der Vater verboten hatte, Bücher mitzubringen. Tora sollte mehrere Tage absolut nicht lesen.

Rakel wurde angerufen und bekam die Geschichte von der Zeitungsnotiz erzählt. Sie brauche sich nicht zu ängstigen, sagten sie. Außerdem sei das Schuljahr zu Ende. Tora habe Ferien.

Rakel stand noch lange mit dem Telefonhörer in der Hand. Dann breitete sie die Zeitung aus und las von der Prachtschülerin Tora Johansen und ihren Noten.

Wie war es möglich, daß ein Mensch, der so viel durchgemacht hatte, solche Resultate in der Schule erzielte.

Der Blick fiel etwas weiter unten auf die Zeitungsseite. Blieb an der Kinderleiche in der Plastiktüte haften.

Sie war in Gedanken bereits auf dem Weg nach Breiland. Warum stand so etwas in der Zeitung? Warum wurde das Unglück der Menschen vor aller Welt zur Schau gestellt? Glaubten die Zeitungsleute, daß das Leben der Menschen ein simpler Film war?

Sie ertappte sich schließlich dabei, daß sie die Zeitung zwischen den Händen zu einem grauen Knäuel zusammenknüllte.

Dann holte sie die Reisetasche.

15

Rakel ging es schlecht. Aber es wurde nicht schlechter davon, daß sie nach Breiland fuhr, um zu sehen, was mit Tora los war. Das war ihre einfache Philosophie.

Simon war anderer Meinung. Ingrid sollte nach Breiland fahren. Er blieb standhaft. Bevor Rakel es verhindern konnte, war er bereits auf dem Weg zur Tür hinaus, um Ingrid zu sagen, daß sie Tora besuchen solle.

Rakel fühlte Müdigkeit und Wut – und noch etwas anderes. Sehnsucht, ihre Last mit jemandem zu teilen, der einen Rat wußte.

»Warte!« rief sie, als er gerade die Tür hinter sich zumachen wollte.

Er drehte sich um. Blieb stehen. Aber hatte diesen bestimmten Zug um den Mund. Falten zwischen den Augenbrauen.

»Das ist was, worum du dich nicht kümmern sollst. Da versteh' ich mich besser drauf«, sagte sie.

»Ich versteh' so viel, daß dein Bauch nicht in Ordnung ist und daß du im Krankenhaus aus- und eingehst und daß du dich mit den Schafen und mit unmöglichen Verwandten abplagst. Damit ist jetzt Schluß! Es ist Ingrids Tochter, nicht deine!«

Sie starrte ihn an. Die Worte trafen. Sie spürte eine plötzliche Schwäche. Sollte sie nachgeben? Er paßte wirklich auf sie auf, dieser Simon. Hatte es wohl immer getan. Aber sie hatte es so eilig gehabt, in ihm den kleinen Jungen zu sehen, daß sie es nicht ganz begriffen hatte. Er reagierte nicht nur, weil er sie für sich haben wollte. Das mußte sie ihm lassen. Sie streckte ihm beide Arme entgegen.

»Na gut«, sagte sie, den Mund an seinem karierten Hemd.

Die Wärme seines Körpers schlug ihr entgegen.

Aber Ingrid konnte nicht nach Breiland fahren. Sie mußte arbeiten gehen. Sie hatten eine Ladung Fisch bekommen, die im Laufe von zwei Tagen verschifft werden mußte. Sie war wie ein winselnder Hund, so schien es Rakel, aber gleichzeitig bedauerte sie sie auch. Wurde von alldem so müde.

Schrecklich müde.

Sie rief in Breiland an und konnte endlich mit Tora sprechen. Sie hatte das Gefühl, ein ekelhaftes Klikken in der Leitung zu hören. Die Telefondamen schalteten sich mit ihren langen Ohren ein. Oder Josef von der Zentrale, der sein »Hallo, hallo« dazwischenrief – immer wieder.

Dadurch kam kein ordentliches Gespräch zustande. Rakel verfluchte alles, was kriechen, gehen, sehen und hören konnte, während sie zugleich Tora zu erzählen versuchte, daß sie die Zeitung gelesen hatte. Die ganze Seite. Daß sie stolz darauf war, was über Tora in der Zeitung stand. Ihr Name in der Zeitung!

Zuletzt:

»Denk nicht an das, was da noch steht.«

Es wurde still am anderen Ende. Nur ein leises Atmen. Eine Art Lebensfunke über Meer und Land. Es schnürte Rakel die Kehle zu, stieg in die Nase. Die Müdigkeit war ein Bleigewicht am Ende einer Schnur. Ein Pendel, das ausschlug. Hin und her.
»Denk nicht dran, was von der Tüte dastand – von der Plastiktüte... Das war nicht für uns. Das sind dumme, verrückte Leute, die so was schreiben. Bei dir war's anders, man kann's nicht vergleichen. Du mußt jetzt wieder gesund werden und nach Haus kommen. Wir brauchen dich bald zur Heuernte in Bekkejordet. Du kannst in der Dachstube schlafen, Tora. Paß auf dich auf!«
»Ja...«, säuselte es an Rakels Ohr. Ganz zaghaft. Man konnte sich nicht daran wärmen. Aber für Rakel bedeutete es soviel wie das kostbarste Dokument für einen Kenner. Sie verwahrte es, lange.

Toras Vogelkind.
Es wunderte Rakel, daß sie daran denken konnte, als ob es eine alltägliche, wenn auch lästige Sache wäre, für die man eine Lösung finden mußte. Vielleicht war es so, daß die meisten Menschen das richtig Häßliche, das Grausame, das, was man unbedingt verbergen wollte – gerade *das* als ihr besonderes Geheimnis mit sich herumtrugen. Daß nur *sie*, Rakel, durch das Leben gegangen war, ohne sich einmal in den Finger zu schneiden, ohne daß ihr ein einziger Zahn gezogen werden mußte. Und daß nun alles auf einmal über ihr zusammenstürzte, als es kam.

Sie nahm die Katze mit ins Bett. Erblickte sich plötzlich im Spiegel über der Kommode. Ungekämmt und blaß. Das Gesicht war in letzter Zeit direkt eingetrocknet.

Der Leib. Der Gedanke an Tora. Der Zweifel. Wie sollte sie sich verhalten? Sie ging in Gedanken alles von neuem durch. Der Katze gefiel es in der Bettwärme nicht mehr. Sie miaute und wollte raus. Kratzte am Fenster. Gab keine Ruhe. Rakel kam mühsam aus dem Bett, ging zum Fenster und öffnete es. Blieb am Fenster stehen und sah, wie der geschmeidige Katzenkörper über den grasbewachsenen Hofplatz schritt. Funken sprühten in dem schwarzen Fell. Die Schnurrhaare vibrierten. Als ob sie Witterung von etwas hätte. Dann stolzierte sie zur Stalltreppe. Wand sich träge. Hob den Kopf und gähnte leicht. Frei war sie. Frei von Rakels Schoß.

Falls sie zu Ingrid hinunterlief und alles auf ihrem Tisch ausbreitete? Falls sie das Ganze den beiden, Henrik und Ingrid, präsentierte? Sie zu einer Art Gericht berief? Wer konnte dabei gewinnen? Tora? Kaum. Alle würden Verlierer sein. Denn so weise war es eingerichtet, daß, wenn die Menschen sich das Grausamste einander antaten – keiner gewann. Alle waren Verlierer. Wenn sie Henrik anzeigte, zog sie Ingrid mit.

Und sie, Rakel? Konnte sie mit offenen Augen zusehen, wie alle von der Lawine erfaßt wurden, die sie ausgelöst hatte? Nein. Sie mußte es auf sich nehmen. Mußte diese Lüge tragen. Konnte nur hoffen, daß sie

so lange am Leben blieb, bis Tora genügend Abstand gewonnen hatte. Es ging ihr auf, daß sie nicht viel Zeit gehabt hatte, über ihr eigenes Elend nachzudenken. Mußte beinahe lächeln.
Sie legte sich nicht wieder hin. Zwang sich vor den Spiegel und kratzte mit den Fingern über das Gesicht, so daß es ein wenig Farbe bekam. Dann ging sie schwerfällig in die Küche. Es war, als ob der Teufel und alle guten Mächte einen Bund eingingen, um sie auf den Beinen zu halten.
elbst half sie sich, indem sie Schmerztabletten nahm.
Sie riß die Schürze ab und ging hinaus auf die Treppe in die Nachmittagssonne. Es glitzerte im Fjord. Winzig kleine, goldene Funken. Felder und Wiesen – satt und grün den ganzen Hang hinunter. Die Stalltüren standen weit auf, um den Winter vollständig herauszubekommen. Mit so etwas war Rakel genau.
Der Sommerwind faßte sie an. Wollte spielen. Behutsam, zum Trost? Warum mußte sie sich durchaus als Leiche sehen, nur weil sie von dem toten Kind in der Zeitung gelesen hatte? Konnte ihr das jemand sagen?
Sie wandte sich zornig um und stapfte hinein. Zog sich die Schürze wieder an und nahm den großen Holztrog von der Wand im Windfang. Bereitete alles zum Brotbacken vor.
Sie knetete, daß es ihr in den Ohren sauste, als Simon hereinkam. Sie hatte gehört, daß er das Fahrrad gegen die Hauswand gestellt hatte und über den Grus

zur Treppe gegangen war, aber sie sah nicht auf. Es war, als ob sie mit ihren Problemen noch mehr allein gelassen würde, wenn er in den Raum kam.

Wie gewöhnlich trat er von hinten an sie heran. Schloß die großen Hände um ihre Brüste und küßte sie auf den Nacken. Schnupperte mit offenen Sinnen. War besonders guter Laune heute. Hatte die Kaufgenehmigung für ein Auto erhalten. Hatte so ein bißchen daran gedacht, sich einen 2,5-Tonner Ford mit hydraulischer Kippvorrichtung zu kaufen, den er bei der Heuernte gut gebrauchen konnte! Er wollte es in Vaeret nicht gerade an die große Glocke hängen, aber eines schönen Tages würde das Auto vom Frachtschiff an Land gehievt werden. Und wenn die Leute fragten, wem das Auto gehöre, dann würde er grinsen, sich hineinsetzen und starten.
Würde vom Kai auf den Grusweg kurven, schalten und mit mächtigem Krach, der sich zwischen den Hügeln festsetzte, die Hänge hinaufschnaufen. So würde es sein!
Er hatte den ganzen Winter und Frühling auf dem Lastwagen vom Dahlschen Betrieb geübt. Nas-Eldar betrachtete das Auto als sein eigenes, denn er fuhr es ja immer. Er fand es allerhand, daß ein so großer Mann wie Simon zu ihm gekommen war, um die Fahrkunst bei ihm zu lernen.
Der Führerschein sei das Problem, meinte Simon. Er müsse so perfekt werden, daß er nach Breiland fahren könne und sich den Wisch holen, wie er sagte.

Nas-Eldar schielte ihn böse an. Ach so! Führerschein? Warum denn? Wollte er absolut besser sein als alle anderen? Besser als Nas-Eldar, dem er zu großem Dank verpflichtet war, weil dieser ihm die Kunst des Autofahrens beigebracht hatte? Warum wollte er nach Breiland und den Führerschein machen? Genügte es nicht, Auto fahren zu können?
Simon erklärte, indem er das Gesicht in ernste Falten legte, daß er nach Breiland mußte. Es war verboten, ohne Führerschein zu fahren.
Nas-Eldar spuckte aus dem Autofenster. Brauner Schleim blieb an der Außenseite der wackligen Autotür hängen. Ach so, Simon meinte, daß Nas-Eldar unerlaubte Dinge tat, wenn er nicht in Breiland gewesen war und irgendeinen Dummkopf veranlaßt hatte, ihm zu bescheinigen, daß er gut genug Auto fuhr, was?
Die Stimme war drohend gewesen. Nas-Eldar war ein bißchen an den Straßenrand gefahren und stehengeblieben. Aber nicht, weil er wütend war. Nein, keineswegs! Nur um des Pfarrers Mähre mit Mist und Knecht und dem ganzen Kram vorbeizulassen. Denn er war ein so guter Autofahrer, daß er Verständnis für Pferde und Leute und Autos hatte. Er wußte, wann man ausweichen mußte, damit es keinen Krach gab. Und *er* hätte nach Breiland fahren sollen und den Führerschein machen! Nach Breiland! Wo sie wohl kaum einen Lastwagen voller Fischkästen mit Eisblöcken drin gesehen hatten, wobei das Eis bei Glatteis vom Kjerringsee geholt wor-

den und dann rückwärts auf den Kai gefahren worden war, damit die Männer ihre Fische auf Eis legen konnten. He? Nach Breiland? Wo sie noch keinen Fisch mit einem Schwanz dran gesehen hatten, geschweige denn Leute, die wirklich ein Eis-Auto fahren konnten!

Simon räusperte sich und verstummte. Er war sich klar darüber, daß Freundschaft eine zerbrechliche Sache war. Besonders, wenn sie auf Autofahren basierte. Er bot Nas-Eldar *South State* an, wurde aber so nachdrücklich abgewiesen, daß er ebensogut einen Eimer Wasser ins Gesicht hätte bekommen können.

Trotzdem gedachte er, die Prüfung zu machen, wenn die Heuernte vorüber war. Er erwähnte es nur nicht mehr. Auch nicht, daß er ein Auto kaufen wollte.

Er bot Nas-Eldar für den Unterricht Geld an. Aber der Mann spuckte drohend aus und wackelte hin und her, während er seine Augen halb zukniff und den grünen Streifen auf der Mitte des Grusweges anstarrte. Klee und Gras wuchsen da frisch und munter, als ob sie gedüngt worden wären. Dann kam eine brummende Rede:

»Soll ich dafür bezahlt werden, daß ich in dem Lastwagen gefahren bin, in dem ich sowieso gesessen hab'? Haste schon mal von welchen gehört, die sich dafür Geld geben lassen, daß Leute mitfahren, wenn sie bereits Geld für das bekommen haben, was sie tun? Geh mir weg! Ich mag so 'n dummes Geschwätz nicht.«

Simon mußte noch durch ein zweites Fegefeuer hindurch. Rakel war über den Autokauf nicht informiert. Und er hatte den Kaufvertrag bereits unterschrieben. Sie hatte gelächelt, wenn er von der Fahrerei erzählt hatte und wie gut er geworden war. Sie hatte abwesend in die Katzenschale geblickt und Milch hineingeschüttet. Hatte die Blumen gegossen und war hin und her gegangen. Simon liebte diese Art, sich zu äußern, ohne ein Wort zu sagen, nicht. Sie hätte ebensogut sagen können: Simon, du benimmst dich wie ein kleiner Junge. Aber nein, das tat sie nicht. Sie kraulte ihn im Nacken, als ob er eines von ihren Ferkeln wäre, und dann hatte sie ihn gefragt, wie schnell er gefahren sei. Als ob er das wissen konnte bei einem Auto, das keinen funktionierenden Tachometer hatte, solange es schon auf der Insel fuhr.

Aber heute war die Entscheidung gefallen, deshalb küßte er sie auf den Nacken und legte den ganzen Plan auf ihre Schultern wie ein geweihtes Schwert in die Sonne. Die Arme hörten plötzlich auf zu kneten. Die Schultern, die er umfaßt hielt, wurden zu zwei harten Knoten unter seinen Händen. Sie drehte den Kopf so weit zur Seite, daß man kaum glauben konnte, daß ihn etwas zurückhielt. Dann machte sie verächtlich:

»Pah! Quatsch!«

»Aber es ist wahr, Rakel. Das Auto kommt mit dem nächsten Frachtschiff. Ist das nicht prima?«

Er ließ sie los und griff nach dem Steuerrad, das er aus der leeren Luft holte, und fuhr mit angewinkelten Knien und konzentriertem Geräusch durch die Küche.
»Br-r-r-r.«
»Setz dich doch, du Narr!«
Sie legte ein sauberes Tuch über den Teig, ging zum Wasserhahn und wusch sich die Hände.
Simon setzte sich. Es wurde ihm klar, daß er irgendwo unterwegs einen Fehler gemacht hatte.
»Was meinste mit ›ein Auto bestellen‹, einfach so ohne weiteres? Ausgerechnet ein *Auto?* Was gedenkste damit zu tun, wenn ich fragen darf?«
»Ich werd' fahren. Heu fahren und Köder und Leute und Kohle.«
»Köder und Leute und Kohle! Ich glaub', du hast se nicht mehr alle. Willste dem Nas-Eldar seine Arbeit wegnehmen? Heu? Du kannst doch nicht ein Auto kaufen, nur um die lumpigen paar Heuballen nach Haus zu fahren. Willste dich auf die faule Haut legen, Mann?«
Simon erzählte traurig von der hydraulischen Kippvorrichtung. Er konnte nicht begreifen, daß die Weibsleute so gänzlich ohne jedes technische Verständnis waren. Denn Rakel wurde ganz wild. Was sollte er, Simon Bekkejordet, zu *kippen* haben? Das würde sie gerne wissen.
Die Katze wurde unruhig. Sie ging herum und miaute. Zuerst zwischen Rakels Beinen, dann um Simons lange Füße.

»Die Katze kriegt es schon mit der Angst zu tun«, sagte Simon und wollte das Thema wechseln. Man konnte mit Rakel nicht vernünftig reden, wenn sie so war.
»Tröst du nur die Katze! Aber das sag' ich dir, du bestellst das Auto ab, und zwar sofort!«
Irgend etwas kochte sprudelnd auf dem Herd. Rakel nahm es weg von der Platte. Dann fing sie an, in rasender Eile Fleisch in kleine Stücke zu schneiden. Das Messer arbeitete wie eine Hackmaschine zwischen den dünnen, kleinen Fingern.
Simon sah eine Weile zu. Dann schien ihn etwas zu packen. Der Mund wurde schmal, und die Stirn legte sich in Falten wie ein Flickenteppich, den keiner geradezog.
»Nein, das mach' ich nicht«, sagte er.
»Du machst das«, sagte sie.
»Nein!«
»Nimm doch Vernunft an, Simon. Du bist doch erwachsen. Wir brauchen das Geld für andre Dinge als für so was.«
»Für was denn?«
»Ach, für vieles. Einen neuen Fußboden im Schafstall. Und... Außerdem hätt' ich gern ein hübsches, kleines Boot mit Außenbordmotor, damit ich ein bißchen raus in die Schären komm' – bevor es...«
Sie hielt inne. Etwas legte sich vor den Blick. Sie schien Simon vergessen zu haben, das Auto und – alles.
»Du möchtest ein *Boot?* Das hab' ich nicht gewußt. Das sagste wohl nur so.«

»Nein«, sagte sie plötzlich mit einer ganz anderen Stimme. Träumend. »Ich hab' mir immer ein Boot für mich allein gewünscht. Mit dem ich raus zu den kleinen Inseln fahren kann und das ich selbst an Land ziehen kann... Schon als junges Ding hab' ich dran gedacht.«
»Aber warum haste nie was gesagt?«
»Ich weiß nicht. Vielleicht hatte ich Angst, du würdest mich auslachen.«
»Warum sollt' ich dich auslachen?«
»Keine Frau hier hat ein Boot«, lachte sie herzlich.
»Warum solltest du kein Boot haben, auch wenn sonst keine Frau eins hat? Steht das irgendwo geschrieben, daß du nicht die erste Frau auf der Insel sein kannst, die ein Boot hat?«
Rakel lachte. Es ging ihr wieder einmal auf, daß dieser Mann großzügiger war als jeder andere, den sie kannte.
Sie ging zu ihm hin und gab ihm die Hand.
»Entschuldige«, sagte sie weich.
»Was denn?«
»Daß ich so schroff bin.«
»Du bist nicht schroff. Du bist nur ungestüm und unvernünftig. Und du möchtest gern, daß ich den ganzen Tag an deinem Rockzipfel hänge und nicht mit dem Auto in der Gegend rumfahre.«
Er grinste von einem Ohr bis zum anderen. Jetzt hatte er sie.
»Und was wird aus der Sache?« fragte sie.
»Was meinste?«

»Kaufste mir das Boot? Klein und hübsch und handlich für eine Dame?«

Der Brotteig ging mächtig auf an diesem Abend. Er quoll über den Rand des Backtrogs bis auf die Arbeitsplatte. Auch hatte keiner den Backofen angestellt.
Drinnen im Schlafzimmer lagen zwei ineinander verschlungene Körper unter einem leichten Oberbetttuch. Durch das offene Fenster duftete es nach Klee. Unten im Ort brannte irgendwo ein Feuer. Ein schwacher Rauchgeruch drang herein und erinnerte Rakel daran, daß es noch Tag war – und hier lagen Simon und sie, im Bett. Die Kartoffeln waren noch nicht aufgesetzt. Das wäre eine schöne Bescherung, wenn Nachbarn kämen oder irgendwelche anderen.
Sie sog seinen Duft ein, zusammen mit dem fernen Rauchgeruch. Mittsommernacht und Tanz, salziger, leichter Luftzug vom Meer. Abende, die vorübergegangen waren, bevor sie sich ihrer richtig bewußt geworden war. Und die Nächte... Die Nächte mit Simon.
War das alles so kurz? Wie ein Hauch. Wo war das alles geblieben?
Sie schlang die Arme um ihn und schraubte sich so dicht an ihn wie ein zu Tode erschrockenes Kind. Er wehrte sich im Halbschlaf gegen den Angriff. Dann ließ er die Hände durch ihr Haar gleiten und liebkoste sie, bis er ganz erwachte und ihr in die Augen sah.

»Weinst du, mein Mädchen?«
Er setzte sich auf und nahm sie in die Arme. Wiegte sie sacht, das Gesicht in ihrem Haar.
»Ja, ein bißchen...«
»Warum, Rakel?«
»Ich weiß nicht. Ein bißchen, weil ich dich so liebhab' und finde, daß alles so schön ist. Geruch und Licht, und daß du mir so nah bist... Ein bißchen, weil ich Angst hab', was aus der Tora werden soll.«
»Aber Rakel, du mußt doch nicht heulen, weil es uns gutgeht. Wie soll ich dann wissen, wenn du wegen etwas traurig bist? Die Tora ist tüchtig in der Schule, und sie hat ja uns.«
»Hat sie dich, Simon?«
»Wie meinste das? Natürlich hat sie mich«, sagte er beinahe beleidigt.
»Hat sie dich, wenn etwas mit uns andern – passieren sollte?«
»Du bist wirklich seltsam.«
Er sah sie forschend an. Hielt sie einen Augenblick von sich ab. Dann küßte er sie lange.

Sie jammerte, daß der Brotteig noch immer keine Verantwortung für sich selbst übernahm, und schimpfte ein wenig, während sie ihn zu Broten formte. Simon war ihr im Wege, und er hatte noch das schöne Gefühl, bei ihr zu sein, in ihr, rund um sie. Er fühlte sich steinreich, der Simon. Wiederholt knuffte er sie. Sie zeterte, daß sie heute kein Brot bekommen würden. Er sei schlimmer als ein kleines

Kind. Man sollte nicht meinen, daß er erwachsen sei. Wahrhaftig nicht. Und wenn die Brote nicht aufgingen oder verbrannten, dann wüßten Gott und die Welt, warum. Es wäre wegen so einem Tunichtgut von Mann, der die Weiber so unglaublich gern habe.

»Nein«, erklärte er hinten am Tisch. »Weibsleute nehmen einem unglaublich viel Zeit und sind lästig. Jetzt zum Beispiel hätte ich die Belege und Quittungen von der ganzen Woche ordnen können, wenn du nicht gekommen wärst und dich an mir aufgegeilt hättest, so daß ich nicht anders konnte, als dir deinen Willen zu lassen und mit dir ins Bett zu kriechen.«

Sie war hinter ihm her mit einer Handvoll Teig. Schrie und klatschte ihm den Teigklumpen auf die Backe.

»Da hast du's, du bärtiger Kerl, du Troll«, schrie sie und gab sich mächtig wütend und widerborstig.

So spielten sie bis zum Abend. Ein paarmal bückte sie sich und verbarg das Gesicht vor ihm, weil der Körper seine Schmerzstöße aussandte, durch die dämpfende Linderung der Medikamente hindurch – und ungeachtet der Berührung von Simons Haut. Als ob alles deutlicher dadurch würde. Als ob der Schmerz und die Zärtlichkeit ineinander übergingen und ohne Grenzen waren.

Sie wußte, daß sie ihm gegenüber nicht ehrlich war. Sie log. Weil sie ihm nicht von ihrer Angst erzählte. Aber sie vermochte es nicht. Sie brauchte sein Lachen und seine Arme. Die gutmütige, sichere Stimme wollte sie von allen Dingen, die sie hatte, mitnehmen. Und das Bild von Simons Gesicht auf dem Kissen, wenn er schlief.

Sie sah ihn über den Hof gehen. Ein großer Mann mit blonden Locken. Ein Junge. Ein Geliebter. Ein Freund? Nein. Das war der Unterschied zwischen Freundschaft und Liebe. Ein Freund kann die Angst und den verfaulenden Körper ertragen. Einer, der liebt, wird davon in Stücke gerissen, und es bedarf eines ganzen Lebens, um zu vergessen, daß das Ende so schrecklich war.

Sie brauchte es so sehr, daß er sich gleich blieb. Deshalb täuschte sie ihn.

Als er wieder hereinkam, warf sie sich noch einmal in seine Arme. Als ob sie ihn mehrere Tage nicht gesehen hätte. Er nahm sie an. Einen Augenblick glaubte sie beinahe, daß er alles wußte. Seine Hände waren so behutsam. Die Augen so wachsam. In gewisser Weise spiegelten sie ihre – Rakels – Trauer. Aber nein, er wußte nichts.

Es war nur Liebe.

16

Es tropfte taktfest vom Himmel. Senkrecht nach unten. Ein großer Regen, der keine Umwege machte. Der blaue Anorak war bereits durchnäßt, bevor sie auf die Landungsbrücke ging.
Die Farben von Ottars Laden wirkten trüb und krank. Die Plane auf dem Stapel Kisten trank regelrecht die Nässe. Es roch trotzdem nach Sonne und Teer. Es war ein trotziger, optimistischer Geruch, der charakteristisch für jeden kleinen Kai ist, der ein so hartes Leben führt, daß der Geruch von sonnenwarmen Teerpfählen und frisch geteerten Booten erst zu seinem Recht kommt, wenn der Regen das Ganze beleckt.
Tora hielt ihren Pappkoffer mit beiden Händen. Sie versuchte, die nassen Haare mit der Schulter aus dem Gesicht zu schubsen. Wartete, daß die Trosse festgemacht wurde. Sie erkannte alles zusammen wieder. Trotzdem war es anders.
Die graue Gestalt am Kai war Ingrid. Gebeugt unter dem vorspringenden Dach des Ladens.
Tora war froh, daß es regnete. Der Regen wusch alles fort, ehe es anfing. Ingrid hob die Hand. Eine Bewegung, die sie mittendrin nahezu abbrach.
In einem kurzen Aufleuchten sah sie Ingrid sich durch ihre ganze Kindheit bewegen. Von einem zum anderen. Wie in einem sprunghaften Film. Aus zufällig abgerissenen Stücken zusammengeschnitten.

Die mageren, sehnigen Arbeitshände so nah. Noch bevor sie nahe genug war, um Ingrids Gesichtszüge auf dem Kai zu erkennen – spürte sie Ingrids trockenen Händedruck. Und sie wurde fast von ihrem eigenen Widerwillen erstickt.

Er war nicht da. Sie hatte es nicht erwartet. Trotzdem war es eine Erleichterung. Sie hatte sich ausgemalt, wie alles sein würde. Aber sie hatte die Details vergessen. Die Gerüche, die Gesichter, die Geräusche. Vergessen, daß die Insel genug damit zu tun hatte, sich selbst treu zu bleiben.

Der gelbe Lastwagen blieb mit einem scharfen Kreischen am äußersten Rand des Kais stehen. Simon schlängelte sich aus dem Führerhaus. Sprang auf das Trittbrett, streckte die Hand durch das offene Fenster und drückte auf die Hupe, so daß es durch Mark und Bein ging. Und die Leute wandten die Augen zu dem Auto und zu Simon, ausnahmslos. Was es nicht alles gab! Dieser Simon! Er benahm sich wie ein Kind, seit der Lastwagen vor ein paar Tagen auf den Kai gehievt worden war. Und jetzt ging das Gerücht, daß er nach Breiland wollte, um den Führerschein zu machen!

Er hupte ihr zu Ehren. Es dröhnte und sang in ihr. Sie vergaß den regengrauen Ingrid-Schatten, denn Simon stand da, ohne Mütze und in Hemdsärmeln, und glühte.

Sie rückten vorne zusammen. Tora saß in der Mitte. Fühlte Simons Wärme durch die feuchten Kleider. Er redete über das Auto. Ob sie es nicht schön finde?

Fragte Tora aus über die Schule und das neue Zimmer. Zog sie an den Haaren und küßte sie in einer Kurve auf die Nase. Ingrid war stumm. Lächelte. Zaghaft. Man konnte ihr nicht ansehen, was sie dachte. Sie nahm auf keine andere Weise an dem Gespräch teil, als daß sie ihre Besorgnis für den Pappkoffer äußerte, der auf dem Lastwagen lag und durchweichte. Aber Tora beruhigte sie, daß sie nur Kleider in dem Koffer habe. Und Kleider vertrügen Nässe.

Tora sah, daß Simons Körper sehnig und stark war, der von Jon war schmal und weich.

Der Unterschied zwischen einem Jungen und einem Mann. Es brannte in ihr, und sie schämte sich. Beides zugleich.

Er drehte sich zur Seite und sah sie mit seinen seltsamen hellen blauen Augen an. Sie fühlte sich ganz schwer und wußte nicht, wohin mit ihren Händen.

Sie fuhren zum Tausendheim. Rakel hatte ihr versprochen, daß sie nicht dort zu schlafen brauchte. Tora überlegte, was sie wohl zu Ingrid gesagt hatte. Wagte nicht zu fragen. Saß nur da und wartete. Es wurde ihr bewußt – daß sie wieder auf der Insel war.

Es war ein Gefühl, als ob sie den Schorf von einer großen Wunde am Knie abgerissen hätte…

Er kam, während sie Kaffee tranken. Simon und Tora am Tisch. Ingrid war kurz ins Wohnzimmer gegangen, um einen Rock zu holen, den sie für Tora als Überraschung genäht hatte.

Er nahm die Mütze ab und hängte sie neben die Tür. Dort hatte er sie all die Jahre hingehängt, solange Tora zurückdenken konnte. Die Farbe um den Messinghaken war abgeblaßt. Ein schläfriger, matter Mond hatte sich rund um Henriks Messinghaken gebildet. Den Haken hatte er von irgendeinem Brinch geerbt, der das Haus in früheren Zeiten besessen hatte. Henrik hatte immer darauf gepocht, daß es sein Haken war. Wenn er nach Hause kam und jemand aus Versehen seine Kleider auf Henriks Haken gehängt hatte, konnte er fuchsteufelswild werden und die Kleider des anderen an die Wand schmeißen.

Tora schaute ihn an. Großer, schwerer Körper in Arbeitskleidern. Die grauen Socken guckten unter den Niethosen hervor. Das sah dumm aus. Tora maß den Mann mit Blicken, aber mied das Gesicht. Er hatte immer eine Haut über dem Gesicht gehabt.

Als er die Mütze aufgehängt hatte, grüßte er.

Simon grüßte zurück. Leicht und munter, während er seine Waffel kaute.

Tora sah dem Mann in die Augen. Zwang sich dazu.

Der Raum drängte sich um sie zusammen.

Der Wasserhahn tropfte hartnäckig. Wie lange war die Dichtung schon kaputt? Ein Jahr? Fünf Jahre?

»Du hast dir 'n Auto angeschafft, wie ich seh'«, sagte Henrik ohne Umschweife.

Sie war auf seine Stimme nicht vorbereitet. Sie war tief. Beinahe schön. Das hatte sie früher nie gehört. Hatte sie seine Stimme früher überhaupt *gehört?*

»Ja. Ist es nicht schön?«
»Doch, in bezug auf die Schönheit besteht keine Gefahr. War's teuer?«
»'s geht. Aber siehste nicht, wen ich zu euch nach Haus transportiert hab'?«
»Natürlich seh' ich das. Guten Tag, Tora!« Er stellte sich in Positur und machte eine Verbeugung.
War es so einfach?
Der Hahn tropfte.
Simon trank seinen Kaffee. Entblößte beim Trinken einen Augenblick die braune Kehle. Legte seine Hände auf die Kaffeedecke, so daß die gestickten Rosen zwischen seinen Fingern heraussprangen. Dann lächelte er Tora zu. Ein Lächeln unter Eingeweihten, während er Henrik an Ingrids Kaffeetisch Platz machte.
Ingrid hatte wohl gehört, daß er kam, denn sie nahm sich drinnen im Wohnzimmer viel Zeit. Und als sie erschien, hatte sie keinen Rock bei sich und wirkte ganz verändert, so schien es Tora. Sie schenkte Henrik Kaffee ein, ohne ihn anzusehen, und setzte sich auf die äußerste Stuhlkante.
So war es immer gewesen.
Simon teilte sich und vermittelte mit seinen hellen Augen. Daß er das kann, dachte Tora.
»Du hast ja den Rock nicht mitgebracht«, sagte Tora plötzlich.
»Nein, das stimmt«, Ingrid schaute unsicher von einem zum anderen.
»Ich bin so gespannt und möcht' ihn anprobieren.«

»Ich hab' ihn in der Kammer, erinner' ich mich jetzt. Ich hab' dort genäht, weißte.«
Tora ging mit der Mutter zur Kammer. Blieb einen Augenblick in der Tür stehen.
Das Bett war das gleiche. Ingrid hatte es nur mit einer Wolldecke zugedeckt. Es war deutlich, daß Ingrid hier nicht nur nähte. Sie schlief hier auch. Ihre Kleider hingen an der Wand. Kleider, die sie täglich brauchte und deshalb nicht weghängte.
Dann hatte Rakel also gesagt, daß sie in Bekkejordet schlafen würde! Nichts war diesmal in der Kammer für sie gerichtet worden. Die Erleichterung tat fast weh. Weil sie Ingrid ansah.
Der Rock war aus grünem Baumwollstoff. Er hatte drei gekräuselte Stufen, unten mit schmalen Spitzen. Ein richtiger Tanzrock für den Sommer. Sie machte die Tür zu und zog ihn an. Im Bund war er ein bißchen zu weit, aber sonst paßte er. Ingrid sah sie bewundernd an.
»Vielen Dank!« Tora schlang einen Augenblick die Arme um sie. Spürte, wie schwierig es war. Wußte zutiefst, daß *er* zwischen ihnen stand. Ingrid vermochte nicht, sie beide zu beherbergen, weder bei Tisch noch in ihrem Herzen. Tora hatte das so frühzeitig begriffen, daß es nur noch ein vages Erlebnis war, ein Gedanke, der so strapaziert war, daß sie vergessen hatte, warum sie ihn einmal gedacht hatte.
Sie zog den Rock aus und legte ihn wieder ordentlich in das Papier. Ingrid hatte den Rock in dasselbe Papier eingepackt, in dem sie den Stoff beim Kauf be-

kommen hatte. Damit sollte bewiesen werden, daß der Stoff neu war.
»Willste uns den Rock nicht zeigen?« fragte Simon und sah Tora an, als sie wieder in die Küche kam.
Tora spürte, daß sie in der alten Falle saß. Warum war sie nicht herausgekommen und hatte Simon den Rock gezeigt? Doch wohl, weil *er* da saß. Weil er immer noch die Macht hatte, alles zu zerstören, was ihr gehörte. Sie hatte sich doch entschlossen, damit Schluß zu machen. Es sollte ihr egal sein, wenn er ihren Körper in dem neuen Rock sah. Es war nicht ihre Schande. Rakel hatte es gesagt: Es ist nicht deine Schande, Tora!
Sie ging schnell in die Kammer und zog sich den Rock mit steifen Händen an.
Simon ließ einen Pfiff ertönen und erhob sich vom Küchenstuhl. Dann forderte er sie zum Tanz auf und walzte mit ihr durch die Küche. So brauchte sie *seine* Augen nicht zu sehen.
»Ich hab' geglaubt, daß die Rakel in allem möglichen unübertroffen ist, aber jetzt seh' ich, Ingrid, daß du einmalig im Nähen bist!«
Simon merkte nicht, wie still es geworden war, bis er die Gesichter am Tisch sah. Schweigend. Als ob sie gerade Zeugen einer Demütigung gewesen wären. Er verstand sie nicht. Er stupste Tora an und sagte:
»Ich schreib' mich auf die Ballkarte für den Tanz am Samstag ein! Vergiß mich nur nicht, weil ich ein alter Kerl bin.«
»Ja, jetzt haste freie Bahn«, sagte Henrik und grinste.

»Du bekommst sie ja mit nach Bekkejordet, damit sie euch zur Hand geht, hab' ich gehört.«
Übelkeit überfiel Tora, als ob ihr jemand Mist in den Mund gestopft hätte. Sie schluckte. Sie fühlte plötzlich einen großen Zorn – und sie sah auf eine Laus.
»Du sollst aufhören mit deinem unangebrachten, dummen Geschwätz! Du hast in deinem ganzen Leben noch keinen Menschen auch nur einen einzigen Tag froh gemacht. Du bist so ekelhaft, daß du nicht mal sterben darfst!«
Sie hatte sich erhoben. Stand über ihn gebeugt. Ein feiner Strahl von Speicheltröpfchen kam aus ihrem Mund, indes die Worte herausströmten.
»Wenn die Mama nicht gewesen wär' – dann wärste vor die Hunde gegangen!«
Stille. Tropfender Hahn. Rhythmisch. Ohne Augen.
Toras Ausbruch stand in keinem Verhältnis zu Henriks Worten. Alle waren an seinen hilflosen Hohn gewöhnt. Aber Toras Raserei kannten sie nicht.
Ingrid begann mit matten Bewegungen den Tisch abzuräumen.
Simon sah Tora an, als ob er dieses Menschenkind noch nie gesehen hätte.
Henrik? Bewegte sich unruhig. Etwas hatte ihn zutiefst berührt.
»Es war nicht so gemeint...«, sagte er endlich.
Sie wußte nicht, wie sie weggekommen waren. Das ganze Haus war voller Minen, wo sie auch den Fuß hinsetzte.

Der Sommer stand Spalier, als sie den Weg nach Bekkejordet hinauffuhren. Simon pfiff. Sein Hemd hatte er aufgeknöpft.
Tora glaubte, den Geruch seiner Haut wahrzunehmen. Aber es war der Sommer. Der Klee. Das Gras. Die gluckernden Bäche zu beiden Seiten des Weges. Die Blumen. Das sonnenverbrannte Heidekraut. Ferne Gischt, Tang – und längst geeggter und überwucherter Mist.
Sie hielt sich am offenen Fenster fest. Die Freude lag wie ein luftiges Tuch über allem, worauf Tora den Blick richtete. Die Freude war flüchtig und ängstlich, weil sie es sich nie gönnen konnte, ungetrübt zu sein. Es war lange her, daß Tora das alles zusammen gesehen hatte. Sie war so weit, weit fort gewesen in sich selbst.
Es wurde ihr eindringlich klar, daß in jeder Freude, die sie sich gönnen würde, ihr ein verfaulter Stumpf direkt entgegenschwamm: Ingrids Abhängigkeit von Henrik. Nie versuchte die Mutter, davon loszukommen. Deshalb konnte sie wohl auch Tora nicht retten. Weil sie nie versucht hatte, sich selbst zu retten.
Tora konnte *ihn* jetzt bestrafen, da sie in Bekkejordet sicher war. Sie würde es ihm zeigen. Ihn quälen, so daß er vergaß, boshaft zu sein. Zwischendurch dachte sie, daß sie keinen Menschen kannte, der eine solche Angst hatte wie er.
Sie wußte nicht, woher sie dieses Wissen hatte.
Die Felder und Wiesen von Bekkejordet breiteten

sich vor ihnen aus. So schön wie auf einer Fotografie. Das weiße Haus tauchte über den Baumwipfeln als eine Überraschung auf. Nur für sie. Tante Rakel stand draußen. So wie im Märchen der König auf der Treppe steht.
Sie winkte mit einem Küchentuch und war ganz Rakel.
In den Märchen bekamen die Bösen ihre Strafe, und alle anderen sollten leben, bis sie alt und lebenssatt starben, nachdem sie ein Leben lang glücklich gelebt hatten.
Und der Haß auf Henrik wurde gut und bitter und wuchs gleichzeitig in ihr und aus ihr heraus, so daß sie ihn auf Abstand halten oder ihn hervorholen konnte, wenn sie wollte.

Natürlich sah sie, daß Rakel blaß und dünn geworden war und etwas Fremdes über den Augen hatte. Aber sie dachte nicht weiter darüber nach, denn der Lammbraten stand bald auf dem Tisch. Multebeeren vom vorigen Jahr standen in einer großen Schale auf dem Küchenschrank und glühten neben der steifgeschlagenen Sahne. Der Essensgeruch und eine friedliche Stimmung legten sich über die Küche. Fleißige Lieschen und Fuchsien zitterten in dem Abendwind, der durch das offene Fenster hereinwehte. Der Dampf lag fein und wohlriechend wie Weihrauch über der Mahlzeit und hängte sich als Tau an die Sprossenfenster.
Sie war in Sicherheit. Rakel wußte. Sie war mitschul-

dig. War ihr Schutz. Sie kroch in Simons warmes Lachen und seine Erzählungen vom Auto, wie es auf die Insel gekommen war. Die hellen Augen ruhten die ganze Zeit auf ihr.
Gerollte Waffeln standen in einer hohen Glasschale mit silbernem Fuß auf dem Tisch. Auch die Schnapsgläser. Es war wie Weihnachten. Tora war zu Hause – und sie war zugleich eine Fremde. Sie würde in dem weißen Bett in der Dachstube schlafen, dennoch fühlte sie sich plötzlich uralt. Als ob sie hundert Jahre nach ihrem Tod auf die Erde gekommen wäre und gesehen hätte, daß es eigentlich für alles zu spät war.
Da holte sie den Haß auf *ihn* hervor. Sie wärmte sich. Machte sich unverwundbar und stark. Spürte, daß der Haß über sie hinauswuchs, zu Türen und Fenstern hinaus, die Äcker hinunter, durch die Koppel, um dort die giftig grünen Farne zwischen den Bäumen niederzutreten. Ganz platt. Ohne Spur. Und sie sah, daß ihn eine Schuhspitze direkt ins Gesicht traf, so daß Blut floß. Es schmeckte köstlich. Sie nahm sich einen großen Löffel Multebeeren mit Sahne. Sie zerbrach die Waffeln und kaute. Mahlte alles in der Mundhöhle zu einem süßen, rachedurstigen Brei. Dann schluckte sie ihn hinunter. Zusammen mit Ingrids grauem Gesicht.
Die niedrige Abendsonne funkelte in dem Silberbesteck. Ein träges, allmächtiges Funkeln. Rakels schwarze Katze war ein Buddha auf der Fensterbank. Sie verfolgte die Menschen im Wohnzimmer

mit ihrem schmalen, kritischen Blick, ruhte in sich selbst und wartete darauf, daß die Sonne hinter dem Vorhang hervorkommen würde. Es fiel ihr nicht ein, den Platz zu wechseln.
Die Katze hing nicht am Bretterzaun, so wie in Toras verschlissener Kindheitserinnerung.
Die Katze saß am Fenster und leckte sich das Mäulchen.
Tora bog den Kopf zurück und lachte. Rakel legte alle Sommer, an die sie sich erinnerte, zusammen mit den Multebeeren auf Toras Dessertteller und häufte Sahne darauf.

17

Ingrid saß noch lange am Tisch, nachdem sie gegangen waren. Sie hatte das Gefühl, eine schwere Arbeit geleistet zu haben. Sie mußte tief Luft holen. Tora war zur Tür hinausgegangen und wie der Wind die Treppe hinuntergeflogen. Sie hörte es deutlich. Daß sie sie verlor. Rakel hatte sie bekommen, so wie Rakel immer alles bekommen hatte. Während des ganzen Lebens hatte Rakel immer nur bekommen.
Ingrid drehte die Kaffeetasse auf der Untertasse im Kreis herum. Ein schrilles Geräusch erreichte ihr Ohr. Aber es war ihr egal, sie ließ die Tasse immer

herumsausen. Das Geräusch tat so weh, daß ihr Gesicht anfing zu zucken. Trotzdem ließ sie die Tasse sich immer wieder an der Untertasse reiben.

Henrik kam vom Hof herein. Er war lange draußen gewesen. Sie schien weder zu hören noch zu sehen. Er warf einen schnellen Blick auf sie. Ließ sie noch eine Weile sitzen, während er an seiner Pfeife zog, stehend.

Einen Augenblick sah sein Gesicht ganz hilflos aus. Wie eine nicht gestrichene Hauswand im Regen. Dann war er wieder der alte. Verschlossen, in den Raum blinzelnd.

»Ja, das war's! Willste nicht mit dem Mittagessen anfangen?«

Sie ließ die Hand mit der Kaffeetasse mitten in einer Runde anhalten und sah auf. Sie sahen sich nicht oft an. Es war eine Zeitlang friedlich zwischen ihnen gewesen. Sie war mit ihren Sachen schon vor längerer Zeit in Toras Kammer gezogen. Sie könne seinen schweren Atem nicht die ganze Nacht ertragen, während sie selbst keinen Schlaf finde, hatte sie ihm erklärt. Er hatte es mit Haltung hingenommen. Sie merkte, daß es ihm sehr naheging. Aber er hatte sie nicht geschlagen.

Irgend etwas war mit ihm geschehen, als er am Karfreitagabend nach dem Vorfall in der Tobiashütte mit Simon allein gesprochen hatte. Gelegentlich unternahm er noch eine Zechtour. Aber er kam immer nach Hause und ohne besondere Mühe in das Bett im Wohnzimmer.

Sie war jedesmal wieder dankbar. Glaubte, sie könnte das Leben aushalten, so wie es jetzt war. Er war friedlich bei den Mahlzeiten und machte sie nicht fertig mit höhnischen Worten, wenn sie in Bekkejordet gewesen war. Ab und zu sah es sogar so aus, als ob er Lust hätte, sie zu begleiten. Aber das konnte er nicht. Soviel verstand sie auch.
Sie hätte was darum gegeben, zu erfahren, worüber die beiden Männer gesprochen hatten. Sie wurde übrigens auch nicht recht klug aus Simon. Daß er derart viel von einem hinnehmen konnte, wie er von Henrik hingenommen hatte! Ein anderer hätte sich wohl von der ganzen Familie abgewandt, nicht nur von dem betreffenden Mann. Simon handelte nie so, wie man es eigentlich von einem Mann erwartete. Rakel formte die Menschen wie Wachs.
Aber Henrik vermochte sie nicht zu formen. Ihn konnte keiner formen, dachte Ingrid in bitterer Freude – mittendrin. Sie stand langsam auf und fing an, Kartoffeln zu waschen. Wie war es nur möglich, daß Henrik, der so wenig Wert darauf legte, mit ihr zu reden, ganz wild wurde, wenn er entdeckte, daß sie mit anderen redete. Daß sie zum Kiosk ging und mit der Kiosk-Jenny zusammen lachte oder ihr half, Kinder und Waren zu ihrer Dachwohnung hinaufzutragen? Oder daß sie am Ladentisch stand und einen kleinen Schwatz mit Ottar hielt? Wie war es möglich, daß er so unwillig wurde, als er merkte, daß sie eine Art Vorarbeiterin für die Mädchen in der Fischfabrik geworden war und bei Besprechungen

der Betriebsleitung dabei war? Warum? Wenn er sie für nichts anderes brauchte, als das Mittagessen zu kochen und alles in Ordnung zu halten. Es war schon lange her, seit er sie zuletzt genommen hatte, so daß sie gar nicht wußte, ob er noch ein richtiger Mann war.

Sie hatte davon geträumt, daß einmal alles gut werden würde. Daß auch sie ein wenig von der vielen Zärtlichkeit, die es in der Welt gab, bekommen würde. Aber das war vor langer Zeit. Die Tage, die Wochen, die Jahre, die Schinderei – ein Rundtanz, der sie im Kreis laufen ließ. Wie die Kaffeetasse in der Untertasse. Das Geräusch tat weh, aber sie hielt es aus.

Manchmal dachte sie daran, wie alles geworden wäre, wenn sie sich nicht mit Henrik eingelassen hätte. Aber das war unvorstellbar. Das war so, als ob man sich wünschte, in einer anderen Zeit geboren zu sein, an einem anderen Ort der Erde. Manchmal sah sie das Bild eines anderen vor sich. Aber es geschah jetzt seltener, wo sie Tora so wenig sah. Sie hatte es wohl geschafft, alles mit der Wurzel auszureißen, was sie an Haut erinnerte, daran erinnerte, wie es war, für jemanden dazusein.

Heute war sie also für immer gegangen. Simon hatte sie mitgenommen. Rakel hätte Kinder haben sollen, aber sie hatte keine. Deshalb mußte sie Tora bekommen. In Wirklichkeit hatte sie Tora immer gehabt. Hatte sie mit Haut und Haar und Kopf und Herz gekauft. Mit Simons Geld und Sachen. So war es! Und

Ingrid war dadurch noch mehr zum Scheitern verurteilt und wurde noch ärmer.
Heute hatten sie Farbe bekannt. Hatten ihr Tora genommen, ohne sich zu entschuldigen.
Sie setzte die Kartoffeln mit Wasser auf.
Sie wärmte die Fischfrikadellen in der Pfanne. Ließ sie in Butter brutzeln und schnitt weiße Zwiebelscheiben, die sie bräunte. Ingrid erledigte ihre Arbeit, ohne an das zu denken, was sie tat. Deshalb sah es so aus, als ob sie überhaupt nicht dächte. Sie legte die Wachstuchdecke auf, nachdem sie die gestickte Kaffeedecke weggenommen hatte.
»Warum können wir nicht von dem Tischtuch essen?«
Er sagte es grinsend, aber sie hörte, daß er gekränkt war. Sie entfernte es sofort aus ihrem Kopf.
»Das ist doch eine Kaffeedecke. Außerdem ist nur Mittwoch.«
»Glaubste, daß es was ausmacht, wenn wir an einem Mittwoch von einem Tischtuch essen? Glaubste zum Beispiel, daß man davon *stirbt?*«
Er kam bedrohlich nah an ihr Gesicht. Es flimmerte dunkel in der Iris. Er hatte einen Grund gefunden, um sie zu schikanieren.
»Ja, vielleicht«, antwortete sie ruhig.
»Es ist dir wichtiger, dem Simon und dem Mädchen auf einem Tischtuch zu servieren, als daß ich – daß wir von einem Tischtuch essen. Der Simon ist der Herrgott für dich!«
Sie stand mit gesenktem Kopf und lehnte sich mit

beiden Händen an die Tischplatte. Wußte nicht, daß sie auf den Schlag wartete. Es überfiel sie immer eine Art Lähmung, wenn er so anfing. Sie wußte, daß er sich nicht unbedingt sofort rächte. Aber daß er fortgehen und betrunken nach Hause kommen konnte, um sie richtig fertigzumachen. Es war jedoch schon lange nicht mehr passiert. Sie wußte nicht, was geschehen würde, wenn sie sich ihm widersetzte. Sie wußte nur, was geschehen konnte, auch wenn sie es nicht tat.

Er hatte wohl über Toras Worte nachgedacht, die er nicht sofort gerächt hatte. Weil Simon dasaß.

Ingrid, dachte sie, du bist einfach zu abgestumpft, um den letzten Schritt zu tun. Um ihn so gegen dich aufzubringen, daß er mit allem Schluß macht.

»Weißte, warum die Tora nicht mehr hier wohnen will?« fragte sie unvermittelt.

Er zog die Augenbrauen hoch. Zeigte, daß er registrierte, was sie gesagt hatte. Sie mußte immer nach winzig kleinen Zeichen suchen, ob er ihre Worte wirklich zur Kenntnis nahm. Oft hatte sie das Gefühl, gegen eine Wand zu reden, wenn sie etwas sagte.

»Nein, woher soll ich das wissen?«

»Weil sie dich nicht erträgt. Sie kann hier nicht wohnen, wenn du zu Haus bist. Sie ist jetzt erwachsen genug, um für sich selbst verantwortlich zu sein. Du hast's ja gehört, nicht wahr?«

Wände und Decken neigten sich über sie. Das Haus lauschte. Alle neigten die Ohren zu dem Geräusch hin. Ein stummes Rauschen schien durch die Gänge und Treppenhäuser zu gehen. »Pst, da ist irgendwo Streit. Pst, wir wollen hören. Vielleicht gibt es *wirklich* was zu hören. Schlimmer als jemals vorher. Wir sind so hungrig auf so was wie Streit, wenn wir nur hören können und nicht mitzumachen brauchen...«

»Und warum sollte sie mich nicht ertragen?« fauchte er.

Aber die Augen flackerten in den Augenhöhlen.

»Weil du ständig Streit anfängst. Du bist zu allem und jedem so gehässig.«

»Ach, was du nicht sagst!«

Er fuchtelte mit der gesunden Faust, aber er ließ die Hand wieder sinken. Plötzlich, als ob ihm einfiele, daß er etwas anderes zu tun hätte.

»Hat sie dir gesagt, daß sie mich nicht erträgt?«

»Nein, der Rakel...«

»Und du glaubst alles, was sie dir in Bekkejordet sagen? Siehste nicht, daß der geile Teufel von einem Mann – nicht nur deine Schwester, sondern auch deine Tochter haben will? Was? Sie haben bewiesen, daß es noch andres gibt als nur Mühe und Armut und mürrische Weiber, das stimmt schon. Aber die Tora wird wohl noch merken, daß auch in Bekkejordet nicht nur Weihnachten ist. Was hat sie denn zur Rakel gesagt?«

Er zögerte die Frage so lange wie möglich hinaus, als ob sie eine Bagatelle wäre, aber er wartete gespannt auf die Antwort.

»Sie hat gesagt, daß sie Ostern nicht heimgekommen

ist und daß sie auch jetzt nicht kommen wollte, weil sie nicht mit dir zusammen in einem Haus wohnen will.«

»Hat sie nur das gesagt? Aber das ist doch kein Grund.«

Er setzte sich. Sein Gesicht glättete sich. Als ob man ihm etwas Erfreuliches mitgeteilt hätte.

»Ich find', das ist Grund genug. Ich weiß doch, wie du auf ihr rumgehackt hast. Sie als Hauklotz benutzt, wenn bei dir alles schiefging.«

»Das ist nicht wahr.«

»Ich hab' nichts mehr, für das es sich lohnt, hier zu sein. Sie kommt nicht nach Haus«, murmelte sie – mehr zu sich selbst als zu dem Mann.

»Du hätt'st ja sagen können, daß sie zu Haus bleiben soll!«

»Ich kann 'n erwachsenes Mädchen nicht zwingen. Sie ist kein Kind mehr.«

»Haste mit ihr geredet?«

»Nein. Die Rakel hat...«

»Immer nur die Rakel! Ich begreif' nicht, daß du sie einfach über dein Kind bestimmen läßt.«

Er schien auf einmal ein anderer zu sein. Interessiert an Tora, an ihr, Ingrid, er schien helfen zu wollen...

Davon Zeuge zu sein war so ungeheuerlich für sie, daß sie anfing zu weinen.

Das Gesicht zerbarst. Sie wrang ein paarmal einen Lappen unter dem Wasserhahn aus und legte ihn sich auf das Gesicht.

»Hör auf zu heulen!« sagte er, aber die harte Stimme

war nicht echt. Sie hatte das Gefühl, daß ihr jemand etwas in die Hand gab. Er sprach mit ihr.
Sie sah ihn an. Die schweren Gesichtszüge. Das dichte, dunkle Haar. Die tiefliegenden Augen, die sie einmal so schön gefunden hatte. Die verkrüppelte Schulter, die ihn in den Augen der Leute zu einem mißglückten Clown gemacht hatte. Der schwere, kompakte Körper, zu dem sie sich einmal so hingezogen gefühlt hatte. Und sie schälte alle Nächte mit Angst und Alkoholgestank weg, alle Raufereien, alle Lügengeschichten und die Hundertkronenscheine, die in ihrem Portemonnaie gefehlt hatten. Er stand für einen Augenblick als ein neuer Mann vor ihr. Sie verstand ihn, weil sie ihn besser kannte, als er sich selbst kannte. Und weil sie ihn verstand, brauchte sie ihm nichts zu vergeben. Er war das einzige, was sie besaß. Sie hatte trotz aller Scham und Demütigung zu ihm gehalten.
Er wußte – daß sie zu ihm gehalten hatte. Sie waren schiffbrüchig, aber nicht tot.
»Ja. Ich hör' auf zu heulen«, sagte sie mit trockener, fester Stimme. »Es nützt ja nichts. Ich glaub', ich muß aus dem Haus, damit ich atmen kann, solang ich's noch vermag.«
»Du kannst deinen ganzen Kram mitnehmen und auch nach Bekkejordet gehen. Dann gibt's Ruh'.« Die Stimme paßte nicht zu den harten Worten. Er hatte Angst, daß sie ihn beim Wort nehmen würde.
»Nein, das kann ich nicht, und das weißte wohl.«
»Und wo gehste dann hin? Aufs Schloß zum König, oder?«

Er schlug sich auf die Schenkel und gab so etwas wie ein Lachen von sich. Es klang, wie wenn ein mittelgroßer Zementmischer sein schweres Material mahlt.

»Komm mit dem Essen! Wir wollen friedlich sein!«

»Nein.«

»Der Teufel soll dich holen, du bist ja nicht ganz bei dir! Komm mit dem Essen!«

Sie erinnerte sich plötzlich an das Märchen vom Troll, der die Prinzessin zwingen wollte. Erinnerte sich nicht, welches Märchen es war. Aber die Worte waren dieselben: Komm mit dem Essen! Es war, als ob ein fremdes Untier über ihr stand, und schlagartig löste sich die Verzauberung. Ihr erster Gedanke war, daß sie irgendeinen Ort finden mußte, wo sie hingehen konnte. Irgendein Dachzimmer in einer Fischerhütte war wohl leer.

»Du kannst dir dein Essen selbst nehmen.«

Sie drehte sich um und wollte in die Kammer gehen.

»Was ist los?«

Er kam ihr nach. Direkt auf den Fersen. Es zischte in der Pfanne. An dem Geruch der Fischfrikadellen konnte man fast ersticken.

»Ich werd' meine Kleider packen, wenn du's endlich wissen willst. Und dann werd' ich den Simon oder den Dahl fragen, ob in irgendeiner Hütte Platz für mich ist.«

Sie spürte seine Hand im Nacken wie eine Klaue. Eisern wie einen Schraubstock.

»Du kannst mich gern totschlagen. Dann erspar' ich

mir die Mühe mit dem Packen. Aber mach's schnell!«
Sie wartete auf den vernichtenden Schlag.
»Schlag doch, du. Schlag so fest, daß ich mich aus eigener Kraft nicht mehr bewegen kann in dieser Welt«, sagte sie hart.
Er schleuderte sie mit einem Ruck von sich.
Indem sie versuchte, das Gleichgewicht zu halten, fegte sie einen alten holländischen Krug vom Küchenschrank. Er lag auf dem Boden. Sauber in zwei Teile zerbrochen. War durchaus zu leimen. Soviel sie wußte, war es der einzige Hausrat, den er mitgebracht hatte. Das blaue Muster ragte traurig ein paar Millimeter in die Luft.
Sie sah das Ganze wie durch einen Nebel. Etwas war bei ihr sicher durcheinandergeraten. Der Krug hatte eine helle Wunde in den Fußboden gerissen.
Sie nahm die Pfanne vom Herd und machte das Fenster auf, um frische Luft hereinzulassen. Rettete die Kartoffeln und goß das Wasser ab. Dann wrang sie einen Lappen aus und fuhr sich damit geistesabwesend über das Gesicht, als ob sie nicht wüßte, warum sie es tat.
Es hatte aufgehört zu regnen. Die Sonne schien durch das Fenster herein. Launisch und drückend.
Als er eine Frikadelle und eine Kartoffel gegessen hatte, ließ er ein paar Worte fallen.
»Das war das einzige, was ich von meiner Mutter hatte«, klagte er leise. »Warum haste grade das kaputtgemacht?«

Wäre es nicht so unwirklich gewesen, dann hätte sie gelacht.
Und als er nach ihren Händen suchte und sie an sein Gesicht legte, fühlte sie sich ganz gereinigt und frei. Er konnte nicht sicher sein, woran er mit ihr war. Jetzt hatte sie die Oberhand. Er hatte Angst, noch mehr verunstaltet, verletzt zu werden. Sie war an einem Punkt angelangt, bei dem jede Veränderung eine Befreiung sein würde. Sie hatte keine Angst vor seiner Faust!
Als sie begriff, daß er sie ins Wohnzimmer haben wollte, wo das Bett stand, ließ sie es geschehen. Und als er sie vorsichtig, und ohne ein Wort zu sagen, auszog, fühlte sie eine gewisse Lust, aus der etwas hätte werden können – wenn sie nicht schon wieder im Berg verschwunden gewesen wäre.

18

Der Sommer lag träge über der Insel. Flatterte mit Heutrocknen und Blühen an den Wegrändern. Die Wolken waren weiße und schimmernde Streifen bis in den Nachmittag hinein. An manchen Tagen türmten sie sich auf, und es donnerte und blitzte, daß die Funken stoben. Um dann, nach einer halben Stunde oder zwei, wieder zu leuchten, als ob niemals ein ein-

ziger Regentropfen hätte von da oben fallen sollen. Alles vibrierte in Licht und Wärme. Die Leute gingen ganz schwindlig umher und besaßen nur noch die Energie für das unbedingt Notwendige.
Rakel war in diesem Jahr nicht bei der Heuernte dabei. Ihre Haut war schneeweiß und zart wie gebleichtes Leinen, und die Hände trödelten bei dem, was sie tun sollten. Simon sah es und versuchte, sie zu beschützen. Nicht an jedem Tag vermochte sie etwas zu essen.
Sie war wieder im Süden gewesen, zur Kontrolle. Es war nicht viel aus ihr herauszubekommen, als sie zurück war. Aber sie strich ihm über die Haare. Und er fuhr sie nach Vaeret hinunter, wenn sie Menschen sehen wollte. Sonst war sie immer wieder draußen zwischen den Inseln in dem kleinen Boot, das er ihr geschenkt hatte. Er hatte ihr den Trick mit dem Motor gezeigt. Wollte, daß sie eine Schwimmweste trug, denn sie schwamm nicht so gut, daß sie sich hätte über Wasser halten können, falls etwas passierte. Aber sie lachte darüber. Sie fahre ja nur bei schönem Wetter raus, sagte sie. Wenn er sie fragte, was sie draußen bei den Inseln mache, antwortete sie träumend:
»Das anschauen, was unser Herrgott geschaffen hat. Alles riechen, was es da gibt.«
Manchmal kam sie mit Seelachs nach Hause. Stolz wie eine Glucke. Hielt amüsierte Vorträge, daß ihretwegen die Isländer ruhig für ihre Fischereigrenze kämpfen sollten, und wenn die Isländer britische Fi-

scherboote innerhalb der Zwölfmeilengrenze enterten, sollten englische Trawlerschiffer sich mit Eisenstangen und glühendheißem Wasser einfinden. Sie sollten sich nur in Stücke reißen, denn sie fuhr raus und holte sich ihren Fisch selbst.

Simon meinte, das sei Weibergeschwätz. Sein Gesicht verfinsterte sich und beschwor Solidarität. Er wollte keine Frau haben, die nicht begriff, daß die Fischer zusammenhalten und ihr gegenseitiges Arbeitsgebiet respektieren mußten. Nicht einfach blindlings daraufloss türzen, weil sie zufällig eine gewichtige Mama hatten, die zu Hause in England auf alles aufpaßte.

Und Rakel lächelte, sie neckte ihn gerne, in diesen Minuten hatte sie ihn ganz für sich. Er wurde so wütend, daß er vergaß, zurück in seinen Betrieb zu gehen. Lief in der Küche auf und ab und belehrte Rakel, was richtig und was falsch war, soweit es die Fischereigrenzen betraf.

Ein paarmal fuhr er mit ihr hinaus zu den Inseln. Nur sie beide. Mit Broten und Kaffeekessel und Schleppangel, um auf dem Heimweg Seelachse zu fangen. Sie badeten und sonnten sich. Das heißt: Er sonnte sich. Rakel wanderte zwischen den Steinen umher und pflückte Grashalme und schaute nach den Muscheln. Er konnte unbeweglich daliegen und ihr mit den Augen folgen. Sehen, wie sie den Strohhut im letzten Augenblick vor einem Windstoß rettete oder an einem Mückenstich kratzte, wenn sie sich unbeobachtet fühlte.

Rakel bekam braune Hände. Aber das Gesicht war beinahe farblos, trotz der vielen frischen Luft, und die roten Haare waren sonnengebleicht und leblos an den Spitzen, die unter dem Strohhut hervorschauten.
Ihre Augen waren ohne Schutz. Simon sah es. Das brachte ihn öfters dazu, im Flur umzudrehen, wenn er auf dem Weg nach draußen war, zu ihr hineinzuspringen und sie in die Arme zu nehmen. Und sie ließ ihn gewähren. Jagte ihn nicht fort, wie sie es in früheren Tagen manchmal gemacht hatte, wenn sie in Eile war. Ließ ihn den Starken sein, der festhielt. Liebe versucht festzuhalten.
Simon fuhr mit seinem Lastwagen das Heu ein. Auch das Heu des Nachbarn. In seinem Betrieb war er nachmittags und abends. Er schuftete und aß wie ein Pferd. Die Hitze biß ihn nicht. Der Körper wurde bronzefarben, und die Arme wurden hart wie Eisen. Er zeigte abends Tora und Rakel seine Muskeln, wenn sie die Mückengitter in alle offenen Fenster eingesetzt hatten und der Tag eine sonnenverbrannte Erinnerung war, die man mit in den Winter nahm.
Rakel und Tora blinzelten sich zu und bewunderten ihn mit Worten und Blicken. Er wollte schließlich, daß sie seine Muskeln fühlten. Automuskeln nannte Rakel sie. Er tat so, als ob er beleidigt wäre, und ging in den Hof, um zu rauchen. Mußte zu Blaubeeren und Brot, Kaffee und allen guten Dingen gerufen werden. Und er ließ sich überreden wie ein Junge und ein König in seinem Reich. Er hatte keine Hemmungen und ruhte ganz in sich selbst.

Aber Tora verbrannte sich an Simons Armmuskeln. Sie holte die Brandzeichen abends hervor, wenn sie sich hingelegt hatte. Die helle Sommernacht verwandelte sich und wurde zu Simons Augen. Die Bücher, die sie vor dem Bett aufgestapelt hatte, blieben Abend für Abend geschlossen. Aus dem einen Grund. Weil sie sich an Simons Armen verbrannt hatte.

Da Rakel bei der Heuernte nicht mitmachte, arbeitete Tora für zwei. Sie rechte, setzte das Heu auf die Heureuter und trampelte die Wagenladung fest. Die Haare waren zu einem dicken Pferdeschwanz ganz oben am Kopf zusammengebunden, und das Gesicht war nackt und schutzlos der Sonne preisgegeben. Arme und Beine waren zunächst flammend rot von Millionen von Sonnenstrahlen und Heuhalmen. Aber allmählich stählte sich die Haut und wurde braun und widerstandsfähig, um alles, was es auch sein würde, auszuhalten. Die graugrünen Augen, die monatelang nicht gewußt hatten, wo sie hinsehen sollten – waren ruhig und unbeschwert und schauten sicher auf das, was ihnen in den Weg kam.
Bekkejordet hatte sie geprägt. Die Sicherheit war zunächst unwirklich für sie. Aber endlich ließ sie sich doch hineingleiten.
Sie ging ungern zum Tausendheim.
Mitunter wachte sie von ihren Träumen auf. Wiesen voller Margeriten und tote Vögel. Eines Nachts rief sie nach Rakel, ehe sie ganz wach wurde. Großes Mädchen.

Rakel war aufgestanden, auf den Flur gekommen und hatte sie heruntergerufen.
Sie hatten sich auf die Torfkiste gesetzt und einander im Arm gehalten.
»Was haste geträumt?«
»Geröll und Steine...«
»Von dem Grab?«
»Ja...«
»Was noch?«
»Von den Margeriten und die ganze Welt voll...«
»Voll von was?«
»Toten Vögeln... oder Vogelmüttern, die ihre Kinder nicht finden.«
»Du weißt, warum du das träumst?«
»Ja.«
»Du weißt, daß es nicht deine Schuld war?«
»Ja.«
»Was glaubste, warum du immer dasselbe träumst?«
»Weil ich nicht sicher bin, daß es nicht doch meine Schuld war.«
»Aber du hast doch gehört, was ich gesagt hab'. Vertrauste mir, daß ich's nicht nur gesagt hab', um dich zu trösten?«
»Ja.«
Sie saßen da und flüsterten. Das Morgenlicht breitete sich auf dem Fußboden aus. Die Sonne wärmte wahrhaftig Tag und Nacht. Tora spürte, daß sie Sonnenbrand auf dem Nacken hatte. Legte die Hände darauf, um ihn ein wenig zu kühlen. Die Uhr tickte in ihrer Ecke wie ein trotziges Herz. Tick – tack.

Rakel war durchsichtig vor Schlaf und Müdigkeit. Tora schämte sich und schwieg. Sie schlang die Arme um die Knie und wollte allein mit sich fertig werden. Aber Rakel zog sie nur noch dichter an sich heran. Alles war weiß in der Nacht. Tora wußte, daß es das Licht war. Aber trotzdem war es ein Zeichen.
»Du sollst mir alle deine Träume erzählen, Tora. Du mußt sie aus dir herausbekommen. Dann kann ich dir von meinen Träumen erzählen. Sie sind auch nicht immer schön. Aber ich hab' ja den Simon neben mir. Alle sollten einen Simon haben...«
Das letzte fügte sie verwundert hinzu. Als ob sie zu sich selbst über einen Gedanken sprach, der ihr unvermutet gekommen war.
Sie saßen eine Weile unbeweglich. Die Vögel fingen an, sich für den Tag bereitzumachen. Hüpften hin und her in den Zweigen vor dem Küchenfenster. Es war gleichsam eine große, ruckartige Bewegung. Tora bewachte sie, als ob sie nur für sie geschaffen wären.
»Da siehste«, Rakel nickte zum Fenster hin, »sie sind ganz lebendig.« Sie lächelte und stupste Tora an.
»Es ist nicht alles so betrüblich, wie wir uns das oft einreden. Weißte, es sind die schlimmen Dinge, die uns stark machen. Stark genug. Und du, Tora, bist jetzt über das Schlimmste weg. Dein Körper ist wieder gesund, und das ist nicht wenig, kann ich dir sagen. Und jetzt machen wir die Gedanken gesund. Und die Träume... wart nur, du wirst schon sehn.«
»Was träumst du, Tante?«

Rakel stutzte einen Augenblick. Räusperte sich. Dann kam es. Wie bei einem Kind, das seine Aufgabe nicht gut gelernt hat, das aber allmählich die richtigen Worte findet und von seinem eigenen Bericht mitgerissen wird.

»Ich träum' oft, daß ein zottiges ... eine Art Tier ... daherkommt – aus einem Trichter –, und dann verschlingt es mich. Und alles geht so schnell, sozusagen eh' ich einen einzigen Gedanken denken kann. Und dann ist alles für eine Weile dunkel. Aber *dann* – seh' ich ein großes Licht, das ich nicht erklären kann. Das nimmt mich in sich auf. Mich und das häßliche Tier, alles. Und darin liegt ein großer Trost. Eine Ruhe. So daß ich aufwach' und ganz ruhig bin. Nicht grad froh, aber ruhig.«

»Was bedeutet das?«

»Das bedeutet den Tod, Tora. Das bedeutet, daß ich vielleicht Angst vor dem Sterben hab'. Das haben nämlich alle Menschen. Aber ich hab' besonders viel Angst gehabt, glaub' ich.«

»Ist das deshalb, weil du krank gewesen bist?«

»Ja, das ist klar. Ich war oft im Krankenhaus. Es könnt' einen Stein im Meer erweichen. Es gibt so viel Leiden, Tora.«

»Aber das Licht?«

»Das ist ja grad der Tod.«

»Das Licht?«

»Ja, das zottige, schreckliche Wesen, das mich erst verschlungen hat, ist die Angst. Aber wenn der Tod kommt, ist er nur noch Licht. Friede.«

»Glaubste, daß es so ist?«
»Ich weiß es.«
»Wieso kannste das wissen?«
»Dadurch, daß ich Krebs bekam, hab' ich sozusagen die Erlaubnis bekommen, klüger zu werden. Ich weiß, daß die Leute kaum wagen, darüber zu reden, das Wort auszusprechen. Aber ich glaub', daß Krankheit oder Leiden uns auferlegt werden, damit wir Mitleid mit andern empfinden können. Wir sollen – gewissermaßen – uns selbst kennenlernen, so daß wir uns trauen, in die innersten angstvollen Winkel zu sehn, und dann werden wir auch die anderen verstehn. Vielleicht sind wir gar nicht viele unterschiedliche Menschen, Tora. Nur verschiedene Winkel in einem großen Menschen. Vielleicht lebt einer in dem anderen, und nur die Zeit verwirrt uns, zu glauben, daß wir unterschiedliche Menschen sind. Ich glaub', daß die Zeit in Wirklichkeit eine Luftspiegelung ist. Ich glaub', wir werden gleichzeitig geboren und sterben gleichzeitig alle zusammen. Daß der Mensch allein ist im Leiden, in der Trauer und in der Freude, das ist nur ein Bruch in unserem Verstand. Wir können uns nicht vorstellen, daß die Zeit aufgehoben ist.«
»Aber Tante, das kannste doch nicht glauben?«
»Doch. Aber *du* kannst natürlich glauben, was du willst. Ich hab' nur darüber geredet, weil ich meine Träume verständlich machen wollte.«
»Aber das bedeutet doch, daß du vor nichts mehr Angst hast.«

»Doch, ich träum' häßliche Träume und weiß mir nicht zu helfen«, lachte Rakel. »Aber es dauert nie sehr lange.«
»Wenn's so ist, wie du sagst, dann brauchen wir den Tod ja nicht zu fürchten, wie wir es tun.«
»Er ist ein schreckliches Untier, ich hab' dir's ja erklärt. Wir haben Angst vor allem, was wir nicht kennen. Und es fällt uns sehr schwer, das aufzugeben, was wir besitzen, und die, die wir lieben.«
»Und wenn's so wäre, wie du sagst, dann wären also du und ich der gleiche Mensch, zum Beispiel.«
»Ja. Für uns zwei ist es sogar begreiflich. Wir sind uns ja so ähnlich, sagen die Leute.«
Rakel hat Lachfältchen bekommen. Aber der Mund ist eine ernste Rose, bei der die äußeren blassen Kronenblätter nach außen gebogen sind.
»Und... der Henrik auch...?«
»Der Henrik auch. Ja, Tora.«
»Aber das geht nicht, das kann ich nicht glauben.«
Tora sieht Rakel wie irre an. Der eine Mundwinkel fällt unkontrolliert nach unten. Rakel hat das schon früher beobachtet. Ein Gesicht, in Auflösung begriffen. Rakel hat das Gefühl, ihre eigene Verzweiflung im Spiegel zu sehen.
Sie umfaßt Toras Handgelenk mit festem Griff.
»Weißt du, man darf einen Teil von sich selbst verabscheuen. Auf sich selbst wütend sein. Sich selbst hassen. Man darf mehr als nur einen Willen haben. Außerdem sollst du nicht alles, was ich sage, wie das Evangelium hinnehmen, so daß du noch mehr Pro-

bleme bekommst. Wenn du meinst, daß der Henrik außerhalb alles Menschlichen bleiben soll, dann soll er das. Da gibt es nichts zu beschönigen. Ich wünscht', ich könnt' diesen Kerl so verprügeln, daß alles, was er gemacht hat, ungeschehen wäre und nur ein schlimmer Gedanke in meinem Kopf. Und damit hätt' ich *ihm* wahrscheinlich den größten Dienst erwiesen.«

Sie saßen noch eine Weile. Ihre Gedanken berührten sich, ohne daß sie etwas darüber verlauten ließen.

»Du kannst heut nacht bei Simon und mir schlafen.«

Tora fuhr zusammen. Die Tür zum Schlafzimmer öffnete und schloß sich wie im Traum. Die Farben gingen ineinander und in das Sonnenlicht über. Irgendwo summten die Insekten. Sie hörte sie, aber sah sie nicht.

Rakels Gesicht vor ihr wurde so bleich. Unwirklich. Aber sie sah so deutlich, als ob das Bild an der Innenseite ihres Auges befestigt wäre, Simons braune Arme auf dem weißen Bettbezug.

Sie schüttelte den Kopf. Streckte die dünnen Beine von der Torfkiste weg, zog das weiße Baumwollnachthemd mit einer scheuen Bewegung herunter und war sofort bereit, wieder nach oben zu gehen.

»Biste sicher, Tora. Daß du nicht bei uns schlafen willst? Haste die häßlichen Träume ganz aus deinem Kopf bekommen?«

»Ja«, sagte Tora.

Dann lag sie in der Dachstube in dem weißen Bett und fühlte sich so erbärmlich wie ein auf dem Plumpsklo zurückgelassener Stapel Zeitungen, dem der Regen und der Südwestwind durch die undichten Wände zugesetzt haben. Die Sommernacht war feucht und beschämend geworden unter dem Nachthemd. Sie bekam Simons Arme nicht aus dem Sinn. Sie sah seine nackte Brust da unten im Bett. Mit schönen dunkelblonden, krausen Haaren auf der Haut. Da durchzuckte es sie plötzlich: Stimmte es, was Rakel sagte, daß die Menschen vielleicht nur ein einziger Mensch waren mit vielen ungleichen Gedanken und Winkeln? War es so?
Sie schlug sich damit herum. Tröstete sich an ihrem eigenen Körper mit beschämten, heißen Händen. Beschwor alle die undenkbaren Gedanken herauf. Um sie loszuwerden? Sie ungefährlich zu machen?
Die brennende Sommernacht legte sich auf ihren Körper und ließ ihn eins werden mit Simons Körper. Unten im Schlafzimmer. Zwischen Simon und Rakel. Simon war lieb zu ihr, während Rakel schlief. Er streichelte sie überall. Sein Geruch! So wie der Geruch manchmal war, wenn Simon bei der Arbeit zufällig und nahe an ihr vorbeistrich. Oder war es nicht zufällig? Weil sie nie aus dem Weg ging, wenn er kam?
Falls wirklich alle Menschen eins waren, dann konnte sie auch Rakel dort unten im Schlafzimmer sein. Konnte Simon nahe sein, ohne sich schämen zu müssen.

Am Morgen, als sie am Küchentisch saß und Kaffee trank und Rakels Brot aß, war sie wieder nur Tora. Und die Nacht verwandelte sich zu einem ekelhaften Schamgefühl, so daß sie die anderen kaum anzusehen wagte. Sie kaute stumm und nahm nicht teil an dem gutmütig neckenden Gespräch. Es war, als ob sie vor der Tür stand und aß. Die beiden anderen waren drinnen.
Einmal streifte Simons Hand die ihre, als sie sich eine Scheibe Brot aus der Schale nehmen wollte. Sie zog die Hand blitzschnell zurück. Als er ihr wenig später die Schale reichte und ihr das Brot anbot – mit einem kleinen Lächeln –, schüttelte sie den Kopf. Hatte keinen Hunger mehr.
Den ganzen Vormittag, während sie auf der Wiese arbeitete und der Geruch des frisch gemähten Grases und des trockenen Heus ihre Gedanken lähmte, sah sie nur Simon. Einen goldenen Schatten im Lastwagen. Den nackten Oberkörper, wenn er mit der Heugabel das Heu auflud. Die kräftigen, dunklen Beine, die den Körper dem gelben Lastwagenaufbau entgegenstreckten. Die Arme waren Bronzespeere in der blauen Hitze. Sein lebendiger, zuverlässiger Körper war ein Geschenk für sie. Sie war die einzige, die ihn sah. Die einzige!
Wenn die Heuernte doch den ganzen Sommer dauern würde! Sie beide wären stark genug, das Heu auf allen Wiesen der Insel einzubringen. Und sie würden in dem gelben Führerhaus sitzen und über die Wiesen holpern, mit der goldenen Last in die Scheune

hineinbrummen und sie in den tiefen Heuboden runterkippen, um für den Winter vorzusorgen. Simon und sie.
Abends würden sie an Rakels Tisch sitzen und ihr Brot essen, die Gomme, die sie gekocht hatte, und die Milch trinken, die sie im Bach gekühlt hatte. Sie würden die goldgelbe Butter auf das frische Brot streichen, während Rakel auftischte und gesund und munter war. Sie würden beisammen sein und sich gegenseitig beschützen. Rakel wußte um Toras und Simons Leben und um ihre Geheimnisse und streckte die Hand aus, um sie beide an den Haaren zu ziehen. Simon würde Tora mit seinen hellen Augen ansehen. Und es würde keine Schande sein. Denn Rakel hatte gesagt, daß sie nur ein Mensch waren. Und alles, was sie taten – das taten sie, um den anderen zu erfreuen.

Toras Bücher blieben jeden Abend ungeöffnet auf dem Nachttisch liegen. Sie schloß die Augen gegen die weißen Vorhänge und ließ die Träume sich ausleben zu einem weichen, vollkommenen Lebensgefühl.
Nicht immer gelang ihr das. Die Wirklichkeit brachte sie an die Oberfläche, holte sie aus dem Traum. Dann stand sie auf und ging zum Fenster, um von sich selbst fortzukommen.
Heller Sommerhimmel mit schimmernden Schäfchenwolken. Wie ein Lamm nach dem anderen. Da sah sie sich selbst von außen. Eine Gestalt in einem dünnen weißen Nachthemd. Und sie hatte keinen,

mit dem sie eins sein konnte. Sie hatte das Gefühl, daß sie dadurch zu einem Nichts wurde. Dennoch stand sie unter der ewigen Sonne, die jetzt die Nacht im Meer verbluten ließ. Der Himmel war am Rand wie durchtränkt. Wie eine durchgeblutete Mullbinde. Ein Himmel, der keine Haut, keine Hände hatte.

19

Tora war es gewohnt, daß in Zeitungen und Schulbüchern in regelmäßigen Abständen grausame Dinge auftauchten.
Es waren Tausende von ermordeten Polen in einem Massengrab in Ostpolen gefunden worden. Sie waren wahrscheinlich von SS-Soldaten gezwungen worden, ihr eigenes Grab zu schaufeln, da der Nachschub zu den Gaskammern zu groß wurde. Die Leute sprachen mit Abscheu darüber. Aber Tora war mehr oder weniger aus dem Glauben herausgewachsen, daß sie sich direkt an sie wandten. Man hatte die armen Polen ja auch nicht auf der Insel gefunden.
Trotzdem mußte sie an das tote Gesicht des Vaters denken. Den toten Körper. Wie er wohl ausgesehen hatte. Sie spürte eine verzweifelte Lust, eine Verteidigung für ihn herauszuschreien. Daß er in Norwegen gewesen war und deshalb nicht hatte dabeisein

können. Er war ja selbst gestorben. Tora wollte Ingrid fragen, wo die Körper der toten Deserteure geblieben waren. Aber sie schaffte es nicht, mit einer solchen Frage zum Tausendheim zu gehen. Es war ihr nicht möglich, sich vorzustellen, daß er Onkel Simon glich, wie sie sich das als Kind vorgestellt hatte.
Die Zeitungsnotiz war für Tora ein Eisenpfahl in ihrem Kopf. Indessen unternahm Rakel etwas, woran sie schon lange gedacht, wozu sie sich aber bisher nicht aufgerafft hatte. Sie schrieb an die Heilsarmee und bat sie nachzuforschen, ob von Toras Vater noch Verwandte am Leben seien. Mittels der äußerst sparsamen Informationen, die sie hatte: einen Namen. Daß er aus Berlin sein sollte. Eine unbeholfene Beschreibung seines Aussehens. Eine 17 Jahre alte Erinnerung an einen Menschen, die sie verdrängt hatte, weil sie mit so viel Schande behaftet war. Nicht nur für Ingrid, sondern auch für sie selbst und die Eltern.
Sie sagte zu keinem etwas von diesem Brief. Hatte sich gewissermaßen ein Ziel gesetzt. Sie war wie ein Kind, das sein Weihnachtsgeschenk für jemanden, den es liebt, eingepackt hat – schon lange vor Weihnachten – und nun jeden Tag darauf wartet, daß der Weihnachtsabend kommt.

Tora ging gelegentlich zum Tausendheim, wenn sie sicher sein konnte, daß *er* nicht da war. Es war eine Pein für sie, ein paar Stunden zusammen mit Ingrid auszuhalten. Sie sprachen über alltägliche Dinge und hatten nichts Gemeinsames mehr. Ingrid war in ihrer Gegenwart beinahe munter, das war das schlimmste. Fremd und munter wie ein Schlager, der in den Raum dröhnte, ohne daß sie ihn mochte.

Wenn sie wieder nach Bekkejordet ging mit den ewigen Fischfrikadellen als Geschenk für Rakel und Simon, wußte sie genau, wie sie hätte sein sollen, was sie hätte sagen sollen. Aber es nützte so wenig.

Manchmal stieg sie in das Dachgeschoß hinauf zu Elisif und Torstein und den Kindern. Die rotznasigen, mickrigen Menschenkinder streckten sich in die Höhe wie Bohnenstangen. Keines von ihnen war tüchtig und freundlich – wie Sol, die Älteste. Keines von ihnen hatte die Kraft, wegzukommen.

Von Jørgen, der genauso alt war wie Tora, war noch am meisten zu erwarten. Die beiden Ältesten schienen das wenige, das die Eltern zu geben hatten, mitbekommen zu haben. Jørgen arbeitete in der Dahlschen Fabrik, rauchte selbstgedrehte Zigaretten und war unwahrscheinlich hinter den Mädchen her. Elisif war das längst zu Ohren gekommen. Sie warnte ihn vor der Hölle und der fleischlichen Lust, und Jørgen nickte pausenlos, während er vor dem gesprungenen Spiegel über dem Ausguß seine tolle Frisur kämmte, bis er zur Tür hinaus verschwand. Er hätte kaum ein Wort von dem, was Elisif gesagt hatte, wiederholen können – wenn ihn jemand ins Kreuzverhör genommen hätte.

Aber keines von den Kindern widersprach den Eltern. Sie resepektierten sie ebenso gutmütig und gedankenlos, wie man ein altes Bett, dessen Matratze allmählich schlecht wird, respektiert, solange keine Aussicht besteht, daß man sich eine neue kaufen kann.

Die einzigen harten Worte unter den schweren Dachbalken im Tausendheim, dort, wo Elisifs Familie wohnte, waren Gottes Worte. Sie strichen vorbei wie Raubtiere, die an der Tränke auf der Hut sind. Wachsam, schleichend, lauernd, immer auf der Jagd nach etwas zu fressen. Unangreifbar kamen sie klagend aus Elisifs Menschenkehle – gut inspiriert von den »Mannakörnern« in der Schale auf der Kommode, die ihr jeden Tag den Text des Tages aus dem pechschwarzen Buch mit den goldgeränderten Seiten befahlen. Das Buch war genauso abgenutzt und schäbig wie alles andere da oben.

Tora spürte den alten Respekt vor Elisif, wenn sie in das Dachgeschoß kam. Das schräge Dach versuchte, sie alle herunterzudrücken, ohne daß es ihm in irgendeiner Weise gelang. Die Kinder kullerten über den Fußboden, krabbelten von überall her wie die Ameisen in einem Ameisenhaufen. Sachkundig auf der Suche nach Dingen, die sie nicht bekommen hatten, nicht zurückbekommen hatten oder die einfach von einem Bruder geklaut worden waren. Es war in allem ein gewisser freundlicher Wechsel. Die wenigen Möbel, die nicht an den Wänden befestigt waren, wirbelten auch herum. Eine rotierende, planlose Bewegung, randvoll mit Anwesenheit.

Und da oben zwischen dem schrägen Dach und dem abgetretenen Fußboden mit den breiten Brettern und dem eingewachsenen Dreck in den Ritzen fand sie einen Platz im Tausendheim, der vollständig frei von der eigenen schamlosen Vergangenheit war.
Sie ließ sich auf der selbstgezimmerten Holzbank am Tisch nieder und wurde von Elisifs durchdringenden Augen gemustert. Hörte ihr vernichtendes Urteil über die neumodischen Jeans oder die allzu kurzen Röcke und den unchristlichen Pferdeschwanz, der nicht der Sitte entsprach. Tora nickte ebenso, wie Elisifs Kinder es gemacht hätten, oder sie sagte: »Alle gehn so!« Und Elisif konnte ihre heilige Rüge auf die ganze verderbte Welt ausbreiten – und damit denjenigen vergessen, der sie ursprünglich auf die Idee vom Wesen der Sünde gebracht hatte.
Sol kam nach Hause. Sie packte ihren Oslo-Koffer vor den Augen von Tora, Elisif und den Kindern aus. Sie hatte Spitzenwäsche und Schreibpapier, das gut roch. Hatte ein paar Kilo abgenommen und drehte sich, leise singend, vor ihnen in den neuen Kleidern. Sie sagte, ohne daß Elisif es hören konnte, daß sie einen Freund mit viel Geld habe. Sie würden sich in der letzten Ferienwoche treffen. Sie wollten eine Autotour machen.
Tora überlegte, daß Sol wahrscheinlich die erste von der Insel war, die richtige Ferien hatte, in denen sie mit dem Auto verreisen konnte. Es war fast wie in einem amerikanischen Film.
Der Freund habe eine eigene Firma, erzählte Sol. Was auch immer das bedeuten mochte.

Tora bekam das Bild von einem nicht ganz jungen Mann zu sehen, mit schütterem Haar in den Geheimratsecken. Er war 35. Aber nett.
»Wirste ihn heiraten?« fragte Tora, während sie das Bild betrachtete. Sie waren einen Augenblick allein in der Küche.
»Nein, ich werd' ihn nicht heiraten, und er benutzt immer einen Gummi«, antwortete Sol und beugte sich vor, um nagelneue Nylonstrümpfe anzuziehen – obwohl draußen 25 Grad waren. Sie nahm sie direkt aus dem Zellophanpapier, Marke »Safa«. Sie waren steif und hatten einen deutlichen Knick.
»Ich werd' Sekretärin«, sagte sie träumend. Als ob sie über ihren wirklichen Freund redete. »Aber es ist so schrecklich teuer, verstehste.«
Und plötzlich verstand Tora das eine oder andere von früher, bevor Sol von zu Hause weggegangen war. Die Art, wie Ottar sie angesehen hatte. Wieso Sol auf einmal die Mittel hatte, um nach Oslo zu fahren und die Handelsschule zu besuchen. Ein Vorhang wurde weggerissen. Und dahinter stand die Sol, die Tora nicht gekannt hatte, aber die die ganze Zeit dagewesen war. Und sie dachte an ihre Nächte auf der Dachstube in Bekkejordet. Die Träume. Während sie noch wach war. Vielleicht waren Sol und sie jeder ein Winkel in demselben Menschen?
Nur mit dem Unterschied, daß Tora ihre Geschenke bekam, ohne daß sie eine Autotour machen mußte.

In der Woche, in der Sol zu Hause war, brauchte Tora in Bekkejordet nicht mitzuarbeiten. Das Heu war eingefahren, und es stand nichts weiter an.
Sol und Tora lagen auf den Felsen in der Bucht, unterhalb der Wiesen, die zu Bekkejordet gehörten. Fast sechs Wochen lang hatte Tag und Nacht die Sonne geschienen. Die Leute meinten, es sei jetzt genug. Es verbrannte alles. Der Ertrag bei der Beerenernte war mager, und das Gemüse und die Kartoffeln verdursteten, bevor etwas aus ihnen geworden war. Aber die jungen Mädchen kümmerten sich nicht um solche Dinge. Sie schmierten sich mit Nivea und Zitzenfett ein und tranken Kaffee, den sie in der Thermoskanne mitgenommen hatten, und aßen Butterkekse, die wie heilige Oblaten am Gaumen klebten.
Tora sah, daß Sol einen ausgewachsenen Frauenkörper hatte, und dachte an ihn, den mit den Geheimratsecken, der immer Gummis benutzte.
Dann betrachtete sie ihren eigenen, dünnen, etwas eckigen Körper. Er hatte Formen und Geheimnisse. Vor allem Schande. Sie verglich sich mit Sol, die sich auf dem Felsen ausstreckte. Die starken Brüste drohten den BH des zweiteiligen Badeanzugs zu sprengen. Sol hatte eine träge, sichere Art – um die Tora sie immer beneidet hatte. Jetzt war es deutlicher denn je, daß Sol ihren Körper mochte.
»Wie ist er denn? Der Dan? Dein Freund?« fragte sie aus ihren Gedanken heraus.
»Wie er ist... muß mal überlegen... Nett!«
»Ja, das haste schon gesagt. Und sonst?«

»Er geht mit mir aus. Ins Kino. Ins Konzert. Zum Firmenfest. Ins Hotel – an den Wochenenden, wo ich nicht putzen gehn muß oder lerne. Er ist ganz geil. Ich glaub' fast, daß er am liebsten 24 Stunden an einem Stück mit mir im Bett liegen würde.«
Sie drehte sich zu Tora um und sah sie fröhlich an, während sie gegen die Sonne blinzelte. Die üppigen Brüste fielen fast aus dem BH heraus, und der runde Bauch legte seine Falten auf den gesprenkelten Felsen.
»Aber sonst ist er auch ganz lieb«, fügte sie hinzu, seufzte und ließ sich wieder auf den Rücken fallen. Brüste und Schenkel bebten noch nach.
Tora ließ sich mitreißen. Hob sich hinein in der erfahrenen Freundin Vertraulichkeit. Wurde mutig.
»Findste... es gut... das da?«
Sol drehte sich noch einmal um, wobei ihre weichen Körperteile wogten.
»Haste noch mit keinem geschlafen?« fragte sie ungläubig.
»Nee... ich mein'...«
»Du meinst, daß du's noch nicht gewagt hast? Aber daß du Lust gehabt hast?«
»Ja, nicht grad Lust...«
Sol lachte. Aber das Lachen war nicht höhnisch, mehr ein vertrauliches Glucksen, weil sie sich geirrt hatte, wie weit Tora im Leben gekommen war.
Die Flut stieg fast bis zu ihnen herauf, aber sie merkten es kaum. Es schwappte gegen den Felsen. Kleines, schimmerndes Gekräusel. Guter, warmer Ost-

wind brachte den Geruch von geteerten Booten mit. Und eine gute Sattheit. Ein Kribbeln im Unterleib. Tora gönnte sich diesen Augenblick.
»Beim erstenmal ist's nicht so doll, aber dann wird's besser«, sagte Sol.
»Ich kann's nicht mit einem machen, bei dem ich's nicht schaffe, scharf zu werden«, fügte sie hinzu und sah forschend auf eine schwebende Möwe.
»Haste... haste's mit vielen gemacht?« fragte Tora beinahe flüsternd.
Sol warf einen schnellen Blick auf sie, als ob sie abschätzen wollte, was Tora vertrug.
»Nein«, sagte sie entschieden. »Nur mit ein paar.«
»Und war's schön?«
»Ja, mehr oder weniger... Einer, den ich traf, noch ziemlich jung, der war zu ungestüm. Wurde fertig, als ob er einen Furz losließe. Das war nichts. Aber der, den ich vor dem Dan hatte, der war gut, wenn auch nicht grad besonders erfahren. Er fummelte entsetzlich rum, aber auf eine gewisse Art war er sehr zärtlich. Nahm sich Zeit...«
Es hörte sich fast so an, als ob sie anfinge zu weinen.
»Warum biste nicht bei dem geblieben?«
»Nein, es war Schluß. Es ging nicht. Er hatte noch weniger Geld als ich. Student. So 'n Leben mocht' ich nicht. Nicht wissen, wo man das Geld hernehmen soll. Er spielte Trompete und diskutierte fürchterlich. Über alles mögliche.«
»Schläfste mit dem Dan nur, weil er Geld hat?«
»Sag das nicht, das klingt ja fast so, als ob ich 'ne Hure wär'.«

Sols Stimme war mit einemmal scharf und abweisend.
»Ich hab's nicht so gemeint.«
Tora ahnte nicht, was sie machen sollte, damit Sol sich nicht gekränkt fühlte.
»Übrigens haste wohl recht«, fügte Sol hinzu – mehr zu sich selbst. »Er ist erwachsen, sicher und erfahren, er kann mir ein wenig zurückgeben.«
»Aber du liebst ihn nicht?«
»Lieben? Ach ja, bis zu einem gewissen Grad...«
»Ich hab' geglaubt, daß man das müßte.«
»Nein, das haste nicht geglaubt«, Sol war beinahe böse. »Siehste nicht, wie die sich lieben, die miteinander verheiratet sind? Das Gegenteil ist der Fall. Lieben? Meine Eltern zum Beispiel: Was glaubste, was die für 'nen Beischlaf machen? Mein Vater deckt die fromme Dame, ohne überhaupt ihren Körper zu sehn. Sie ist von Kopf bis Fuß angezogen. Er braucht genau 25 Bewegungen, dann ist er fertig, und sie kann sich das Federbett über den Kopf ziehen, so daß kein andrer als Gott sie sieht. Einmal hab' ich gehört, daß sie ein Vaterunser gebetet hat, während sie zugange waren. Und er? Glaubste, daß er sie liebt? Und der Henrik die Ingrid? Wie ist es denn bei denen? Glaubste, die lieben sich, wenn sie's machen?«
Tora hatte das ekelhafte Gefühl, durch ein Schlüsselloch etwas sehen zu müssen, was sie gar nicht sehen wollte. Aber sie verstand Sols Zorn.
»Die einzigen, die ich bisher auf der Insel erlebt hab', bei denen ich mir denken kann, daß sie miteinander

schlafen, weil sie sich lieben, das sind Rakel und Simon. Sie sind, glaub' ich, immer wieder verliebt. Deshalb wissen die Leute nicht, wie sie sie am besten anschwärzen können. Alle mißgönnen es ihnen. – Manchmal glaub' ich tatsächlich, daß der Dan mich liebt«, fügte sie hinzu, als ob sie von dem Gedanken überrascht worden wäre.
»Meinste nicht, daß es möglich ist, einen zu lieben?«
»Doch, und da sitzt man in der Falle und wird nie das erreichen, wozu man eigentlich bestimmt ist. Jedenfalls nicht wir Frauen. Nein, ich will Sekretärin werden. Später... vielleicht, werd' ich mir einen suchen. Mal sehn.«
Sie blinzelte wieder hinauf zu der Möwe und beachtete Tora eine Weile nicht. Dann sagte sie:
»Biste nie verliebt gewesen, Tora?«
»Doch, in einen, der heißt Jon. Er geht in Breiland aufs Gymnasium.«
Indem sie es sagte, spürte sie, daß es stimmte.
»Haste nicht mit ihm geschlafen?«
»Nein... So weit ist's nicht gekommen.«
»Hat er's versucht?«
»Na ja, er hat's wohl... sozusagen...«
»Du mußt ihn dazu erziehn, daß er 'nen Gummi benutzt«, sagte Sol entschieden. »Und beim erstenmal ist's nichts Besonderes. Du mußt ihm sagen, daß er langsam machen soll. Du bist keine Hündin, die nur dasteht und es über sich ergehn läßt, bis er fertig ist. Sei nicht so verliebt, daß du nicht zu reden wagst.«

»Nein.«
»Jetzt hab' ich Kaffeedurst«, sagte Sol zufrieden. Sie packte die Tassen aus und teilte die Tafel Schokolade in zwei Teile. Die Schokolade legte sich wie aufreizende Übelkeit in Toras Mund.

Nach wenigen Tagen sah Sol bereits wie ein frisch gebackenes Brot aus. Golden. Die Nägel und der Mund waren schwach rosa. Sie hatte eine natürliche Frische. Aber das Parfüm, das Dan ihr geschenkt hatte, umgab sie wie eine himmlische Atmosphäre, wenn sie durch Vaeret ging. Kein Parfüm auf den Felsen in der Sonne, nein. Denn das könnte braune Flecken geben, sagte sie trocken.
Und Tora saugte Sol an sich. Nahm sie mit offenen Sinnen auf. Hörte ihre Geschichten. Von den Menschen, denen sie begegnet war. Den Cafés. Den Kinos. Allen Lichtern. Von der Schule, wo so viele Schüler waren, daß man sie nicht einmal vom Sehen her kannte, wenn man sie in der Stadt traf. »Sie in der Stadt traf...«, sagte Sol. Und das klang wie eine Zauberformel zusammen mit dem Schmatzen der Gutwetterwellen gegen die Felsen.
Sie verzogen sich weiter nach oben, um nicht naß zu werden, als die Flut stieg. Sol führte das Wort. Und Tora fügte in Gedanken alle Worte hinzu, die ihr fehlten, alle Sätze, die sie ahnte – oder von denen sie meinte, daß sie dazugehörten. Sie goß sie gleichsam in ihren Kopf hinein. So wie Rakel im Herbst die Marmeladengläser füllte. Ruhig, bedacht. Sie paßte

auf, daß die Deckel sauber und ohne Makel waren, bevor sie sie auf die Gläser schraubte. Ganz fest. Die Marmelade sollte sich halten. Bis Rakel sie brauchte. Sie wußte, daß sie süß genug war. Sie hatte sie selbst gesüßt.

20

An einem der ersten Tage, als sie bei Ingrid im Tausendheim war, wurde ihr klar, daß sie sich hier nicht mehr zu Hause fühlen konnte. Die Kammer schien ihr nie gehört zu haben. Das in die Tür geklemmte Messer, das hatte es nie gegeben. Sie war erstaunt, wie leicht es war, nicht mehr daran zu denken.

Ingrid war mit ihren Problemen beschäftigt – und sie war nicht mehr ihre Mutter. Tora hatte ihr nichts vorzuwerfen, sie hatte nur eine Entscheidung getroffen. Mit Ingrid war es so wie mit Büchern, die sie als Kind gelesen hatte. Sie gehörten in eine bestimmte Entwicklungsphase. Man konnte mit Wohlwollen an sie zurückdenken. Aber man fühlte kein Bedürfnis, sie wieder hervorzuholen und erneut zu lesen.

Sie war in voller Fahrt zu etwas, was Ingrid nie würde verstehen können oder worin sie ihr nie würde folgen können, weil sie zu starr war. Mitunter schienen die Rollen vertauscht zu sein. Ingrid

brauchte sie. Tora kam ohne sie zurecht. Ingrid war wie der Veten oder der Hesthammeren oder die Bucht. Unveränderlich, außer bei Naturkatastrophen.
Ingrid sagte nicht, was sie dachte. Das fürchtete Tora vor allem, daß sie darin Ingrid gleichen könnte. Sie wollte an sich arbeiten. Gelobte, sich zu ändern, sich im Reden zu üben.
Gelegentlich sah sie sich selbst. Und da bekam sie immer Angst. Sie hatte soviel in sich, was niemals nach außen gelangen durfte, nicht einmal zu Rakel. Rakel wußte ja nicht, mit welchen Gefühlen sie in der Dachkammer lag. Sie glaubte ja, daß Tora keine Schuld hatte.
Hatte sie Schuld? Hätte sie an dem Tag, als es passiert war, zur Mutter in die Fischfabrik laufen sollen? Oder sich in Elisifs Schoß verkriechen? Hätte sie das Messer nehmen sollen, um sich zu verteidigen? Wäre es etwas anderes gewesen, gesetzt den Fall, es wäre Onkel Simon mit den guten Händen gewesen?
Wenn sie sich in ihrem eigenen Gedankengewirr verfangen hatte, vermied sie es, mit jemandem zu reden. Es endete stets damit, daß sie sich selbst liebkoste und an Dinge dachte, die Sol erzählt hatte, und an Geschichten, die sie gehört hatte. Auf diese Weise hatte es nichts mit ihr zu tun. Sie war frei. Trieb mit in dem roten Strom, in dem die Gedanken und die Gefühle eins waren und sich gegenseitig verziehen.

Eines Abends, gegen Ende der Ferien, saßen Ingrid und Tora am Küchentisch und unterhielten sich ganz vernünftig.
»Du kannst eigentlich heut nacht hierbleiben«, sagte Ingrid unvermittelt.
»Nein, ich muß bald gehn.«
»Warum denn? Wir haben dich hier unten kaum gesehn. Es ist beinah so, als ob du Tochter da oben in Bekkejordet wärst und nicht hier. Die Leute reden schon drüber. Wundern sich.«
»Was sagste dazu?«
»Nichts. Was soll ich sagen?«
»Du könntest ja die Wahrheit sagen.«
»Was denn?«
»Daß ich den Henrik nicht leiden kann.«
»Ich glaub', du bist nicht recht gescheit.«
»Es wär' aber richtig. Dann brauchten sich die Leute nicht mehr zu wundern.«
»Meinste nicht, daß der Henrik und ich schon genug ins Gerede gekommen sind?«
»*Du* ja. Aber dem Henrik gönn' ich soviel Gerede wie nur möglich!«
»Was hat er dir getan?«
Ingrid sah sie bittend an. Braune traurige Augen unter dem dichten dunklen Haar. Die ganze Ingrid ist Traurigkeit, dachte Tora schnell – als ob sie ein Bild an einer fremden Wand betrachtete.
»Das weißte wohl. In all den Jahren, soweit ich mich erinnern kann, war es seinetwegen hier so ungemütlich. Er hat uns beide eingeschüchtert. Ist besoffen

nach Haus gekommen und hat das Geld genommen, das wir fürs Essen brauchten. Ist besoffen auf die Straße gegangen, daß wir uns schämen mußten. Hat's nie geschafft, 'nen festen Arbeitsplatz zu haben.«

»Keiner will ihn ja haben – ihm eine Chance geben.«

Ingrids Gesicht war wie alte Erde anzusehen. Sie öffnete den Mund, um etwas zu sagen, hielt aber inne. Sie sah wohl ein, daß es nichts nützte.

»Warum entschuldigst du ihn?«

»Ich entschuldige ihn nicht. Aber die Leute haben ihn schon vor langer Zeit verurteilt. Er wird's nicht los. Egal, was er macht, der Augenblick kommt, wo sich die Leute daran erinnern, wer er ist und daß er Simons Betrieb angesteckt hat.«

»Aber er hat's doch getan.«

Tora wollte schon sagen, daß er noch schlimmere Sachen gemacht hatte als die, von denen die Leute wußten. Spürte eine verführerische Lust, es Ingrid wissen zu lassen. Es hinter sich zu bringen. Aber sie vermochte es nicht. Hatte kein Recht, Ingrids Welt zu zerstören, auch wenn sie nicht mehr davon abhängig war, daß Ingrid sie akzeptierte oder gern hatte. Sie war nicht mehr die Tora, die zu Ottar lief und Margarine und Mehl anschreiben ließ, weil Ingrid selbst es nicht wagte. Sie war frei.

Es ging ihr auf, daß man seine Eltern nicht zu lieben brauchte, auch wenn es in der Bibel stand. Aber man sollte sie in ihrer Welt leben lassen, ohne auf ihnen herumzutrampeln. Und sie entschied, daß die Eltern

sich die Liebe verdienen mußten, sonst konnten sie keine erwarten. Sonst mußten sie sich mit der Liebe begnügen, die sie selbst geschaffen hatten.
»Liebste den Henrik?« fragte sie plötzlich.
»Lieben? Du kannst fragen...«
»Ja, warum bleibste an ihm hängen, wenn du ihn nicht liebst?«
»Ich bin mit ihm verheiratet.«
Ingrids Stimme war würdig, wenn auch schwach. Es klang wie Rascheln in altem Heu.
Ingrid betrachtete Tora eine Weile, dann sagte sie mit fremder Stimme:
»Sie erziehn dich gut in Bekkejordet, wie ich hör'.«
»Wieso?«
»Sie wollen, daß ich den Henrik rauswerfe. Sie halten mich für einen Dreck, weil ich ihn nicht rauswerfe. Aber das will ich euch allen sagen. Daß ich in dieser Sache mach', was ich will. Geh nur nach Bekkejordet, Tora. Dort ist alles so vortrefflich. Verachte nur deine Herkunft. Wenn du glaubst, daß du davon was Besseres wirst. Geh nur zur Schule, und lern feine Worte, mit denen du dich dicke tun kannst. Aber eins will ich dir sagen: Es hat den Menschen, die ihre Herkunft verleugnen – noch nie zum Segen gereicht.«
Es kam selten vor, daß Ingrid so viel sagte. Selbst die einsame Glühbirne an der Decke schwankte unruhig, als ob das Geräusch sie aus dem Gleichgewicht der Gepflogenheiten in der verblichenen Küche gebracht hätte.

»Und du, Mama? Hast du dich für deinen Vater und deine Mutter entschieden, als du jung warst?«
»Ja, das hab' ich.«
»Nein! Du hast einen deutschen Soldaten gewählt!«
Ingrids Gesicht wurde leichenblaß. Der Mund zitterte. Einen Augenblick hatte Tora den Eindruck, daß die Mutter sie ohrfeigen würde. Aber sie rührte sich nicht.
Das wäre erledigt, dachte Tora. Wartete. Sekundenlang. Aber Ingrid ging in den Berg hinein.
»Am besten gehste jetzt«, sagte sie müde.
»Willste nicht drüber reden?«
»Worüber?«
»Über meinen Vater. Der Wilhelm hieß.«
»Es gibt nichts zu reden. Er lebt nicht mehr.«
»Haste ein Bild von ihm?«
»Danach haste noch nie gefragt.«
»Nein, aber jetzt tu' ich's.«
Tora dachte daran, daß sie mehrmals an diesem Tisch gesessen hatte und gerne nach ihrem Vater gefragt hätte, es aber doch nie getan hatte. Weil sie wußte, daß es den Tag nur schwieriger machen würde.
»Ich hab' ein altes Bild...«
Ingrid glättete die Tischdecke mit langen, behutsamen Bewegungen. Wie liebkosend, mit gespreizten Fingern. Um Mund und Augen hatten sich neue Falten gebildet, zusätzlich zu denen, an die Tora sich erinnern konnte. Trotzdem sah Ingrids Gesicht beinahe unbenutzt aus. Es schien nur einen Ausdruck zu haben. Glich dem Porzellankopf von der Puppe, mit der Tora nie hatte spielen dürfen.

Ingrid stand auf und ging in die Kammer. Als sie zurückkam, hielt sie einen Briefumschlag an sich gedrückt. Bewegte sich wie auf dem Weg zu einer Hinrichtungsstätte. Glitt auf den Stuhl und fingerte an dem Dreieck des Umschlags. Tora beherrschte sich, der Mutter nicht den Umschlag zu entreißen und aus der Tür zu rennen.

Unendlich langsam wickelte Ingrid eine Fotografie aus dem Seidenpapier, das in dem Umschlag gesteckt hatte. Sie hielt das Bild einen Augenblick vor sich hin. Betrachtete es unter gesenkten Augenlidern. Als die Haustür geöffnet wurde, fuhr sie zusammen. Lauschte, die Augen fest auf die Fotografie geheftet. Als niemand die Treppe heraufkam, ließ sie die Schultern wieder sinken und atmete normal.

Dann legte sie das Bild in Toras ausgestreckte Hände. Es lag wie ein Boot zwischen ihren schrägen Handflächen. Tora spürte das Gewicht auf der Haut. Eine Vogelschwinge. Ein Messer, das die Haut ritzte. Das Bild roch seltsam. Der Geruch füllte den ganzen Raum und ihren Kopf. Staub und Leder... und etwas anderes, was sie nicht kannte. Ein Gedanke, eine Sehnsucht, ein verspieltes Leben!

Sie sah das Brustbild eines jungen Mannes in Uniform und mit Uniformmütze. Das Gesicht war schmal mit großen, trotzigen Zügen.

Eine ungewöhnlich lange und kräftige Nase trug zu dem scheinbar mürrischen Ausdruck bei. Das Kinn ragte viereckig und scharf aus dem Bild heraus. Der Mund war geschlossen und ein wenig streng. Als ob

er den bösen Mann für den Fotografen spielte. Aber der Mund konnte nicht vertuschen, daß der junge Mann dem Lachen nahe war. Denn um die Augen war ein Netz von Lachfältchen, das selbst ein schlechter Fotograf nicht zerstören konnte. Die Augen waren klar und sahen sie direkt an.
Tora erhob sich langsam. Ging zu dem Spiegel über dem Ausguß. Vergaß, daß sie nicht allein im Raum war. Hielt das Bild zum Spiegel hoch. Drehte den Kopf ein bißchen, so daß sie sich selbst und das Bild sehen konnte. Lange stand sie so. Schließlich nickte sie.
»Ja, er ist mein Vater«, sagte sie – und kam langsam zum Tisch zurück. Für einen Augenblick, als ihr aufging, daß Ingrid auch da war, stieg etwas von dem alten Gefühl in ihr auf. Die Angst, daß sie die Mutter mit dem, was sie sagte und tat, kränkte. Dann sah sie Ingrid geradewegs an und lachte. Lachte und lachte. Bis die Tränen hervorquollen und der Mund ganz schleimig wurde vor Einsamkeit. Wie damals an der Scheunenwand in Bekkejordet, nachdem Rakel ihr erzählt hatte, daß ihr Vater tot war.
Das war das schlimmste: eine Freude für immer zu verlieren – ohne daß man sie richtig besessen hatte. Ingrid wollte sie in den Arm nehmen, aber sie machte sich los. Sie hatte das Gefühl, daß Ingrid jemand war, den sie zufällig unterwegs getroffen hatte. Sie ging auf und ab und weinte. Es tat ihr alles weh. Etwas drängte unaufhörlich nach außen. Sie wußte nicht, ob es etwas Gutes oder Schlechtes war und ob sie es überhaupt aushalten konnte.

Sie bekam das Bild mit, als sie ging. Bettelte und weinte, bis sie es bekam. Ingrid war nicht imstande, es ihr zu nehmen. Wurde nur zu einem unbeholfenen Körper hinter dem Tisch. Fühlte die Ohnmacht für sie beide. Nach und nach ging ihr einiges auf, was es ihr leichter machte, das einzige, an dem ihr wirklich etwas lag, ohne große Gesten wegzugeben.
Tora saß eine Weile mit ausgewaschenem Gesicht da. Es wurde nicht mehr viel gesprochen. Die Geräusche auf dem Hof und vom Haus streuten Wundpuder auf das ärgste Brennen.
Ingrid packte viele Fischfrikadellen in eine Papiertüte. Sie rochen so schlecht, die Fischfrikadellen, aber sie hatte nichts anderes zu verschenken, weil Rakel sonst alles besaß. Tora nahm sie entgegen, ohne aufzumucken. Das Bild hatte sie in Seidenpapier auf der Brust.

Die Schnecken lagen auf dem ganzen Weg, bis hinauf nach Bekkejordet in der Wagenspur. Es hatte geregnet. Tora gab acht, daß sie nicht auf sie trat. Die Pfützen auf dem Weg waren kurzsichtige Augen in dem blauschimmernden Augustabend.

Das Bild stach gegen die Haut, wenn sie ging. Sie hatte das Gefühl, daß sie mit einem Gesicht wie einem durchweichten Holzstück herumlief. Sie war froh, daß sie niemanden traf. Noch immer hatte sie einen bitteren Geschmack im Mund. Vor Erregung und Trauer, Freude und Triumph.

Plötzlich blieb sie stehen. Es wurde ihr bewußt, was sie eigentlich für eine Macht hatte. Über Henrik. Über Ingrid. Über sich selbst. Die Fotografie schien ihr ins Ohr zu flüstern, was sie tun sollte. Es war sicher ein Tag, an dem man bekam, was einem rechtmäßig zustand. Bekommen. Zurückgeben!
Sie kehrte um. Langsam. Als ob sie zunächst nicht richtig wüßte, wie sie sich verhalten sollte. Die Wege waren so kurvenreich.
Die Vogelbeerbäume mit den jungen Fruchtbüscheln waren mit ungleichmäßigen schwarzen Stichen an den Himmel genäht. Unordentlich, aber in einem wunderbaren, zarten Zusammenhang. Ein Vogel erhob sich und flog aus der Stickerei heraus. Erschreckt durch die Schritte.

Sie blieb nicht eher stehen, als bis sie bei der Tobiashütte angelangt war und die Männer da drinnen lachen hörte. Zögerte ein wenig, dann ging sie geradewegs auf die Tür zu und klopfte an. Hart. Poch – poch.
»Herein«, brüllte ein nicht gestimmter Chor von vier, fünf Männerstimmen.
Sie steckte den Kopf in den Tabaksrauch und versuchte zu erspähen, ob er da war.
Er sah nicht auf. War bestimmt nicht voll, demonstrierte nur, daß es ihm egal war, wer hereinkam. Es war sonst nicht üblich, an die Tür der Tobiashütte anzuklopfen. Man ging direkt rein – oder blieb draußen. So war das.

»Ist der Henrik hier?« sagte sie laut.
Etwas stieß Henrik innerlich an.
»Ja, und was ist los? Brennt's?«
Sie wartete darauf, daß die Lachsalve wie eine Steinlawine über sie hinwegdonnern würde. Aber es blieb still. Die Männer lauschten.
»Ich hab' dir was auszurichten, Henrik.«
Sie hielt sich im Halbdunkel bei der Tür. Konnte nicht zeigen, daß sie geweint hatte. Nicht denen hier!
»Was haste mir auszurichten?« fragte es rostig aus Henriks Kleiderbündel.
»Das muß ich dir draußen erzählen«, antwortete sie bestimmt.
»Was du nicht sagst.«
Die Männer glotzten sie mit einem gewissen Respekt an.
Henrik wand sich um den Tisch herum und kam zu ihr. Einen Augenblick spürte sie Übelkeit, aber sie richtete sich auf und zog sich rückwärts zur Tür hinaus. Er kam nach. Beinahe neugierig.
Sie blieb mit dem Rücken zum Kran stehen. Er glitt langsam heran wie ein großes Schiff mit drohendem schwarzem Bug. Als Kind hätte sie sich vor Schreck in die Hose gemacht, dachte sie verwundert.
Draußen in dem blauen Abend sah er, daß sie geweint hatte.
»Ist was – ist was passiert?« fragte er.
Sie maß den Abstand zur Tobiashütte. Zum offenen Fenster. Zur Tür. Sie verzog sich etwas nach rechts

hinüber vor den Speicher und die Landungsbrücke, aber nur so weit, daß ein Ruf noch gehört werden konnte. Der Briefumschlag lag auf der Brust. Beruhigte sie, so daß das Gehirn gleichsam von frischem, laufendem Wasser durchströmt wurde.
Sein Gesicht vor ihr im Halbdunkel wurde deutlicher. Die dunklen Bartstoppeln. Die Augen. Er hatte ein ungutes Gefühl, kam ihr aber nach.
»Was ist los? Warum führste dich auf wie 'n Idiot? Rede!«
»Ich bin kein Idiot. Das wirste schon noch sehn. Ich will dir nur was sagen.«
»Dann sag's doch!«
Er stand mit gespreizten Beinen da und zog ungeduldig an dem Kragen seiner Joppe. Hatte er ihre drohende Stimme verstanden?
»Ich hab' der Rakel alles erzählt«, sagte sie. In einem Atemzug. Das Fauchen einer Katze gegen einen Hund. Ihre Augen leuchteten.
Er bewegte sich unruhig.
»Was haste erzählt?«
»Was du mit mir gemacht hast! Alles! Auf der Koppel und in der Kammer!«
Er stand. Aber das Gesicht war in Auflösung begriffen. Sie *sah* das Entsetzen. Herrgott, was für ein Fest! Er hatte *Angst!* Oh, wie sie ihn quälen wollte. Ihm solche Angst machen, daß er auf der Stelle in die Hose pißte und den Dünnschiß bekam. Genau hier bei der Tobiashütte. Die Männer waren drinnen. Sie brauchte nur zu rufen. Er konnte ihr nichts tun. Jetzt hatte sie ihn. Endlich!

Er wich zurück, ohne es zu merken. Einen Schritt, zwei Schritte.
Dann beugte er plötzlich den Oberkörper vor und wollte mit der gesunden Faust auf sie losgehen.
»Wenn du näher kommst, ruf' ich! Die Tante steht oben an der Straße! In der Tobiashütte sind die Männer.«
Sie wußte nicht, daß sie log. Sie war ganz drin in dem Geschehen, das sie in Gang gesetzt hatte. Sah ihn sich so bewegen, wie sie es erwartet hatte. Hörte seinen Atem. Voll von massiver Angst.
»Was haste für Lügengeschichten erzählt, du leichtsinniges Luder.«
Sie sandte ihm ein böses Lachen und sah ihn durchdringend an.
»Genug, daß sie dich beim Lehnsmann anzeigen kann. Aber sie hat mich gebeten, dir zu sagen, daß du *eine* Möglichkeit hast, dich aus der Klemme zu ziehn.«
»Was meinste mit ›aus der Klemme ziehn‹?«
Seine Stimme war rostig und trocken. Er schluckte und starrte.
»Du kannst dir eine Arbeit suchen und aufhören zu saufen, dann wird sie dich nicht anzeigen. Und du darfst nicht mehr in meine Nähe kommen, ohne daß sie dabei ist. Wenn du dich daran nicht hältst, zeigt sie dich an! Hörst du?«
Er öffnete den Mund. Aber es kam kein Laut. Öffnete – schloß ihn. Ein Fisch, schnell an Land gezogen, mit Kiemen, die sich nach dem Meer sehnten.

Ein paar vereinzelte Regentropfen fielen auf die Kaiplanken. Dann fielen ein paar auf die Wasseroberfläche. Die Ringe breiteten sich lautlos aus. Wie ein Gerücht in dem blauen Abend. Von dem Flaschenzug des Krans kam ein klagender Laut. Nur einmal.

»Du verdammte...«

»Haste geglaubt, du könnt'st dir alles erlauben, ohne daß es dich selbst trifft?«

»Du hast ganz schön mitgemacht. Hast dich angeboten. Kein Mann geht an solchen vorbei, die sich anbieten. Was?«

Das hatte sie erwartet. Hatte alle möglichen und unmöglichen Antworten und Gespräche und Beschuldigungen auf dem Weg zur Tobiashütte durchdacht. Stand leicht vornübergebeugt mit geballten Fäusten. Die Antwort war leicht zu geben.

»Was meinste, wem der Lehnsmann mehr glaubt, der Tante oder dir?«

»Das haste dir nur erfunden, sag' ich.«

Seine Stimme klang entrüstet, beinahe verletzt. Als ob er ein großes Unrecht aufgedeckt hätte.

»Es gibt Beweise.«

»Du lügst! Was für Beweise?«

»Das werd' ich dir nie sagen. Da sollst du deine schmutzigen Finger nicht mit drin haben. Aber die Tante weiß es. Sie hat mir versprochen, mich zu retten.«

»Du lügst!«

»Glaub, was du willst. Ich kann die Rakel dazu bringen, daß sie dir's sagt.«

»Pah!«
Er spuckte aus und sah sich heimlich um. Hörte da jemand zu? War es in der Tobiashütte nicht zu still? Standen die Männer im Kreis am Fenster? Nein.
»Du kannst jetzt wieder rein zu den andern gehn, ich hab' keine Zeit mehr für dich. Aber denk an das, was ich dir gesagt hab'. Die Rakel wird nie vergessen, was du gemacht hast.«
Er starrte sie an. Er schaffte es nicht, das Gesicht hinter der Pokermaske zu verstecken, mit der er sonst immer herumlief.
»Geh! Mach dich rein! Weg!« fauchte sie.
Er wich ein paar Schritte zurück, dann ging er schnell auf die Tobiashütte zu. Sah verstohlen über die Schulter, als ob er einen Stein auf den Hinterkopf erwartete. Dann war er fort. Tora lachte leise und ließ sich von einem dunklen Gefühl, die Kontrolle zu haben, überrieseln. Die vollständige Kontrolle. Über die verdammte Angst.
Was konnte er sich jetzt noch ausdenken? Nichts. Es Ingrid ausbaden lassen? Kaum. Ingrid war das einzige, was er hatte. Und er *hatte* Angst vor Tante Rakel. Warum hatte sie das nicht schon vor langer Zeit gemacht? Vielleicht mußte man erst mit vielem fertig geworden sein, ehe man für eine solche Sache wie diese genügend Mut hatte.
Sie spuckte vom Kai hinunter ins Wasser. Dann ging sie die Straße in südliche Richtung davon, ohne sich umzusehen. Schnell. Konnte sich nicht erinnern, daß sie sich jemals so gefühlt hatte – innerlich. Sie hatte sich selbst *erschaffen.*

Jetzt ging es nur darum, weiterzumachen. Sie dachte an den nächsten Zug. Wie ein Schachspieler. Was würde er tun? Das oder das? Was für einen Gegenzug sollte sie tun? Sie würde Rakel um Rat bitten. Sie fühlte sich riesengroß, so groß wie die mächtigen Tannen vor dem Pfarrhaus. Die Gipfel waren so hoch, daß es dort oben rauschte, auch wenn es windstill war. Rauschte von vergessenen Stürmen und gedachten Gedanken. Rauschte von allem, was keiner sehen konnte, was aber doch wirklich war.
Der Umschlag pikste sie in die Brust. Sie fuhr mit der Hand unter die Kleider und spürte, daß er genauso warm war wie ihre Haut.

Ingrid wartete an diesem Abend vergebens auf ihren Mann. Als sie am nächsten Morgen zur Arbeit ging, war das Wohnzimmer immer noch leer. Sie machte nicht viel Wesens darum. Aber am Nachmittag fing sie doch an, unruhig zu werden. Ging in Vaeret spazieren. Redete mit den Leuten.
Sie tat nicht überrascht, als Ottar im Laden ein paar Worte darüber fallenließ, daß der Henrik sicher eine große Reise vorhabe, da er am Morgen mit dem Linienschiff weggefahren sei.
Sie verbiß sich innerlich in den Anblick des übernächtigten, betrunkenen Henrik, der in zerknautschter Hose, ohne Mütze und mit Bartstoppeln den Landungssteg hinaufging – und sich von Fremden und Bekannten begucken ließ. Aber sie schluckte und kaufte die wenigen Dinge ein, die sie

brauchte, und sagte: »Ja, er wollte wegfahren.« Dann trat sie schnell wieder auf den Kai hinaus.
Wo hatte er das Geld her? Warum war er weggefahren, ohne etwas zu sagen? Sie war sehr beunruhigt. Ging zum Tausendheim und in die grauen Räume. Sah in den Küchenschrank, während sie die Waren auf ihren Platz stellte. Sah auf alle Bretter, als ob sie eine Erklärung hätten. Dann schloß sie die Schranktüren wieder. Machte sich Waschwasser in der roten Plastikschüssel zurecht. Trug diese in die Kammer und wusch sich gründlich.

21

Rakel schlug vor, daß Tora das Bild zum Fotografen nach Breiland mitnehmen sollte, um eine Kopie für Ingrid machen zu lassen. Dann holte sie einen Rahmen für Toras Bild. Gemeinsam steckten sie das Bild hinein. Der Rahmen war oval und ein bißchen zu groß, paßte nicht für das rechteckige Bild. Aber er war gut genug – einstweilen.
Dann packten sie Toras Sachen in einen von Rakels Koffern. Rakel meinte, daß sie nicht mehr mit ihren Sachen in einem Pappkarton zur Schule fahren könne. Und der alte Koffer sei zu klein und zu schäbig.

Simon meinte, daß es praktischer sei, zwei gleich große Kartons zu tragen, einen in jeder Hand, als einen großen Koffer in einer Hand zu schleppen. Aber Rakel bestand auf ihrer Meinung. Für Packen und Koffer hätten Mannsleute keinen Verstand.

»Nein, aber um sie zu tragen, dafür haben wir Verstand und Fäuste«, sagte er lächelnd.

»Das ist was andres«, sagte Rakel.

Tora hörte und schaute. Die zwei konnten sich über Kleinigkeiten streiten, ohne richtig böse zu werden. Früher hatte sie sich warm und sicher dabei gefühlt. Jetzt hatte sie das Gefühl, daß ihre Kabbeleien, die Art, wie sie sich ansahen, alles, was sie zwischen den Worten sagten – sie zu einer Fremden und Außenstehenden machten. Seit der Nacht, als sie Rakels Angebot, bei ihnen zu schlafen, abgelehnt hatte, war das so.

Und jetzt wollte er mit ihr nach Breiland – um den Führerschein zu erwerben. Sie würden in dem gelben Lastwagen zum Kai fahren, ein paar Stunden in dem verräucherten Salon des Linienschiffes sitzen, und dann würden sie das letzte Stück mit dem Bus nach Breiland fahren. Er würde ihr mit dem Koffer schon helfen. Ihn in ihr Zimmer hinauftragen. Sie bekam ganz klamme Hände und konnte kaum etwas sagen, als sie sich fertigmachten.

Es war nicht mehr möglich gewesen, mit Rakel über Henrik zu sprechen. Denn Simon war dauernd dagewesen.

Ingrid kam kurz herauf und aß mit ihnen zu Abend. Ihr Gesicht glänzte, als ob jemand es mit Öl eingerieben hätte. Sie wusch sich immer so gründlich, als ob sie Angst hätte, daß jemand mit einem Vergrößerungsglas in die Poren hineinsähe und das entdeckte, was das Tageslicht nicht offenbarte.

Tora saß auf der Torfkiste, während Ingrid den Tisch abdeckte und Rakel mit irgend etwas am Küchenschrank beschäftigt war. Da kam die Abendsonne. Nicht plötzlich durch einen Riß in den Wolken, wie meist. Sondern langsam, zögernd, Strahl für Strahl, bis die ganze Sonnenscheibe Fenster und Auge blendete. Die Wärme legte sich wie Haut auf Toras Gesicht. Dann verschwand die Sonne hinter der Gardine und dem Windfang ebenso langsam, wie sie gekommen war. Tora konnte die allmähliche Veränderung erst richtig wahrnehmen, nachdem die Sonne gänzlich verschwunden war. Der Raum trat hervor und umschloß Tora drinnen in der kühlen Leere. Das verzweifelte Suchen der Topfpflanzen nach ihrem eigenen Schatten dort auf der Fensterbank rührte sie.

Sie knöpfte ihre Strickjacke wieder zu – bis zum Hals. Dann stand sie auf und ließ Wasser in das Stahlbecken laufen, um zu spülen. Die Seifenbläschen schwebten wie Daunen hinauf zu ihren Handgelenken und hüllten sie ein. Um die Handgelenke wurde es warm, aber die Brust und die Füße blieben eiskalt.

Simon öffnete die Tür und kam herein. Er trug einen

Armvoll Reisig. Ließ es in die Kiste hinunterfallen, auf der Tora gesessen hatte. Bürstete die Hände ab und wandte sich den Frauen zu. Sondierte die Stimmung, als ob er in einen Zwinger ginge und nicht wußte, ob eine der Hündinnen angreifen würde. Es lag immer etwas in der Luft, wenn Ingrid nach Bekkejordet kam. Er zog Tora am Pferdeschwanz, um einen Bundesgenossen zu haben und um seine Hände irgendwo zu lassen.
Tora drehte sich langsam um und sah ihn an. Ihre Augen waren abgrundtief. Graugrüne, kleine Gebirgsseen. Er ließ ihre Haare los und schenkte sich geistesabwesend eine Tasse Kaffee ein, die er mit zum Küchentisch nahm.
»'s ist jetzt Herbst«, sagte er.
»Ja«, sagte Ingrid nur.
»Bald muß man den ganzen Tag feuern und nicht nur am Abend.«
»Ich mag den Herbst«, sagte Rakel und zog die Schürze aus.
»Nein, pfui, denkt nur daran, wie kalt und dunkel es morgens ist«, sagte Ingrid und kroch gleichsam in sich zusammen. »Ich wünschte, der Winter wär' schon rum«, fügte sie hinzu.
»Die Stunden und Tage vergehn schnell genug, sie kommen nicht wieder und klopfen an, das ist das einzige in der Welt, was ich weiß«, sagte Rakel leichthin und stellte das Geschirr in den Schrank.
»Graut dir davor, wegzufahren, Tora?« fragte Simon.

»Nein.«
»Nein, die Tora hat wohl keine großen Sorgen. Sie lernt und hat zu essen und kann gehn, wohin sie will«, meinte Ingrid.
Rakels Gesicht verhärtete sich. Sie schloß einen Augenblick die Augen.
»Jeder hat sein Päckchen zu tragen, würd' ich meinen. Man kann den Menschen nicht alles ansehn. Die Jugend hat's auch nicht immer leicht...«
Ingrid hatte es plötzlich eilig. Das hatte etwas mit Rakels verstecktem Tadel zu tun. Sie blieb in der Tür stehen. Hilflos.
Der Schweiß kroch Tora den Rücken hinunter. Das Gesicht war vollkommen verschlossen.
Simon gestand sich ein, daß es jetzt wieder da war, was ihn an dem Verhalten der Frauen krank machte. Er konnte es nicht greifen. Es legte sich um die Lungen und das Herz und drohte ihn zu ersticken. So, daß er am liebsten aus dem Fenster gesprungen wäre. Immer war da etwas, worüber man eigentlich sprechen müßte, was aber nur vage angedeutet wurde. Als ob sie *ihn* nicht dabeihaben wollten.
»Alles Gute, und paß auf dich auf!« verabschiedete sich Ingrid mit leiser Stimme und wollte Tora die Hand geben.
Simon und Rakel sahen in eine andere Richtung.
»Tschüs... Mama...«
»Wir haben dich in diesem Jahr nicht oft gesehn.«
Tora antwortete nicht. Sie hatte sich gegen die Worte gewappnet, ehe sie kamen.

Die Tür wurde aufgemacht. Dann schlug sie mit einem höflichen Knall wieder zu. Typisch Ingrid. Die kleinen Andeutungen, die gekränkten Blicke, das verkrampfte Lächeln, die Schritte voller Entschuldigungen.

Tora hielt sich an diesem Abend lange im Stall auf. In den leeren Boxen. Sie hörten sie dort herumpoltern wie eine Verrückte.
Simon fragte Rakel schließlich, was er machen solle, ob irgend etwas das Mädchen bedrücke.
»Ja. Das würd' ich wohl meinen«, sagte Rakel nur.
Und wenig später sah er sie über den Hof und in den Stall gehen.

22

Sie waren über den Fjord gefahren und auf der Straße weitergerattert. Hatten nebeneinandergesessen, ohne daß ihre Blicke sich trafen. Worauf Tora sich so gefreut hatte, das wurde ganz anders, als sie es sich vorgestellt hatte. Die Dinge veränderten sich natürlich, während man an sie dachte. Wie die Weidenröschen: von roten stolzen Blumen an den Hängen und Straßenrändern zu violetten verwelkten Speeren, die einem trotzig entgegenragten, wenn man vorüberging, zu federleichter Wolle, die mit dem kleinsten

Windstoß fortgetrieben wurde und den Himmel mit dem erfüllte, was der nächste Sommer werden sollte. Unkrautsamen, sagten die Leute. Der nächste Sommer. So war es mit Simons und ihrer Reise geworden. Er hatte über alles »Theoretische« gesprochen, was er noch nicht konnte, was er aber können mußte, um den Führerschein zu bekommen. War glattrasiert und roch nach etwas, was gar nicht zu Simon paßte, und hatte einen Anzug an. Den Mantel trug er über dem Arm. Legte ihn unruhig von einem Arm zum anderen, wenn er ging, als ob er nicht wüßte, wo in aller Welt er dieses Kleidungsstück herhatte und was er damit sollte.
Tora wurde ganz ängstlich dadurch. Simon wußte sonst immer, wozu man ein Ding in den Händen hielt. Sie wehrte sich gegen das bißchen Zärtlichkeit, die sie jedesmal überkam, wenn sie die todernsten, sonnengebräunten Hände auf dem Mantel sah. War beleidigt, weil er nicht richtig Simon war, jetzt, wo sie ihn für sich allein haben konnte.
Sie saß kerzengerade mit den Händen im Schoß. Aber Simon sah das bestimmt nicht. Er redete vom Führerschein. Ließ sich aus über die intimsten Teile eines Motors und blickte bekümmert auf den Hinterkopf seines Vordermannes im Bus. Die Bügelfalte in der Hose war ein Messer. Blanker Stahl gegen die Welt. Er legte das eine Bein über das andere. Immer abwechselnd. Und die Bügelfalte schnitt in die Luft.
»Das wär' Mist, wenn ich's nicht schaffte«, sagte Simon betrübt.

»Du schaffst das«, antwortete Tora – genauso, wie sie wußte, daß Rakel geantwortet hätte.
»Na ja, 's kommt drauf an…«
»Du mußt nur wollen«, sagte sie und schürzte leicht die Lippen. Als ob das Ganze bereits entschieden wäre.
»Es liegt am Motor«, kam es mißmutig.
»Warum denn?«
»Es ist so babylonisch viel, was es an Schrauben und dem ganzen Kram gibt.«
Er war mit dem Mantel beschäftigt und schleuderte die eine Bügelfalte wieder über die andere.
»Du ruinierst die Bügelfalten in deiner Hose, wenn du so sitzt«, erklärte Tora mit belegter Stimme. »Den Mantel kannste in das Netz über dir legen«, fügte sie hinzu.
Simon schielte sie von der Seite an und befeuchtete die Lippen. Das Mädchen war jetzt erwachsen. Das war ihm schon mehrfach aufgegangen. Immer öfter. Wie ein Gedanke, der nicht durchdacht ist und der deshalb an einem nagt und einen quält. Er lächelte zaghaft: das alte Onkel-Simon-Lächeln. Aber sie sah es nicht – oder tat so, als ob sie es nicht sah. Er legte den Mantel ins Netz. Reckte seinen langen Körper und schob das elende Kleidungsstück auf seinen Platz.
Tora sah die starken Rückenmuskeln unter der Jacke leben. Wie bei einem großen Tier. Einem Pferd?
»Du hast schwierigere Dinge zu lernen als ich.«
»Wieso?«

»Sprachen. Mathematik. Alles mögliche.«
Er schielte zu ihr hin.
»Das ist nicht besonders schwer.«
»Nein, du hast 'nen klugen Kopf. 's ist schön, daß du auf die Schule gehst. Haste schon drüber nachgedacht, was du werden willst?«
Tora wand sich. Spürte, daß alles Selbstsichere, Erwachsene sich verflüchtigte. Statt dessen brannte das Gesicht, und die Worte setzten sich fest. Er hatte eine Narbe am Kinn.
Ehe sie sich dessen bewußt wurde, hatte sie die Hand gehoben und über die Narbe gestrichen. Die frisch rasierten Bartstoppeln kratzten sie zärtlich an den Fingerspitzen. Sie fühlte die Erhöhung der Narbe wie einen Lufthauch unter dem Zeigefinger. Dann war es vorbei.
Simon rührte sich nicht. War auf der Hut. Wartete er darauf, daß sie die Hand abermals heben würde und ihm übers Kinn streichen? Aber sie saß ruhig da, die Hände im Schoß und mit gesenktem Blick. Als ob nichts geschehen wäre. Als ob sie nicht zwei Finger zu seinem Gesicht gehoben hätte. Hatte sie das überhaupt getan?
Simon war verwirrt und verstand es nicht. Er hatte dieses Kind mühelos gegen die Decke gestemmt. Früher mal. Sie am Schopf gezogen und gedrückt.
»Ich weiß nicht, was ich werden will«, sagte Tora ernst. Sie sah zu ihm auf, als ob sie auf etwas hinter seinem Kopf sähe.
Und die Landschaft flog vorbei. Ein Film von Stei-

nen und Bäumen, Buchten und Stränden, Häusern und Menschen.
Tora spürte die Wärme seines Schenkels. Fünf Kilometer. Sechs Kilometer. Der Bus dröhnte.
Sie wagte nicht, sich zu rühren. Die Wärme seines Körpers könnte sonst für sie verschwinden. Es war wie ein Hunger nach seiner sicheren, guten Wärme. Als sie in eine Kurve bogen, ließ sie sich gegen ihn fallen. Sie schien keinen eigenen Willen mehr zu haben.

Ringmor Berg erzählte, daß ihr Vater dagewesen sei und nach ihr gefragt habe. Toras Denken setzte aus.
Simon stellte sich vor. Dann trug er den Koffer hinauf in ihr Zimmer. Sie folgte ihm wie ein Hund. Wußte nicht, ob er das gleiche empfand wie sie. Ein fremder Luftzug über Wände und Fußboden. Es roch nach nichts. Die Möbel lebten zwischen Simon und ihr und der Tür.
Sie wußte nicht mehr, was sie tat. Trieb nur frierend zwischen Simon und den Möbeln, als ob alles in kaltem Wasser schwimmen würde. Der Kopf schwamm mit, als ob er am Hals mit einem äußerst dünnen Draht befestigt wäre.
»Dein Vater ist hiergewesen und hat nach dir gefragt«, sagte Frau Ringmors Stimme durch den Draht.
Plötzlich konnte sie doch etwas denken. Dachte an trockenes gelbes Gras, das aus dem Schnee und aus

faulen Möweneiern herausragte. Überall lagen faule Möweneier. Auf dem Schreibtisch lagen sie haufenweise. Der Frühling war so schnell gekommen, er ließ den Schnee nicht wegschmelzen, so daß die Möwe in Ruhe brüten konnte. Die Möwe kreischte unaufhörlich.

»Es ist vielleicht nicht angenehm für dich, daß der Henrik hier war? Er war wohl auch nicht nüchtern?«

Simon stand unschlüssig in der Tür und war fertig zum Gehen.

Tora lief zu dem Mann hin und klammerte sich an seinen Mantelärmel. Wiegte sich in seinen Armen. Vergrub sich unter dem offenen Mantel und bohrte den Kopf in seine Brust.

»Schon gut, Tora, nimm's nicht so tragisch. Der Henrik tut dir nichts. Ich werd' ihn mit nach Haus nehmen. Ich komm' noch mal rauf und erzähl' dir, wie's mit dem Führerschein gegangen ist. Ja? Tora, bitte, ich muß jetzt gehen.«

Als sich die Tür schloß, fingen die Eier auf dem Schreibtisch an, auf den Boden zu kullern. Eins nach dem anderen. Es gab einen glitschigen Matsch aus Eigelb und Eiweiß auf dem Teppich. Eine immer größer werdende Lache. Die Eierschalen schwammen in dem Ganzen. Hatte die Farbe von Rentiermoos. Es war doch diese Farbe? Nein, es war Weiß. Wogte über den Fußboden – eine endlose, dichte Masse von Margeriten mit Orange in der Mitte. Ein oranger Fleck in der Mitte jeder Blüte. So viele!

O Gott, so viele. Sie fing an zu zählen. Und da sprangen noch mehr Blüten auf. Der Haufen auf dem Tisch wuchs immer noch, obwohl die Eier blitzschnell auf den Boden fielen. Minuten und Stunden vergingen. Waren es Tage, die verrannen?

Jemand ging auf der Treppe. Ihr Kopf war so locker. Rollte wie ein alter Puppenkopf bei Flut zwischen dem Tang. Vielleicht existierte sie nicht mehr. Und die Schritte wuchsen in ihrem leeren Kopf.
Die Eier rollten blitzschnell vom Schreibtisch. Jetzt versteckten sie den ganzen Raum. Sie hatte ihn ganz oben im Hals.
Da klopfte es. Sie hatte keine Stimme. Es gab nichts mehr, was gesagt werden mußte. Als die Tür aufglitt, war sie niemand.

Simon war in strahlender Laune! Er hatte die seltsame Stimmung im Bus vergessen. Hatte Henrik und alles, was schwierig war, vergessen. Er hatte den Führerschein geschafft! Er hatte keine Zeit zu warten, bis Tora »Herein!« rief, er stürzte ins Zimmer, um ihr von dem großen Ereignis zu berichten. Er hatte Rakel angerufen, aber keine Antwort bekommen. Da war sie wohl in Vaeret oder beim Beerensammeln oder war mit dem Boot hinausgefahren.
Aber Tora war da.
Er stand mitten im Zimmer. Die lockigen Haare strebten nach allen Richtungen. Das Gesicht war heiß. Die dunkle Haut glühte über dem weißen

Hemd. Er hatte Jacke und Mantel unter dem Arm, als ob es ein vergessenes Paket wäre, das er in aller Eile wiedergefunden hatte. Die Augen strahlten. Der Körper war wie eine gespannte Feder gegen all die toten Dinge im Raum. Er kam aus einer anderen Welt.

»Komm und gratulier mir, Mädchen! Ich hab' mit Glanz bestanden!«

Er schleuderte die Kleidungsstücke auf einen Stuhl, griff Tora um die Taille und warf sie hoch bis zur Decke.

Sie hatte keine Zeit gehabt, das Elend mit den kaputten Eiern zu verstecken. Sie glaubte, daß er es sah, aber er sah es nicht. Sie hatte geglaubt, daß er ein anderer wäre. Das war dumm von ihr gewesen, denn es gab nur *einen* Mann, der die Treppen so heraufsprang wie Simon.

Sie hatte geglaubt, daß Schluß wäre. Daß alles für immer dunkel werden würde. Daß *er* sie immer wieder quälen würde, bis alles sich auflöste und fort war.

Sie hing mehrere Ewigkeiten dort unter der Decke. Als ob sie die Welt aus keiner anderen Perspektive sehen sollte als von da oben. Es war ihr sehr übel, aber sie vermochte ihm nicht zu sagen, daß er sie wieder auf den Boden stellen sollte. Es war wie eine Strafe dafür, daß *er* nicht gekommen war. Weil sie einen Aufschub bekommen hatte.

Simon wirbelte mit ihr herum, bis die Augen blind wurden und die Fensterscheiben zersprangen. Die Bewegungen machten so ein lautes Geräusch! Sie konnte es nicht aushalten.

Er stellte sie behutsam neben sich auf den Boden. Dann wischte er sich unsicher den Schweiß von der Stirn.
»Du bist wohl nicht in besonders guter Stimmung«, sagte er vorsichtig.
Zögerte, aber dann strich er mit der braunen Hand über ihre Wange. Eine scheue, erstaunliche Geste. Er räusperte sich.
»Was ist, Tora?«
»Ich hab' geglaubt, daß *er* kommt.«
Das waren so viele Worte. Sie wurde ganz atemlos davon. Die Hände krallten sich in seine Hemdbrust.
»Wer?«
»*Er,* der Henrik!«
Ihre Finger waren in dem Stoff festgeschraubt. Er spürte, daß sie auch ein Stück Haut und ein paar Brusthaare gegriffen hatte. Da nahm er sie in die Arme.
»Haste solche Angst vor dem Henrik, Tora? Sei doch nicht töricht. Der Henrik tut den Leuten nichts. Er legt nur Brände.«
Als sie nicht antwortete, hob er ihr Gesicht hoch.
»Er ist für die Leute wirklich nicht gefährlich«, wiederholte er.
»Nein«, sagte sie nur.

Dann saßen sie im Hotel unter den Kronleuchtern. Simon und sie. Er erzählte, wie er gekurvt, gebremst und geantwortet hatte. Bis er endlich Bescheid bekam, daß er das Außergewöhnliche, Einzigartige geschafft hatte. Den Führerschein zu erwerben!

Der Schweinebraten war seltsam wäßrig in ihrem Mund, aber sie versuchte, dem Bericht zu folgen. Mehrmals unterbrach er sich und sah sie forschend an. Nahm den Blick wieder zurück und war geniert.

»Ich schwatze ja ununterbrochen«, sagte er zum Schluß.

»Du bist schrecklich tüchtig gewesen, find' ich!«

Sie hörte selbst, wie sie übertrieb. Er hatte sie durchschaut, daß sie ihm nicht richtig gefolgt war. Aber sie konnte die Worte, die er aussandte – nicht in ihren Kopf bekommen. Es war so, als ob man versuchte, ein Echo zu vernehmen, das bereits in den Bergen verschwunden war.

Sein Mund war rot wie bei einem Mädchen. Er nahm sicher nicht zur Kenntnis, was er aß, auch wenn er mit ihr ausgegangen war, um zu feiern.

Immer wieder sah sie Henriks dunkle Bartstoppeln vor sich. Simon verzehrte Henriks Backen direkt vor ihren Augen.

In diesem Augenblick fing sie an zu zählen. Sie zählte die Wandleuchter. Die Türen. Die Gedecke. Die Felder in den Fenstern. Sie zählte und kaute. Schließlich wagte sie Simon anzusehen. Er war fertig mit Henriks Backen und wischte sich den Mund mit der Serviette ab.

»Ich erkund'ge mich nach Henrik und nehm' ihn mit nach Haus«, sagte er.

Da merkte sie, daß die Füße anständig und ordentlich unter dem Tisch standen und daß sie mehr Schweinebraten essen konnte, wenn sie einfach ein bißchen warme Soße darübergoß.

23

Der Schnee kam Ende August. Er blieb nicht liegen, aber hatte eine unwiderrufliche Warnung in seinem großen Atem.

Rakel holte zeitig die Wintervorhänge heraus und wollte sie aufhängen. Bald. So schnell wie möglich. Als ob die Dunkelheit schon morgen kommen würde. Als ob es in diesem Jahr keinen September und keinen Oktober geben würde. Trotzdem blieben die Vorhänge auf dem Sofa in der guten Stube liegen. Genau in der Mitte, der Länge nach gefaltet. Goldfarben wie Stroh. Rakel wollte sowohl im Sommer wie auch im Winter helle Vorhänge haben. Vorhänge sollten nur eine Sperre für neugierige Augen sein.

Die Tage vergingen so schnell. Sie bewältigte nur das Notwendigste. Die Vorhänge blieben auf dem Sofa liegen.

Sie hatten sie nicht mehr bestrahlen wollen, als sie das letztemal in Oslo war.

Es sei weder zum Leben noch zum Sterben gewesen,

bemerkte sie, als sie sagten, daß sie abbrechen wollten, weil es wahrscheinlich nicht helfe, sondern ihre Leiden nur verschlimmere. Wollten sie gleich dabehalten – meinten, sie sei zu krank, um nach Hause zu fahren, nur zu einem Landarzt. Aber Rakel bestand auf ihrem Willen. Sie ging unglaublich aufrecht, sobald ein Arzt in der Nähe war. Im übrigen war das Leben ein gekrümmter und angsterfüllter Schmerz. Das Morphium, das sie mitbekam, nützte nichts mehr.

So konnte es nicht weitergehen, das fühlte sie. Trotzdem trug der Tag den Schimmer eines Traums. Wie eine trotzige Sonne, die bereits begonnen hatte, im Meer zu versinken.

Simon wollte ihr Boot für den Winter in den Schuppen holen, aber Rakel meinte, sie könnte es noch gebrauchen. Wollte noch einmal zu den Inseln hinaus – vor dem Winter.

Simon war mehr denn je zu Hause. Die Schreibarbeit brachte er mit. Er fing an, einen neuen Fußboden im Schafstall zu legen. Stapfte durchs Haus wie ein Wachhund, der etwas Drohendes wittert, von dem er vorher keine Witterung bekommen hat. Die ewige Müdigkeit in der Küche ängstigte ihn.

Er, der vorher genörgelt hatte, wenn Rakel sich ins Krankenhaus nach Oslo begab, wollte sie jetzt auf den Weg dorthin haben. Aber Rakel sah ihn sonderbar an und sagte vorsichtig:

»Da ist nichts zu machen...«

Und Simon fragte nicht weiter.

Er vergrub die kräftigen, braunen Arbeitshände in Rakels Haar. Und er brauchte sie am Spülbecken, im Schafstall, und um den Webstuhl zu richten. Er kippte das Brot aus der schwarzen Pfanne, und er hielt das Steuerrad, wenn er Rakel zum Einkaufen nach Vaeret fuhr.
Die Sache war nur die, daß die Wintervorhänge liegenblieben. Der Schafstall nicht so schnell fertig wurde, wie es nötig gewesen wäre, denn die Schafe kamen bald vom Gebirge herunter. Daß die Brote nie so schmeckten, wie wenn Rakel sie auskippte. Und der Webstuhl stumm blieb. Die Streifen für die Flickenteppiche glühten im Halbdunkel in ihren Pappschachteln im Dachgeschoß. Glühten absichtlich vor verwirrtem Leben, Fäden aus Wolle und Baumwolle und altem, verschlissenem Leinen.
Rakel ging ab und zu hinauf. Sie bewahrte den Anblick in ihrem Innern. Die Streifen hoben die Farben zu ihr auf. Sie berührte sie und merkte, daß sie sich wie Haut anfühlten, auch wenn der Raum kalt war.
Wurde es zu schlimm, nahm sie Zuflucht zu den Medikamenten, doch sie begriff schnell, daß die Medikamente abstumpften und sie in eine Welt versetzten, in der niemand sie erreichen konnte. Sie nahm sie meist nachts.
Im übrigen achtete sie darauf, den Körper sofort morgens, wenn sie aufgestanden war, aufzurichten, so daß die Schmerzen einen aufrechten Körper versteifen sollten. Er war nicht besser – der Schmerz –, wenn sie gebeugt wie eine abgeknickte Stange ging. Es ist nur eine Gewohnheit, sagte sie zu sich selbst.

Dann und wann dachte sie bittere Gedanken:
»War mir das bestimmt? O Gott, das?«
Dann ging sie mit ihrem aufgerichteten Schmerz durch das Haus und ließ es zu, daß das bläuliche Licht durch die Sommervorhänge gesiebt wurde und sich wie Salbe auf die strohfarbenen Wintervorhänge legte.
Und sie ballte die geäderte Hand und fing die Sekunde ein. Die Minute. Beschwor die Zeit, in Bekkejordet stillzustehen. Festzuhalten. Weil sie noch atmete.
Sie vermochte sich das Ende nicht vorzustellen. Wußte nicht, ob es als eine Befreiung kommen würde oder als ein konzentrierter Schmerz, jenseits aller Vernunft. Manchmal dachte sie daran, ins Wasser zu gehen. Aber sie klammerte sich an die Stunden. An Simons starke Arme. Das Licht über den Feldern am frühen Morgen. Alles war dann so deutlich und unwahrscheinlich nah. So wie die Gestalt des Geliebten aus dem Nebel auftaucht, wenn man sich am meisten nach ihm sehnt.
Sie hatten sie nicht angesehen, die Ärzte, als sie ihr sagten, es könne ihr noch eine gewisse Zeit bleiben, auch wenn die Leber, die Lunge und das Becken angegriffen seien. Sie hatte verlangt, die Bilder zu sehen. Hatte sich auf ihren eigenen Fall eingelassen, als ob es der Körper und die Krankheit eines anderen wären.
Sie würde Medikamente gegen die Schmerzen bekommen, trösteten sie. Soviel sie haben wolle.

Nachher hatte sie lange auf einer Bank im Park vor dem Krankenhaus gesessen und das Ganze in sich hineinsinken lassen. Das Laub der großen Bäume hatte angefangen zu fallen. Die Blätter wurden ab und zu vom Wind hochgewirbelt und blieben zitternd an einer anderen Stelle liegen. Aus dem Springbrunnen hatte man das Wasser abgelassen und ihn für den Winter zugedeckt. Sie erinnerte sich an das Geräusch vom frühen Sommer: das zarte Plätschern der Fontäne. Jetzt war sie trocken. Die Sonne blinzelte manchmal durch die Wolkendecke, und ihr Leben war wie die Spinngewebe in den Ecken, die wegzufegen sie nie Zeit gehabt hatte. Simons und Toras Gesicht. Ingrid. Erstarrt in der Bewegung, abgeschnitten mitten im Satz. In ihr, Rakel, festgefroren. Während Kleinigkeiten, die sie früher nie bemerkt hatte, so wichtig wurden, daß der Tag vor ihnen zur Seite treten mußte, glitten große äußere Begebenheiten vorbei wie Gekräusel auf einer schwarzen Wasserlache.
Manchmal dachte sie, daß es gar nicht so schlimm war. Zu sterben. Schlimmer war es sicher mit all den Tagen, die sie hatte vorübergehen lassen – und verschwinden lassen in all dem Grau. Mit allem, wofür sie nie Worte gefunden hatte und das sie deshalb mit niemandem hatte teilen können. Nicht einmal mit Simon.
Sie studierte sein Gesicht, wenn er schlief. Wußte, daß sein rechtes Augenlid im Schlaf manchmal zuckte. Als ob er etwas träumte, wovor er sich fürchtete. Simon hielt sie über Wasser.
Zwischendurch glaubte Rakel voll und ganz an das

Wunder. Das *Wunder.* Daß sie eines Morgens gesund aufwachen würde. Daß sie sie bei dem nächsten Krankenhausbesuch voller Erstaunen ansehen würden, die Ärzte, die Schwestern. Und dann würden sie ausrufen:
»Rakel Bekkejordet ist gesund! Es fehlt ihr nichts mehr!«
Und sie würde jubelnd zum Lift gehen – nein, alle Treppen hinunter. Jubelnd! Aus dem Korridor und durch die Halle, in der immer so viele Menschen waren. Patienten, Besucher. Vorbei an dem Informationsschalter. Zu den Doppeltüren hinaus. Und es würde groß und mächtig in den Bäumen rauschen, und das Gras würde ihr entgegenwachsen. Grün und saftig und mit vielen weidenden Schafen. Der Himmel würde blau und voll ausgestreckter Hände sein, die sie empfingen.
Es wurde allmählich Rakels Tagtraum. Wahrhaftiger als alles andere, was sie erlebte.
Das Wunder wurde ihr Farbkasten. Sie saß auf der Torfkiste und trug die Farben dick auf. Man mußte sich nur selbst an der Hand nehmen und sich Gutenachtgeschichten erzählen, dick wie die saure Sahne in der Speisekammer. Über das *Wunder.*
Zwischen den Schmerzanfällen hatte sie alles geregelt. Zusammengefaltet und zurechtgelegt. Verbrannt.

Tora kam in den Herbstferien nach Hause auf die Insel. Es war nie die Rede davon gewesen, wo sie woh-

nen würde. Rakel brauchte sie. Sie hatten am Telefon miteinander gesprochen, wenn Rakel gute Tage hatte.
Es fehle viel dazu, daß es Rakel gutgehe, hatte Simon mit brüchiger Stimme einmal am Telefon gesagt.
Trotzdem war das Wiedersehen für Tora ein Schock.
Rakel saß in dem besten Sessel im Wohnzimmer, als sie hereinkam. Sie erhob sich mit großer Mühe und streckte Tora mit einer zerrissenen Freude die Hände entgegen, die nur ein Schatten von der Freude war, die früher auf Bekkejordet geherrscht hatte.
Tora spürte, wie das Herz die Angst in den Körper jagte und sie dort einzäunte.
»Tante, du bist nicht gesund!«
»Nein, ich hab' heut 'nen schlechten Tag.«
»Wieso?«
»Das alte Leiden. Es hat sich festgekrallt, um zu bleiben. So sieht's jedenfalls aus.«
Sie versuchte, die matten Augen aufleuchten zu lassen.
»Aber können sie dir nicht helfen, die Ärzte?«
»Sie tun, was sie können. Ich bin so wurmstichig.«
Ein seltsames Lachen kam über die bleichen Lippen.
»Aber Tante! Du bist doch ständig in Oslo im Krankenhaus gewesen! Sie hätten doch ein Mittel finden können?«
Rakel sah Tora an. Beinahe belustigt.
»Es gibt so komplizierte Fälle, daß es nichts nützt, sie nach Oslo zu schicken.«

Tora entfernte die Spinnweben aus den Ecken und räumte nach Rakels dankbaren Anweisungen auf. Sie hängte im Wohnzimmer die Wintervorhänge auf und hielt in den Schafboxen die Bretter fest, während Simon die letzten Nägel einschlug. Es roch so frisch nach Hobelspänen und neuem Holz in dem Stall.
Ingrid kam eines Tages herauf. Kam wie eine Fremde – und ging wie eine Fremde. Sie wußte es selbst. Alles, was sie Tora hatte sagen wollen, war wie weggeblasen. Daß Henrik sich anständig benahm und schon seit längerer Zeit Arbeit hatte. Daß er abends zu Hause am Tisch saß mit der Pfeife und seinem Kreuzworträtsel. Wichtiges und Unwichtiges, was sie Tora so brennend gern erzählt hätte, war weg in Rakels Welt.
Ingrid dachte daran, daß Rakel immer wichtiger gewesen war, schon als sie noch kleine Mädchen waren mit hängenden Strümpfen und Schürfwunden. Für die Eltern. Für den Lehrer. Für die Jungens und die Nachbarn. Für die Haustiere. Rakel band sie alle an sich mit Worten und Taten.
Und da war kein Platz für Ingrid. Sie konnte bei den Eltern machen, was sie wollte. Ihnen Sorge oder Freude bereiten. Konnte wie zum Trotz arbeiten bis zur Erschöpfung. Dennoch war sie nur Ingrid. Die dazu geboren war, übersehen zu werden, die die unansehnlichsten Farben hatte und immer verblaßte im Vergleich zu Rakels roten Haaren und schlagfertigen Antworten.
Aber sie war entschlossen, sich nicht kaputtma-

chen zu lassen. Nicht jetzt, wo zu Hause Friede herrschte.
Sie knotete das Kopftuch unter dem Kinn zusammen und sagte mit ein paar leisen, alltäglichen Worten, daß der Wind biß. Dann packte sie den Griff ihrer Handtasche mit fester Hand und ging dorthin zurück, wo sie herkam.
Freude? Manche wünschten sich Freude. Was auch immer das war. Rakel sah übrigens auch nicht froh aus. Die Wunde im Leib wolle nicht richtig zuheilen, hatte sie gesagt. Sie ist schrecklich dünn und blaß geworden, dachte Ingrid.
Aber das, was sie sah, erreichte nicht ihr Innerstes. Für sie war Rakel die Unverwundbare, wie immer im Leben.
Sie ging nach Hause zu dem Mann mit den schwarzen Bartstoppeln und dem verschlossenen Gesicht und ließ ein paar Worte über Rakels Gesundheit fallen, und daß Tora in Bekkejordet helfen mußte.
Henrik gab keinen Kommentar ab. Die Augen lagen wie Feuer in dem Kopf, aber sandten keine Signale aus.

24

Sie hatten Bescheid bekommen, daß die drei Schafe, die noch fehlten, oben am Veten in einer Felsspalte festsaßen. Auf der Rückseite zum Meer hin. Der Nordwestwind hatte freies Spiel mit den armen Geschöpfen.

Es war Ende Oktober, und die anderen Schafe waren vor nicht allzu langer Zeit heruntergekommen.

Die ersten Frostnächte genügten oft, daß Rakels Schafe im Dorf erschienen. Sie waren unglaublich ans Haus gebunden. Standen eines Morgens plötzlich am Zaun und bettelten. Schiefe Mäuler und traurige Augen. Bereit, mit Fütterung und Winter anzufangen, diejenigen, die zum Leben verurteilt waren. Aber jedes Jahr war es eine Heidenarbeit mit dem Teil der Herde, der nicht da stand und mit dem Kopf gegen den Zaun der Koppel stieß.

Zwei Männer aus Vaeret entdeckten die drei Tiere mit dem Fernglas, als sie in der Gegend jagten.

Nun war es klar, daß man sie heruntertreiben und mit dem Boot nach Vaeret bringen mußte.

Simon hatte eigentlich einen von seinen Männern angeheuert, aber Henrik hatte zufällig unten bei Simons Betrieb herumgelungert und sich angeboten. Simon nahm an.

Rakel und Tora saßen bereits in einem der beiden Boote, die sie benutzen wollten. Rakel hatte sich diese Fahrt erkämpft, als ob es die letzte Vergnügungstour dieses Sommers wäre. Sie wollte unten am Ufer warten und die Schafe entgegennehmen, damit sie nicht wegrannten, nachdem man sie heruntergetrieben hatte. In den Bergen klettern konnte sie nicht mehr. Sie hatte gesehen, wie froh Simon war, daß sie mitfahren wollte, auch wenn er protestiert hatte. Das Leben wurde für sie beide etwas leichter, weil sie wollte.

Sie sagte nichts, als Henrik und Simon am Kai ankamen, aber ihre Augen wurden schmal. Henrik ging in das leere, kleine Boot, und Simon kam zu den Frauen.

Tora drehte das Gesicht in die Gischt und war in sich selbst versunken. Rakel verschwand in dem großen Arbeitsanzug, den sie anhatte.

Simon verfluchte sich selbst, daß er Henriks Angebot nicht abgelehnt hatte. Aber er ärgerte sich gleichzeitig darüber, daß die beiden Frauen unbedingt demonstrieren mußten, daß dort der falsche Mann im Boot saß. Henrik bediente den Außenbordmotor und kletterte in den Bergen so gut wie jeder andere – wenn er wollte.

Rakel stand am Strand und wartete auf die Schafe. Sie konnte erkennen, daß Tora die Felsspalte hinaufstieg, um das letzte Tier über die Kluft zu treiben. Sie starrte durch das Fernglas hinauf in den Nebel.

Wenn das Mädchen nur nicht in Gefahr war! Sie würden wohl nicht so dumm sein, daß sie Tora vor-

anschickten. Allein konnte sie mit den verschreckten Tieren nicht fertig werden.
Aber nein, da tauchte Simons dunkler Schatten unterhalb der Kluft auf. Heidekraut leuchtete auf den Heidebulten. Hie und da krallte sich eine Birke fest und streckte hilflos die nackten Zweige dem Meer und dem Winter entgegen.
Rakel konnte sehen, daß sich die drei da oben in dem Geröll bewegten. Sie verschwanden und kamen wieder zum Vorschein. Ab und zu tauchte Toras rote Mütze auf. Wie ein Teil des herbstlichen Gebirges. Sie war immer ein großes Stück von den anderen entfernt.
Das Blöken klang sonderbar gequält von da oben her. Wie eine Stimme des Gebirges selbst.
Sie konnte sehen, daß Simon zwei Tiere die Geröllhalde heruntertrieb, ihr entgegen. So saß wohl nur noch eines der Lämmer fest.
Toras Kopf kam, gegen den Himmel abgehoben, wieder zum Vorschein, plötzlich, als ob sie geflogen wäre. Gleichzeitig übermannten Rakel die Schmerzen. Sie ging in die Knie, um sich zu retten, und blieb rittlings auf einem vereisten Stein sitzen. Spürte die Kälte bis ins innerste Mark.
Trockene Disteln und Grashalme standen am Ufer wie trotzige Speere gegen den grauen Himmel. Hie und da lag Neuschnee, aber er versteckte sich schamhaft in den Ritzen. Als ob er wüßte, daß er in diesem Jahr allzufrüh kam. Nebel und Wind leckten an den Bergen, und kleine Felskuppen lagen wehrlos in der

feuchten Meeresluft, die frisch hereinwehte. Der Wind hatte in der letzten Stunde stark zugenommen. Es konnte eine aufregende Rückfahrt nach Vaeret werden. Aber es war nicht daran zu denken, die Tiere an der Küste entlangzutreiben. Das letzte Stück war sowohl für die Tiere als auch für die Menschen zu unwegsam. Wenn die dummen Tiere nicht mal dem Pfad übers Gebirge folgen konnten wie die anderen Schafe!

Rakel fröstelte. Sie war warm angezogen, aber das half heute nichts. Das Meer fing an weiß zu werden. Sie wünschte, die anderen wären unten. Wünschte, sie wären alle zu Hause.

Henrik habe sich selbst angeboten, hatte Simon gesagt, als sie im Boot saßen und den Berg umrundeten. Es war, als ob aller Unwille, den Henrik bei jeder sich bietenden Gelegenheit Rakel gegenüber zeigte, sich in ein Wohlwollen für Simon verwandelte. Als ob er wüßte, daß er vollständige Verwirrung und Unruhe stiften konnte, wenn er Simon die Füße leckte – und gleichzeitig Rakel mied.

Eine Zeitlang hatte sie gedacht, daß sie ihn sich vornehmen sollte. Aber es hatte sich nicht ergeben, daß sie mit ihm allein sprechen konnte. Jetzt wäre vielleicht die Gelegenheit, dachte sie bitter. Tatsache war, daß sie die Übelkeit hinunterschlucken mußte, wenn nur jemand seinen Namen erwähnte.

Sie hatte es wohl gesehen: daß er sich vor ihr fürchtete. Daß er sie für alle Zeit weghaben wollte.

Als die kleine Schar endlich unten am Strand war, hatte das Tageslicht keine Kraft mehr, und das Meer spülte große Schaumwellen gegen das Geröll.
Simon dirigierte sie in die zwei Boote, aber Rakel tat so, als ob sie nicht hörte, daß er sie in sein Boot haben wollte.
Henrik konnte sich unglaublich gut helfen mit seinem verkrüppelten Arm. Er fing das Muttertier ein und legte ihm das Halfter um. Rakel hielt das Boot, während er das Schaf an Bord beförderte. Sie hatte Henriks Boot anvisiert, ehe sie sich dessen bewußt war. Mußte Tora davor bewahren, mit ihm allein zu fahren. Aber es war auch noch etwas anderes. Der Wunsch, ein paar Worte mit diesem Mann zu wechseln, jetzt, wo sie ihn in Wind und Wetter hatte, ohne daß jemand zuhörte.
Tora und Simon mühten sich mit den verstörten Lämmern ab, die zu ihrer Mutter wollten. Aber endlich waren sie fertig und konnten von Land abstoßen. Toras Gesicht war rot und frisch in der feuchten Meeresluft. Sie hielt die Lämmer im Arm, während Simon den Motor anließ.
Dann waren sie alle zusammen draußen in den hohen Wellen. Und die Stimmen trugen kaum so weit wie bis zur nächsten Ruderbank.
Rakel kämpfte mit dem Widerwillen gegen den Mann am Steuerruder. Spürte Genugtuung, weil sie merkte, daß sie sich unter Kontrolle hatte. *Die Gedanken,* die sie immer als eine Selbstverständlichkeit empfunden hatte. Was waren sie doch für ein unend-

lich großer Reichtum. Er umschloß sie alle. Simon und Tora, die Lämmer und das Mutterschaf. Und das, was sie Henrik sagen wollte.
Hatte das Gefühl, auf den Wellenbergen in die Wirklichkeit hinein- und aus ihr herauszufliegen. Als ob sie die Bürde bereits abgelegt hätte und in großen Bewegungen über alles, was qualvoll war, getragen würde. Und dieser wohltuende, trotzige Wind.
Es begann zu schneien. Der Schnee trieb gegen das Land. Das Mutterschaf ohne seine Lämmer fing an zu stampfen, als es die Jungen in Simons Boot blöken hörte. Rakel zog die Handschuhe aus und bohrte die Finger beruhigend in die Halswolle des Schafes. Henrik saß angespannt am Ruder. Der Außenbordmotor ging ruckartig. Rakel wartete darauf, daß sie von den Steinen wegkommen würden und hinaus ins offene Fahrwasser, um mit Henrik zu reden.
Die Lichter vom Festland leuchteten gelegentlich kurz auf. Aber sie waren zu entfernt, als daß sie ihnen etwas genützt hätten.
Tora winkte mit einem Arm. Sie hielt ein Lamm auf dem Schoß. Das kleine, wollige Geschöpf tauchte unruhig ab und zu über dem Bootsrand auf. Simon winkte. Er saß barhaupt im Achtersteven und steuerte. Das helle Haar wehte wie Meeresleuchten.
Endlich. Draußen im Meer. Die Wellen gingen höher. Aber sie waren langgezogen, und es war leichter, mit ihnen umzugehen als mit Schären und Steinen unter der Wasseroberfläche.
Henrik blinzelte in das Dämmerlicht und gab Rakel

den Strick, an dem das Schaf angebunden war. Sie nahm ihn entgegen. Versuchte, Henriks Blick einzufangen. Beugte sich näher zu ihm, so daß die Stimme tragen konnte. Die Worte hatte sie bereits im Kopf. Sie waren fertig zum Gebrauch. Sie hatte sich die Worte oft genug vorgesagt.

»Du darfst die Tora nicht mehr anrühren, Henrik!«

Der Mann reckte den Hals, als ob er etwas am Horizont erblickte, von dem er nichts begriff.

Das Schaf zerrte unruhig an dem Strick. Schlug mit den unansehnlichen, dünnen Vorderbeinen gegen den schrägen Bootsrand. Es klang wie das ungeduldige Klopfen von vielen kleinen Fäusten.

»Haste gehört, Henrik? Ich weiß, was du gemacht hast!«

Er wandte den Kopf und sah sie an. Eine böse Warnung? Die Augen voller Haß? Nein. Das nicht. Rakel wußte nicht, was sie sah. Eine Art Verzweiflung. Leere. Wie der Blick, den sie sich selbst im Spiegel gegeben hatte, bevor sie sich eingestand, daß sie nie mehr gesund werden würde? Ja. Sie erkannte ihn wieder. Aber vielleicht war dieser hier schlimmer.

»Ich hab' dich gehört.«

Er krächzte es gegen den Wind. Aber er hätte sonstwas sagen können. Es waren nur Worte, um Zeit zu gewinnen.

»Du darfst das Mädchen nie mehr anrühren! Denk daran, daß du mal für deine Taten einstehn mußt, damit du in Frieden sterben kannst. Du mußt gegen dich ankämpfen, Henrik. Ich glaub', du wirst es schaffen.«

»Du hast nur auf das Gerede gehört.«
Er steuerte von einer jähen Welle weg, so daß das Schaf erschrocken trippelte und über die Ruderbank wollte.
»Die Tora hat mir alles erzählt.«
»Was hat sie erzählt?«
»Daß du sie lange Zeit mißbraucht hast. Sie vergewaltigt. Und du *weißt*, daß ich's weiß. Deswegen biste mir aus'm Weg gegangen, während du versucht hast, dich beim Simon anzubiedern. Du liebst es, 'nen Keil zwischen die Menschen zu treiben. Das ist die einzige Freude, die du hast. Nicht wahr?«
»Das geht dich einen Dreck an, was ich für 'ne Freude hab'.«
»Aber begreifste nicht, daß du immer unglücklicher wirst, je mehr du andre unglücklich machst?«
Er versetzte dem Schaf, das am Bootsrand herumtänzelte, einen Schlag.
»Du wünschst mich jetzt zur Hölle?« sagte sie.
»Sei still und paß auf dein Schaf auf!«
»Und wenn ich dich anzeig'?«
»Das haste schon mal gemacht.«
»Aber mit dieser Geschichte hier kommste nicht so leicht davon.«
»Nein, der Teufel holt sich seine Leute«, lachte er, schüttelte ratlos den Kopf und winkte hinüber zu Simon.
»Diesmal sollste mir zuhören, Henrik. Du hast auch versucht, in ihr Zimmer in Breiland zu kommen. Der Simon hat's gesagt. Du mußt mir versprechen, sie nie

mehr anzurühren. Benimm dich! Ich weiß nicht, ob sie nach allem, was sie durchgemacht hat, noch lebenstüchtig ist. Laß sie jetzt in Ruh', damit sie uns nicht entschwindet.«

»Entschwindet?«

Er brachte das Wort nur mühsam durch den Wollschal, der vor seinem Gesicht flatterte, so daß sie kaum erfaßte, was er sagte.

»Ja, ich hatte Angst, sie würde verrückt werden. Begreifste nicht, was du aus ihrem Leben gemacht hast? Weißte nicht...«

Rakel hätte ihm beinahe bittere Dinge über das Kind in der Geröllhalde bei Breiland ins Gesicht geschleudert. Aber sie hielt inne. Sie mißtraute ihm, wie er die Neuigkeit hindrehen würde. Vielleicht würde er Tora noch mehr schaden.

»Warum zeigste mich nicht an, wenn du glaubst, daß du soviel weißt.«

»Weil ich Ingrids Leben nicht zerstören will, und das verstehste wohl. Aber ich mach's sofort, wenn du's wieder versuchst.«

Da lag das Festland mit seinen kraftlosen Lichtschimmern. Hatte nichts mit ihrem Leben zu tun. Die Insel war nahe und wild. Sie hatte Häusergruppen rund um die Bucht, und Vaeret und die Höfe zogen sich am Veten und am Hesthanneren die Hänge hinauf. Aber alles das war auf der anderen Seite. An der Außenseite, zum Meer hin, herrschten zu dieser Jahreszeit die Dunkelheit und die Möwe. Gute Mächte hatten vergessen, daß die Rückseite der Insel auch eine Gegend war.

Henrik saß mit erstarrtem Gesicht da. Rakel griff nach seinem Arm und schüttelte den Mann. Sie sahen die Sturzwelle nicht kommen, als sie die Landspitze umrundeten.
Das Boot bekam Schlagseite, und das Schaf tat einen Satz mit seinem gutgenährten, wolligen Körper. Die Wolle war dick und weiß, aber das machte die Sache nur schlimmer, als es Sekunden später im eiskalten Wasser lag. Es kam rasch wieder an die Oberfläche, weil Rakel den Strick mit beiden Händen festhielt. Aber sie mußte etwas nachgeben. Der Strick brannte wie Feuer in ihrer Hand. Das Schaf verschwand wieder und tauchte mit wilden, glänzenden Augen ein Stück vom Boot entfernt auf.
Rakel stand auf. Sie schien Henriks warnende Rufe nicht zu hören.
Sie hatte das Schaf jetzt fast am Bootsrand. Als Henrik über die Ruderbank zu ihr kam, passierte es: Das Boot kippte. Das Gewicht von Henriks Hilfe war zuviel. Rakel verlor das Gleichgewicht, und die lähmende Kälte umschloß sie. Im Fall hatte sie nach dem Schal des Mannes gegriffen und hielt sich daran fest. Der Strick war um den rechten Arm gewunden. Sie spürte, wie er sie hinunter in die Tiefe zog. Die Kälte. Die Tiefe. Henrik packte sie mit dem gesunden Arm am Kragen.
Simons Boot war ein paar hundert Meter weiter vorne. Sowohl Tora als auch Simon saßen mit dem Gesicht in Fahrtrichtung. Der Motor brüllte heiser. Die Wellen brachen sich. Die Geräusche gingen ineinander über.

»Laß das Schaf los!« schrie er.
In diesem Augenblick verstand sie es. Warum sie mitgefahren war und im Boot saß.
So weise war es eingerichtet. Sie brauchte nicht zwischen den Laken dahinzusiechen. Vage spürte sie den Griff des Mannes am Kragen. Zitternd. Er hielt eisern fest.
Plötzlich empfand sie Zuneigung für die Hand, die versuchte, sie über Wasser zu halten; denn das Schaf in der Tiefe verdrehte ihr das Handgelenk, so daß sie nichts anderes spürte als den Sog zum Meeresgrund.
Alles auf der Welt war für etwas gut. Ein großer, einfacher Gedanke umschloß sie alle in dem, was geschah. Jetzt. So klein mußte alles werden. So kurz.
Sie sah den Silberstreifen am Horizont, jedesmal, wenn der Wellenberg im Meer verschwand.
Und sie sah sich als kleines Mädchen neben dem Herd stehen, wenn die Mutter das Essen zubereitete.
Sah sich umherspringen zwischen den Steinen, mit Wind in den Haaren und Salzwasser um die Knöchel. Sie war sie selbst, und sie war sie alle zusammen. Alle, die über die Erde gegangen waren in dem Hauch eines Menschenlebens. Sie war in dieses Mannes Hand. Sekunden? Minuten?
»Laß das Schaf los!«
Sein Schrei trug echte Angst für eines anderen Leben in sich.
Sie hörte es. Er war also nicht so schlecht, wie er immer tat, dieser Mann.
»Du rührst sie nicht mehr an!« schluchzte sie.

»Nein! Ich versprech' es – wenn's das ist, was du von mir willst!« schrie er ihr zu.
»Dann muß er dir wohl vergeben, unser Herrgott...«
Sie ließ seinen Schal los und riß sich mit einem Ruck aus seinem Griff.

Alles wurde so kostbar für sie. Das Leben! Das Licht! Sie hatte es die ganze Zeit in sich gehabt. Die Freude! Ohne darüber nachzudenken, ohne zu danken.
Einmal meinte sie, daß ihr die Freude da draußen in dem aufgewühlten Horizont zuwinke. Das Licht und das Lachen! Simon!
Wie ein Bündel Sonnenstrahlen in der Hochwasserlinie. Himmel und Meer in ihrer ewigen Grenzlinie. Simon und sie. Immer. Der Strick, der sie an das Schaf band, wurde straff und ruhig. Ohne Kampf.
Der Himmel war hell. Leer. Die Kälte und der Körper existierten nicht.
Es klingelte und läutete in Rakels Kopf. Ein wunderbares Rieseln erreichte ihr Ohr. Wie der Bach, der im Frühling an ihrem Haus vorbeifloß. Ein Schimmer von etwas Unbekanntem, nach dem sie sich aber immer gesehnt hatte, legte sich wie eine Haut über die Augen.

Henriks Schrei durchschnitt die tosenden Schaumkronen um Simons Boot. Er wendete das Boot so jäh, daß Tora und die Lämmer zwischen die Ruderbänke geschleudert wurden.

Tora versuchte, die erschrockenen Tiere unten zu halten.

Simon stand im Boot und steuerte dicht an das andere heran. Da sah er es: daß Rakels Platz leer war. Das Meer lag aufgewühlt und schwer rundum, gleichmäßig rollten die mächtigen Wellen heran.

Henrik steuerte im Kreis um die Stelle, wo Rakel in der Tiefe verschwunden war.

»Sie ist mit dem Schaf untergegangen«, heulte er, während Rotz und Tränen aus dem dunklen, salzwassernassen Gesicht hervorquollen.

Simon stand mit irren Augen. Die bloßen Hände hielten das Steuerruder. In seinem Kopf war nur ein einziger Gedanke, ein einziges Bild: Rakels rote Haare über den Wellenbergen. Immer wieder sah er es, steuerte dorthin, um sie zu packen. Bis er begriff, daß das Bild sich nur in seinem Kopf befand.

Henriks rauhes Weinen lag wie das Jüngste Gericht über ihnen. Durch das Motorengedröhn, den Wind und das Klatschen gegen die Bootswände hindurch.

Sie kreisten und kreisten. Ein paarmal wären sie beinahe aneinandergestoßen. Aber Simon hörte im letzten Augenblick immer Henriks Weinen, so daß er ausweichen konnte.

Die Stunden waren nichts wert, während sie suchten.

Die Möwen schrien wieder und wieder das gleiche.

Es war Tora, die sie plötzlich sah. Mitten in den spitzen Steinen auf dem Grund saß Rakel fest.

Die roten Haare flammten ihnen zwischen zwei anbrandenden Wellen entgegen.

Das Schaf hing noch am Strick. Wusch seine schwere weiße Sommerwolle. Der Strick band sie beide an die zerklüftete Schäre.
Die Lämmer lagen wie tot im Boot. Toras Kleider waren durchnäßt von Schweiß und Seewasser. Aber sie spürte es nicht. Der einzige normale Menschengedanke, den sie zustande brachte, war:
»Wie seltsam, daß der Henrik heult und der Simon still ist...«

25

In Ottars Laden lag eine aufgeschlagene »Lofotpost«, die kundtat, daß Papst Pius XII. im Alter von 92 Jahren gestorben war. 19 Jahre lang Führer der römisch-katholischen Kirche.
Aber Ottar registrierte die Neuigkeit nicht in seinem Kopf, und der Bleistift, der gewöhnlich hinter dem Ohr steckte, war heruntergefallen und lag unsichtbar vergessen unter ein paar Margarinekisten.
Er hatte gerade ein tiefsinniges Gespräch mit einigen Arbeitern von der Dahlschen Fabrik und einigen Mädchen aus Simons Betrieb geführt. Es standen in der Zeitung nämlich sonderbare Dinge über die Liebe, was auch immer das sein mochte.
Ein amerikanischer Forscher hatte unfeine Versuche gemacht, um herauszufinden, wie Liebe entsteht.

Junge Affen hatten künstliche Mütter aus Fell oder Eisen bekommen. Die Jungen bevorzugten die Mütter aus Fell, auch wenn man bei den Eisenmüttern Milch saugen konnte. Also: Liebe sollte auf Gefühlen beruhen, auf dem Wohlbehagen des Zusammenseins, der Weichheit – mehr als auf Fürsorge und Pflege.
Die Mädchen grinsten. Die Männer pafften ihre Zigaretten und wollten zu so einem Unsinn keine Meinung äußern. Aber Ottar machte es zum Problem des Tages – und sah nicht, daß in der gleichen Zeitung der Papst tot war.
Nicht bis zu dem Augenblick, als ein Mann in den Laden kam und mit ungläubiger Stimme verkündete:
»Dem Simon seine Rakel ist zusammen mit ihrem Schaf ertrunken!«
Ottar blieb gebeugt über der Zeitung stehen: Pius XII. war tot.
Es wurde still um den Ladentisch. Nur im Ofen knisterte es, als ob nichts geschehen wäre. So war es immer. Das Leben ging weiter, weil es weitergehen mußte.

Simon kam selbst in den Laden und fragte, ob er eine Plane leihen könne. Dann trug er Rakels leichten Körper zum Lastwagen.
Tora kroch auf die Ladefläche und setzte sich dazu. Sie hatte eine solche Fahrt schon einmal gemacht. Damals, als Henrik in der Plane lag, ohne Stiefel.

Jetzt saß er vorne bei Simon. Er weinte so schrecklich. Als ob alles, was in dem Mann drin war, an einem Tag heraus sollte. Es strömte lautstark aus ihm heraus. Stoßweise, wie bei einem Damm, der im Begriff ist, zu brechen, der aber immer wieder verstärkt wird.

Wer hätte geahnt, daß Henrik trauern konnte. Aber so wenig wußte man voneinander.

Sie scharten sich um das Auto, stumm wie Tiere. Die Mädchen aus der Fischfabrik meinten, man solle sich der Lämmer annehmen, die naß und verstört auf dem Kai standen und blökten. Sie ließen sie ins Lager und holten fürs erste mal Futter.

Tora dachte, wenn Rakel das alles gesehen hätte, dann hätte sie gelacht. Sie schielte auf das Bündel, das durch die solide Plane Seewasser von sich gab, und bekam direkt Lust, das Gesicht freizulegen, damit Rakel den ganzen Zirkus sehen könne.

Ottar mit seinem runden Mondgesicht stand wie eine Statue. Er hatte vergessen, den Südwester aufzusetzen, obwohl es blies und regnete. Und er war sonst so bedacht auf seine schöne Frisur. Die Frauen aus Vaeret schneuzten sich abwechselnd. Eine war in Pantoffeln herbeigeeilt. Karierte Pantoffeln mit Gummisohlen, die Wasser und Schneematsch zogen. Der Unterrock guckte unter dem Mantelsaum von Oles Mutter hervor. Der Tod war wieder nach Vaeret gekommen. Er kam in regelmäßigen Abständen. Das war weder neu noch verwunderlich. Aber sie hätten nie gedacht, daß er mit Rakels nassem Körper kommen würde. Das nicht. Es war seltsam. Da konnten sie auf Bekkejordet also auch sterben. Ein paar Kinder gesellten sich noch dazu und verharrten ehrfürchtig hinter den Erwachsenen. Oles Mutter weinte jetzt laut.

Tora mußte daran denken, daß sie Ole einmal mit der Milchkanne verprügelt hatte. Sol und sie hatten sich bis aufs Blut verteidigt. Sie saß auf dem Lastwagen und hielt die Tante im Arm und mußte beinahe lachen. Es war fast so, als ob sie ein Geheimnis zusammen hätten. Da wurde sie gewahr, daß die Leute sie anstarrten, und unterdrückte das Lachen.

Die glänzende, birnenförmige Kuppel der Kailampe stand direkt über ihnen. Legte einen weißen Glanz auf die grünlich schimmernde Plane. Sie sah aus wie eine gefrorene Moorlache. Die Tante war in der Lache festgefroren, deshalb konnte sie sich nicht bewegen.

Simon fuhr sicher genug die Hügel hinauf. Er hatte kein Wort gesprochen, seit er Ottar gebeten hatte, ihm eine Plane zu leihen. Den Mann neben sich schien er nicht wahrzunehmen. Er hatte keine Fragen gestellt, wie das Ganze passiert war. Es war, als ob er keine Worte mehr hätte.

Aber Henrik weinte und erzählte – schon im Boot. Bevor sie sie gefunden hatten. Wie sie sich abgestoßen hatte. Wie sie ihn gehindert hatte, sie über Wasser zu halten. Wie sie sich geweigert hatte, das Schaf loszulassen. Henrik redete an diesem Nachmittag mehr als sonst in Jahren.

Jemand hatte eine Tür aufgeschlossen, so daß alles herauskam, sowohl Silber als auch Tinnef. Ob Simon glaube, daß er sie losgelassen habe? Er schüttelte Simon, und die Augen bettelten. Nein, Simon glaube es nicht.
»Sie wollte nicht mehr, die Rakel«, weinte er.
Simon sah auf die steifgefrorenen Gräser am Straßenrand. Sein Gesicht war verschlossen.
Zuletzt wurde es bei Henrik zu einer fixen Idee, einer Dunkelangst, daß Simon nichts sagte.
»Du meinst, daß ich das auch getan hab'? Nicht wahr?«
»Nein«, sagte Simon. Endlich. Müde. Die hellen Augen starrten in die Luft.
»Nein«, sagte Simon wieder. »Ich glaub' nicht, daß du das getan hast.«
»Dann willste keinen Prozeß, diesmal?«
Da warf Simon einen schnellen, ungläubigen Blick auf den Mann.
»Nein, das darfste nicht denken«, sagte er nur.
Als sie zu dem Wäldchen kamen, war es mit einemmal herbstdunkler Wald. Wo der Weg zum Tausendheim abzweigte, hielt Simon an und bat Henrik, nach Hause zu gehen und Ingrid auf das vorzubereiten, was geschehen war.
Der Mann taumelte aus dem Auto und verschwand in der Dunkelheit.
Simon öffnete die Tür auf seiner Seite, steckte den Kopf hinaus und rief Tora.
»Komm und setz dich hierher, Tora. Es ist zu kalt für dich da oben. Hier ist jetzt Platz...«

»Nein«, antwortete sie. »Ich muß die Tante halten, damit sie nicht herunterfällt.«
Simon schloß die Tür und startete.
Die Scheinwerfer fuhren suchend über den Grusweg und die Wegränder. Die erfrorenen Margeriten und die Weidenröschen umarmten sich unten im Graben. Der Weg war in der Mitte mit Gras bewachsen. Die Sommerblumen ragten heraus. Ohne Blüten. Unansehnlich. Heidekraut wölbte sich hie und da über den Bulten. Triumphierend. Ein purpurner Teppich. Ein Hohn.
In der Einzäunung beim Schafstall standen die leuchtenden Schafsaugen und warteten auf ihn. Er erinnerte sich an etwas, was vor langer, langer Zeit geschehen war: daß er den Strick mit dem Schaf von Rakels Hand losgeschnitten hatte.
Er hatte das Schaf ins Meer gehen lassen.
Das war nicht richtig gewesen. Rakel würde sagen, daß er das nicht hätte tun sollen. Sie konnte während der Schlachtzeit kein Hammelfleisch essen. Er hätte daran denken sollen. Sie waren gleichsam Menschen für sie, die Schafe. Jetzt graste der Rest ihrer Herde rund um den Schafstall, mit leuchtenden Augen voller Trauer.

Ingrid ließ nicht zu, daß Simon Rakels Körper hinein in die Wärme nahm. Tora hörte die Anweisungen der Mutter. Die Worte rumorten irgendwo in ihr, aber gaben keinen Sinn.
Ingrid sah sie nicht an. Holte nur ein paar Laken und

begab sich in die Scheune, wo sie gewisse Dinge tun mußte.
Als Simon und Tora sich trockene Sachen angezogen hatten, auf Ingrids ausdrücklichen Befehl, gingen sie ihr nach.
Sie hatte Rakel der nassen Kleider entledigt und sie in Laken gehüllt. Die roten Haare lagen triefend naß auf der grünschimmernden Plane. Das Gesicht hatte bereits die Farbe des Meeres angenommen. Sie war kalt. Alles war kalt. Ein paar Locken waren auf der weißen Wange erstarrt. Der Kopf lag ein wenig zur Seite geneigt. Simon kniete nieder und wollte ihn geraderücken. Aber es ging nicht.
Da sah Tora die Schere. Ingrid hatte sie neben die Waschschüssel gelegt, sie glitzerte in dem spärlichen Licht der nackten Birne, die oben an der Decke hing. Tora begriff, daß Ingrid Rakels Kleider aufgeschnitten hatte. Sie lagen in einem nassen Haufen hinter ihr.
Ingrid richtete sich mühsam aus der gebückten Haltung neben der Leiche auf und machte Tora ein Zeichen, daß sie gehen sollten.
Simons gebeugte Gestalt. Seine Hände strichen über das nasse, lockige rote Haar.
Tora kapselte das Bild irgendwo in sich ein.
Ingrid nahm sie an der Hand, als sie hinausgingen.
Es war etwas Schnee in der Luft. Die Schafe trippelten auf dem gefrorenen Boden.
Der Mond war milchig weiß und ohne Licht.

Tora lag in dem großen Hotelbett. Dicht bei Tante Rakel. Sie schwebten ein wenig über den Laken und lachten darüber, daß Oles Mutter ausgetretene, karierte Pantoffeln anhatte und daß Ottar den Südwester vergessen hatte.

»Du darfst dich über die Leute nicht lustig machen«, sagte Rakel und unterdrückte das Lachen.

»Aber ich konnte es mir nicht verkneifen, es war so komisch«, sagte Tora.

Es tönte überirdisch von dem Kristalleuchter. Tönte ein wahnsinniges Licht, das ihr plötzlich angst machte.

Da sah sie, daß sie nicht im Hotelbeet lag: Sie schwammen im Meer. Die Tante und sie. Das Meer war so eiskalt, daß sie sich nicht zu helfen wußte. Und die Tante trieb schneller als sie. Hob einen leuchtendweißen Arm und winkte ihr matt zu. Tora sah, daß sie Nasenbluten hatte. So schlimm, daß das ganze Meer warm und rot wurde. Da hörte sie der Tante lächelnde Stimme an ihrem Ohr. Ganz, ganz nah, so daß sie die Arme um sie schlingen wollte. Aber da war nichts. Nur rotes dumpfes Meer.

»Du weißt, wir sind der gleiche Mensch, du und ich. Ich komm' zu dir und lächle ein wenig. Damit du dich nicht so verloren fühlst. Denn du bist ich, und ich bin du. Wir sind nur ein Mensch, eigentlich ...«

Tora schlug die Augen auf. In der weißen Dachstube. Der rosa Lampenschirm breitete sein Licht über Rakels Dinge.

Sie schlug die Decke zur Seite und wollte in den Flur

hinuntergehen und die Tante rufen. Wußte, daß sie nicht wieder einschlafen würde. Alles war so schrecklich für sie geworden. Sie konnte es nicht ertragen.

Zeitig morgens ging Simon in die Scheune. Er fand Tora neben Rakels Körper. Nur die Nase schaute aus der Wolldecke heraus. Sie war rot vor Kälte. Das Mädchen hatte das Laken beiseite geschoben und das Gesicht der Toten entblößt. Lag dicht bei ihr. Die Haare der Toten und die Haare der Lebenden verflochten sich vor seinen Augen ineinander.
Angst überfiel ihn. Sie hatte nichts mit Trauer zu tun.
Er öffnete die Scheunentore weit, damit das Tageslicht hereindringen konnte. Dann machte er die Birne an der Decke aus. Immer wieder sagte er Toras Namen, aber sie wiegte sich nur hin und her und schlief weiter.
Schließlich ging er hin. Deckte das Gesicht der Toten zu und hob das Mädchen auf und trug sie ins Haus. Einmal schlug sie die Augen auf und sah ihn an. Als ob sie nicht wüßte, wer er war.
Er zog ihr Schuhe und Anorak aus und legte sie im Schlafzimmer in sein Bett. Das schien ihm das beste zu sein, so erfroren, wie sie war. Außerdem war die Treppe zum Dachgeschoß so steil.
Simon mied das Dachgeschoß.
Er wußte nicht, daß er das tat.
Nur, daß er da früher mal gesessen hatte. Damals, als der Betrieb gebrannt hatte.

Im Laufe des Tages kam Henrik angeschlichen. Er war seit Menschengedenken nicht mehr in Bekkejordet gewesen. Der Mann war völlig grau. Keiner hatte daran gedacht, daß er allein im Tausendheim saß. Es hatte sich ganz selbstverständlich so ergeben, daß Ingrid in dieser Nacht in Bekkejordet schlief.
Nun tauchte er wie ein trauriges Seegespenst auf. Er wollte sich endlich betätigen. Als ob er für Rakels Tod Buße täte. Er begab sich ans Holzhacken, ausgerechnet jetzt, so daß Simon zu ihm in den Holzstall ging und ihn bat, aufzuhören. Es gehöre sich nicht, an einem solchen Tag solle es still sein auf dem Hof.
Und Henrik krümmte sich und fing an zu weinen. Simon verstand sein Verhalten nicht mehr. Es war so äußerlich. Er umarmte den Mann, der ihm so viele Streiche gespielt und ihm so viele Unannehmlichkeiten bereitet hatte.
»Du kannst mir glauben, daß ich versucht hab', sie zu halten, Simon! Du mußt es mir glauben, wenn ich's dir sag'!«
»Ja, ja«, sagte Simon leicht benommen.
Er spürte, daß der Zorn ihn übermannte. Henrik war wie eine wundgeriebene Stelle, ob er sich so verhielt oder so. Es war beinahe besser, wenn er schweigsam und düster und wortkarg war. Daran hatten sie sich gewöhnt. Das war ihr Bild von Henrik und sollte es bleiben.
Simon merkte, daß dieser Mann seine eigene Trauer verdrängte. Ihn daran hinderte, zu fühlen. Nur durch seine bloße Gegenwart zwang er sie, auf seinen Wil-

len Rücksicht zu nehmen. Das war wie eine absurde Szene von einem Saufgelage. Bei dem Henrik unvermutet aus purer Sentimentalität die Tobiashütte total durcheinanderbrachte.
Und zwischendurch kam es Simon so vor, daß da noch etwas dahintersteckte, daß Henrik die Geschichte nicht vollständig erzählte. Etwas blieb außerhalb – die ganze Zeit. Etwas Wichtiges. Das er nicht zu fassen kriegte.
Hatte er Rakel rausgestoßen? Hatte er?

Tora schlief in Rakels Bett den ganzen Vormittag. Ab und zu war sie in einer Art Wirklichkeit, aber meist starrte sie, wenn sie wach war, auf die weißen Vorhänge, ohne daß es etwas für ihre Gedanken bedeutete.
Einmal grub sie in der gefrorenen Erde und schob den Pappkarton mit dem Vogeljungen unter den großen Stein. Einmal sah sie den Mann von Frau Karlsen steif und ausgestreckt auf einer Bahre liegen mit vielen blanken, unbenutzten Hundertkronenscheinen, die in Bündeln korrekt auf seiner Brust verteilt waren. *Breiland Sparebank* stand auf der Banderole eines jeden Bündels.
Einmal schlug sie auf einen Körper los, den sie nicht erkannte – mit dem Beil. Sie spürte, daß ihr die Arme dabei weh taten und daß der Schweiß über Rücken und Bauch lief. Und die Beilschläge konnte man durch den ganzen Körper hören, ruckartig. Scharf und weich zugleich. Sie hieb in Fleisch.

Die Tante und sie tanzten Walzer in der Scheune. Die Tante wollte ihr die Schritte zeigen. Sie hatten Nachthemden an. Es war Sommer. Und sie lachten und wirbelten umeinander.
Zu guter Letzt wurden sie so müde, daß Simon sie ins Bett trug. Er breitete die kräftigen, sonnengebräunten Arme aus und nahm sie mit zu sich ins Bett. Und sie gingen gänzlich ineinander auf. Es schimmerte in den weißen Nachthemden, wenn sie sich bewegten.
Alles war Mondschein. Und Wald und Wiese. Alles war voller Margeriten. Sie waren beieinander. Und die Beilschläge hieben fast von selbst. Sie brauchte nicht einmal mehr die Arme zu heben.
Dann wurde alles still.
Tora schlug die Augen auf.
Es stand jemand in der Tür.
Es war eine Zeit gekommen, da sie sehen mußte.

26

Es gibt Tage, an denen man nicht sieht, daß die Berge noch stehen.
Es kommen Stunden, in denen alle Dinge schnell in der Flut, entlang den öden Stränden, verschwinden.
Augenblicke, da man keinen kennt.

Ingrid kochte Kaffee – auch an diesem Tag. Sie hantierte leise mit Rakels Töpfen in der Küche von Bekkejordet. Schmierte Brote. Schnitt von dem gelben Käse ab und von dem braunen Käse.
Sie schenkte vier Tassen ein und setzte die Schale mit den Broten mitten auf die Wachstuchdecke. Dann streifte sie sorgsam Rakels Küchenschürze ab und bat mit einem Kopfnicken zu Tisch.
Henrik war voller Tatendrang. Jahrelang hatte er keinen Ton von sich gegeben. Nun kamen die Worte stoßweise und dunkel, als ob das Herz sie aus ihm herausarbeitete, während es gleichzeitig das Blut durch den Körper schickte. Er sprach davon, wie alles gewesen war:
Er hatte Rakel am Kragen über Wasser gehalten. *So* hatte er sie gehalten. Und da war irgend etwas gewesen, was sie in die Tiefe zog. Das Schaf? Ja, das Schaf. Oder etwas anderes...
Aber er erwähnte nicht, was er ihr versprochen hatte. Je mehr er redete, desto mehr verschleierte er, was wirklich in dem Boot gesagt worden war. Redete um die Sache herum. Sprach über alles, was getan werden mußte.
Sie saßen da und kauten Rakels Brot, Rakels Käse, Rakels Marmelade. Und sie konnten einander nicht ansehen.
Den Mann am Tischende kannten sie nicht, und keiner konnte sich entschließen, ihn zu bitten, daß er ging. Oder schwieg.
Tora hob endlich ein gequältes Gesicht. Sah, daß

Henriks Augen undurchdringlich vor Angst waren. Daß seine Tränen Entsetzen, nicht Trauer waren. Sie schälte ihn wie eine Zwiebel und wußte, daß sie ihn bitten mußte zu schweigen, bevor sie ein Beil nahm und losschlug. Immer wieder in das zähe Gewebe schlug, das vor ihr in dem Hemd und in den Niethosen steckte.

Gleichzeitig verstand sie bis zu einem gewissen Grad, warum er so war. Er, der nie etwas sagte, ohne zu fluchen, der nie ein Gefühl zeigte, wie klein es auch sein mochte.

Vor langer Zeit war er einmal betrunken nach Hause gekommen und hatte das gespülte Geschirr vom Küchenschrank heruntergerissen und war in den Scherben sitzen geblieben. Und da hatte er auch geweint. Hatte Henrik jetzt das Gefühl, in den Scherben zu sitzen? Wessen Scherben? Seinen eigenen? Oder Rakels?

Warum mußte Henrik immer alle Gedanken wegschieben, die sie hatte und die ihren Kopf ausfüllten? Warum konnte sie nicht etwas für sich allein bekommen in dieser weiten Welt? Warum redete er dauernd von dem Unglück, so daß man nichts anderes sah als den nassen, leblosen Körper? Warum konnte er ihnen keine Ruhe gönnen? Sie wußte, daß Simon und Ingrid das gleiche dachten. Daß sie wünschten, er wäre nicht da.

Sie begriff etwas von dieses Menschen Fluch und Unglück: Er war nirgends erwünscht. Er hatte eine solche Angst, daß er vergaß, andere Lebewesen zu sehen, außer sich selbst.

»Du mußt jetzt still sein«, sagte Tora plötzlich.
Alle hörten auf zu kauen. Rakels Katze schlich unruhig zum Herd. Sie witterte, daß alles verändert war. Es lag eine elektrische Spannung zwischen der Katze, den Menschen und den Dingen. Sie bewachten gegenseitig ihre Bewegungen auf eine lähmende, einsame Art und Weise.
Simon erhob sich jäh und schob die Tasse von sich.
»Vielen Dank für den Kaffee, Ingrid«, sagte er – als ob er nicht gehört hätte, was Tora gesagt hatte.
Henrik stand auch auf. Sie standen eine Weile. Aber als Henrik ihm nach draußen folgen wollte, schien Simon in Panik zu geraten und setzte sich wieder.
Ingrid fing an, die Tassen einzusammeln, ohne zu fragen, ob alle fertig seien.
»Wir müssen wegen der Todesanzeige telefonieren und das Nötigste mit dem Pfarrer besprechen«, sagte Henrik.
»Ja«, sagte Simon – und blieb sitzen. Die Hände lagen ineinandergeballt auf dem Tisch.
»Ich kann das gut machen«, sagte Ingrid fragend.
»Nein.«
Er erhob sich langsam. Sah einen Augenblick aus dem Fenster. Dann ging er zum Telefon. Es stand auf seinem Brett. Schwarz.
Henrik fing von neuem an, davon zu reden, daß man nach den Booten sehen müsse und daß die Lämmer geholt werden müßten. Er sprach von mehreren Dingen in ein und demselben Satz.
Tora drehte sich zu ihm um, schroff:

»Warum gehste nicht und machst das alles, ohne drüber zu reden?«

Henrik setzte sich hinten bei der Tür die Mütze auf. Wandte sich ihnen zu, verzweifelt, trotzig:

»Die Trauer macht euch auch nicht grad freundlich«, stieß er hervor, ehe er die Tür hinter sich schloß und verschwand.

Simons Gesicht wurde grau.

Er wartete auf die Verbindung.

Ingrid hatte ihnen den Rücken zugekehrt. Tora sah, daß sie die Scham auf sich nahm – auch dieses Mal. Sie beugte sich über den Herd und klapperte mit den Herdringen, als Tora hinausging.

Er stand gegen die Wand des Windfangs gelehnt. Sie ging direkt auf ihn zu. Er mußte zur Seite treten. Dann schritt sie über den Hof und die Brücke zur Scheune hinauf.

»Was willste da oben?« rief er ihr nach. Sie hörte, daß er hilflos seine Stärke mit ihr maß. Sie öffnete die Scheunentür und ging hinein. Schloß die Tür sorgfältig von innen. Durch die Ritzen zwischen den Holzbrettern flimmerte Tageslicht herein. Leuchtende, schmale Lichtkegel, die sich über der Gestalt auf der Plane sammelten. Die Füße starben unter ihr ab. Sie floß hinein in das Licht über Rakels Körper. Das Licht verwischte die Grenzen. Die Geräusche von draußen wurden ausgeschaltet. Ein harter Punkt mitten in ihrem Kopf lag wie eine vergessene Erbse in einer offenen Blechbüchse, deren blanke, runde Wand das Tageslicht reflektierte. Und in der Erbse

lag die Gewißheit, daß Rakel sich zwischen Henrik und sie gestellt hatte.
Sie kniete nieder.
»Was geschehen ist, das glauben nur die andern«, flüsterte sie. Durch die Ritzen in der Scheunentür sah sie, daß er noch bei dem Windfang stand. Aber er rauchte nicht. Starrte nur hinauf zu ihr, ohne sie sehen zu können. Da beugte sie sich über die Gestalt am Boden und lachte leise. Ein wohliges, zufriedenes Gurren.
»Wir haben ihn endlich, wir, Tante. Er hat Angst vor dir, siehst du.«

27

Simon hielt sich bis nach der Beerdigung aufrecht. Sein Mund sah aus wie eine halboffene bläuliche Wunde und warnte alle, die sich ihm näherten. Die hellen Augen blickten ausdruckslos. Nach innen gewandt, gleichzeitig geradeaus. Als ob er die ganze Zeit etwas sähe, an das er nicht glauben konnte.
Und die Leute senkten den Kopf und ließen ihn vorbei. In Vaeret und auf den Kais, in Ottars Laden und in der Kirche.
Ein paarmal, im Schlafzimmer neben Rakels Bett, spürte er eine lähmende Einsamkeit. Aber im übrigen verstand er seine eigenen Gedanken nicht.

Er verstand, daß Ingrid kam und verschiedene praktische Dinge für ihn tat, ohne daß er sie darum zu bitten brauchte.
Rakel war tot, denn er legte sie selbst in den weißen Sarg und trug sie zum Friedhof. Sah, daß alles in der kalten Erde verschwand. Er sah alle Blumen. Den Mund, der sich im Gesicht des Pfarrers bewegte. Hörte überall Weinen.
Ein paarmal faßte er nach Toras Pferdeschwanz. Weiches, seidiges rotes Haar. Aber er wußte es nicht. Und die Augen waren ebenso trocken wie die Flüsse, die vom Veten herunterkamen, in dürren Sommern.
Nachts saß er im Schaukelstuhl in der Küche und sah in die Dunkelheit. Es konnte passieren, daß er beinahe herunterfiel, weil er einnickte. Ingrid versuchte ihn zu überreden, sich im Schlafzimmer ins Bett zu legen. Aber er schüttelte nur den Kopf. Das war kein Ort für ihn.
Rakels Katze schlief gut in seinem Schoß, wenn sie zur Nachtzeit nicht draußen war und Mäuse fing.
Die Wohnzimmeruhr in Bekkejordet schlug dreimal. Der Tag war noch eine Liebkosung des Lichts für die Topfpflanzen auf der Fensterbank. Eine goldene Flut auf dem Eßtisch. Ingrid hatte ihn abgeräumt und die Tischdecke gewechselt.
Diejenigen, die Rakel das letzte Geleit gegeben hatten, waren gegangen. Es war bei Tisch kaum gesprochen worden. Aber alle drückten Simon mehrmals ganz fest die Hand, wie es der Sitte entsprach. Keine

Reden, keine Lobeshymnen. Der Pfarrer hatte mit einem Gebet begonnen und mit einem Gebet aufgehört. Dann war es vorüber. Die Leute hatten mäßig gegessen. Etliche Schüsseln quollen immer noch über, sie standen jetzt, mit einem Tuch zugedeckt, in der Speisekammer.

Einige Nachbarsfrauen hatten geholfen. Ingrid, die wußte, wo alles war und wie es sein sollte, hatte sie angeleitet.

Tora war seit der Beerdigung verschwunden. Ingrid ließ es sich nicht anmerken, daß sie über Toras Benehmen ungehalten war. Sie hätte auch helfen können. Während der kurzen Zeremonie auf dem Friedhof hatte sie sie in gutem Abstand von dem offenen Grab stehen sehen. Aufrecht, aber das Gesicht in dem mächtigen roten Haar verborgen. Ingrid hatte gewünscht, daß sie es hochband. Daß sie an einem solchen Tag nicht wie ein Flittchen herumlief. Aber Tora hatte sicher nicht gehört, was sie gesagt hatte.

In Bekkejordet, während die Leute kamen und gingen, hatte sie sich nicht gezeigt – weder um zu helfen noch um zu essen.

Henrik war der einzige, der das Gespräch in Gang gehalten hatte. An diesem Tag war er in Bekkejordet, auch wenn er früher kaum da gewesen war. Die Leute nahmen es zur Kenntnis. Deshalb wurde nicht groß über Feindschaft gesprochen. Sie registrierten auch, daß Henrik versucht hatte, Rakel zu retten. Jedenfalls sagte er es selbst, so daß auch Simon es hörte. Demnach mußte ja etwas dran sein.

Auf manche wirkte es fast so, als ob Henrik und Ingrid in Bekkejordet zu Hause wären. Simon saß mit eisblauen Augen stumm am Tisch und sagte nichts.
Als alle gegangen waren und Ingrid das gespülte und polierte Kaffeeservice ins Büfett stellte, sagte er, daß er sie nach Hause fahren würde. Er käme gut allein zurecht. Sie nickte. Es ging ihr auf, daß dies das erste war, was er an diesem Tag sagte.
Erst als sie im Auto saßen, nahm er ihre Hand und dankte ihr.
Sie biß sich auf die Lippen und lehnte sich einen Augenblick an ihn. Er wußte nicht, wie er reagieren sollte, denn die Welt war für ihn in Auflösung begriffen. Ingrids verschlossener Ausdruck für die Trauer war ein Spiegelbild seiner selbst.
Mit einemmal konnte er erfassen, daß alles anders war. Sie war nicht mehr da. Rakel war von ihm gegangen. Henrik sagte die Wahrheit, wenn er behauptete, daß sie sich losgerissen hatte. Sie hatte ihn freiwillig verlassen.
Konnte er deshalb nicht weinen?
Er ging in die Koppel und sah nach den Schafen. Die beiden Lämmer von dem toten Mutterschaf machten sich gut.
Eine Frage hatte die ganze Zeit an ihm genagt, seit er ihren toten Körper zwischen den rissigen Steinen bei der Landzunge, die die Bucht vom Meer trennte, gefunden hatte. Seit Henrik das erstemal gejammert hatte, daß sie sich losgerissen habe. Warum hatte sie ihm nicht gesagt, wie es um sie stand? Warum hatte er geschont werden müssen?

»Warum, Rakel?« sagte er hart und heftig.
Er faßte sich und ging zum Haus. Der Herbst war unmißverständlich da, als ein feindlicher Luftzug vom Meer, vom Bach, vom Veten.
Er mußte da durch.

Er sah es deutlich in dem Halbdunkel: das rote Haar auf Rakels Kissen!
Irgend etwas zerbrach – tief innerlich in ihm.
Alles andere im Raum war grau. Aber die Haare fluteten über das ganze Kissen. Ein Fluß des Lebens! Golden wie ein Sommer, den er gerade im Schoß gehabt hatte. Es roch nach frisch gemähter Wiese und Sonne – o Gott!
Es schwindelte ihn, als er versuchte, logische Gedanken um das, was er sah, aufzubauen.
Er hatte sie ja selbst hierhergelegt an dem Morgen nach... als er sie in der Scheune gefunden hatte.
Aber der Raum drehte sich um ihn und drohte ihn zu ersticken.
Es roch nach Rakel. Er versuchte sich dem zu entziehen. Ein Loch in der Wand zu finden und hinauszuschlüpfen. Beschwor die Füße, ihn zur Tür hinauszutragen. Aber nichts von dem, was er logisch dachte – geschah. Nichts von dem, wozu er sich entschloß, war durchführbar.
Das Haar auf dem Kissen war ein Himmel von Wärme und Haut. Er war der kleine Simon, der draußen im Regen stand und auf seine Mutter wartete, die nie kam, weil sie an einen anderen Ort gezogen war und ihn zu Verwandten gegeben hatte.

Er wußte nicht, wer von ihnen weinte.
Zwei Kinder.
Die auf etwas warteten, was nie kam.

Tora war wach.
Die weißen Gardinen bewegten sich schwach vor dem offenen Fenster. Simons Anzughose und das Hemd lagen auf dem Hocker und waren ein schwarzweißes Tier, das in der Dunkelheit schlief. Die Gegenstände auf der Kommode traten langsam hervor und zeigten sich ihr. Die Parfümflasche mit der Quaste. Spiegel. Kamm und Bürste aus Silber. Das rote Schmuckkästchen aus Samt.
Er hatte eine behaarte Brust, die sich regelmäßig hob und senkte. Breit und ruhig. Sein Gesicht war naß bis hinauf zu den lockigen Haaren.
Sie legte die Arme um seinen Hals. Dicht.
Sie hatte kräftige Arme, Tora.
Die Nacht stellte sich darum.
Draußen in der Koppel und rund um den Stall lagen Rakels Schafe dicht beieinander. Weiße, wollige Körper, die sich gegenseitig wärmten.

Graues Licht breitete sich aus, das den silbrigen Schimmer der ersten Frostnächte in sich trug. Gerade bei Mondwechsel, wo die Nacht sich mit einer so spitzen Sichel verteidigt, daß nichts sich wehren kann. Nichts.
Sie stieg zur Decke auf wie eine Blase.
Sie war Tora. Und dennoch war sie nur ein Gedanke

von Tora. Eine Art Wahrnehmung. Sie stieg zur Decke auf, die voller Wege war und voller Möglichkeiten und Bilder. Dort waren Öffnungen und warmer Atem. Dort waren Stimmen und Haut und Wind. Wind, wie er im Juli zwischen die Steine am Strand sickert.

Die Blase löste sich auf in Rauch. Lag über ihrem Kopf wie ein Leichentuch. Deckte ihn genau zu. Eine besondere Art, einen Kopf zuzudecken. Eine sachkundige Art. Und ihr Körper triefte jetzt. Natürlich! Sie hatte ja im Meer gelegen.

Flinke, warme Hände wickelten sie aus dem langen Streifen weißen Stoffs. Befreiten Gesicht und Hals.

Da konnte sie endlich wieder im Schlafzimmer sein. Sie sah den königsblauen Bettüberwurf auf dem Stuhl. Sie war zu Hause. Ihre Sachen standen auf der Kommode, genau so, wie sie sie verlassen hatte. Das kleine Kästchen aus chinesischer Seide mit der Stikkerei. An der Wand neben dem Schrank hing der weiße Stoffbeutel an geflochtenen Seidenschnüren. In Hellblau war darauf ein Waschbottich gestickt und ein puppenhaftes junges Mädchen, das sich mit üppigem Busen und Schürze über den Bottich beugte. Und große Stiche am Rand und »Wäsche« – mit verschnörkelten Buchstaben gestickt. Auf dem Nachttisch der große, alte Wecker aus Messing.

Im Spiegelrahmen über der Kommode steckte Toras Bild. Tora als kleines Mädchen – auf dem Dahlschen Kai, auf einer Fischkiste sitzend. Wartete sie auf ihre Mutter? Oder war sie nur wegen des Bildes dorthin

gesetzt worden? Sie hatte ein verschlossenes Gesicht, was man vom Bett aus nicht deutlich erkennen konnte. Aber sie wußte, daß es so war. Früher.
Jetzt war sie Rakel, die durch das Labyrinth bis zum Ende gegangen war. Sie hatte den Ausgang gefunden. Lag mit dem Mund an Simons nackter Brust. Spürte seinen festen Körper an der Stirn, die warmen Hände um die Schultern.
Sie war ja wieder nach Hause gekommen.

Einmal, im Schlaf, hörte sie ein Geräusch, als ob ein Vogel Äste herbeischleppte, um ein Nest zu bauen. Ein vorsichtiges Geplapper der Elstern rund um das Haus und in den Vogelbeerbäumen im Garten. Sie warnt die Menschen, hieß es.
Und plötzlich sah sie den Papa unten in der Kurve kommen, und fast im gleichen Augenblick erstarb der Elsternspektakel. Papa hatte Simons Niethosen an und lachte genauso wie er. Im übrigen glich er der Fotografie, die sie von Ingrid bekommen hatte. Er sagte nichts. Setzte sich nur auf die Bettkante und sah sie an. Als sie die Hand nach ihm ausstreckte, war er fort.
Ein unsägliches Unglück breitete sich in ihrem Kopf aus, der ganze Körper schmerzte. Als sie sich davon befreien wollte, indem sie die Augen öffnete, sah sie, daß nicht Simon im Bett lag. Es war der Vater. Sein Gesicht war genau wie auf dem Bild.
Zuerst war es abstoßend. Dann verstand sie es: Sie waren ja ein Mensch. Alle. Papas Gesicht und Simons Hände und Brust.

Und sie war Rakel, die davongekommen war.
Sie mußte Simons Freude verteidigen.
Seine Trauer.
Die auch die ihre war.

28

Der Norwegischlehrer der Kommunalen Realschule Breiland gehörte zu jener Sorte von Lehrern, die ihre Ehre dareinsetzten, daß die Schüler über das Zeitgeschehen unterrichtet waren. Er war ein junger Mann mit nordnorwegischem Dialekt. Dadurch galt er im Lehrerzimmer als wenig vertrauenswürdig, schon als er im Herbst kam, gerade fertig mit der Ausbildung. Ohne Erfahrung und mit einer schlechten, neumodischen Nebenfachausbildung in Norwegisch tauchte er im Lehrerzimmer auf und verkündete, daß die jungen Leute nichts über ihre eigene Zeit wüßten. Die Geschichtsbücher und die Norwegischbücher seien veraltet und kein Lehrer lerne genügend moderne Geschichte, um den unwissenden Schülern zusätzliche Informationen geben zu können, meinte er.
Es bedurfte vielen Mutes oder großer Dummheit, um solche Meinungen zu vertreten. Und das rächte sich.

Bei dem jungen Jakobsen kam die Strafe nicht sofort, aber sie kam. Als er sich besonders sicher und sehr modern fühlte, schlugen sie zu. Die Grauen, an denen das Leben vorbeigegangen war, die Problembeladenen, die der Schüler, des Ehepartners, der Schulleitung und des nordnorwegischen Landesteiles überdrüssig waren. Sie sahen auf den Schnelldampfer wie eine Fata Morgana, die sie einmal in den Süden bringen würde.

Und sie schlugen zu. Sie wiesen dem kleinen Jakobsen nach, daß er den Schülern Politik predige. Außerdem kümmere er sich nicht um den Religionsunterricht, den er ein paar Stunden in der Woche übernehmen sollte. Es gingen Gerüchte um, daß er in diesen Stunden aus dem *Doktor Schiwago* vorlas.

Jetzt würde es offenbar werden, denn an dem Tag, an dem der Rektor auftauchte, um dem Unterricht des jungen Jakobsen beizuwohnen, gerade an dem Tag hatten die Morgennachrichten gebracht, daß Boris Pasternak den Nobelpreis für den *Doktor Schiwago* bekommen hatte. Und daß die Sowjets die Schwedische Akademie kritisierten, weil sie sich einer feindlichen Haltung schuldig gemacht habe. Ja, sie habe den Nobelpreis an Pasternak verliehen, um den »kalten Krieg« zu verschärfen. *Doktor Schiwago* war in der Sowjetunion zu einem bösartigen Werk voller Haß gegen den Sozialismus erklärt worden.

Der Rektor verlor gleichsam den Mut, Zensur an diesem Werk zu üben. Er bekam Kopfschmerzen, weil er nicht recht verstand, daß ein Lehrer, der in

seinem Unterricht aus einem Buch las, das die Sowjetunion verurteilte – irgendeine politische Gefahr sein sollte. Oder ein Kommunist? Das schreckliche Wort.
Er wollte sich damit begnügen, mit dem jungen Jakobsen in einer Pause darüber zu sprechen.
Aber der Rektor wurde in den Unterricht gebeten.
Die Schüler wollten exakt aus diesem preisgekrönten Buch vorgelesen haben, sagte der junge Jakobsen.
Der Rektor rang die Hände und nahm dankend an.
Was hätte er auch sonst tun sollen?

Zu dieser ersten Stunde, an einem Montag Ende Oktober, war sie von der Insel zurückgekommen und wurde nun gleich mit dem Rektor und mit Boris Pasternaks *Doktor Schiwago* konfrontiert.
Sie saß an ihrem Pult in dem provisorischen Auditorium der Kommunalen Realschule Breiland und spürte, daß sie *das* losgeworden war, was sie sonst dazu gebracht hatte, unter den Armen zu schwitzen, die Hände in den Pulloverärmeln zu verstecken, das Gesicht zum Pultdeckel zu senken – und zu glauben, daß der Rektor erschienen war, um sie festzunehmen.
Rakels grüner Wollrock mit den Volants lag ihr um die Beine wie eine Hülle, eine Sicherheit.
Sie hatte die Haare aus dem Gesicht gebürstet, aber hatte sich entschlossen, sie lose über den Rücken hängen zu lassen. Sie war sich klar darüber, daß die anderen sie ansahen.

Sie ließ sie schauen. Konzentrierte sich auf Boris Pasternak. »Das Wort ist gefährlich!« zitierte Jakobsen und sah vielsagend auf den Rektor.
Sie hatte das schon vorher gewußt. Hatte immer Worte gesammelt, die sie nie sagte. Jetzt hatte sie auch noch Rakels Worte. Mußte auf sie aufpassen, sich an sie erinnern, sie benutzen. Worte waren Macht.
Sie streckte die Hand hoch. Ruhig. Hatte Rakels Stimme im Ohr, zog den Mundwinkel nach oben, etwas höhnisch, etwas herausfordernd. Warf die rote Mähne zurück und sah den Norwegischlehrer an: »Ich finde, wir sollten lieber *Doktor Schiwago* lesen, als darüber zu reden, was die Sowjets meinen.«
Der junge Jakobsen sah verwirrt aus. Dann nickte er Tora eifrig zu, daß sie anfangen sollte.
Zuerst klang Toras Stimme trocken und so, als sei sie lange nicht gebraucht worden, dann aber kam ein Unterton von Wärme und Leben hinein. War ein Bach in der Sommersonne, der auf der erwärmten Oberfläche gluckerte, während die Unterströmungen die gleiche Temperatur wie das Grundwasser und die glitzernden metallischen Sandkörner auf dem Grund hatten. Tatsächlich brachte die Sonne den Grund zum Funkeln. Kupfer? Eisen? Winzig kleine verborgene Schätze. Immer feucht, immer glänzend und in ruhiger Bewegung mit dem Wasser, das vorbeifloß. Immer vorbei.
Sie war sie selbst. Hatte den Menschen in sich aufgenommen, der sie sein sollte. Es ging nur darum, zu

entscheiden, zu wählen, zu wagen. Die Worte wie Goldkörner durch das Wasser aufleuchten zu lassen.

»Die Menschen werden geboren, um zu leben, nicht um sich auf das Leben vorzubereiten. Und das Leben selbst, das Leben als Phänomen, als Geschenk – ist eine unendlich ernste Sache«, las sie.

Die Klasse hörte aufmerksam zu und ließ die Worte niedersinken.

Das Mädchen von der Insel hatte keine besonders schöne Stimme. Sie lebte sich trotzdem in die Zuhörer ein. Wie Balsam auf verschrammte, nervöse Gemüter – die immer darauf bedacht waren, sich Regeln, Verse, Lehrsätze anzueignen. Sie ließen die Worte ruhig durch ihre Köpfe strömen, nahmen sich Zeit zum Überlegen, ohne pauken zu müssen. Hatten Zeit, sich zu konzentrieren ohne die gierigen Hintergedanken der Jagd nach den Noten.

Der junge Jakobsen war zufrieden. Der Rektor war entwaffnet. Es war ein guter Zufall, daß das Mädchen von der Insel an diesem Tag gekommen war. Sie war erwachsen geworden, ohne daß er es gesehen hatte. Der Herbst war schnell vorübergegangen. Aber sie hatte viel nachzuholen, diese Tora. Sie war lange weg gewesen. Todesfall, hatte man Jakobsen mitgeteilt.

Er unterbrach sie nicht, um zu sagen, daß jemand anderes weiterlesen sollte, wie er es sonst zu tun pflegte. *Sie* hatte das entschieden, indem sie zu sagen wagte, daß sie lieber aus dem Buch lesen sollten.

Stimmte es, daß die Menschen geboren wurden, um zu leben? Sie sah das bläuliche Vogeljunge in dem Schuhkarton vor sich. Es hatte nicht gelebt. Oder hatte es? Gelebt in ihr? Einen Augenblick holte sie tief Luft, so daß es eine Pause gab. Dann fuhr sie fort zu lesen.

29

Sie hatte ein großes Rotkehlchen auf dem Fensterbrett. Es aß die Bröckchen, als ob sie ihm gehörten. Tora wußte, wer es war. Daß es den ganzen Winter zurückkommen würde. Sie saß bei ihren Büchern und Aufgaben und hörte es herumwirtschaften. Aber sie versuchte es nie hereinzulocken wie damals, als sie noch blutete und scheu und ängstlich war. Dieses hier war von einer anderen Art.
Sie hatte die Sachen, die sie von Bekkejordet mitgebracht hatte, in den Schrank gehängt. Damenkleider. Pullover aus weicher, dünner Wolle. Faltenröcke mit enganliegender Passe. Schuhe aus feinstem schwarzem Leder. Es paßte alles zusammen. Sie legte die Jeans und den weiten Pullover weg, ohne daran zu denken, daß das eigentlich die richtige Kleidung für ein Schulmädchen war.
Sie zog den Wintermantel an, den sie aus Bekkejordet mitgenommen hatte. Pelzkragen und Pelzhand-

schuhe. Sie bewegte sich jetzt anders und hatte eine andere Haltung. Die Worte bekamen eine solche Macht in den neuen Kleidern. Obwohl, neu? Sie waren nur hier in Breiland neu. Tora war mit diesen Kleidern immer vertraut gewesen. Bis auf die, die tatsächlich neu *waren.* Fast nicht getragen. Zeitig im Herbst in irgendeinem Geschäft in Oslo gekauft.
Sie spürte, daß der alte Schmerz sie ergriff, die schrille Einsamkeit, dadurch, daß sie allein und krank war. Aber das war jetzt nur ein Spuk. Ihr Körper war gesund! Sie machte sich mit aggressivem Eifer an die Bücher. Wollte das nachholen, was sie versäumt hatte. Sich den neuen Stoff aneignen. Immer mehr. Immer tiefer. Immer vor den anderen.

Eines Tages schloß Jon sich ihr nach der Schule an. Sie hatte ihn nicht oft gesehen. Hatte ihn wohl vergessen. Er war aus ihrem Gesichtskreis verschwunden.
Jetzt stand er am Schultor und zündete sich eine Zigarette an. Seine Hände zitterten, als ob er friere. Aber das rührte sie nicht. Sie stellte fest, daß es schön war. Eine kleine Rauchsäule über der roten Glut. Die schlanken Hände. Zwei unruhige Finger, die eine weiße Papierhülle hielten.
Ob sie Zeit habe, sich mit ihm zu treffen.
Ja, sie habe Zeit.
Er wußte nicht, was er noch sagen sollte.
»Wo wollen wir uns treffen?« sagte sie bloß – und nahm die Schultasche in die andere Hand.

Er nahm ihr die Tasche ab. Schlenkerte sie in derselben Hand, in der er seine eigene trug. Die freie Hand stopfte das Zigarettenpäckchen in die Hosentasche, und der Arm legte sich dann zögernd um ihre Schulter.
Ein Jungenarm.
Sehnig und dünn.
Neu und unverbraucht.
Simons Arm war schwer von Muskeln und gelebtem Leben.

Neuschnee und Frost hatten alles in einen eisernen Griff genommen. Das spärliche Tageslicht reichte nicht weit, obwohl es mitten am Tag war.
»Du warst nach den Herbstferien bei einer Beerdigung, hab' ich gehört. War's ein naher Verwandter?«
Sie richtete sich auf. Zog die Handschuhe an und sah ein wenig über die Schulter. Wandte sich nicht ab. Überhaupt nicht. Warf nur einen Blick – zurück. Rakels Stimme an ihrem Ohr! Aus dem Tritornshorn. Belustigt über das, was die Leute fragen konnten.
Ein Schneekristall explodierte an der Netzhaut.
»Ja«, sagte sie.
»Wessen Beerdigung?«
»Meine eigne«, sagte sie und lächelte.
Jon sah sie an. Schräg. Ein ungläubiger Blick. Machte sie sich über so ernste Dinge lustig?
Sie begegnete seinem Blick. Warf das rote Haar zurück.

»Es ist glücklicherweise vorbei.«
Er fragte nicht mehr. Sah darin eine Ablehnung. Verletzt zog er sich etwas zurück. Es war viel Luft unter seinem Arm. Ein Luftzug zwischen ihnen.
Aber sie ging gerade und ganz normal, als ob nichts Besonderes wäre.
Sie war anders, als er sie in Erinnerung hatte.
»Du hast jetzt so viele schöne Kleider. Beinah wie eine Dame. Du fällst auf in der Schule.«
»Ja«, sagte sie nur.
Ein sprudelndes, unbeschwertes Lachen entschlüpfte ihr, während sie spürte, daß die Kleider eng und gut am Körper saßen. Die Stiefeletten mit den kleinen modernen Absätzen trugen sie die Straße hinunter.

Sie gingen ins Kino. Seine Hand legte sich auf die ihre bereits während des Vorfilms. Er roch gut nach Haarcreme oder etwas anderem. Es berührte sie nicht. Aber sie mochte es. Die Entscheidung fiel ihr leicht: ihn zu mögen.
Als sie an das Tor zu der großen Villa kamen, tanzte die Allee im Wind. Die Kälte setzte sich zwischen die Schulterblätter. Ihr Fenster war schwach erleuchtet. Das Licht über dem Waschbecken brannte. Eine Angewohnheit von ihr.
Er setzte sich auf die äußerste Kante der Bettcouch und zog den kurzen Mantel aus. Unbeholfen. Als ob es ihm erst, nachdem er sich gesetzt hatte, eingefallen wäre, daß er noch im Mantel war.

Einen Augenblick verriet sie sich. War wieder die alte. Der Rücken wurde klamm. Es tröpfelte salzig und naß unter den Armen. Aber während sie die Stiefeletten abstreifte, sah sie den Jungen auf der Couch an und sagte:

»Willste Kaffee oder Tee?«

»Kaffee«, sagte er ein wenig heiser.

Er stand auf, als ob er seinen Mantel aufhängen wollte. Aber gleichzeitig näherte er sich ihr. Sie spürte, daß der sehnige junge Körper sie gegen den Schrank drückte. In einem Wirbel sah sie den Raum sich um die Deckenlampe drehen, die ein dunkler Punkt in der Wirklichkeit war. Immer schneller. Da schloß sie ganz fest die Augen.

Und Simons Gesicht leuchtete über ihr. Ein trauriges braunes Gesicht mit großen blauen Augen. Seine Brust hob und senkte sich, er schien zu weinen. Da begriff sie, daß er Trost brauchte. Daß sie ihn im Arm halten mußte, ihn wärmen mußte, solange sie ihn hatte.

Sie spürte seine Hände auf ihrem Körper. Erst auf den Kleidern. Ungeduldig, zitternd. Als ob er für etwas um Entschuldigung bäte. Und das rührte sie. Setzte eine Lawine in Gang. Als ob sie einen elektrisch geladenen Zaun anfaßte und es nicht schaffte, ihn loszulassen. Ein merkwürdiger Strom vom Schritt aus aufwärts ließ sie in seinen Armen schwer werden.

Er nahm sie mit zur Tür, um abzuschließen. Wollte kein Risiko eingehen, daß sie sich ihm entzog. Nahm

sie mit in die Ecke hinter dem Vorhang, wo das Waschbecken war – um das Licht zu löschen.
Die Dunkelheit machte Simon noch deutlicher. Sie fühlte, daß er es war. Später auf der Couch, als seine Hände mutig und spielerisch geworden waren und sie fanden, verstand sie nicht, wie sie hatte zweifeln können, daß er es war.
Als die Finger sie spalteten, zitternd und voller Freude, faßte sie ihn um die nackten Hüften und drückte ihn an sich. Eine Stärke. Eine Sehnsucht und eine Entscheidung, die endlich freigelassen wurden.
Er hatte den Mund an ihrer Brust. Gierig und kräftig saugte er daran.
Aber als eine fremde Stimme in den Raum drang, die sagte, daß er einen »Gummi« habe, kam sie sich vor wie alter, vergessener Kaffeesatz in einer Tasse. Sie wollte da heraus. Spülte die Tasse und setzte sie ordentlich in den Schrank. So einfach war das!
Die Quellen in ihr sprangen auf. Eine nach der anderen. War sie gerade aus dem Meer gekommen? Natürlich! Eine, die aus dem Meer kam, konnte mit allem fertig werden!
Sie betrachtete ihn heimlich, während er etwas überzog. Herumfummelte. Atmete. Eine gewisse Zärtlichkeit ergriff sie.
Als er mit einem Seufzer behutsam in sie hineinglitt, vermißte sie den Spiegel über der Kommode und die Konturen des Vogelbeerbaums vor dem Fenster. Dann machte sie die Augen zu und fühlte sich von warmer, weicher Haut umschlossen. Lag ruhig und

streichelte sein Hinterteil und den Rücken. Den Nacken, die Haare.
Er bewegte sich und erfüllte sie mit Lust. Pumpte sie voll mit gieriger Lust. Die sich in Wellen fortpflanzte und sie dazu brachte, sich ganz zu öffnen.
Sie war in seinem Rhythmus. Einmal zog er sich fast ganz heraus, da klagte sie leise und umfaßte die Lenden des Mannes. Er sollte ihr nahe sein. Innen. Sie wollte ihn haben. Ihn einlullen. Ihn umfassen. Auf ihn achtgeben. Ihn verstecken.
Als er endlich erschöpft und leer auf ihr lag, den Mund in ihrem Haar, hungerte sie immer noch danach, daß er sie füllte. Seine rhythmischen, zielbewußten Bewegungen waren wie ein Ruf in ihrem ganzen Körper.
Aber als er mit beschämten Worten sagte, daß das nicht so schnell gehe, legte sie die Hand auf seinen Mund. Hielt die Augen geschlossen. Hatte Angst, daß sie sich in diesem Raum nicht mehr zurechtfinden würde.
Sie hörte ihn aufschließen und gehen.
Kurz darauf meinte sie, daß er den gelben Lastwagen startete.
Da mußte er wohl zum Betrieb runterfahren.
Eine schöne, sichere Sehnsucht erfüllte sie.
Sie schlief ein, ohne die Mappe für die Schule am nächsten Tag gepackt und ohne den Wecker gestellt zu haben.

30

Die Tage und Nächte waren oft wie eine Wand. Aber manchmal ein schrecklich hoher Baum – zum Klettern. Sie bestimmte selbst, wo sie war. Bei der Wand oder in dem Baum.
Sie lernte. Sie traf sich mit Jon. Empfing ihn vor der Mauer. Nie dahinter. Da war Simon.
In den großen Baum kletterte sie zusammen mit Simon. Er hatte immer einen nackten Oberkörper. Roch nach Heu und süßem Schweiß. Harz... Nie nach Haarwasser oder Deospray.
Anfangs war es schwierig für sie, von dem einen zum anderen zu wechseln. Aber allmählich ging es immer besser.
Die Zärtlichkeit hatten beide gemeinsam. Die Wärme. Die nackte Männerhaut.
Zuletzt fuhren sie zusammen in dem gelben Lastwagen fort. Und das Zimmer gehörte nur noch ihr. Sie konnte tun und lassen, was sie wollte. Lernen. Denken. Schreiben.
Sie hatte wieder angefangen, in ein Heft zu schreiben. In genauso eines, wie es Tora vor dem Brand auf dem Speicher in Simons Betrieb gehabt hatte. Sie schrieb keine Geschichten, zunächst. Nur Bruchstücke von Sätzen. Gefühle. Kurz. Unvollständig. Als ob sie sich an den Worten verbrannte, wenn sie sie niederschrieb.
Ein paarmal glaubte sie, in Bekkejordet zu sein. Aber

sie ermahnte sich, daß sie jetzt dort nicht sein durfte. Sie mußte hier lernen. Sie war lange genug bei ihren Schafen gewesen. Die zogen sie nur ins Meer hinunter. Es war ebenso gut, wenn sie etwas fand, worin sie schwimmen konnte.

Sie hatte Sehnsucht. Die war die ganze Zeit da. Die Sehnsucht nach einem Himmel mit Haut. Sie schrieb darüber in ihrem Heft.

An Henrik dachte sie selten. Er hatte ja eine solche Angst bekommen, als sie sich losriß und ertrinken ließ. Er bekam regelrechte Dunkelangst, wenn er den Mut anderer Leute sah. Jetzt war er nur Henrik mit dem rauhen Weinen, den dunklen Bartstoppeln und der abgetragenen Windjacke.

Ingrid schrieb, daß er feste Arbeit auf einem Frachtschiff habe, das »Varg« heiße, und daß es ein Segen sei.

Sie zog die Kleider aus dem Schrank von Bekkejordet an und machte einen langen Hals in dem Schal. Ihr Kopf erhob sich wie ein hochaufragender Gipfel über den Körper. Ein neuer Stolz wohnte in ihr, den sie ab und zu vergaß. Ja, natürlich. Aber in der Schule, in den Pausen, erinnerte sie sich daran. Besonders erinnerte sie sich daran, wenn sie unten bei Bergs war.

Die Lehrer wurden aufmerksam auf das Mädchen von der Insel. Sie war mitteilsamer geworden. Diskutierte in den Stunden. Hatte eine eigene Meinung und eine überhebliche und freundliche Art, die

Dinge anzupacken. Sie hatte sich wirklich verändert. War reifer geworden. Sie sprachen im Lehrerzimmer darüber. Die Jugendlichen von den Inseln hatten gewöhnlich nicht soviel Selbstvertrauen, hieß es. Sie hatten genug damit zu tun, sich zurechtzufinden. Dieses Mädchen hier war anders, dafür, daß sie so jung war. Wenn es nur nicht ausartete, so daß sie eine von diesen Hochmütigen wurde, diesen Besserwissern, die glaubten, daß sie der Nabel der Welt seien, weil sie gut in der Schule waren.

Daß die Graugekleideten, Wollstrumpfbekleideten und Pfeiferauchenden es nicht lassen konnten, den Rotstift auch beim Menschen zu benutzen.

Das Mädchen von der Insel habe einfach Boden unter den Füßen bekommen, meinte der junge Jakobsen.

Die anderen, älteren waren nicht ganz einverstanden. Aber sie warfen ihm nur einen Blick zu oder zwei. Sie hatten nicht vergessen, wie das mit der Kampagne gegen das Vorlesen von *Doktor Schiwago* gegangen war und gegen den elenden Pasternak, der den Nobelpreis bekommen hatte und die Sowjets auf den Hals, so daß die Sache unangemessen respektiert wurde. Obendrein erschien er nicht mal, um den Preis entgegenzunehmen. Verzichtete!

Nein, sie widersprachen dem jungen Jakobsen nicht, auch wenn er sozusagen für nicht ganz voll zu nehmen war.

Als es wieder schellte, hatten sie die ganze Pause über das Mädchen von der Insel gesprochen. Das reichte.

In der nächsten Pause korrigierten sie entweder Hefte oder nahmen sich ernste Probleme vor, zum Beispiel, daß die Spannung in Berlin ihrem Höhepunkt zustrebte. Die Westmächte würden wohl die Stadt halten. Koste es, was es wolle! Die Wahl in West-Berlin war ein Sieg für die Freiheit. Die Gerechtigkeit. Die Wahrheit! Vernichtende Niederlage für den Kommunismus! Willy Brandt war als Bürgermeister wiedergewählt worden.

Das waren wichtige Neuigkeiten.

Und sie nahmen die Aufsatzhefte und die abgewetzten Ledermappen und glitten auf knirschenden Sohlen hinaus in den Gang.

Die Korridore. Die grauen, zugigen Korridore. Mit hohen Fenstern auf der einen Seite und der Türreihe auf der anderen. Und alle die Füße. Latschende junge Füße. Widerwillige, dazu verurteilt, die richtige Tür zu finden. Sonst wurde nichts aus ihnen.

Darüber brütete eine graublaue Decke, die dadurch heruntergezogen worden war, daß der obere Teil der Wände dieselbe Farbe wie die Decke hatte. Irgendein Anstreicher hatte wohl von einem Malermeister gelernt, wie man eine Decke herunterzog, um es gemütlicher und intimer zu machen.

Und die Wände! Voller Wunden, Haß, Tritte und Striche. Man konnte gelegentlich einmal auf ein Gefängnis losgehen, ohne gesehen zu werden, wenn man nämlich aus der Klasse verwiesen wurde, weil man frech zu einem Lehrer gewesen war. Man konnte ein Taschenmesser benutzen, wenn man eins

hatte. Lauernd in den Ecken stehen und in sechs Schichten Farbe und in die Mauer schneiden. Blindlings. Unsichtbar.
Später – wenn man vorbeikam – konnte man die Wunde von diesem und jenem Mal sehen. Man konnte sich erlauben, zu grinsen und die grauen Wände der Kommunalen Realschule Breiland zum Teufel zu wünschen. Davon träumen, daß man frei war. Es half nur nicht. Aufs ganze gesehen war es so, als ob man in den Stillen Ozean kotzte.
Und der Luftzug von den breiten doppelten Türen vergewaltigte sie vom ersten Augenblick an. Krümmte sie, schob ihre Köpfe zwischen die Schulterblätter, zog die Haut auf den Gesichtern und auf den Händen zusammen und machte sie bläulich wie die Kerzen auf dem Friedhof am Weihnachtsabend.
Und mitten in der Kälte wurde das eine oder andere Feuer aus Gelächter und Hohn gegen die grauen Wächter entzündet, die Kontrolleure, die Spitznasigen, die Rotstifte – die in den Pausen warm und sicher im Lehrerzimmer sitzen konnten und rauchen.
Aber unter den Pullovern, die süß und bitter nach nervösem Schweiß rochen, hämmerten junge Herzen taktfest und unsichtbar. Poch, poch, poch! Wie trotzige Maschinen.

Das Mädchen von der Insel stand nie in den Korridoren, ohne daß Pause war. Die hohe, kalte Decke war eine kühle Schale für sie. Einzig wichtig war nur, die richtige Tür zu finden, die richtige Regel, das richtige Wort, das richtige Buch, die richtige Lösung.

Sie kannte den Haß nicht, der in den Narben auf den Mauern lag. Sie hatte genug mit sich zu tun.
Während die anderen wie Gefangene herumliefen, richtete sie sich auf und fühlte sich sicher. Je mehr sie sah, wie verschüchtert die meisten waren, welche Angst sie vor dem Klang ihres Namens hatten, dem Anblick ihrer Schrift, dem Klang ihrer Stimme, wenn sie Regeln oder Gedichte oder Lehrsätze wiedergeben sollten – desto sicherer wurde sie.
Es kam vor, daß sie die Lehrer etwas fragte, was nicht in den Büchern stand. Wozu die Lehrer mehr Wissen und Kenntnisse haben mußten als nur das, was vom einen Tag zum anderen in den Schulbüchern stand. Sie saß mit unbeweglichem, blassem Gesicht und Augen von blaugrüner Emaille da, während die Lehrer die Lippen befeuchteten, nachdachten, sich geschlagen gaben oder versuchten zu bluffen.
Bluffften sie, hatte sie sich oft auf weitere Fragen vorbereitet, deren Beantwortung noch mehr Wissen erforderte. An diesem Spiel hatte sie große Freude. Aber sie paßte auf, daß sie nicht übertrieb. Akzeptierte eine Antwort, auch wenn sie wußte, daß sie falsch war.
Innerlich lachte sie. Rakel lachte mit erhobenem Haupt und schmalen, blitzenden Augen. Lautlos und ohne eine einzige Falte im Gesicht. Rakel legte die Hände ruhig in den Schoß oder spielte mit ihren Haaren. Hatte einen kleinen rosa Mund, der sich halb öffnete, als ob er den Ohren half, das Wissen in den Kopf hineinzubekommen.

Ihr Kopf war ein Lagerraum. Sie hatte gründlich da oben aufgeräumt. Herausgeworfen. Leere Schränke und Schubladen für alles bekommen, was da hineingelegt, gelagert, gebraucht, aufgebaut werden mußte. Es konnte passieren, daß sie vergaß, wer sie war. Aber in der Schule war sie Rakels Körper in Rakels Kleidern mit Rakels sicherem Wissen, wer sie war.

Der Körper bewegte sich den Kleidern entsprechend, die sie anhatte. Das Schulmädchen in Jeans und weitem Pullover peinigte sie. Es kam etwas unter die Haut, was sie nicht mochte. Sie hatte dann das Gefühl, daß sie schlecht roch. Nach Schweiß und enger Bude. Die Kleider von Bekkejordet brachten ihren Körper triumphierend zur Geltung. Sie hatten ihren eigenen Geruch. Auch nachdem sie sich gewaschen hatte. Duft von Frühling, Lavendel und Parfum. Backwerk. Fremd – trotzdem: sie!
Meistens ging sie mit diesen Kleidern. Sie wurde von den anderen Mädchen zurechtgewiesen: daß sie viel zu elegant sei, zu damenhaft.
Da flog mit einer weit ausholenden Bewegung das rote Haar nach hinten. Und die Antwort kam nicht aus ihrem Mund, sie lag nur in dem Blick, den sie ihnen zuwarf.
Gelegentlich war sie mit den Mädchen aus ihrer Klasse zusammen. Ging mit Anne ins Café. Es gab ihr nicht viel. Sie merkte, daß die anderen sie auf eine seltsame, sorglose Weise langweilten. Wie die kleinen

Geschwister von Sol. Eine lärmende, rotznasige Bande. Purzelten übereinander wie kleine Kartoffeln in einem Eimer an einem Regentag im Oktober.
Sie hörte ihnen eine Weile zu, ohne direkt am Gespräch teilzunehmen, dann zog sie sich aus dem Lichtkreis ihres Cafétisches zurück und tanzte in ihre eigene Welt hinein.
Die Gerüche waren anders, das Licht war weicher, die Geschehnisse spannend. Als ob sie von Raum zu Raum ginge in einem großen Haus, in einem Schloß, einem Wald – wo sie noch nie gewesen war. Und die ganze Zeit fühlte sie die kribbelnde, zarte Freude – als ob sie in großer Höhe auf einem straffen Seil balancierte oder zu weit herausschwamm, so daß sie nicht sicher sein konnte, wieder an Land zu kommen.
Im Unterschied zu früher spannte sie jetzt selbst das Seil, ging selbst aus und ein in den dunklen Räumen mit den Kronleuchtern, die nicht ordentlich an der Decke befestigt waren. Sie konnten jederzeit herunterfallen und sie erschlagen. Sie hörte den spröden Ton, wenn die Prismen aneinandergerieten und das Licht kurz und klein schlugen, so daß keiner es mehr festhalten konnte. Aber sie war nicht mehr darin verloren. Hatte keine Angst mehr, daß es passieren würde.
Sie beherrschte es.
Sie spürte die Wärme der Bettwäsche, die Wärme des Flickenteppichs hinten beim Waschbecken, wenn sie nackt dort stand und sich wusch. Der Radiator unter

dem Fenster sandte seine wohlige Wärme in den Unterleib und die Füße, wenn sie am Schreibtisch saß und lernte.
Abends kuschelte sich die strahlende Wärme der Fensterscheibe an sie wie die Katze in Bekkejordet. Schmiegte sich so dicht an, als ob sie ein glänzendes schwarzes Fell hätte.
Sie beherrschte die Wärme.

Die Bücher mußte sie Rakel manchmal mit Gewalt eintrichtern. Aber es ging allmählich besser. Was Rakel an Romanen und Erzählungen nicht lesen wollte, holte sie mit Lernen auf. Dem fügte sie sich.
Die Schulbücher waren das Wichtigste. Deswegen war sie ja in Breiland, weit fort von Simon und den Schafen.
Sie wachte nachts auf und spürte seine breite Brust an ihrem Gesicht. Spürte den schönen Druck von Lust und Freude gegen den Unterleib. Roch seine Haare und seine Haut.
Wenn Jon abends da war, bekam sie ihn immer beizeiten aus dem Zimmer. In dem Augenblick, in dem das Licht ausgemacht wurde und Simon erschien, war Jon auf dem Weg nach draußen. Auf diese Weise trieb sie ihr Doppelspiel. Wollte sich das nicht versagen. Mit Jon konnte man gut über viele Dinge reden. Er hatte Filme gesehen und kannte die Lehrer. Er wollte das Abitur machen.
Sie paßte genau auf, daß sie den einen auf der Innenseite der Mauer hatte und den anderen vor der

Mauer. Wie sie auch genau aufpaßte, daß sie sich nach einem bestimmten Verhaltensmuster anzog, wenn sie mit den Mädchen nach der Turnstunde zusammen in der Dusche war. Streckte den Körper und glitt frei und geschmeidig in die Kleider. Zeigte ihren neuen Körper mit Stolz, weil er ihr gehörte.

Jon brauchte alle seine Spargroschen für Hygieneartikel. Er sättigte sich wie ein hungriger Hund, der lange in der Kälte gewesen und nun endlich an einen Freßnapf gekommen war.

Nach dem ersten Mal wurde alles zu einem Sog, einem Bedürfnis, einer Art Trost.

Es war Simon, an den sie sich lehnte, wenn sie die Treppen hinaufgingen, er war es, der sie auszog und ihr mit lautlosen Bewegungen bei der Bettcouch half. Er streichelte ihre Brüste und den Bauch und schnappte mit eifrigen Bissen nach den Brustwarzen. Er spielte mit ihr. Langsam, genießend, als ob er Samt berühre. Er seufzte, wenn er in sie eindrang und seine Bewegungen machte. Sie lag da und empfing. Kannte den Rhythmus, so daß sie genau ausrechnen konnte, wann er kam und schwer und ruhig wurde.

Einmal entglitt ihr alles. Sie war in der Koppel, und die Farne waren grün und giftig und zogen sie herunter. Sie fühlte wieder den Stoß. Den Schmerz. Die Angst. Die Demütigung. War wieder Tora, wälzte sich mit wilden Augen herum und warf ihn ab. Denn sie kannte ihn nicht.

Es war kurz davor gewesen. Der junge Mann auf der Bettkante beugte seinen weichen Nacken und weinte. Vor Schmerz, weil es ihn fast sprengte. Aus Enttäuschung, weil er ohne jeden Grund abgewiesen worden war. Er verstand nicht, was in so einem verrückten Mädchenkopf vor sich ging.

Da begriff sie, welche Macht sie hatte. Sie tadelte sich selbst. Schlüpfte wieder in Rakels Körper und umarmte ihn.

Es dauerte lange, bis er konnte, aber als er endlich wieder in sie eindrang, strich sie ihm über den Kopf und ließ ihn die Schuld auf sich nehmen für das, was geschehen war. Als ob sie sagen wollte: Schau her. Ich tröste dich ja.

Nichts rührte sie mehr an diesem Abend.

Außer einer Sache.

Sie beherrschte einen Menschen – vollständig.

31

Eines Tages geschah es doch! Daß der Kronleuchter in einem der Räume, in denen sie sich befand, von der Decke fiel. Es klirrte ohrenbetäubend von zerbrochenem Glas und gesprengtem Licht.

Denn als sie in das Geschäft kam, stand Henrik an der Theke und bezahlte ein Päckchen Tabak!

Er sah es ihr wahrscheinlich an, daß sie wußte, daß er sie hätte ins Boot ziehen können, wenn er wirklich gewollt hätte... Er verriet es mit einem blitzschnellen Blick. Sofort schlug er die Fensterläden zu, setzte die Mütze auf und war fort.

Dann lag sein Frachtschiff wohl hier.

Sie ging direkt in ihr Zimmer und holte Rakels blauen Mantel aus dem Schrank. Zog die kleinen, hochhackigen Stiefeletten an.

Dann ging sie hinunter zum Kai. Fand das Frachtschiff »Varg« und ging ein wenig vor den Bullaugen auf und ab.

Schließlich kam er an Deck. Er schüttelte sich wie ein Hund, schob den Kopf zwischen die Schultern und taumelte in den Aufbau.

Sie blieb noch eine Weile stehen. Bis sie sein Gesicht wie eine graue Angstmaske in einer der runden Luken sah. Er duckte sich schnell weg, als ob ihm jemand mit einem Stock auf den Kopf geschlagen hätte.

Da schwang sie sich langsam herum, so daß der Mantel wie ein Segel um sie stand. Warf das krause rote Haar zurück und schritt über die Kaiplanken. Sie sah das verzerrte, erschreckte Gesicht des Mannes nicht. Aber sie wußte, welchen Anblick er bot.

Sie kam auf die Idee, hinauf ins Hafenbüro zu gehen und nach der Route des Frachtschiffes »Varg« zu fragen. Dann könnte sie in dem blauen Mantel an der Küste entlangreisen und in jedem Hafen ein paar Minuten vor dem Bullauge auf und ab spazieren, bis er sie sah.

Das Lachen machte sich in ihrer Kehle bereit wie ein Schwarm Zugvögel vor dem Flug in den Süden. Aber es würde zu teuer. Und sie müßte auch die Schule versäumen. Trotzdem: Der Gedanke war wie ein angewärmter Wollsocken am Fuß.

Sie war so sehr in ihrem Triumph befangen, daß sie zunächst das Atmen und Knirschen auf dem Schnee hinter sich nicht hörte. Nicht, bis sich sein Schatten unter der Lampe des Lagerschuppens auf sie legte. Er war schrecklich groß. Sie blieb wie angenagelt auf der festgetretenen Böschung stehen. Der rechte Fuß schlitterte ein bißchen, ehe er Halt fand.

Dann spürte sie seine Hand auf der Schulter. Sie wappnete sich und wollte sich umdrehen. Aber die Bewegung taugte nicht viel.

»Was willste von mir?« fragte es heiser über ihrem Kopf.

Er machte ein paar lange Schritte und stand vor ihr auf der Straße.

Da sah sie ihn an. Wußte nicht genau, was sie erwartet hatte. Sie hatte sich in einen gewaltigen Haß gesteigert, Toras wegen. Aber jetzt hatte sie das Gefühl, als ob sie versucht hätte, einen Stein auf eine Krähe in mehreren Kilometern Entfernung zu werfen.

Er war nüchtern und sah erbärmlich aus. Die Windjacke stand vorne auf.

»Was willste von mir?« wiederholte er und wollte sie wieder an der Schulter fassen.

Sie scheuchte seine Hand weg. Wunderte sich, daß sie keine Angst vor seiner Rache hatte.

»Wollte nur mal kurz auf'm Kai vorbeischaun«, sagte sie.

»Ich dachte, du wolltest mit mir reden, daß du Geld brauchst... Ich war so perplex, als ich dich in der Rakel ihren Kleidern gesehn hab', daß ich nicht dran gedacht hab'.«

»Ob ich Geld brauch'?«

Sie hätte lachen können. Die Worte waren zu unglaublich aus diesem Mund.

»Ja... Ich weiß nicht, wie ich's sagen soll, aber... ich verdien' jetzt gut, und wenn du's nicht verschmähst... Die Rakel hat was verlauten lassen, daß du's nicht so leicht gehabt hast... Hat's gesagt, bevor... Ich kann dir 'nen Gefallen tun, wo die Gelegenheit grad da ist.«

Er stotterte seinen Wortschwall weiter.

Sie war ganz in ihrem jetzigen Leben.

Aber sie besann sich und wartete. Wartete darauf, daß er das Motiv für seine guten Taten verriet. Denn es war wie in Elisifs Geschichten, in denen sie von Leuten erzählte, die einfach das Knie vor dem Herren beugten und bekehrt waren.

Dann fiel ihr ein, daß der Mann sich natürlich verschieden gegenüber Rakel und gegenüber Tora benahm. Er hatte immer eine Art unterwürfigen Respekt vor Rakel gehabt. Das hatten alle gemerkt, auch wenn er versucht hatte, es hinter seiner Angeberei zu verbergen.

Sie steckte die Hände in die Manteltaschen und musterte ihn höhnisch.
»Nein, ich komm' gut zurecht. Aber schick dein Geld der Ingrid. Sie braucht's!«
Dann ging sie los und wollte an ihm vorbei. Er hängte sich an. Trottete an ihrer Seite. Es war deutlich, daß er mit seinem Gespräch noch nicht zu Ende war.
»Ich hab' gehört, daß du... daß es dir miserabel gegangen ist, Tora.«
Die Stimme verschwand in dem Körper. Sie begriff von alledem nichts. Worauf wollte er hinaus?
»Ich mag nicht mehr mit dir reden«, sagte sie und wollte gehen.
Aber er war aufdringlich wie ein Insekt. Summend. Sie vermochte dem, was er sagte, nicht länger zu folgen. Er sprach davon, daß er etwas nicht ungeschehen machen könne. Daß er alles zusammen nicht schaffe. Daß er von Ingrid fortgegangen sei, von der Insel, um herauszufinden, ob er das Untier sei, zu dem ihn Rakel verdammt habe.
Stimmen nahmen von ihrem Kopf Besitz. Sie redeten durcheinander. Hielten sie raus. Trotzdem gelangten Bruchstücke von der stottrigen Verteidigungsrede des Mannes bis zu ihr wie ein Stück Text in einer fremden Sprache mit vielen Wörtern, deren Bedeutung sie nie gelernt hatte.
»Weißte nicht, wer ich bin?« schrie sie ihn an.
Da wurde es endlich ruhig.
Der Wind mühte sich mit dem losen Wellblech ab,

das auf dem Dach eines Lagerhauses in der Nähe lag. Es blitzte festlich, wenn es mehrere Zentimeter hochgehoben wurde und dem Himmel zuwinkte. Der Mond flackerte mit Silberpapier über den Fjord.

»Die Rakel hat mir erzählt... Ich weiß, daß es nicht geht, dich zu bitten, daß du mir verzeihst«, sagte er heiser.

Sie starrte.

Die Katze am Bretterzaun zeigte die Krallen, sträubte die Schnurrhaare, und die Augen blitzten. Sie streckte sich im Sprung.

»Nein«, zischte sie ihn an.

Dann rannte sie über die vereiste Straße.

Die Gestalt in der Windjacke hatte lange, blutige Schrammen bekommen, an einer Stelle, die niemand sah. Er verband den Schaden, wie er das zu tun pflegte. In einer Gaststätte.

32

Der Winter mußte mit planmäßiger List und harter Arbeit bewältigt werden. Das war die einzige Möglichkeit für den Polarmenschen, sich am Leben zu erhalten. Rituale mit Licht und Bewegung. Ein jeder hatte den schweren Rhythmus unter der Haut, wer er auch war: dick vermummt. Kleinliche Jagd nach einem gemütlichen Ort. Augen wie Motten, gegen das Licht.

Die Gedanken lagen in Schichten wie Schneewälle und waren ein Hindernis. Ab und zu mußte ein Schneepflug herbei. Der bahnte sich einen Weg und schuf freien Durchgang. Aber gleich daneben waren die Schneewälle, hoch wie Häuser, die einen daran hinderten, hinaus auf die geräumten Straßen zu kommen.

Die Krähen in Breiland hatten es nicht gut. Sie saßen oben auf den Dachfirsten und Schornsteinen und wärmten sich. Hatten ein Gespür für Fenstersimse mit undichten Ecken, die die Wärme herausließen. An verhangenen Nachmittagen konnte sie sie in den schwarzen Zweigen bei der Müllhalde sehen. Sie schaukelten vor und zurück, als ob die Gicht sie plage und bekümmere oder als ob sie fürchteten, an den Ästen festzufrieren.

Aber sie warteten. Warteten, daß die Wärme auflodern würde. Sie hatten gelernt, daß ein Mann, eingepackt in einen Arbeitsanzug und mit einer schmutzigen Schiffermütze auf dem Kopf, kam und den Abfall verbrannte, den man nicht fressen konnte. Den ganzen Tag hatten sie dazu benutzt, die Krähen, sich um Kartoffelschalen und schimmelige Brotkanten zu schlagen.

Sie wußten, daß dann die Flammen kamen. Die sie wärmten. Die die Baumkronen mit schwarzen steifen Fingern zum Himmel greifen ließen.

Indessen krallten die Krähen sich fest. Wie rußige Opferpriester hielten sie ihre Messe. Ab und zu ließen sie ihr Geschrei über verkohlte Pappkartons, amputierte Stuhlbeine und sohlenlose Schuhe los. Blechbüchsen, die den Optimismus nie ablegen konnten, sondern grelle Reklame für Vesterålens Fischklopse machten, vergewaltigt von Büchsenöffnern und geleert von gierigen Händen.
Und die Krähen setzten sich so dicht an die Flammen des Müllmanns, wie sie es verantworten konnten, und riefen ihr rauhes: Pfui!

Es lagen auch alte, nasse, verkohlte Zeitungen auf dem Müllplatz. Die Worte waren gefährlich, selbst wenn sie anscheinend vergessen waren. Denn sie lagen sogar in den Schneewällen, die die Schneepflüge an den Straßenrändern zusammengeschoben hatten, in den Köpfen der Leute.
Wenn sie es am wenigsten erwartete, würde man es ausgraben und sie verurteilen. Sie ergreifen!
Sie fühlte sich sonderbar hingezogen zu dem Müllplatz. Konnte die Geröllhalde von dort bewachen. Wußte, daß sie um so besser vorbereitet sein würde, je öfter sie den Weg in der Winterdunkelheit ginge.
Denn tief innerlich hatte sie eine Heidenangst, in eine Situation zu geraten, in der sie vergaß, wer sie war.
Sie empfand den Geruch von verbranntem Abfall wie eine Warnung. Die hohe senkrechte Wand, wo der Schneepflug gedreht hatte, hinderte sie, zu der

Geröllhalde hinaufzusteigen. Wo das Vogeljunge unter Schneekristallen und Schichten von Harsch und Steinen und Moos lag.
Der Holzlöffel, der noch bei Frau Karlsen war, hatte gegraben und gegraben. Dort.
Und sie kehrte um und ging zu den Lichtern, ohne sich umzusehen. Die Häuser riefen sie. *Baten* sie. Mit gelben traurigen Augen: Komm zurück!
Es war kein Zufall, daß sie zurückging. Es war ihre eigene Entscheidung. Man hatte das Recht, eine Entscheidung zu treffen. Der Stärkste konnte das. Es war wichtig, der Stärkste zu sein.
Sie war stärker als Henrik.
Sie machte ihm Dunkelangst.
Sie ging über bereifte Müllhalden, zwischen Ratten und Mäusen.
Sie war stärker als Jon. Konnte ihn aus ihrem Kopf werfen, aus ihrem Körper. Konnte ihn einschüchtern durch ihr bloßes Dasein.
Sie war stärker als die Lehrer. Zuinnerst wußte sie, daß sie klüger war.
Natürlich mußte man gerecht sein und nicht mehr nehmen, als einem zustand. Aber wenn es sich nun so verhielt, daß ihr sehr viel zustand? Ja, dann konnte sie es nehmen. Bevor ein anderer es nahm. Die Leute standen ja Schlange genau davor: zu nehmen!
Wenn sie hinauf in ihr Zimmer kam, nachdem sie die eisige Tour zum Müllplatz gemacht hatte, wo der Winterweg so vollständig zu Ende war, betrachtete sie sich immer im Spiegel. Ein kleines, hartes Gesicht

mit verfrorenen Zügen. Die Nase war weiß in dem Ganzen. Die Augen waren rauchschwarze Höhlen.
Und sie erinnerte sich, daß sie sich selbst gesehen hatte in der Scheune in Bekkejordet. Auf der Plane. Genauso. Sie grüßte ihr altes Ich. Sah es so lange an, bis es sie nicht mehr erschreckte.
Dann setzte sie sich an den Tisch, um zu lernen. Spreizte die Beine und wärmte sich auf durch den Radiator. Spürte, wie das Blut ganz langsam und ruhig durch die Adern floß.
Nach einer halben Stunde betrachtete sie sich wieder im Spiegel. Die Augen leuchteten blaugrau und waren klar. Lebendig! Das Gesicht rotbackig und jung.
Das hatte sie selbst gemacht.

Manchmal nahm sie das spezielle Heft aus der Schublade. Sie konnte es frei unter die Lampe auf den Tisch legen. Brauchte nicht an einem bitteren Kopierstift zu lecken, bevor sie etwas schrieb, wie in alten Tagen auf dem Speicher. Sie benutzte jetzt einen Füller.
Sie schrieb eine lange Geschichte von einem Mädchen, das einen Mann an der Küste entlang verfolgte und ihn erschreckte, indem sie ihn an eine erinnerte, die er getötet hatte.
Sie sah wohl, daß es dem glich, was sie selbst am Kai erlebt hatte, als sie bei Henrik auftauchte. Trotzdem war es ganz anders.
Hin und wieder las sie das Geschriebene durch, ver-

besserte es sprachlich und wechselte ein Wort durch ein anderes, besseres aus.
Und die ganze Zeit mahlte es in ihrem Kopf: Er hat losgelassen! Ja, ich war doch dabei. Es ist nicht wahr, daß er loslassen *mußte.* Er hat losgelassen, weil er loslassen wollte.

Die vielen Menschen, die ständig durch sie hindurchgingen! Sie juckten wie Ekzeme. Wie Ameisen. Sie wollte sich schütteln, um sich ihrer zu entledigen. Aber sie schaffte es nicht. Sie waren aus einer anderen Zeit, auch wenn sie an ihr vorbeigingen, auf der Straße, im Schulhof, in der Bibliothek. Sie bekam solche Lust, sie zu erschlagen, sie aus dem Weg zu räumen, auf dem Müllplatz zu begraben. Es quälte sie, daß sie da waren, sich bewegten, redeten.
Es gab Tage, da war ein so großer Lärm in ihrem Kopf, daß sie das Geräusch nicht ertrug, wenn die Lehrer das Klassenbuch zuklappten. Oder wenn die spitzen Lehrerinnenstimmen wie weißer Frostrauch über die Bankreihen trieben und zu Boshaftigkeit in ihrem Kopf wurden.
Es war, als ob die Menschen sie daran hinderten, etwas wieder hervorzuholen, woran sie sich erinnern wollte.
An anderen Tagen quälten die Menschen von der Insel sie. Obwohl sie in Breiland war. Sie kamen mit viel Krach und Spektakel in ihren Kopf. Sie waren vulgär und anstrengend und wollten immerzu Geschichten erzählen, die sie schon von früher kannte.

Sie waren rotznasig, fluchten, rochen nach Fisch und lachten lauthals. Sie konnte es nicht ändern, daß sie eine gewisse Verachtung für ihren Rummel empfand. Sie wußten nicht, wer sie waren. Sie verstanden keinen Nutzen daraus zu ziehen, daß sie eine Ecke in demselben Menschen waren wie sie. Sie trieben sich herum zwischen Ottars Laden, dem Bethaus, der Fischfabrik, dem Tausendheim, Vaeret, den Fischereibetrieben. Total verschroben und gedankenlos.
Und sie störten sie. Ihre Blicke. Die alten höhnischen Worte. Die Mißgunst. Sie war sich klar darüber, daß sie das alles längst in den Schneewällen versteckt hatte. Zu beiden Seiten der geraden weißen Straße, auf der sie ging. Einmal mußte sie es ausgraben und anzünden.
Sol! Sol mußte geschont werden. Sol wußte, wer sie war.
Sie ertappte sich dabei, daß sie sich nach Sol sehnte. Nach ihrem großen Busen, der aus dem Badeanzug herausquoll. Nach ihrer furchtlosen, unbekümmerten Stimme: »Er benutzt immer einen Gummi…« Oder: »Er ist nett…«
Jetzt verstand sie Sols Art, ihre Idee: zu herrschen. Sich nie überrumpeln zu lassen. Diejenige zu sein, die bestimmte.
Simon war ausgenommen. Er würde auf der Insel warten, bis sie fertig war mit dem, was sie tun mußte. Er würde auf ihre Schafe aufpassen. Würde in dem gelben Lastwagen in seinen Betrieb fahren. Und wenn sie seinen großen Körper brauchte, weil die an-

deren sie langweilten oder nicht verstanden, wer sie war – dann würde er sie umarmen. Sie hatte ihn gewählt. Er mußte geschont werden.
Ingrid? Sie mit ihren Fischfrikadellen. Was machte sie jetzt, wo sie keinen hatte, an den sie ihren Lohn verplempern konnte. Sie mußte wohl geschont werden – sie auch.
Einmal würde sie eine Geschichte in ihr Heft schreiben von einer Frau, die nicht wußte, wofür sie lebte, nachdem der Mann, der sie immer nur schikaniert hatte, verschwunden war. Sie mußte ihn wohl nach Amerika fahren lassen. Den Einfall mit dem Frachtschiff hatte sie bereits aufgebraucht.
Irgendwo in dem Schneewall lag ein kleiner Gedanke, der wie ein lästiger, vergessener Fausthandschuh auftauchte, der keinem gehörte: War es so, daß Ingrid keine Gedanken hatte?
Die Sorge mit dem Kreditbuch auf Ottars Ladentisch, dem Buch mit einem Muster wie schäbiger Marmor auf dem holzbrettdicken Einband, *die* beschäftigte Ingrid.
Als sie das letztemal zu Hause war, hatte sie Ingrid nicht einmal gefragt, wie es mit den Zahlen in Ottars Buch stand.
Konnte Ingrids Zahlen nicht bis ins unendliche auf sich nehmen.
Trotzdem bekam sie Ingrid nicht ganz in den festgebackenen Schneewall hinein. Es stak immer etwas heraus. Dünne, rotgefrorene Hände, die im Keller, tief unten im Tausendheim, Wäsche in dem Eiswas-

ser ausspülten. Das dichte schwarze Haar. Irgendein gewelltes Haarbüschel lag vereist am Rande des Schnees. Ab und zu ein hilfloser Seifengeruch, gemischt mit dem Dunst aus der Fischfabrik. Gemischt mit dicken Tränen – wie grobe Salzkörner aus der Papiertüte auf dem Küchenschrank. In der Tüte waren immer Löcher, aus denen ein paar Salzkörner rannen, die auf den Küchenboden fielen und aufgefegt werden mußten.
Hie und da hingen Gesichter am Rande des Schneewalls. Wie vergessene Masken. Ingrids weiße Haut ging über in die Gesichtszüge anderer Leute.
An solchen Tagen dröhnte und arbeitete es in ihrem Kopf wie ein ganzer Putztag. Stimmen! Es wurde feucht und klamm von Dampf und altem Schmutz. Vielleicht mußte sie Schrubber und Messer dazu nehmen.
Ein paarmal arbeiteten die Gedanken sich durch zu dem tauben Frits, der nicht sprechen konnte, und zu Randi, seiner Mutter, die eine prächtige Farbenwelt auf einer Maschine strickte. Sie wußte nicht, was aus ihnen und ihren Bücherregalen geworden war. Konnte sich nicht von ihnen aufhalten lassen. Sie mußte sie daran hindern, daß sie mit dem Bettüberwurf, den Randi ihr einmal geschenkt hatte, aus dem Schneewall herauskamen. Die rotflammenden Flikken aus Wollgarn könnten sie vergessen lassen, wer sie war.

33

Sie hatte nachgegeben und war mitgegangen, um Jons Familie kennenzulernen.

Jons Vater verkaufte Holz. Besaß unten am Kai einen großen Lagerschuppen, der so aussah, als ob zehnmal angebaut worden wäre, ohne daß man sich richtig überlegt hatte, wie der Ausbau erfolgen sollte. So war ein graues Krähenschloß daraus geworden. Bretter und Stangen quollen zu den Fenstern und offenen Türen heraus. Es ähnelte ein wenig Simons altem Betrieb. Jons Vater roch nach Holz und Sägespänen. Ein eigenartiger frischer Teergeruch lag bereits auf der Treppe zu dem großen Haus, das Jons Heim war. Altmodische, schmiedeeiserne Lampen streuten ein bleiches Licht über den Schnee und die mutlosen Rosenbüsche.

Jons Vater hatte ein weißes Nylonhemd an, das nicht ganz weiß war. Die Hosenträger hingen von den Knöpfen herunter und baumelten vor den Schenkeln. Er war gerade dabei, sich vor dem Spiegel im Flur den Schlips zu binden, als sie kamen.

Jon war sichtlich verlegen, daß sein Vater da stand und noch nicht fertig war. Aber er sagte nichts. Er war mit einem Tadel zu Hause sicher nicht so schnell bei der Hand wie im Freundeskreis.

Jons Vater war nicht im geringsten verlegen. Er machte mit dem kurzen, umfangreichen Oberkörper eine kleine Verbeugung und gab ihr die Hand. Sie

konnte gut sehen, daß hinter seiner Clownsmaske eine Menge Lachen lag.
Er hatte dünnes, angegrautes Haar, das er nicht versucht hatte über den kahlen Scheitel zu kämmen. Er war frisch rasiert und roch nach Rasierseife – und frisch gesägten Kiefernstämmen.
Jon glich seinem Vater überhaupt nicht.
Aber die Mutter war groß und dunkel, die Haare an den Schläfen waren streng zurückgekämmt und hatten bereits silbergraue Strähnen. Das Gesicht war schmal mit einer scharf geschnittenen Nase und einem großen Kinn. Die Augen blickten forschend. Dem schlanken Körper mit seinen ruhigen Bewegungen, den Händen, die sie freundlich um die Schultern faßten, war nicht recht zu trauen. Und trotzdem: Jon glich ihr. Äußerlich.
Das Haus war eine seltsame Mischung von Jons Eltern. Der Flur, das Eßzimmer und die Küche befanden sich in schönster Ordnung. In diesen Räumen war ganz offensichtlich die Mutter zu Hause. Aber das Wohnzimmer erinnerte an einen Bombenangriff. Das große Bücherregal quoll über von Büchern, Zeitschriften, Zeitungen. Auf einem großen, altmodischen Schreibtisch unter einem der hohen Fenster lagen Papiere, Protokolle und Formulare in allen Ausführungen herum. Sie begriff, daß das eine Art häusliches Büro war. Auf der fleckigen Schreibunterlage stand ein randvoller Aschenbecher.
Die Möbel sahen aus, als ob jemand fortwährend Kabeljau, Leber und Rogen darauf verzehrt hätte. In

dem Zimmer war eine undefinierbare Atmosphäre von Streit und brodelnder Aktivität, Tabak und nasser Wolle.

Tove und Erik kamen lärmend aus der Kälte herein und hatten noch ihre Jacken und Schuhe an. Rotbakkig und schwatzend und ebenso blond, wie Jon dunkel war. Sie waren Vaters Kinder und hängten sich wie Kletten an ihn. Sie nahmen sich gegenseitig das Wort aus dem Mund, als ob sie wüßten, was der andere hatte sagen wollen, und warfen einander entrüstete Blicke zu.

Sie merkte, daß es ihr zuviel wurde. Jetzt verstand sie Jon. Seinen Drang, einen Menschen zu haben, mit dem er reden konnte, wie er sagte.

Sie beneidete ihn nicht. Es ging ihr auf, daß sie das früher vielleicht anders gesehen hätte. Sich von den Bücherregalen und dem Klavier hätte beeindrucken lassen. Von einem Vater, der dasaß und rauchte und über alle möglichen Dinge sprach.

Die dunkeläugige Mutter würde sie sicher erschreckt haben mit ihrer Art, zu fragen, zu nicken, sich mit der Serviette den Mund abzuwischen.

Nun warf sie nur den Kopf zurück und lachte lautlos. Schickte kleine, schräge, forschende Blicke zurück zu der Frau ihr gegenüber am Tisch. Durchschaute ihre müde Gereiztheit über die gräßlichen Kinder, die nie warten konnten, bis sie an der Reihe waren, etwas zu sagen.

»Deckt den Tisch ab, Kinder!« kommandierte Jons Vater.

Sie hörten nicht auf ihn. Stritten sich nur heftig, wer dran war, nachts die Katze mit ins Bett zu nehmen.
Die Mutter erhob sich und gab beiden Kindern einen Knuff in den Rücken. Ohne ein Wort. Da standen sie auf wie kleine Ponys, denen man eins mit der Peitsche übergezogen hatte. Ergriffen Sauciere, Kartoffelschüssel und Teller mit Windeseile und viel Geklapper. Unsanft.
Jons Mutter ließ ein paar Worte darüber fallen, wie heftig es draußen regnete. Platsch, platsch. Immer mit der gleichen Stimme.
Als die Kinder fort waren, seufzte Jons Vater und wandte sich an den Gast:
»Was machen deine Eltern?«
Die Frage kam ohne Vorwarnung. Sie hatte sich vor derartigen Fragen sicher gefühlt, solange es zu laut für das Frage-und-Antwort-Spiel war.
»Meine Mutter arbeitet in einer Frosterei. Mein Vater ist tot.«
Sie war erstaunt, wie einfach das ging. Sicher weil sie wußte, was die Leute glaubten, wer sie war.
»Ach so, Witwe...«, sagte er sinnend, bar jeden echten Mitgefühls.
Er stocherte in den Zähnen, weit hinten in den Backenzähnen – mit einem angespitzten Streichholz. Das Fleisch war faserig gewesen. Alter Ochse. Da konnte man noch so lange kochen.
Er machte mit leiser, vorsichtiger Stimme eine Bemerkung über das Essen, während er zur Küchentür guckte.

»Sie hat wieder geheiratet – später«, fügte sie hinzu und sah den Mann gespannt an.
»Wieder geheiratet. Das ist vernünftig. Das ist vernünftig.«
Er nahm endlich den Unterarm aus dem Mund und schneuzte sich in die Serviette. Bemerkte Jons Blick und sagte entschuldigend:
»Es ist nur eine Papierserviette. Man ist ja auch zu Hause.«
Sie spürte, daß sie lachen mußte. Als ob sie Brausepulver in die falsche Kehle bekommen hätte. Aber Jon hatte es nicht gut, so gelang es ihr, das Lachen zu unterdrücken.
»Was macht denn dieser, dieser Stiefvater von dir?«
»Er arbeitet auf einem Frachtschiff.«
»Ach so, ach so. Ist er der Eigentümer von dem Schiff?«
Da fing sie an zu lachen.
»Nein, ihm gehört überhaupt nichts.«
Die anderen starrten sie unsicher an. Der Vater blinzelte mehrmals mit beiden Augen.
»Nein, nicht jeder kann Unternehmer sein.«
Jon sah aus, als ob er wütend wäre. Aber er sagte nichts. Schielte nur böse zu seinem Vater.
Nachher verschwand der Vater, um ein Mittagsschläfchen zu halten, und die Kinder gingen ins Kino.
Jons Mutter war sichtlich erleichtert. Sie hantierte lange bei offener Tür in der Küche.
Alles glänzte dort, und es herrschte Ordnung. Wie in

der Küche des Jugendhauses, wenn die Frauen nach dem letzten Fest geputzt und alles aufgeräumt hatten. Nichts blieb zurück, was an Menschen erinnerte.

Schließlich kam sie mit einer Schale Obst herein und setzte sich mit einem Strickzeug hin, ohne ein Wort zu sagen. Als ob sie allein im Zimmer wäre.

Jons Familie war anders, als sie geglaubt hatte. Sie hatte Jons Mutter schon einmal auf dem Elternfest in der Schule gesehen, mit Wollkostüm und Hut.

Dies war eine Familie, wo keiner den anderen mochte und keiner viel Aufhebens davon machte, daß sie miteinander eingesperrt waren. Sie glaubte, daß nicht einmal die Kinder ihre Eltern gern hatten. Ihre Stimmen klangen wie ungeölte Kräne bei steifer Brise, voll unbekümmerter Herablassung, wenn sie mit dem Vater redeten, und voll widerwilliger Gefügigkeit, wenn sie mit der Mutter redeten.

Sie brauchte keine Angst zu haben, nicht zu genügen.

Sie lehnte sich in dem fleckigen Sessel zurück, blätterte geistesabwesend in einem Lexikon und langweilte sich.

So war es in der Kirche, wenn sie da saß und an etwas anderes dachte, während die Gebete und Gesänge sie wie eine Staubwolke umgaben und die Orgel brauste und ihre Gedanken wiederholte.

Als Jon sie in der Dunkelheit nach Hause begleitete und die Lichter aus allen Häusern sie mit ihren Vorhängen, ihren Topfpflanzen, ihren Lampen und ihrem Nippes überfielen, fühlte sie einen wilden Hunger, alle die zu entlarven, die hinter den glatten Scheiben wohnten. Sie nur in Unterkleidern auf die Straße zu zerren. Zuzusehen, wie sie einander schlugen, haßten und sich zankten. Wie sie zusammen eingeschlossen waren, ohne ein Wort zu sagen, das irgendeinen befreien könnte. Mit Vergnügen zu beobachten, daß sie dazu verurteilt waren, miteinander auszukommen, wie Hunde, die man an einen Torpfosten gebunden hat, den Freßnapf daneben.

Sie hatte etwas entdeckt. Daß nicht nur Tora zitternd in der Kälte gestanden hatte. Bei einigen waren nur noch die Eiszapfen zu sehen.

Das tat ihr gut.

Da war Ingrid wohl auch ein ganz gewöhnlicher Mensch?

Sie entschied, daß Ingrid weder schlechter noch besser war als viele andere.

Oben in ihrem Zimmer ließ sie Jon ihre kleinen Brüste herausholen. Aber sie konnte nicht mit ihm schlafen. Und kurz darauf hörte sie ihn mit dumpfen Schritten die Treppe hinuntergehen. Wie ein halb bewußtlos geschlagener Seehund, der sich mit seinen Flossen am Strand vorwärts schob. Dump, dump.

Aber es rührte sie nicht. Hatte nichts mit ihr zu tun. Er mußte sich daran gewöhnen, daß er nicht immer getröstet werden konnte, auch wenn er eine schreckliche Familie hatte.

Statt dessen holte sie die Bücher hervor und liebkoste die weißen Seiten mit den scharfen Rändern. Vergnügte sich damit, den anderen mit den Aufgaben voraus zu sein. Immer diejenige zu sein, die am meisten wußte.

34

Das Schneegestöber trieb langsam über den Veten und die Scharte. Bis herunter zu den Kais. Es roch nach salziger Gischt und dicken Tränen.
Sie stand an der Reling und schaute. Das Tausendheim draußen auf der Landzunge war nicht mehr weiß. Es hob sich deutlich von den schneebedeckten Wiesen und Feldern ab. Das Haus ragte als eine gräuliche Wand heraus. Mußte alle erschrecken, die es sahen. Der Dachschiefer war farblich eins mit den Wänden, und der Rauch stieg schwarz und widerlich aus den kaputten Schornsteinen auf.
Der Himmel dahinter war winterweiß und brüchig wie ein verwaschenes Bettuch, und das Schneegestöber stand wie ein Trichter über den alten Kais und den baufälligen Bootsschuppen. Die Männer schleppten in der Kälte, mit Fäusten gleich Riesenklauen, die Trossen auf ihren Platz.
Punkte bewegten sich auf den Straßen. Die Menschen waren Ameisen, die von Ottars Laden aus mit

ihren alten Einkaufstaschen und Milchkannen die Hänge hinaufstiegen.
Sie konnte an die Menschen nicht in der gleichen Weise denken wie in Breiland. Sie kamen ihr jetzt näher.
Waren in ihr und um sie. Sie vermochte die Verachtung für das erbärmliche Leben dieser Menschen nicht heraufzubeschwören. Sie wußte zuviel von sich selbst. Und sie verstand, daß es hier auf der Insel schwieriger wurde, zu wissen, wer sie war. Sie würde nicht lange bleiben. Nur so lange, daß Ingrid am Weihnachtsabend nicht allein dasitzen mußte.
Ingrid hatte angerufen. Geschrieben. Gebettelt. Aber erst als der Brief kam, daß Henrik Weihnachten nicht zu Hause sein würde, entschloß sie sich, auf die Insel zu fahren.
Sie tat Ingrid den Gefallen. Aber sie fühlte sich müde von den vielen Gefälligkeiten, die sie ihr erwiesen hatte. Sie wollte frei davon sein. Da herauskommen. Man konnte nicht einen anderen die ganze Zeit auf dem Rücken tragen.
Keiner wußte, daß sie heute kam.

Mitten in dem Trubel sah sie Simons Rücken und Nacken vor sich, auch wenn er nicht am Kai war. Er stand ihr halbwegs zugewandt. Lächelte. Sein Arm lehnte gegen die Autotür. Der gelbe Lack gab dem Arm eine sonderbare Glut. Als ob er nicht von Fleisch und Blut wäre. Als ob er nicht dazugehörte.
Ingrid hatte am Telefon gesagt, daß Simon ein Schat-

ten seiner selbst sei. Aber Simon konnte niemals ein Schatten sein. Er war Simon. Wenn er zu ihr nach Breiland kam, hatte er den linken Arm auf der Autotür und lächelte. Leicht vornübergebeugt, so daß die Stirnhaare ins Gesicht hingen und die Falten in den Wangen deutlich sichtbar wurden.
Einmal hatte sie Simons Stimme am Telefon gehört. Tief und weit entfernt. Freundlich, als ob sie nicht richtig wüßte, was sie sagte.
»Wie geht's dir, mein Mädchen?« hatte er gefragt. Als ob er nicht wüßte, wie es ihr ging.
Und dann hatte er davon gesprochen, daß er alle Schafe schlachten wolle. Da hatte sie ihn gebeten, mit dem dummen Geschwätz aufzuhören. Man könne nicht alle Schafe deshalb schlachten, weil sie in Breiland zur Schule ginge. Er müsse doch Manns genug sein, um mit den Schafen fertig zu werden. Die Pflege, die sie brauchten, sei ja nicht der Rede wert. Sie kämen allein zurecht. Und jetzt habe er ja auch den neuen Fußboden in den Boxen gelegt und alles!
Es war so still am anderen Ende des Drahtes geworden, daß sie hatte fragen müssen, ob er noch da sei. Er hatte sich geräuspert und angefangen, von etwas anderem zu sprechen. Hatte mit ihr geredet wie mit einem Kind.
Etwas ging in ihr dabei kaputt, so daß sie sofort einen Spaziergang zum Müllplatz machen mußte.
Seitdem hatte sie nicht mehr versucht, in Bekkejordet anzurufen. Hatte ihn nur herbeigeholt, wenn sie ihn am meisten brauchte. Und da war er wie immer.

Einmal, als Ringmor rief, daß Simon am Telefon sei, tat sie so, als ob sie nicht zu Hause wäre.

Sie war vorbereitet, trotzdem war ihr Herz wie ein alter Motor, als sie an Land ging. Die Leute starrten sie ohne Scheu an. Als ob sie ein Gespenst wäre. Oder eine Fremde.
Das erschreckte sie nicht. Man mußte die Leute nur daran gewöhnen, daß sie wieder da war. Da mußten sie durch.
Die Reisetasche mit Kleidern und Weihnachtsgeschenken setzte sie bei Ottar ab. Er starrte auch. Fragte vorsichtig, wann sie die Tasche holen würde. Sie antwortete, daß Simon wohl kommen würde, um sie zu holen. Als ob das eine Frage wäre. Sie reichte ihm die Tasche über den Ladentisch.
Es waren Spuren von Taschenmessern und Kopierbleistiften und Gott weiß was noch allem auf seinem Ladentisch. Er hatte den Bleistift hinter dem Ohr und einen Ring um den Kopf, den der Südwester hinterlassen hatte, denn er war gerade draußen im Lager gewesen und hatte Salzheringe für eine Frau geholt und keine Zeit gehabt, sich zu kämmen.
Sie mußte lächeln. Die Welt stand hier ja still. Nur in ihrem Kopf ging alles weiter. Ein seltsamer Strom. Irgend etwas leuchtete auf, und sie wußte nicht, was sie damit anfangen sollte.
In Ottars Laden baumelten alle möglichen Dinge von der Decke. Milchkannen, Kochtöpfe, Wasserschöpfer. Feilen in allen Größen hingen in einem

Ring, der durch gleich große Löcher in den Feilen gesteckt war. Ihr fiel ein, daß sie oft unter den Feilen gestanden und überlegt hatte, ob es stimmte, daß die Feilen verschiedene Größen hatten und verschieden grobe Feilblätter – aber gleich große Löcher, in denen sie hingen. Und es schien ihr so wichtig zu sein, sich an diese idiotische Sache zu erinnern. Es verursachte ihr Kopfschmerzen, weil sie sich an das übrige nicht mehr erinnern konnte.
Ottar hatte schon vor längerer Zeit ein modernes Schaufenster bekommen, aber er hinkte sozusagen mit dem Ausstellen hinterher, jetzt, wo Sol fort war. Die Waren blieben im Schaufenster liegen, bis jemand sie kaufte. Die leere Stelle, wo die verkaufte Ware gelegen hatte, gaffte alle an, die vorbeigingen. Fliegen starben dort, nachdem sie ihre Spuren ohne Bosheit hinterlassen hatten. Der Staub lag überall gleichmäßig verteilt. Ottar fand niemanden, der gelernt hatte, so gründlich sauberzumachen wie Elisifs Älteste. Es gab auch keine, die sich auf der Leiter tätscheln ließ. Sie waren alle unstet und unnahbar wie junge Elstern. Hackten auf den armen Kerl los, wenn er nur den Gedanken hegte, sie anzufassen.
Ottar vermißte Sol.
Sie erkannte es, als sie nach Sol fragte. Er wisse vielleicht, ob Sol Weihnachten nach Hause komme. Da wurde sein Gesicht ein grüner Mond voll roter Flekken.
Sol hatte ihr genügend von Ottar erzählt, als sie im Sommer auf den Felsen lagen und sich sonnten. Aber

es war nicht sicher, daß sie alles erzählt hatte. Es hatte den Anschein gehabt, daß sie einiges für sich behielt.
Sie erinnerte sich an Beschuldigungen, die Sol lange verfolgt hatten. Die sie selbst dazu gebracht hatten, Partei zu ergreifen. Wütend zu werden. Nun kam ihr das ein bißchen kindisch vor. Sol hatte Pläne mit ihrem Leben. War mutiger als irgendeine andere, die sie kannte. Hatte sich entschieden, wer sie war, auch sie.

Sie stand eine Weile an der Wegkreuzung. Bei dem alten Stall, der niemandem gehörte und der keine Farbe mehr hatte. Die Frauen ohne eigene Landwirtschaft hatten dort während des Krieges kleine Schweine großgezogen.
Simons neuer Betrieb lag frisch gestrichen unten am Fjord wie eine Kirche. Sie konnte sehen, daß da ein reges Leben herrschte, aber den gelben Lastwagen, nach dem sie überall Ausschau gehalten hatte, konnte sie nicht entdecken. Da war Simon wohl zu Hause. Sie würde ihn überraschen!
Hier oben waren die Schneewälle nicht so hoch, denn der heftige Wind hatte frei und unsanft über die nackten Erdrücken gefegt.
Sie hatte von dem Foto, das sie von Ingrid bekommen hatte, eine Vergrößerung machen lassen. Es in einen Rahmen gesteckt. Das Bild sollte ein Weihnachtsgeschenk für Ingrid sein. Es war körnig und unscharf, aber schön. Sie selbst liebte das kleine, ver-

gilbte mehr. Es stand in dem ovalen Rahmen. Im Bücherregal. Jon hatte keinen Kommentar dazu abgegeben, daß der Mann eine deutsche Uniform trug, das wunderte sie zuerst, dann kam sie darauf, daß man auf dem Bild wahrscheinlich nicht so gut erkennen konnte, daß es eine deutsche Uniform war. Sah nur sie das?
Sie entschloß sich schnell, zuerst zum Tausendheim zu gehen. Es hinter sich zu bringen.
Dann würde sie direkt nach Bekkejordet hinaufgehen und auf der Torfkiste sitzen und alles betrachten, was in der Küche war. Den Handtuchhalter mit dem gestickten Tuch davor. Die altmodischen Porzellantöpfe mit dem blauen Holländermuster und der verschnörkelten Schrift: Mehl. Zucker. Grieß. Salz.
Sie würde die Herdringe herausnehmen, einen nach dem anderen, und Birkenholz und Torf auflegen. Sehen, wie es loderte. Rote Flammen mit gelben und orangen Zungen. Warm.
Dann würde sie die Tür zum Schlafzimmer aufmachen. Das Küchengerät durch die Hände gleiten lassen, während die Tür zum Schlafzimmer einen Spaltbreit aufstand, damit die Wärme hinein konnte.
Sie spürte bereits den Geruch von Brot, Torffeuer und Tieren. Der vertraute Geruch, der sie schon immer auf der Treppe empfing, gehörte ihr.

Ingrid putzte die Treppe, als sie zu der wackligen Haustür hereinkam. Sie sah, daß der Unterrock ein ganzes Stück unter dem Rock hervorschaute, der

Haarknoten aufgegangen war und die Strickjacke an den Ärmeln naß war. Der Dampf umgab sie wie alte Bosheit.
Ingrid drehte sich nicht um, als sie jemanden zur Tür hereinkommen hörte. Wrang den Putzlappen mit einer großen Bewegung aus. Voll Kummer über den ewigen Schmutz. Dann wischte sie schnell und lieblos die abgetretenen Stufen trocken und legte den feuchten Lappen auf die letzte saubere Stufe, was soviel bedeutete wie: »Putz dir die Schuhe ab!«, und machte Platz für den, der vorbei wollte. Die Leute sollten sich beeilen, damit sie fertig wurde. Ingrid ließ sich nicht dazu verleiten, groß was zu sagen. War ein Tatmensch, wenn es ums Putzen ging.
Tora blieb stehen und machte keine Anstalten vorbeizugehen, so daß Ingrid sich umdrehte. Ungeduldig. Im Verlauf weniger Sekunden spielte sich etwas in ihrem Kopf ab. Es erreichte die Pupillen, die Fältchen um die Augen, die Mundwinkel. Sie starrte auf die junge Frau vor ihr. Auf den blauen Mantel, auf die Stiefeletten, die unterwegs Wasser gezogen hatten und danach verlangten, getrocknet zu werden. Vor allem starrte sie auf das kleine Gesicht mit den blassen Sommersprossen auf der Nase. Mitten in einer weiten Landschaft von rotem lockigem Haar.
»Mein Gott, Mädchen, du hast mich aber erschreckt! Ich hätte fast gedacht, daß *sie* es ist!«
»Guten Tag!«
»Ja, guten Tag...«
Ingrid trocknete sich die Hände an der Schürze ab.

»Warum haste nicht beim Dahl angerufen und gesagt, daß du kommst? Ich hätt' dich abgeholt, das kannste dir doch denken. Geh rauf, ich bin gleich fertig.«

Ingrid machte zum zweitenmal Platz, so daß die andere vorbei konnte. Sie starrte die ganze Zeit.

»Ich mach' die Treppe fertig, geh du rauf, und stell den Kessel auf!«

»In den Kleidern kannste doch keine Treppe putzen«, sagte Ingrid in wehleidigem Ton.

»Das wirste schon sehn. Geh jetzt!«

Ingrid verzog sich rückwärts die Treppe hinauf. Die nasse Schürze schlenkerte traurig hin und her und schlug wütend gegen das Geländer, als sie um die Biegung ging.

Ingrid war nicht schlimmer dran als andere, dachte sie. Ingrid im Tausendheim: verurteilt zu Henrik, zu Treppeputzen, zu Fischfilet-Verpacken bis in alle Ewigkeit. Niemand konnte das ändern. Aber das wichtigste war, daß Ingrid *sie* gesehen hatte, gesehen, wer sie war. Aber sie hatte es nicht geglaubt.

»Mit diesen Kleidern kannste nicht nach Bekkejordet gehn!«

Ingrids Stimme gellte.

»Warum nicht?«

»Dem armen Mann reicht's. Er würde glauben, daß sie es wäre... die Rakel, die kommt. Er würde wieder an alles erinnert werden, was er versucht zu vergessen. Ich versteh' nicht, daß du in den Kleidern herkommst. Gehst mir nichts, dir nichts durch Vaeret und... Ich glaub', du bist nicht recht gescheit, Mädchen! Verstehste nicht, daß man das nicht tut... Man muß die Leute schonen.«

Ingrid stand mitten im Raum. Der Unterrock schaute etwas unter dem schäbigen Rock hervor. Der Mensch flimmerte an ihr vorbei, wie ein Film, den man allzuschnell vor- und zurücklaufen läßt.

»Ich darf ja wohl noch die Kleider anziehn, die mir gehören!«

»Dir? Du stehst in ihren Kleidern da und erinnerst uns an alles...«

Die Stimme bekam einen klagenden Ton.

Aber Ingrids Worte rührten sie nicht. Sie fühlte sich ekelhaft dabei. Als ob man sie gezwungen hätte, in den Gedanken eines anderen hineinzusehen. Zu häßlich, um ihn in sich aufzunehmen. Warum ließ Ingrid sich nicht trösten? Sah sie nicht, daß Rakel gekommen war?

»Du kannst heut nacht *hier* bleiben. Morgen kannste nach Bekkejordet raufgehn und den Simon besuchen. Und du wirst dann was andres anziehn!« sagte Ingrid bestimmt.

Sie sah Ingrid in die Augen und versuchte eine Auflehnung heraufzubeschwören. Wußte, daß es im Tausendheim nutzlos war.

Da hörte sie Rakels Stimme:

»Beruhig dich, wir können nicht erwarten, daß sie versteht, wer wir sind, du mußt sie dahin bringen, daß sie dir vertraut. Dann haben wir unsere Ruh'. Wir schaffen das, nicht wahr?«

Die Stimme war nur für sie. Sie wußte alles. Es war die Stimme von einer, die auf Schürfwunden bläst, die einen in ihrem Schoß einlullt. Schön.
Und sie schwieg. Ging nur ein paar Schritte vor, und ihre Hand streifte Ingrids Arm. Eine flüchtige Bewegung. Wie von einem Flügel, bereits auf der Flucht.
»Also gut«, sagte sie nur.
Sie tranken Kaffee und sprachen nicht mehr davon, daß sie nach Bekkejordet gehen würde. Ingrid erzählte, daß die Kopftuch-Johanna kränkelte. Sie war verkalkt. Vergaß, was sie machen wollte. Und sie hatte aus Haß den Einar in die Dachstube über der Veranda gelegt. Schimpfte unaufhörlich. Behauptete, daß er aufs Frauenklo gehe und auf die Sitzbank pinkele. Uff!
Es polterte etwas weniger als sonst über ihren Köpfen. Elisifs Kinderschar wuchs heran. Tagsüber waren sie weg. Elisif las nicht mehr soviel in der Bibel wie früher. Gott sei Dank, sagte Ingrid.
Sol würde am Weihnachtsabend nach Hause kommen, da versuchte sie da oben sicher ein bißchen Ordnung zu machen. Sol sei Gast, wenn sie komme. Sei die Verwandte aus Amerika, die es geschafft habe, herauszukommen. Auch wenn der Weg der Sünde breit sei, so scheine Elisif es Sol zu gönnen, daß sie ein wenig die Annehmlichkeiten dieser Welt genieße. Und der Koffer sei nie leer, wenn sie komme. Als sie fortgegangen und es klargeworden sei, daß sie nie mehr zu Hause wohnen würde, da habe Elisif sich offensichtlich damit abgefunden.

Aber sie bekomme keine Ordnung in die restliche Kinderschar. Schaffe das nicht alles, die Arme. Sie sei im Grunde ihres Herzens gut, auch wenn sie den Teufel und noch Schlimmeres beschwören könne. Sie habe sich mit dem Jammertal ausgesöhnt, wie sie sage. Ingrid fand, daß sie jetzt besser über ihrem Kopf zu ertragen sei.
»Und Henrik?« sagte sie und sah Ingrid in die Augen.
»Er läßt nicht viel von sich hören. Fährt wahrscheinlich bis hinauf nach Kirkenes und hinunter nach Bergen.«
»Geld? Schickt er Geld?«
»Ja. In letzter Zeit. Etliche hundert Kronen!«
Das klang wie einer von Elisifs ewigen Jubelgesängen, dachte sie kalt.
»Hat's gereicht, was du von mir bekommen hast?« fragte Ingrid in einer Art Fortsetzung.
Sie fühlte sich miserabel. Als ob sie ein Stück von Ingrids Arm abgebissen hätte und sich nun bemühte, es runterzuschlucken.
»Ich hab' deine Kammer für dich gerichtet, komm gucken.«
Ingrid stürzte eifrig zur Kammer.

Sie fühlte bei dem Anblick so etwas wie Trauer. Es war einfach zu spät. Trotzdem folgte sie ihr in den kleinen Raum.
Das Bett hinten an der Wand. Ein gewöhnliches, kleines, altmodisches Bett mit hohem Kopf- und

Fußende. Geölte Kiefer. Leuchtete ihr mit der gleichen Farbe entgegen wie das Rinnsal, das aus der Trantonne in der Kokerei zu laufen pflegte. Der Geruch lag förmlich in der Luft, auch wenn hier gründlich geputzt worden war. An der Decke hingen Girlanden. An der Wand war immer noch der helle viereckige Fleck zu sehen, dort, wo das Engelsbild gehangen hatte, das sie einst zum Fenster hinausgeworfen hatte, so daß es hinter dem Wirtschaftsgebäude verschwand. Oder im Himmel?

Auf dem Tisch beim Fenster lag eine gebügelte Decke mit gestickten Wichtelmännern. Wacholderzweige in einem Glas. Ein Wichtelmann aus Glas hatte einen kaputten Fuß und mußte sich an etwas anlehnen, damit er aufrecht stehen konnte. Sie hatte ihn sich einmal erbettelt, als Ingrid wegen ungebleichten Leinens an das Warenhaus schrieb. Er hatte so lebendig in dem grellen Katalog ausgesehen. Als er kam, war er nur kalt und leblos.

Ein geschäftiger, nervöser Schmierseifengeruch war überall in dieser Zeit. Ingrid richtete sich auf und fragte mit den Augen. Bettelte. Bekam nichts und senkte den Blick wieder.

»Ich werd' in Bekkejordet wohnen«, sagte Tora endlich.

»In Bekkejordet…?«

»Ja.«

»Aber… der Henrik kommt doch nicht nach Haus. Er ist weit weg. Der Simon kann am Weihnachtsabend zu uns kommen. Das wird er wohl tun, du

wirst schon sehn. Er hat auch nicht so viele Menschen, er auch nicht.«
»*Du* kannst am Weihnachtsabend ja zu uns kommen. Nach Bekkejordet. Du kannst da oben schlafen, wenn du willst.«
Ingrid starrte. Trockene, wachsame Augen. Kamen ihr aus dem schwarzen Haar entgegen. Das Gesicht durchsichtig. Wie Luft.
»Ich glaub' nicht mal, daß der Simon dran gedacht hat, was für Weihnachten vorzubereiten.«
»Ich hab' dran gedacht, was für Weihnachten vorzubereiten.«
Die Worte waren wie der Knall von Einars Zügeln, wenn er des Pfarrers Mähre erschreckte, damit sie das Tempo ein bißchen beschleunigte.
»Tora, du...«
»Quäl mich nicht! Hörst du!«
»Ich dich quälen? Du bist doch meine Tochter!«
»Nein! Ich ertrag' deine Nörgelei nicht!«
Geschoren, wie mit nicht geschmierten Schafscheren in dunklen Scheunengängen im Herbst. Klipp. Klipp.
»Und wer biste dann, wenn ich fragen darf?«
Ingrid stemmte die Hände in die Seiten. Sie war größer als die andere.
»Ich selbst! Ich gehör' keinem!«
Die Stimme in ihrem Kopf hatte nicht gereicht, um sie zu warnen. Sie war dumm gewesen. War zu weit gegangen.
Ingrids weit aufgerissene Augen. Pupillen wie

Kohle. Sie stürzten ihr entgegen. Wurden zu runden Steinen, die sie im Fall erschlagen wollten.
»Ich bin entsetzt, Mädchen.«
Die Stimme. Im Kopf.
»Du bist so schroff, verstehste. Sag, daß du Unsinn geredet hast.«
Sie wurde von einer schrecklichen Übelkeit übermannt.
»Denk nicht mehr dran«, murmelte sie und ging an Ingrid vorbei in die Küche. Nahm ein Glas und füllte es mit Wasser. Trank mit schweren Schlucken und gierig. Ingrid kam langsam nach.
»Weißt *du*, wer *du bist,* Ingrid?« sagte sie und setzte das Glas auf den Küchenschrank.
Ingrid verzog keine Miene, als sie ihren Namen gebrauchte und nicht Mama sagte. Schaute nur. Forschend. Als ob sie auf einen Saum schaute, der sich in der Nähmaschine verdreht hatte.
»Ja, Tora, ich glaub', daß ich das weiß.«
»Und wer biste dann?«
»Ich bin deine Mutter, und ich will, daß du hier zu Haus wohnst, wenn Weihnachten ist und du von der Schule in Breiland heimkommst.«
»Niemand kann Mutter *sein.* Das ist nichts, was man *sein* kann«, murmelte sie und griff erneut nach dem Glas Wasser. Trank.
»Ich hab' versucht zu sorgen für...«
»Den Henrik?«
»Den auch.«
»Biste seine Mutter?«

»Ich bin mit ihm verheiratet.«
Der Hahn tropfte. Keiner hatte eine neue Dichtung eingesetzt.
Ingrid drehte ihr den Rücken zu und stellte ruhig die Tassen zusammen, aus denen sie Kaffee getrunken hatten. Untertasse auf Untertasse, Tasse auf Tasse. Die Tassen auf die Untertassen. Die kleine Glasschüssel, die sie für besondere Anlässe gebrauchte. Mit Pfefferkuchen. Gerade gebacken. Der Geruch hing noch an den Wänden. Der Geruch von allen Weihnachtsfesten, aus denen nichts geworden war, weil *er* irgend etwas angestellt hatte.
Nun war er weg. Hatte ihn jemand erschreckt?
Sie spürte einen Schmerz im Kopf wie damals, als sie ein kleines Mädchen war und mit dem Hinterkopf aufs Eis fiel.
Die Wachstuchdecke war neu. Rot und weiß kariert. Versuchte fröhlich zu sein. Streckte ihr ihre Farben entgegen: »Sieh mich an. Bin ich nicht glatt? Fein? Ohne irgendeinen Kratzer? Ich bin gekauft worden, um es Weihnachten schön zu machen.«
»Du kannst keine Mutter sein, wenn du nicht selbst was bist.«
»Setz dich, Tora!«
Sie setzten sich. Die Wachstuchdecke saugte ihre nackten Unterarme an. Wollte sie festhalten. Die Panik schlich sich durch die Hintertür zu ihr herein. Sie wurde so klein. Sie wurde Tora. Schrumpfte zusammen, wie wenn Henrik sie schlug.
Damals, als sie klein war? Und Henrik schlug? Aber

sie war doch nicht unter Henriks Faust klein gewesen. Das hatte sie doch entschieden.
»Ich weiß nicht, ob du mich zu denen rechnest, die dir was bedeuten? Ich bin nur ein ganz gewöhnlicher Mensch. Vor allem hab' ich mich um die alltäglichen Dinge gekümmert. Darüber gibt's gar nichts zu reden. Ich hab' auch nicht immer alles richtig gemacht. Absolut nicht. Aber ich hab' geglaubt, daß du mehr Verstand hättest, wenn du erwachsen bist. Um zu begreifen... Daß du vor mir nicht zurückweichen würdest, wenn du nun auf die Schule gehst und was lernst. Du bist so anders geworden. So hochmütig. Ich weiß nicht, ob ich dich noch kenne...«
Die Stimme starb. Eine Stimme in dem Radiotheater, das man einschaltete und abschaltete.
Ingrid streckte ihre schmalen Arbeitshände auf dem Tisch aus. Blaue Adern hielten sie zusammen. Die Hände waren aufgesprungen von dem Hausputz vor Weihnachten. Die Nägel stumpf bis herunter zu der Haut. Lagen wie ein Film über den Fingerkuppen. Rosa. Die schmale Rundung der Handgelenke. Schöne, abgebrochene Säulen. Trotzdem stark. Hände, die kühl auf der Stirn gewesen waren, wenn man Fieber hatte.
»In einem anderen Leben«, sagte die Stimme in ihrem Ohr. So laut, daß sie Angst bekam, Ingrid würde es hören.
»Quäle Ingrid nicht mit allem, was wir wissen. Sie hat genug Probleme. Sie macht's so gut, wie sie kann. Siehste nicht, wie nackt sie ist? Wie allein?«

»Ja, aber ich kann mich ihrer nicht annehmen. Sie hat mich über *ihm* vergessen. Hat mich nie gesehn! Wie soll ich da…?«

»Denk nicht dran. Geh zur Seite. Laß mich mit ihr reden. Sie ist meine Schwester. Wir haben zusammen gespielt. Verschwinde jetzt. Laß mich vor.«

»Aber sie gönnt's mir nicht, daß ich zur Schule geh'. Was werde!«

»Sie gönnt dir alles, aber sie hat Angst, daß du sie verläßt. Laß mich jetzt vor.«

»Du mußt nicht glauben, daß ich hochmütig bin. Daß ich keinen Wert drauf lege, daß du mir Geld schickst. Daß ich nichts von dir wissen will… Es ist nur so, daß ich Weihnachten so schrecklich gern nach Bekkejordet möchte, bitte, bitte. Du kannst doch auch hingehn.«

»Aber haste mit dem Simon geredet? Weiß er davon?« fragte Ingrid resigniert.

»Der Simon weiß gut, wo ich sein muß.«

»Ja, ja, ich werd' mit dir nicht mehr fertig«, sagte Ingrid müde.

Unten im Hof drehte sie sich um. Sah den Schatten einer Frau oben im Fenster.

35

Ein paar einsame Lichter sagten ihr, daß normalerweise jemand in Bekkejordet zu Hause sein mußte. An der Wand des Windfangs brannte die Kugellampe – die so geformt war, daß unten ein Tropfen dranzuhängen schien. Sie färbte die graue Steintreppe mit einem freundlichen Licht, das nicht viel bewirkte – nur notdürftig den Leuten die Stufen zur Windfangtür zeigte. Die Tür war altmodisch, weiß gestrichen, hatte einen Messinghandgriff. Das Muster der Türfüllung war schön, und im oberen Teil hatte die Tür Sprossenfenster. Auf der Verandatreppe war alles dunkel. Der Anblick des Blumenkübels, der eingeschneit auf der untersten Stufe stand und noch Erde und Reste von Sommerblumen barg, fuhr ihr gleichzeitig in den Magen und in den Kopf. Der Schnee deckte die toten Blumenstiele barmherzig zu. Die Verandatür war verdunkelt. Die Treppe noch nicht frei geschippt. Da benutzte er also nur den Eingang zum Windfang.
Der gelbe Lastwagen war nicht da.
Im Windfang roch es nach nassen Kleidern. Hier hängte er die Sachen auf, die er im Betrieb anhatte. Die Kleiderhaken waren leer.
Als sie die Tür zur Küche öffnete und das Licht anknipste, hörte sie, wie die Wanduhr die Sekunden vorwärts hackte. Der Staub lag wie eine Entschuldigung auf Tisch und Küchenschränken. Aber die Topfpflanzen am Fenster lebten.

Sie war wirklich lange fort gewesen.
Der Herd war kalt. Es knackte ängstlich in dem elektrischen Heizofen unter dem Tisch. Er vermochte aber den großen Raum nicht zu erwärmen. War nur zur Reserve da.
Die Tür zum Wohnzimmer stand einen Spaltbreit auf. Der Raum weitete sich vor ihr aus, eiskalt und voll mit Dingen. Sie standen wie Statuen da drinnen. Der Staub schien alles vor ihr verbergen zu wollen. Die Regale mit winzig kleinen weißen Gegenständen und einigen wenigen alten Büchern. Den Zeitungskorb mit den alten Zeitungen vom Herbst. An der Rückenlehne des bequemsten Sessels hing unbeweglich und grau das Nackenkissen. Die Deckenbalken warfen gewaltige Schatten, als sie den Kronleuchter anknipste. Sie machte das Licht schnell wieder aus und schloß die Tür hinter sich, als sie in die Küche zurückging.
Im Schlafzimmer war es eiskalt. Das Bett war mit dem königsblauen Amerika-Bettüberwurf zugedeckt. Es sah nicht so aus, als ob in letzter Zeit jemand hier geschlafen hätte. Vielleicht nicht mehr, seit sie da gelegen hatte, dachte sie verwundert. Sie schaltete den elektrischen Heizofen ein und ließ die Tür zur Küche offen, machte Feuer in dem großen, altmodischen Herd. Er hatte einen Bauch, in dem man Brot gebacken hatte, bevor der elektrische Herd auf den Hof gekommen war. Der Herd bullerte sogleich und schickte Funken zur Decke, bis sie die Ringe wieder einlegte. Der Schein aus den Zuglö-

chern flackerte über den Boden und versuchte ihr etwas zu zeigen, was sie nicht ganz in den Griff bekam.
Plötzlich wußte sie nicht, ob sie aus dem Kreis herausgegangen war, in dem sie sich lange bewegt hatte. Die Stimmen in ihrem Kopf waren nicht mehr so deutlich. Es war mehr ein Rauschen – das sich mit dem Rumoren in dem schwarzen Herdbauch vermischte. Es klagte leise im Ofenrohr und im Schornstein. Sie wußte, daß eine schöne, hohe Rauchsäule über dem Dach stand, die man in Vaeret sehen konnte. Er würde sie sehen, wenn er die Hügel hinauffuhr! Würde verstehen, daß sie nach Hause gekommen war. Würde schalten und so schnell wie möglich fahren.

Sie füllte den Putzeimer mit Wasser, krempelte die Pulloverärmel hoch und warf die Flickenteppiche aus der Küche. Dann füllte sie das Schlafzimmer, die Küche und den Windfang mit frischem, warmem Schmierseifendampf und ging zwischendurch immer wieder zum Herd und legte auf. Sie mußte den Pullover ausziehen und im Hemd gehen. Die Hitze fuhr ihr ins Gesicht und in die Hände. Es war ihr glühend heiß von der Arbeit und der Ofenwärme, als sie die Teppiche ausschüttelte und wieder auf den Boden legte.
Wenn Ingrid sie gesehen hätte, dann hätte sie sicher gesagt, daß man erst Tisch und Küchenschränke abwischte und das Geschirr spülte, ehe man sich den

Fußboden vornahm. Aber sie machte zuerst das, was sie am meisten anwiderte. Sonst war es überhaupt nicht auszuhalten.
Tau weinte an den Fensterscheiben. Die Wärme war wieder nach Bekkejordet gekommen. Das hatte sie bewirkt.
Merkwürdig, daß er nicht nach Hause kam, um die Schafe zu füttern. Nun ja, da hatte er sie wohl gefüttert, bevor er wegfuhr. Vielleicht war er auch während der Mittagspause dagewesen und hatte ihnen Futter gegeben.
Einen Raum hatte sie ganz vergessen, das kleine Bad. Es war staubig, aber ganz gemütlich und ordentlich. Die schmutzige Wäsche war weggebracht worden, und die Handtücher waren sauber. Sie ließ Wasser in die weiße Wanne laufen, tat ein paar Tropfen Schaumbad dazu, zog sich schnell aus und kroch in die Wanne.
So hatte sie das Haus zu dem ihrigen gemacht. Wieder. Die Gerüche in Gang gesetzt. Die Dinge. Das Wasser durch die Hände laufen lassen, über den Körper.
Sie wurde gebraucht.
War allzulange fort gewesen.
Die Schule? Breiland? Das Zimmer bei Bergs? Das war alles aus ihrem Kopf. Sie fühlte, daß sie hier sein mußte. Ihre Hände waren immer hier gewesen. Das Herz, das das Blut durch ihren Körper pumpte, war hier. Festgewachsen wie das Moos am Stein. Am Geröll? Über kostbaren Schätzen in der Geröllhalde...

Auf einmal liefen die Gedanken in einer anderen Richtung. Bilder verfolgten sie. Sie mußte sich davon befreien. Wenn sie sich nur ganz genau erinnern könnte, was es war!
Sie aß eine Scheibe Brot am Küchenschrank. Trank Milch dazu. Es war gekauftes Brot mit einer zähen Kruste. Hatte zwei Tage in Ottars Laden gelegen und war vorher zwei Tage unterwegs gewesen. Aber es war gut für eine, die Hunger hatte. Sie könnte morgen früh einen Brotteig ansetzen. Das konnte sie doch? Hatte viele hundert Male Brotteig in diesem Haus geknetet. Sie versuchte, der lächelnden Stimme in ihrem Kopf zu lauschen. Aber sie schlief. Es war zuviel geworden...

Sie hörte das Motorengebrumm nicht. Wachte erst auf, als die Tür zur Küche weit geöffnet wurde und das Licht ins Schlafzimmer hereinflutete. Er stand in der Tür, in der Schaffelljacke und mit der Schiffermütze auf dem Kopf.
Der Raum weitete sich in einer zitternden Erwartung. Ein großer roter Gedanke.
Erst als sie die irren Augen des Mannes sah, den ungläubigen Ausdruck in dem mageren, markanten Gesicht, begriff sie, daß sie nicht erwartet worden war.
Er sah die nackten Arme auf der Bettdecke. Das üppige rote Haar auf dem weißen Kissen und blieb stehen. Nahm endlich die Mütze ab, so daß die Mähne in die Stirn fiel. Eine Art Stöhnen kam von dem großen Körper.

»O Gott!«
»Ich bin wieder nach Haus gekommen«, sagte sie schlicht.
Sie war völlig wach. Trotzdem: Es war etwas in dem Raum, was sie nicht fassen konnte. Freute er sich nicht? Oder lag es daran, daß er sie nicht erwartet hatte? Aber sie hatte es ihm doch gesagt, als er das letztemal nach Breiland gekommen war. Donnerstag vor Weihnachten, hatte sie gesagt. Er konnte es doch nicht vergessen haben...
Und sie wurde von seiner Unruhe angesteckt, seinem Stöhnen, seinem ängstlichen O Gott! Und sie wiederholte unsicher, daß sie wieder zu Hause sei.
Da warf er die Pelzjacke ab und kam mit ausgestreckten Händen zu ihr ans Bett.
»Ja doch, natürlich. Du hast mich nur so fürchterlich erschreckt.«
Sein Gesicht ist schmal geworden, dachte sie, als er das Licht neben dem Bett anmachte. Tiefe Furchen teilten das Gesicht quer und längs. Wie wenn man im Frühling vom Hesthammeren heruntersah: bleiche Wiesen mit Gräben darin.
Sie schlang die Arme um ihn und zog ihn zu sich herunter. Der rote Gedanke kam wieder. Setzte sich in den Unterleib, in die Brust. Sandte zitternde, warme Schauer durch ihren Körper.
Er ließ sich ziehen. Hielt sie ein wenig von sich ab, aber ließ sich ziehen. Er roch nach Benzin. Sie bohrte ihre Nase in seine Halsgrube. Schnupperte. Schluchzte auf. Streichelte ihn. Ziepte ihn an den

Haaren und streichelte wieder. Wußte nichts anderes, als daß sie das schon früher getan hatte. Dafür war sie nach Hause gekommen. Sie merkte nicht, daß der magere Körper und die sehnigen Arme erstarrten. Sie tat etwas, was sie früher schon so oft getan hatte...

»Wann biste gekommen?« fragte er heiser.

»Heut nachmittag mit dem Schiff.«

Er machte sich frei. Sicherheitshalber hielt er ihre Hände fest.

Da sah sie ihn. Blitzartig. Etwas zerriß in ihr, und die Scham stand da. Denn er begriff nicht, wer sie war!

»Es ist schön, daß du wieder da bist, Tora, aber... du hast mich so grausam erschreckt. Verstehste das?«

Sie blieb mit gesenktem Kopf sitzen.

»Ich bin nicht oft hier in diesem Zimmer gewesen. Es tat zu weh.«

Es knackte irgendwo im Stockwerk über ihnen.

»Aber ich bin doch jetzt gekommen«, versuchte sie. Ihr Mund war klein und rosa. Er öffnete sich. Sie lachte ihn mit einem glucksenden Kehllaut an.

»Schluß jetzt damit!«

Er schnitt die Worte in ihr Trommelfell. Der ganze Kopf blutete. Sie spürte, wie die Tropfen unten an den Ohrläppchen hingen. Sie sah sich unter das Bett kriechen. Es roch nicht nach Staub oder Tod. Nur nach Schmierseife. Schmierseife war ein Geruch, bei dem sich alle heimisch fühlen konnten. Den gab es überall, wo Leute wohnten. Sie würde ihn wohl noch dazu bringen, daß er begriff, wer sie war. Morgen. Er würde es sehen, wenn sie den Mantel anzog. Ja! Und den Rock und die kleinen Stiefeletten. Da würde er begreifen, daß sie wirklich existierte!

»Ich ertrag' es nicht, daß du ihr so ähnlich...«, murmelte er.

Sie wagte sich trotzdem aus dem Bett. Kroch auf seinen Schoß. Fühlte die Wärme des zuverlässigen, eckigen Körpers.

Er seufzte, schlang die Arme um sie und wiegte sie. Hin und her. Als ob er einen Strang weichen Wollgarns um die Handgelenke hätte.

»Warum biste hierhergekommen, Tora?«

»Das mußt' ich doch.«

Die Stimme klein wie trockenes Birkenlaub im Wind.

»Weiß die Ingrid, daß du hier bist?« flüsterte er ihr ins Ohr.

»Ja«, flüsterte sie zurück. Spürte den Geschmack seiner Wange.

»Was sagt sie dazu, daß du immer noch nach Bekkejordet gehst, wenn du von Breiland kommst?«

»Sie sagt, daß ich das nicht soll.«

»Da solltest du's auch nicht tun. Sie möchte dich zu Haus haben.«

»Ja, ja.«

Es stöhnte wieder in dem Stockwerk über ihnen. Ein lang anhaltender Seufzer von einem großen Tier, das endlich die Wärme fühlte.

»Wo biste gewesen, Simon. Ich hab' so gewartet. Du bist ja nicht gekommen.«

»Ich war im Betrieb bei meinen Papieren. Bilanz. Ich krieg' Kopfschmerzen vor lauter Zahlen.«
»Ich kann dir helfen.«
»Du sollst in die Schule gehn und klug wie ein Papst werden«, flüsterte er und wollte sich von ihr lösen.
»Ich werd' hierbleiben.«
»Nein! Aber du hast prima aufgeräumt.«
Sein Lächeln war wie ein Sommertag.
»Ich kann dir trotzdem helfen.«
»Ich werd' mir einen Mann suchen, der die Buchführung übernimmt. Es ist zuviel geworden. Es quillt aus allen Pappschachteln unten im Büro. Purzelt von den Regalen. Nur Dreck und Kopfweh... Haste gegessen?«
»Ja.«
»Ich muß noch 'ne Kleinigkeit essen.«
»Kommste schlafen... nachher?«
»Ich hab' meine Decke auf der Couch in der Küche. Ich schlaf' da.«
Er nahm gleichsam einiges zurück, was er ihr vorher zugestanden hatte.
»Wo ist die Katze?« fragte sie unvermittelt.
»Sie ist wie vom Erdboden verschwunden. Ich hab' versucht, sie herbeizulocken, aber...«
»Du bist soviel im Betrieb. Sie ist allein... Keiner sollte nur allein sein.«
»Nein«, sagte er bloß. Strich ihr über die Schulter und erhob sich.
Und plötzlich ließ sie ihn aufstehen. Es war so bestimmt. Genau jetzt sollte er aufstehen.

Sie vergab ihm, daß er nicht verstand, wer sie war. Ebenso wie sie die Notwendigkeit von Jahreszeiten einsah.
Der Raum umschloß sie. Sie hatte die Wärme geschaffen, die nicht wegdiskutiert werden konnte. Simon rumorte in der Küche. Geräusche, die sie schon früher gehört hatte, kamen aus der Dunkelheit wie kleine, warme Tiere, die den Schwanz hinter sich herzogen.

In der Nacht weckten die Stimmen sie. Keine von ihnen gehörte Rakel.
Sie schaffte es, die paar Schritte bis in die Küche zu gehen. Der Mond schien durch das Fenster und zeigte ihr, daß er dort lag. Eine Gestalt unter einer Decke. Vollständig in sich und seiner Einsamkeit gefangen.
Sie schlug die Decke so weit zur Seite, daß sie Platz hatte. Dann kroch sie zu ihm. Rutschte ganz dicht an ihn heran. Lag mucksmäuschenstill, bis er etwas merkte und die Arme um sie legte.
»Biste allein, Tora?« flüsterte er in den Raum.
»Jetzt nicht mehr«, flüsterte sie zurück.
»Du bist zu groß für so was, weißte das?«
»Nein.«
»Doch, doch.«
Sie betrachtete den Mond, der am Küchenfenster vorbeisegelte.
Dann glitt sie in ein Bild, auf dem Simon Heu schleppte. Der Rücken war eine einzige streifige,

nässende Wunde von dem Seil und den scharfen Halmen, die ihn ins Fleisch schnitten.
Sie ging in dem Ganzen umher und war unsichtbar.
Sie versuchte zu trösten.
Aber er sah sie nicht.

36

Das Tageslicht! Es schlüpfte unter die Decke. Wütete im Magen. Im Unterleib. Kletterte um die Beine. Strömte in die Füße. Die Finger. Breitete sich auf der warmen Haut aus. Zwang sich auf sie.
Ihr Kopf ruhte auf einem Zipfel des steinharten Kissens. Hellwach, aber in einem roten Geflimmer. Sie öffnete die Augen.
Seine Hand. Eine schläfrige, ruhige Bewegung auf der Decke ließ sie zu einem Feuer werden. Überall dieser dampfende, volle Geruch nach Teer und Salz, Benzin und Haut.
Die Bartstoppeln standen blond und scharf gegen ihre Schulter. Sie war eine Lupe, die ihn betrachtete. Die Haut war durchsichtig und bläulich um jedes einzelne Barthaar. Hie und da waren die Poren erweitert, anders. Sie kämpften vielleicht um ihren Platz. Die Nase war scharf geschnitten und streng. Als ob sie vor einer Berührung warnte. Der Mund

war geschlossen. Wie Konturen von Stränden im Nebel.
Das Morgenlicht war rußig und matt.
Das Nachthemd war nach oben gekrochen. Die Schwere seiner Hand lag auf ihrer nackten Haut. Die Wärme breitete sich wie ein Meer von Sehnsucht aus:

Sie trieben zusammen im Meer. Ihre Körper verstrickten sich ineinander, ohne Grenzen. Sie sah seinen Kopf mit dem offenen, lachenden Mund in den kühlen Wellen auf- und wieder untertauchen. Sie trieben hinaus zu den Inseln, hinaus ins Meer. Aus der Kühle wurde Kälte. Eiskalte, schäumende Gischt, die sie ständig näher jagte. Da lösten sie sich ineinander auf und wurden eins mit dem Himmel und dem Meer in dem zitternden Streifen weit dort draußen. Und sie spürte einen Sog, der sie beide in sich hineinzog. Eine Kraft, die Raum für sie beide hatte. Und alle Dinge wurden unendlich und willenlos. Über allem lag ein milchig schimmerndes Licht.

»Du mußt dich ins Schlafzimmer legen, das ist zu schmal hier«, murmelte er schläfrig.
»Wir können beide gehn«, antwortete sie mit kläglicher Stimme.
Er richtete sich halb auf, so daß die Decke auf den Boden glitt und die Kälte des Raumes sie überfiel. Dann sah er auf die Uhr und entschloß sich, zeitig aufzustehen.
»Haste Angst, allein zu schlafen?«

»Ich weiß nicht.«
»Aber du bist doch erwachsen, da kannste dich nicht einfach zu Männern legen.«
Er fuhr sich mit der einen Hand übers Gesicht. Eine mutlose, todmüde Bewegung. Gähnte.

37

»Du mußt heut heimgehn.«
Er sagte es bestimmt, ohne sie anzusehen.
Sie saßen beim Frühstück. Dröges gekauftes Brot und Multebeermarmelade. Der Kaffeeduft legte eine wohlbekannte Sicherheit um sie beide. Es bullerte im Herd. Das Thermometer vor dem Fenster zeigte 15 Grad minus. Das war kein Spaß. Die kleinen Fensterscheiben vereisten. Es gab nur noch ein Guckloch in der Mitte jedes Sprossenfensters, durch das man hinausschauen konnte.
»Ich bin daheim«, sagte sie störrisch.
Er hob den Kopf mit einem Ruck. Starrte sie an. Dann hielt er inne.
»Also gut. Du bist hier auch zu Haus. Aber du mußt jetzt zu deiner Mutter gehn und dort schlafen.«
»Jagste mich weg?« flüsterte sie.
Er warf mit einer hastigen Bewegung den Blick auf die vereisten Fenster und seufzte.

»Hör mal zu, Tora! Geh runter zu deiner Mutter und schlaf dort, tagsüber kannste hier sein. Das wär' schön. Es ist ja nicht so, daß ich dich nicht haben will.«

»Nein«, sagte sie gutmütig. »Es ist nicht so, daß du mich nicht haben willst. Ich werd' hier sein. Und die Katze wird zurückkommen. Und alles wird wieder gut. Wie früher.«

Sie sah ihm in die lichtblauen Augen, bis sein Blick auswich und fortfloß.

»Nein«, flüsterte er heiser. »Nichts kann mehr so werden, wie es war. Keiner kann mir da helfen. Da muß ich durch. Allein. Begreifste das nicht? Es nützt gar nichts, mit dem Simon Mitleid zu haben. Oder den Simon zu trösten. Das nützt nichts.«

Er erhob sich jäh. Holte die dicken Winterschuhe unter dem Ofen hervor. Steckte die Füße hinein, als ob sie Feinde wären. Dann war er in seiner Schaffelljacke und mit der Schiffermütze – zur Tür hinaus.

Ein zerstörter Traum verfolgte sie durch das Haus. Endlich fiel ihr ein, daß er aus dem Haus gestürmt war, ohne daß er die Schafe gefüttert oder sie gebeten hatte, es zu tun. Sie zog sich irgendeine Jacke an, die im Windfang hing, und machte sich auf den Weg zum Schafstall.

Sie war nicht vorbereitet auf das, was sie zu sehen bekam. Bereifte Wände, leere Boxen mit offenen Türen. Haken, die schwach und traurig vibrierten, als sie über den Boden ging.

Er hatte die Schafe geschlachtet!
Sie lief der Reihe nach in alle Boxen. Das hatte er fertiggebracht! Geschlachtet und vernichtet. Alles, was sie hatte. Die Katze war weggelaufen. Er war aus dem Schlafzimmer ausgezogen!
Sie rannte aus dem Stall und warf die Tür hinter sich zu, mit einem fürchterlichen Knall, der über die gefrorenen Schneehaufen zitterte.
Wieder im Haus, blieb sie mitten in der Küche stehen und stampfte mit dem Fuß auf, während sie überlegte. Machte Pläne, über die sie sich nicht ganz im klaren war.
Sie schlüpfte in den Mantel. Wickelte den weißen Schal um Hals und Ohren.

Simon sprach gerade mit seinem Vorarbeiter. Sie hatten auf der letzten Fahrt vor Weihnachten einen guten Fang gemacht. Nun konnte es Weihnachten werden. Simon lobte den Mann. Wollte ihn in sein Büro bitten. Einen Schnaps? Aber nein. Man wartete auf ihn zu Hause. Er zog an seiner Jacke und hatte es eilig, wegzukommen. Aber er fand trotzdem, daß er Simon auf die wichtigsten Fragen nach Boot und Netz antworten müßte.
Sie sahen sie ungefähr gleichzeitig: In dem blauen Mantel kam sie in großer Erregung über den Kai. Ein Anblick, den man lange vermißt hatte.
Der Vorarbeiter sah auf die Frauengestalt in Rakels blauem Mantel und dann auf den Mann neben sich.
»Herrgott… das… das ist ja, als ob sie es wäre!« rief der Vorarbeiter aus.

Er konnte nichts dafür. Es war ihm einfach rausgerutscht. Wie ein Fluch in der Kirche.
Es zitterte um Simons Mund.
Sie stellte sich wütend vor ihnen auf. Ein kleiner rosa Mund stieß eine große Wolke kräftigen Wasserdampfes in die frostige Luft.
Sie erwiderte den Gruß des Vorarbeiters nicht. Sah nur Simon.
»Ich muß mit dir reden!« zischte sie.
Simon faßte mit festem Griff den flauschigen Mantel und nahm sie mit in das Betriebsgebäude. Vorbei an den Spülwannen und der surrenden Tiefkühlanlage. Vorbei an Körpern und Kommandorufen. Vorbei an der eisigen Kälte, die aus der offenen Tür der Tiefkühlanlage sickerte. Der Eisenbolzen des Türschlosses sah aus wie eine riesengroße, bereifte Augenbraue.
Die Leute starrten auf den blauen Mantel. Die Zeit stand still.
Die Treppe hinauf und hinein ins Büro ging es. Sie polterte hinter ihm her, als ob sie ihn verfolgte.
»Was haste dir dabei gedacht?« fauchte sie, als sie noch auf der Treppe waren.
»Warum haste alle Schafe geschlachtet? Du verdammter Idiot!«
Er verfrachtete sie in den Drehstuhl. Atmete tief ein. Sie hatte von Kopf bis Fuß Rakels Kleider an. Er gewöhnte sich an den Anblick. Nach und nach. Sie hatte etwas mit ihren Haaren gemacht. Sie standen ab. Genau wie Rakels Haare.

»Ich hab' doch gesagt, daß ich's mit den Schafen allein nicht schaffe. Erinnerste dich nicht, daß ich's dir erzählt hab' – am Telefon?«
Die Stimme war leise. Beide Hände lagen auf dem Tisch zwischen ihnen. Der Kopf gesenkt zwischen den Schultern. Die strohblonden Haare waren ein Glorienschein gegen das spärliche Dezemberlicht. Die Arbeitslampe brach in das Ganze ein. Zeigte, daß die Schläfen einen Grauschimmer bekommen hatten. Das hatte sie vorher nicht gesehen. Es schuf einen Abstand, den sie sich nicht erklären konnte.
Es war, als ob die Wut über die toten Schafe zusammensackte, so wie Holzknüppel in einem erlöschenden Feuer zusammenfallen.
»Du bist nicht allein«, sagte sie.
»Doch. Ich *bin* allein. Niemand in der ganzen Welt kann das ändern. Rakel ist fort. Damit muß ich leben. Aber die Schafe mußten geopfert werden.«
»Sie ist nicht fort...«
»Nein, nicht in unseren Gedanken. Aber sie versorgt ihre Schafe nicht mehr...«
Er ging um den großen Mahagonischreibtisch herum, der eine Neuanschaffung und ein Luxus in dem neuen Gebäude war, setzte sich auf die Tischkante und war schrecklich nah.
Da hörte sie die Stimme. Warnend. Rakels Stimme. Die ihr vorwarf, daß sie zu weit gegangen sei und Geheimnisse verraten habe. Ob sie nicht merke, daß es zu früh sei, ihm etwas begreiflich zu machen. Sie müsse alle möglichen Tricks lernen, ehe sie ihn damit

quäle, wer sie sei. Auf die Schafe komme es doch nicht an!
Sie saß mit gesenktem Kopf und schwieg zu dieser Zurechtweisung. Sie war verdient. Sie war selbst schuld, daß Simons Haare grau wurden.
Und plötzlich war sie nur Tora, die um Hilfe bat. Die sich an Simons Hände klammerte.
»Ich versteh' ja, daß du das mit den Schafen schlimm findest. Hätt' ich 'ne Magd wie dich gehabt, dann wär's wohl gegangen. Aber du sollst niemandes Magd sein. Du sollst auf die Schule gehn und was werden. Das ist mein Wille, und das war auch Rakels Wille. Sie hatte immer solche Lust, was zu lernen. Aber es wurde nichts daraus... Wir vermissen sie, Tora, nicht wahr?«
Sie nickte.
Er reichte ihr sein Taschentuch.
Sie konnte nicht begreifen, an was sie das erinnerte.
An etwas Ekelhaftes, Klammes und Grünes, Qualvolles und Schmachvolles. Was nichts mit Simon zu tun hatte.
Sie konnte das Taschentuch nicht nehmen.
Schließlich kniete der Mann neben dem Drehstuhl und putzte ihr die Nase. Da merkte sie, daß sie weinte.
»Schneuz dich«, sagte er behutsam.
Viermal schneuzte sie sich. Seine Hand fand jedesmal ein sauberes Eckchen in dem Taschentuch – und schloß sich energisch um ihre Nase. Sie hörte ihr eigenes Geräusch weit hinten im Kopf.

»Wir müssen zusammenhalten. Du darfst mich nicht so hart wegen der Schafe verurteilen... Ich muß mich mit so vielem hier im Betrieb rumschlagen, verstehste?«
Sie nickte. Dann verbarg sie sich bei ihm mit ihrem ganzen Sein.

38

Sonderbare Worte zeichneten sich in ihrem Heft ab. Sie wußte nicht, wo sie sie herhatte.
Eigentlich wollte sie damit keine Zeit vertrödeln. Denn Simon hatte ihr versprochen, daß sie alles für Weihnachten in Bekkejordet vorbereiten dürfte. Und Ingrid würde kommen. Trotzdem saß sie mit dem Füller und dem Heft am Küchentisch.
Die Worte liefen hintereinander über die Linien. Wie eine verschworene Schar. Wurden zu einer Art Geschichte, während sie dasaß und aus dem Fenster guckte.
Der Vogelbeerbaum im Garten war groß und alt. Die untersten Zweige waren abgesägt, damit das Licht ungehindert durch die kleinen Fenster hereinfallen konnte. Die Zweige, die vor dem Südwestwind geschützt waren, hatten die Arme noch voll blutroter Beeren. Die kleinen Vögel waren rastlose Flüchtlinge auf der ewigen Jagd nach Futter und ein wenig

Schutz. Man sah sie nur mitten am Tag. Kleine, blitzschnelle Schatten.
Sie schrieb über sie in dem Heft. Schrieb von dem Vogeljungen in der Geröllhalde und der Vogelmutter auf der Fensterbank. Es schien ihr schrecklich wichtig zu sein, das *jetzt* niederzuschreiben.
Die Stimmen hatten sie nicht in Ruhe gelassen, seit sie von Simons Betrieb zurückgekommen war. Am schlimmsten war es, wenn sie nicht verstand, was sie wollten. Ein paarmal befahlen sie ihr, Dinge zu tun, die sie nicht gutheißen konnte. Es war vor allem eine helle, fordernde Mädchenstimme. Sagte unzusammenhängende, ekelhafte Wörter. Sie hatte das Gefühl, die Stimme zu kennen. Aber sie wagte nicht, sie zu sich hereinzulassen.
Einmal, als sie den Füller hochhob, befahl die Stimme ihr, in die Webstube hinaufzugehen. Zuerst tat sie es nicht. Aber es juckte sie am ganzen Körper – in den Gedanken juckte es auch, da gab sie nach.

Die Flicken waren aufgeräumt. Sie waren nach Farben und nach Qualität und Stärke geordnet.
Sie machte die starke Arbeitslampe über dem Webstuhl an und blieb stehen. Der letzte Teppich hatte blaue und weiße Streifen. Wollappen. Woraus waren die weißen Streifen geschnitten?
Vor lauter Stimmen fing es in ihrem Kopf an zu sieden, als sie sich nicht erinnern konnte, woher die weißen Flicken stammten.

Sie war den Tränen nahe. Sie fühlte sich erschöpft und gleichzeitig seltsam erregt.
Langsam glitt sie in den Webstuhl. Probierte vorsichtig die Pedale. Sie hatte das Gefühl, daß sie früher nicht gewebt hatte. Aber sie wußte doch, daß sie es getan hatte.
Dann legte sie die Flicken schichtweise auf das hausgemachte Holzbrettchen. Aber verzweifelte wieder, weil sie sich nicht erinnerte, wie es hieß. Das *Weberschiffchen* war für den Faden, mit dem man Stoff webte, oder für dünnes Wollgarn. Das Brett war für die Teppichflicken...
Der Kopf schmerzte, und die Stimmen nahmen überhand. Sie vermochte nicht mehr klar zu sehen. Schimpfte zurück, wenn die Stimmen da drinnen gellten. Führte das Holzbrett mit den Teppichflikken durch das Fach und schlug wütend mit der Lade. Da teilten sich die Fäden, gleichmäßig und schön wie durch ein Wunder, und öffneten erneut das Fach. Sie schlug und schlug, bis sie ruhig wurde.
Ein Geräusch von draußen ließ sie die Kälte plötzlich spüren. Den steifen Rücken. Und die Stimmen waren wieder da, wie auf Kommando. Die Ecken waren dunkel, und das Fenster stand ihr schwarz entgegen hinter den hellen Vorhängen.
Sie stahl sich aus dem Webstuhl und ging hinunter in die Küche. Ging von Raum zu Raum und machte die Lampen im ganzen Haus an. Von dem Stimmengewirr bekam sie natürlich Dunkelangst. Jetzt war da eine Stimme, die sie verhöhnte, weil sie für Weihnachten nicht gebacken hatte.

Verwirrt kletterte sie auf einen Hocker, um die Küchenwaage zu holen, die auf dem Küchenschrank stand. Sie war schwer und altmodisch. Mit beiden Händen hob sie sie herunter auf die Arbeitsplatte. In der Waagschale lag ein Schlüssel. Auf dem Weg nach unten gab er einen traurigen Laut von sich.
Der Schlüssel zum Schreibschrank! Das fiel ihr jetzt ein. Gleichzeitig mahlte und quengelte eine Stimme, daß der Weihnachtsschmuck in der untersten Schublade des Schreibschranks liege.
»Ja, ja – sei still«, rief sie wütend zurück.
Da fingen sie an durcheinanderzureden, ohne Rücksicht auf sie zu nehmen. Sie führten lange Gespräche, aus denen sie nichts Vernünftiges heraushören konnte. Es krächzte wie in einem schlecht eingestellten Radio.
Während sie noch auf dem Hocker stand – kamen sie geströmt. *Braun, flach, ekelhaft!* Pfefferkuchenmänner von allen Weihnachtsfesten in Bekkejordet. Sie hüpften in der Waagschale auf und nieder. Strömten von den Oberschränken herunter.
Sie hatten eine weiße klebrige Glasur, die um sie herumschlotterte. Sie wirbelten auf die Arbeitsplatte und auf den Fußboden herunter. Kletterten an den Stuhlbeinen hoch, an ihren Beinen. Unter die Kleider. Sie spürte, daß sie sich an ihrer Haut hochkrallten. Die ganze Zeit war da ein kratzendes, widerliches Geräusch, als ob man eine Krabbe in einer Milchkanne laufen ließe. Sie waren bald oben an ihrem Hals. Millionen von ihnen.

Und mit einemmal begriff sie, wem die Stimmen gehörten.

Sie welkte gleichsam auf der Stelle dahin. Fiel in ihren Kleidern zusammen. Versuchte sie zu bitten, daß sie aufhörten. Aber es kam kein Laut. Sie wollte die Hände heben, um sie wegzujagen. Aber dann spürte sie, daß sie in ihrem Mund waren. In den Ohren. Im Kopf. Sie fraßen sich in ihr Gehirn hinein. Und Simon war nicht da! Es war bald Weihnachten, und sie hatten den Baum noch nicht geholt! Und die Vögel saßen verborgen in dem Vogelbeerbaum und warteten auf das Tageslicht. Jeder mit dem Kopf unter dem Flügel. Wartete auf sein Junges. Das wußte sie ja. Und sie stand hier und ließ sich von ein paar abscheulichen puderzuckerklebrigen Pfefferkuchen piesacken, die es vor vielen Jahren zu Weihnachten gegeben hatte.
Der eine hatte kleine weiße Augen aus zwei Puderzuckertropfen, die er in ihre Augen stach. Das tat weh. Das Hirschhornsalz trieb ihr die Tränen in die Augen.
»Warum biste hergekommen? Du bist nicht tüchtig. Du bringst nur Unglück. Wir brauchen dich nicht. Du hast nichts für Weihnachten vorbereitet. Niemand hat die Mehlbüchse angerührt. Oder das Hirschhornsalz. Der Puderzucker liegt noch im Laden. Wer bist du? Du kannst nicht mal weben. Du weißt nicht, was eine Webspule ist. Du denkst nicht dran, daß wir Nachschub auf dem Schrank haben

müssen. Wir sind zu wenig. Die Rakel hat jedes Jahr gebacken. Nun ist sie weg!«
»Laßt mich vom Stuhl runter!«
»Warum? Wenn ich alle Pfefferkuchenmänner auf dich hetze, biste heut abend nicht mehr da. Hahaha!«
Die bösartigen Glasuraugen stachen ihr ins Gesicht.
Dann begannen sie wieder, an ihr hochzukrabbeln. Sie spürte deutlich, daß sie im Kopf saßen. Daß sie sie von innen her auffraßen.
»Seht ihr nicht, wer ich bin?« rief sie mit voller Lautstärke und ließ sich vom Hocker herunterfallen.
Es war höchste Zeit. Die Pfefferkuchenleute schienen unten auf dem Boden keine Macht zu haben. Sie versuchte, sich für den Rest des Tages da unten zu halten. Ein paarmal dachte sie daran, in den Flur zu den Stiefeletten und dem Mantel zu flüchten. Aber man konnte ja nicht wissen, was sich in der dunklen Ecke hinter der Flurtür verbarg.
Sie guckte immer wieder auf den Küchenschrank, wo die Waage stand. Eine blaugestrichene Eisenwaage mit einer verbeulten Messingschale. Alt. Seit ewigen Zeiten hatte sie Mehl und Zucker gewogen.
Die Pfefferkuchenleute hatten sich aus Rache erhoben. Weil Rakel nicht mehr da war. Sie akzeptierten sie nicht. Sie war nicht tüchtig genug.
»Rakel!« rief sie mehrmals durch das Haus. »Sie kommen zurück. Sie fressen mich auf. Sie liegen auf der Lauer, um mich fertigzumachen! Hörst du?«

Aber Rakel war still. Wo sie auch sein mochte. Tora fühlte sich wie eine alte Haut in Rakels Kleidern. Wußte nicht, wie lange sie zusammenhalten würde.
Sie wollte die Wände dazu bringen, daß sie ihr sagten, wann sie Rakel zuletzt gesehen hätten. Aber sie schwiegen. Die Bilder schwiegen. Alle Gefäße auf dem Küchenschrank und im Schrank: schwiegen.
Sie schnappte sich den Schlüssel vom Schreibschrank und schlich ins Wohnzimmer. Mußte den Weihnachtsschmuck finden, bevor sie sie daran erinnerten. Mußte schnell sein, um ihnen zuvorzukommen.
Sie fand die braune Schachtel, in der er ihrer Erinnerung nach sein mußte. Eine Weile hielt sie die Girlanden und Engel abwechselnd in den Händen. Sie mußten einen Baum holen gehen, Simon und sie.
Sie legte die ganze Pracht auf den Eßtisch und liebkoste sie mit den Augen.
Da fing die Mädchenstimme an zu quengeln, daß sie ihre Papiere aufräumen solle. Es sei schon lange her, daß sie in den kleinen Fächern des Schreibschranks aufgeräumt habe, sagte die Stimme.
Sie fügte sich und schloß die Klappe mit unsicheren, steifen Händen auf.

39

Er sollte sich wirklich einen Schneepflug anschaffen, dachte Simon, als er den Lastwagen unten am Hang parken mußte. Gewaltige Schneemassen lagen mitten auf dem Weg.
Im ganzen Haus brannte Licht. Da räumte sie wohl noch auf. Er würde sie zu Ingrid fahren, wenn sie gegessen hatten.
Er hängte seine Sachen im Windfang auf und ging in die Küche. Legte den ersten Seelachs der Saison auf den Küchenschrank. Er würde ihn gleich kochen. Mit Leber und Rogen. Er merkte, wie sich seine Laune bei dem Gedanken bedeutend besserte. Er öffnete vorsichtig die Tür zum Wohnzimmer, um Tora mit der guten Nachricht von dem frischen Fisch zu überraschen.
Rakels Schreibschrank war offen. Rakels grüner Pullover auf dem hohen gepolsterten Stuhl ließ ihn erzittern.
Tora hatte eine Menge Papiere um sich ausgebreitet. Briefe. Bezahlte Rechnungen. Zeitungsausschnitte. Abrechnungen über die Tierhaltung und den Haushalt.
Er mußte ihr sagen, daß er es nicht ertrug, daß sie in Rakels Kleidern ging, dachte er matt.
Aber er sagte es nicht. Lobte sie nur, daß sie den Schlüssel gefunden hatte. Wo hatte sie ihn gefunden?

Gefunden? Sie hatte ihn nicht gefunden. Hatte ihn geholt. Sie lächelte unsicher.
Er nahm ihre Hände von den Papieren fort. Sein Schatten überdeckte alles. Lag schwer auf ihr. Seine Finger waren stark und kalt. Das Gesicht war streng und verschlossen. Als ob er sie bei einem Diebstahl ertappt hätte.
Dann klappte er den Schreibschrank zu und schloß ab. Einen Augenblick stand er mit dem Schlüssel in der Hand, dann steckte er ihn langsam in die Tasche.

Der Schreibschrank! Dort hatte Rakel ihre Geheimnisse. Er war nie versucht gewesen, sie dadurch zu verletzen, daß er sich in dem Schrank zu schaffen machte. Er schien zu wissen, daß mit allem Schluß gewesen wäre, wenn er versucht hätte, an ihre Geheimnisse zu kommen. Solange sie da war, hätte er an so etwas nicht einmal gedacht. Er verstand, daß solche zarten Dinge verbanden. Einige Papiere, eine Schublade irgendwo, in der man seine Geheimnisse aufbewahren konnte. Es war einfach so: Rakels Schreibschrank war nicht für ihn.
Dann hatte er das Mädchen in Rakels Kleidern an dem Schreibschrank überrascht. Wie das Phantom eines Erlebnisses, das er oft gehabt hatte: daß Rakel da saß, wenn er heimkam. Daß sie sich umdrehte. Schnell. Glücklich, ihn zu sehen.
Seitdem Rakel fort war, hatte er sich mehrfach mit dem Gedanken getragen, den Schreibschrank in den Garten zu befördern und anzuzünden. Zu sehen, wie

eine Feuersäule gegen den Himmel stand. Geflammte Birke. Er hatte ihr den Schrank im ersten Jahr ihrer Ehe geschenkt. Ein glühendes Möbelstück. Voll von Rakels geheimem Leben.
Jetzt war Tora da eingebrochen! Es war nicht gerecht, so zu denken, aber er konnte nicht anders. Er wußte nicht mehr, woran er mit ihr war.
Sie war so erdnah gewesen, die Rakel. So praktisch in allem, was sie tat. Vernünftig. Gerecht. Aber sie besaß einen Schreibschrank, in dem sie ihre Träume aufbewahrte. Die er schützen würde.

Simon schnitt Kabeljau auf dem schon viel benutzten Brett. Ein mächtiges Maul klaffte gegen das Messer. Weiß da innen. Es war ausgeblutet. Bald kochte das Wasser. Simon tat eine Handvoll grobes Salz hinein. Dann legte er die Fischstücke in den Topf. Sie wurden zunächst ein wenig grau. Dann schickten sie perlmuttschimmernde Muster in das Wasser.
Tora fand eine vergilbte Tüte mit Lorbeerblättern. Wählte umständlich zwei aus. Ließ sie leicht in das Wasser fallen. Einen Augenblick verschwanden sie zwischen den Wasserblasen, um dann wieder aufzutauchen und sich zitternd auf die unruhige Oberfläche zu legen. Jetzt fehlten nur noch drei Tropfen Essig.
Sie lief ihm nach wie ein Hund, der nicht recht weiß, warum er Prügel bekommen hat.
Es war ihr darum zu tun, ihn nicht derart zu reizen, daß er sie wegschickte.

Sie deckte den Tisch, so gut sie konnte. Versuchte sich vorzustellen, wie er es haben wollte.
Das Heft hatte sie vergessen zu verstecken.
Sie aßen, ohne viel zu reden. Ihre Augen trafen sich über dem Dampf.
Sie hatte kalte Füße.
»Morgen. Bei Tageslicht – gehen wir wegen einer Tanne«, sagte er über dem rauchenden Fisch.
»Ja.«
»Sei nicht traurig wegen der Sache mit dem Schreibschrank, aber die Rakel wollte ihn für sich allein haben, verstehste das?«
»Ja«, sagte sie.
»Wir wollen jetzt nicht mehr dran denken. Ich war vielleicht ein bißchen schroff. Verstehste mich, Tora?«
»Ja.«
Er sagte nicht, daß sie zum Schlafen ins Tausendheim gehen sollte. Es hatte gereicht für diesen Tag.

Sie versteckte sich im Rakel-Bett. Hörte die Pfefferkuchenleute im ganzen Haus rumoren und flüstern. Aber sie wagten sicher nicht, zu ihr hereinzukommen, solange Simon in der Küche schlief. Zwischen der Küchenwaage und der Tür zum Schlafzimmer. Sie fühlte, daß sie allen Widerstand aufgegeben hatte. Aber er konnte wohl nicht zusehen, daß sie ihr den Rest gaben. Oder würde er es als eine Erleichterung empfinden? Sie sah doch, daß sie ihn peinigte, durch ihre bloße Anwesenheit. Vielleicht hatte er das Pfefferkuchenvolk auf sie gehetzt. Um sie aus dem Haus zu graulen? Nein!

Sie legte die Hand auf den Mund, weil sie nicht wußte, ob ihr das Wort entschlüpft war.

Die Geräusche im Haus waren wie das ferne Knistern eines Brandes. Sie wußte, daß das Pfefferkuchenvolk wiederkommen würde.

Inzwischen verlangte sie flüsternd nach Rakel, aber sie wagte nicht laut zu rufen. Da würde er sie zur Tür hinauswerfen.

Rakel antwortete nicht ein einziges Mal.

Es war jedenfalls warm im Bett. Sie hatte die Tür zur Küche gut zugemacht. Aber sie wußte, daß sie durch die Tür gingen, falls es ihnen einfiel, nach ihr zu suchen.

Sie würde nach Breiland fahren. In ihr Zimmer bei Bergs. Dort wußten sie, wer sie war. Aber...

Plötzlich kam Almar vom Hestvika mit seinem zerfetzten, dampfenden Körper. Auf dem Rücken in rosa Eismatsch schwimmend. Völlig anders als alles, was sie bisher gesehen hatte. Zerstört. Nicht wieder zum Leben zu erwecken.

Alle Menschen, denen sie begegnet war, gingen durch sie hindurch. Besonders die vom Tausendheim. Hatten höhnische Worte an Nase, Kinn und Ohren befestigt. Im Haar. Trieben durch sie hindurch. Vom Wind wie Asche geweht. Sie wollte fliehen. Aber Breiland war wie ein toter Klumpen aus Fleisch und Haut. Sie wußte nicht, was sie damit sollte. Sie konnte die Gesichter nicht aus dem Weg räumen, um zu sehen.

Auf einmal verstand sie, daß das Bündel am Strand nicht Breiland war, es war Almar. Er starb immer noch. Wurde nie fertig. Sie merkte, wie müde und überdrüssig sie seiner war.
Und der Holzlöffel, der in der gefrorenen, sandigen Erde grub. Die Schachtel. Die Flammen im Ofen. Sie fraßen und fraßen. Alles, was sie nicht mit sich herumschleppen konnte. Was keiner mit sich herumschleppen konnte. Keiner!
Das Vogeljunge, das blaue Adern am Kopf hatte! Adern mit totem Blut. Die Nabelschnur, die es mit sich zog. Das schnaufende Geräusch. Etwas, was herausglitt.
Es tat ihr nicht mehr weh. Machte sie nur schrecklich müde. Weil überall alles auf ihr herumkrabbelte. Etwas von ihr forderte.
Der zerzauste Kopf von Elisif. Ihre Matratze, die sie am Strand verbrannten, als sie das tote Mädchen geboren hatte. Das Mädchen, das ein lebendiger Junge hätte sein sollen, der als Missionar in die weite Welt gehen sollte.
Der alte Jude mit dem schwarzen Mantel, der zum Kartoffelacker kam. Von dem sie Stickereien gekauft und dem sie Waffeln und Kaffee angeboten hatten. Man konnte sich gut und wunderbar dabei fühlen.
Lange Zeit hatte sie sein Gesicht satt gehabt. Er sprach zu ihr mit der Stimme von einem der Pfefferkuchenmänner. Leise, polternd. Mit vielen Entschuldigungen, Vorwürfen.
Frits. Mit dem dünnen Hals, den Kehllauten. Den

langen Fingern, mit denen er sprach. Frits, der ihr manchmal Briefe geschrieben hatte. Mußte es so einem nicht unmöglich sein, Briefe zu schreiben? Trotzdem hatte er es getan. Nun war er fort für sie, schon sehr lange.

Das Schaf schwamm im Meer. Das Seil. Um das weiße Handgelenk gewickelt. Simon, der es abschnitt. Simons weicher Mund war ein Strich.
Ihre Kleider. Schwer von salzigem Meerwasser. Das Haar. Die geschlossenen Augen.
Ingrid.

40

Sicher hatte Simon sie dabehalten, weil sie ihn nicht quälte, sie stand auch nicht auf, bevor er aus dem Haus war. Ein paarmal hatte er zur Tür hereingeschaut – als ob er sie wecken wollte. Aber sie stellte sich schlafend. Atmete nur den Kaffeeduft ein, um auf alle Fälle etwas zu haben. Sie tat jetzt alles, was er von ihr verlangte.
Sie überlegte, ob ihr jemand Bewegungen und Worte eingeimpft hatte, während sie schlief. Sie hatte das Gefühl, von irgendwoher, außerhalb ihrer selbst, gesteuert zu werden. Die Worte, die sie benutzte, wenn es erwartet wurde, Füße und Hände, die durch Zeit

und Raum gingen. Der Körper kapselte sich ein, war im Begriff einzutrocknen. Niemand wollte ihn haben. Sie selbst auch nicht. Sie war ein Fremdling in Rakels Kleidern.

Ein Flüchtling, der ein verlassenes Haus gefunden hatte. Wo alles fertig dastand, bereit, daß jemand es in Gebrauch nahm. Die Betten waren gemacht, die Schränke voller Kleider und Aussteuer, Geschirr und Töpfe. Die Stühle waren noch warm von denen, die zuletzt hier gesessen hatten. Kaffeeflecken auf der Decke. Eine benutzte Tasse.

Sie bemühte sich, ein kleines Mädchen zu sein, wenn Simon da war. Sonst riskierte sie, daß er sie wegschickte. Gehorsam gab sie ihrer Begeisterung Ausdruck, als er ihr den Weihnachtsbaum zeigte, der in einer Schneewehe stand und sich zu verstecken suchte.

Sie protestierte nicht, als Ingrid plötzlich auftauchte und alles in Ordnung bringen wollte.

Wenn sie allein in Bekkejordet war, kroch sie mit dem Heft in Rakels Bett und schrieb in den Augenblicken, in denen die Stimmen sie vergaßen. Die Pfefferkuchenleute zeigten sich glücklicherweise nicht mehr. Aber sie hörte sie. Die ganze Zeit.

Ingrid und Simon gingen durch ihren Tag. Abends war sie erschöpft von all dem, worauf sie aufpassen mußte, um nicht ihren Abscheu heraufzubeschwören, ihre Mißbilligung, ihre ungläubigen Blicke. Sie sagten, es sei der Tag vor Heiligabend.

Der Tag schlich dahin, wie Staub, der sich langsam

auf die Möbel legte in einem Haus, in dem niemand ging. Niemand ihn aufwirbelte, niemand ihn wegnahm. Irgendwo hatte sie in ihrem Inneren einen unverwundbaren Punkt. Sie wußte, daß sie dabei war, ihn zu finden. Für immer.

Aber erst mußte sie durch alles durch, was Simon daran hinderte, zu sehen, wer sie war.

Er lag nachts auf der Couch in der Küche.

Die Katze war nach Hause gekommen. Mager und mit glanzlosem Fell.

Die Katze war die einzige, die sie erkannte.

Es war eine göttliche Fügung, würde Elisif gesagt haben. Eine wunderbare Fügung. Aber sie wußte nichts und sagte nichts, erst lange, lange danach.

Die letzte Weihnachtspost wurde ins Haus gebracht.

Als Simon die glitzernden Weihnachtskarten auf die Wachstuchdecke legte, zusammen mit ein paar Rechnungen, fiel ein langer weißer Umschlag heraus und landete auf dem Boden. Unter allen Dingen, die am Vormittag des Heiligen Abends ankommen können, wenn keiner Zeit hat, sie anzusehen, befand sich diesmal ein Brief an Rakel Bekkejordet von der Heilsarmee. Aufgegeben in Oslo. Sie konnten nicht wissen, daß sie den Brief nicht mehr öffnen würde.

Simon steckte den Brief zuerst weg. Rakels Name konnte ihn niederschmettern, wenn er so unvermutet auftauchte. Er ging davon aus, daß es ein Bettelbrief war.

Aber Ingrid bat ihn, den Brief zu öffnen. Meinte, daß Rakel wohl ein paar Kronen geschickt hätte, falls sie tatsächlich um Geld baten.
Er nahm den Brief geistesabwesend in die Hand und riß ihn auf. Eine Fotografie mit einem Gruppenbild fiel heraus, als er den Briefbogen aus dem Umschlag zog.
Der Brief von der Heilsarmee war kurz, aber freundlich. Das Wort Geld oder Spende kam nicht vor. Statt dessen konnten sie Auskunft geben, daß sie endlich Wilhelm Storms Familie ausfindig gemacht hatten. Sie glaubten, daß es die Familie sei, mit der Rakel Bekkejordet auf Grund der Tatsache, daß eine Tochter von Wilhelm Storm auf der Insel lebte, Kontakt aufnehmen wollte. Sie hatten einen Friedrich Storm und seine Familie aufgespürt. Die Familie besaß einen Brief, den Wilhelm Storm aus Norwegen an seine Eltern geschrieben hatte und in dem er eine Frau namens Ingrid erwähnte. Dieser Wilhelm hatte sich auf der Insel von August 1941 bis zu einem unbekannten Daten aufgehalten. Die Familie hatte die Mitteilung bekommen, daß er gefallen war, kannte aber nicht die äußeren Umstände und den Zeitpunkt. Sie hatten auch nichts von Tora Johansens Existenz gewußt, bis die Heilsarmee Kontakt mit ihnen aufnahm. Friedrich Storm war Wilhelms jüngerer Bruder und der einzige nähere Verwandte, nachdem die Eltern vor einigen Jahren gestorben waren. Er wohnte in Berlin zusammen mit seiner Frau und zwei Kindern. Hatte der Heilsarmee ein Familien-

foto geschickt und ein Foto von dem jungen Wilhelm Storm, bevor er nach Norwegen ging.
Die Adresse der Familie in Berlin war mit großen Druckbuchstaben geschrieben, die in dem geschäftsmäßigen Brief zwei Zeilen füllten.

Simon wechselte die Farbe, während er las. Er sah zu Ingrid hin, die das Pökelfleisch mit zwei groben Gabeln aus dem dampfenden Topf auf die Servierplatte beförderte.
Tora wirtschaftete mit irgend etwas im Wohnzimmer herum.
Er verlegte das Gewicht von dem einen Fuß auf den anderen, während er den Blick über die Fotografien gleiten ließ, aber der Fuß schien nicht recht standfest zu sein, deshalb setzte er sich.
Dann mußte er auch an diesem Tag wieder denken: »Wenn du doch hier wärst, Rakel! Und dich um alles zusammen kümmern könntest.«
Helle Knabenstimmen sangen: »Stille Nacht…« in einem gleichmäßigen Strom aus dem Radio.
Simon räusperte sich. Dann räusperte er sich noch einmal, so daß Ingrid ihn verwundert ansah.
»Ihr habt einen Brief von der Heilsarmee bekommen!«
Mit dieser vagen Erklärung gab er ihnen den Aufschub, den sie seiner Meinung nach brauchten.
Sie kamen an den Tisch. Zuerst Tora, sie hatte es leichter, das wegzulegen, was sie gerade in den Händen hielt. Dann Ingrid, widerwillig, während sie sich

die Fleischbrühe mit einem Lappen von den roten Arbeitshänden wischte.
Ingrid las den Brief langsam durch, ohne etwas zu sagen. Dann betrachtete sie nacheinander beide Fotografien. Hielt die des Mannes, Wilhelms, länger in den Händen. Plötzlich fiel ihr ein, daß das Fleisch auf der Platte kalt wurde. Sie legte die Fotografie auf den Tisch und ging zum Herd. Verfehlte den Topf, als sie das Fleisch wieder hineintun wollte. Und als der braune Klumpen mit den rosa Rissen endlich im Topf landete, spritzte glühendheiße Fleischbrühe über ihren Handrücken. Sie verzog keine Miene.
Tora hielt den Brief mit zitternden Händen. Die Worte liefen ineinander und wurden zu Nebel, zunächst. Die Fotografien dort auf dem Tisch waren unwirklich. Vielleicht träumte sie nur?
Keiner sagte etwas. Warum sagten sie nichts?
Simon machte sich im Wohnzimmer zu schaffen.
»Ingrid, wir fahren hin«, sagte Tora atemlos.
»Nein! Zu dem fremden Mann und seiner Familie, wozu soll das gut sein? Ich versteh' nicht mal, was sie sagen.«
Tora wurde so klein. Stand mitten in der Küche und versuchte, die Decke über ihnen festzuhalten. Die Wände drängten sich zusammen, um sich im nächsten Augenblick weit hinaus auf die Wiesen zurückzuziehen.
»Wir schreiben ihnen, Ingrid!«
»Nein!«
Simon kam aus dem Wohnzimmer und konnte nicht verheimlichen, daß er ihre Worte gehört hatte.

»Die Tora kann doch schreiben, wenn sie will«, sagte er entschieden.
Er streifte Tora mit der Hand. Aber sie schien es nicht zu beachten.
Er war ratlos und wütend. Sie verstanden nicht, was für ein phantastisches Weihnachtsgeschenk Rakel ihnen gemacht hatte. Sie nahmen es nicht einmal an!
»Sie meinte es doch gut, die Rakel«, murmelte er mit belegter Stimme.
»Ja«, sagte Ingrid und rührte energisch in dem Rübenmus.
»Die Tora kann doch schreiben, wenn sie will«, wiederholte er und sah Tora an.
Aber niemand antwortete ihm.
Tora legte die Weihnachtskarten vor sich auf einen Haufen. Dann faltete sie den Brief von der Heilsarmee zusammen und steckte ihn mit den Fotografien in den Umschlag. Außen auf dem Umschlag stand Rakels Name. Sie legte den Brief im Wohnzimmer auf Rakels Schreibschrank.
Mit flinken Händen deckte sie den Tisch mit allem Staat aus dem Büfett.
Sie bewegte sich in einem Bild, das sie sich oft gewünscht hatte. Der fünfarmige Leuchter auf der Hardanger Tischdecke. Die gestickten Servietten, mit denen keiner wagte sich den Mund abzuwischen und die deshalb immer in den silbernen Serviettenringen liegenblieben. Der kleine Baum vor dem Fenster. Der Geruch des Pökelfleisches, das draußen in der Küche dampfte. Die gelbe, ungleichmäßige

Oberfläche von dem Rübenmus in der Schüssel mit dem Goldrand. Das Silberbesteck und die Gläser, die in dem warmen Dunst anliefen und eine Spur matter wurden. Die Mandelkartoffeln, goldgelb und geschält wie abgezogene Riesenmandeln, in der Kartoffelschüssel. Der traumhafte, schwere Geruch von dem Weihrauch, der auf dem Etagenofen lag.
Davon hatte sie wahrhaftig immer geträumt. Heiligabend in Bekkejordet.
Dann war es wohl doch so, daß sie nur Tora war.

Ingrid ging zwischen Herd und Tisch hin und her, zunächst. Dann meinte Simon, daß sie sich setzen solle. Sie könnten ja nicht anfangen, bevor sie komme. Sie ließ sich gehorsam auf dem gepolsterten, alten Eßzimmerstuhl mit Federn in den Sitzen nieder. Er gab so etwas wie einen kleinen Seufzer von sich, obwohl sie sich ganz vorsichtig und leicht wie eine Fliege setzte.
Wenn Tora Ingrid ansah, bekam sie die bösartige Vorstellung, daß sie lachen, pupsen, singen müßte, unanständige Geschichten oder schlüpfrige Verse zum besten geben, die sie vor langer Zeit in Vaeret bei den Jungens, die am Kai herumlungerten, gehört hatte. Sie bekam solche Lust, Ingrids Gesicht mit Worten, Bewegungen zu zerstören. Allem, was sie von ihr erwartete, den Rücken zu kehren. Aber sie konnte nicht. Dann würde das Pfefferkuchenvolk vom Küchenschrank heruntergepurzelt kommen und sie vernichten. Sie sah sich als einen Klumpen am

Boden liegen. Der zerbröckeln würde und zu Staub werden, falls jemand sie anrührte.
Zwischendurch bekam sie Lust, Ingrids Wange zu streicheln. Weil sie das Pech hatte zu existieren. Aber sie hatte das Essen zubereitet und die letzten Vorbereitungen für Weihnachten getroffen. Sie war die Jungfrau Maria auf Elisifs Bild über der Kommode. Sie hielt sie alle auf eine praktische und vertrauenswürdige Art im Schoß. Aber sie hatte die ganze Zeit den Blick nach innen gerichtet, als ob sie etwas sähe, was sie mit keinem teilen wollte. Und die Hand auf dem Kind war so abwesend, als ob sie nicht ahnte, daß sie etwas Lebendiges im Schoß hielt.
Ingrids Jesuskind... das Probleme schuf und rote Augen, so daß sie es unten im Schoß halten mußte, um seinem Anblick zu entgehen. Woran dachte sie, diese Ingrid? Dachte sie an ihn, der draußen auf dem Meer mit einem Frachtschiff fuhr oder in der Kneipe saß und den Kopf schwer auf die Tischplatte legte? Er war auch ihr Jesuskind.
Nach dem Essen nahm Simon die Bibel zur Hand. Er las das Weihnachtsevangelium mit der Stimme eines Jungen. Zitternd, wie einer, der im Stimmwechsel ist und vom Pfarrer in der Kirche abgehört wird. Er sah nicht auf. Begegnete ihren Blicken nicht. Er war aschgrau im Gesicht. Alles war für Simon zusammengebrochen.
Rakel war nicht da.
Ob sie vielleicht aus dem Heft vorlesen sollte? Ob sie die anderen dann dazu brachte, sie richtig zu sehen?

Nur ein einziges Mal. Warum sahen die anderen sie nicht? Sollte sie sie trotzdem erschrecken, damit sie sahen?

Es war beim Kaffee. Sie wollten gerade anfangen, die Geschenke zu verteilen. Da klopfte es hart an die Küchentür. Einmal. Als ob die Schneeschaufel umgefallen wäre.
Simon stand auf und ging in die Küche. Ingrid wurde unruhig. Ihre Hände spielten mit dem Gürtel. Die Katze ringelte den Schwanz um sich und spitzte die Ohren zur Tür hin. War auf der Hut.
Sie wußte nicht, was sie in der Türöffnung erwartete. Wahrscheinlich wußte sie bereits durch Ingrids unruhige Hände, was sie zu Gesicht bekommen würde.
Alles löste sich auf. Die weißen Kerzen in dem fünfarmigen Leuchter flackerten, als Simon die Windfangtür hinter ihm schloß.
Jetzt waren sie eingeschlossen. Alle vier. Miteinander.

Er war sauber und ordentlich. Rasiert. Der Anzug war neu. Die Augen waren groß und unsicher. Er sah von einem zum anderen. Nahm sich Zeit. Als ob ihm nur die Zeit zugemessen wäre, in der er ihnen in die Augen sah.
»Du!« sagte Ingrid und erhob sich halb aus ihrem Sessel.
»Willkommen!« sagte Simon mit matter Stimme.

»Du bist das Jesuskind«, murmelte Tora und grinste den Mann bei der Tür an.
Es wurde still. Die Katze gähnte. Die Wohnzimmeruhr schlug aus weiter Entfernung acht Schläge.
»Setz dich und feiere den Rest des Abends mit uns«, sagte Simon. Er nahm dem Mann die Schifferjacke ab, die auch neu war.
Henrik hatte unerwartet eine Fahrgelegenheit bekommen. Einer, der ein Boot besaß, wollte seine Freundin, die bei Dahl arbeitete, besuchen. Er hatte nicht vorgehabt, nach Bekkejordet zu kommen. Aber es war wohl ein wenig langweilig, wenn man nichts vorhatte. Er erklärte es ruhig und umständlich.
Tora hörte sie, als ob sie aus einer Milchkanne redeten. Zuerst glaubte sie, daß es die Stimmen wären, die sie die ganze Zeit traktierten. Aber das konnte ja nicht sein. Sie sah, daß die Münder, die Gesichtsmuskeln, die Hände sich bewegten. Vor allem sah sie Simons Hände unterhalb des allzu weißen Hemdes. Sein gequältes Gesicht. Einmal glaubte sie, daß sie ihn rief. Aber sie sah an ihren Gesichtern, daß sie den Ruf nicht gehört hatten. Und sie waren so fern wie der Mond über dem Stalldach.
Zwischen dem zarten Klirren von Rakels Goldrandtassen, der Multebeercreme, der Uhr, die schlug – hatte sie das Gefühl, daß es Sommer war und daß sie auf einer Felskuppe oben am Veten saß und die Beerenpflücker beobachtete, die sich den Preiselbeerhang hinaufmühten, ohne sie zu sehen. Sie saß ganz

versteckt und hörte Bruchstücke der Gespräche, ohne selbst gesehen zu werden. Das war beinahe beruhigend.

Sie hatten keine Geschenke für Henrik. Simon holte eine extra gute Zigarre und bot sie ihm als Trostpflaster an. Er bot ihm auch Pökelfleisch an. Aber Henrik hatte genug mit Kaffee und Kuchen.

Simon wollte, daß Tora die Weihnachtsgeschenke verteilte. Aber sie sah nicht auf, als er sie fragte. Antwortete nicht. Da teilte er sie selbst aus. Verstand, daß er das Beste aus dem Abend machen mußte, wenn es richtig Weihnachten sein sollte.

Tora bekam von Simon ein weinrotes Kofferradio, Marke Kurér. Ingrid war entsetzt – und sagte, daß das viel zuviel sei. Tora schaltete es ein, ohne gedankt zu haben. Es gab nur knackende Geräusche von sich, so daß sie es sofort wieder abstellte.

»Willste dich nicht bedanken?« sagte Ingrid beinahe böse.

»Danke!«

Tora war so beschämt. Sie suchte Simons Hand und hätte sich am liebsten in ein Mauseloch verkrochen.

»Nichts zu danken«, sagte Simon, aber er hatte doch wenigstens eine Umarmung und ein frohes Gesicht erwartet.

Als Ingrid die Fotografie des Mannes Wilhelm aus dem Papier mit dem sich rankenden Christdorn auswickelte, war sie nicht vorbereitet. Hatte wohl geglaubt, daß mit Bildern und derartigen Dingen für

diesen Tag Schluß sei. Sie versuchte sie wegzustekken, aber die Männer reckten die Hälse und wollten sehen, was sie bekommen hatte.
»Wer ist das?« fragte Henrik und zündete sich die Zigarre an.
Der Weihnachtsbaum leuchtete mit den kleinen, gedrehten Kerzen, die Luma hießen, und Ingrid wurde blutrot.
Schließlich besann Tora sich. Sie beugte sich zu Ingrid vor, nahm das Bild und hielt es für die anderen hoch.
»Das ist Toras Vater!« sagte sie triumphierend.
Simon wünschte, daß dieser Abend zu Ende wäre.
»Wo kommt das her?« fragte Henrik mit angespannter Stimme.
»Vom Himmel«, kicherte Tora.
»Red keinen Unsinn, Tora«, sagte Ingrid streng und wickelte das Bild wieder ein.
Tora spürte, daß sie hätte den Tisch umwerfen können. Die Fensterscheiben einschlagen. Ihre Faust in das Gesicht von irgendeinem plazieren.
»Das ist ’n Bild, das ich liegen hatte und das Tora bekommen hat«, erklärte Ingrid und sah mit leerem Blick in den Raum.
»Und jetzt will sie mir wohl eine Vergrößerung zurückgeben, nicht wahr?«
Ingrids Mut war makellos. Sie lehnte sich müde in ihrem Sessel zurück und wartete.
Simon wartete auch.
Aber von Henrik kam kein Laut. Simon überlegte,

ob es daran lag, daß er in Bekkejordet war. Oder ob es an dem lag, worüber die Leute jetzt redeten: daß Henrik seit dem Tag, an dem ihm Rakel aus der Hand glitt, beinahe religiös geworden war.
Simon glaubte, daß das Schlimmste abgewendet war, als Tora auf einmal Ingrid ansah und rachsüchtig fragte:
»Willste dich nicht bedanken?«
Er hatte die größte Lust, über die Schlagfertigkeit des Mädchens zu lachen. Aber mit dem Lachen war es in Bekkejordet jetzt wohl für immer vorbei.
Ingrid starrte Tora an, die zurückstarrte. Es war eine Art Krieg.
»Vielen Dank«, sagte Ingrid endlich.
Da lachte Tora laut und böse.

Es wurde nichts Vernünftiges mehr aus dem Gespräch, und die Kerzen waren fast niedergebrannt. Bald darauf wollte Ingrid noch zu guter Letzt spülen. Dann würden sie gehen. Es sei spät geworden, sagte sie.
Simon meinte, daß es unsinnig sei, in die kalten Räume im Tausendheim zurückzugehen, wenn Bekkejordet ein ganzes Heer beherbergen könne.
Tora bekam plötzlich keine Luft mehr. Aber sie hielt den Körper ruhig im Sessel. Es würde sich schon regeln.
Aber Simon und Ingrid gingen ins Dachgeschoß, um die elektrische Heizung anzumachen und das Bettzeug herauszusuchen.

Sie hängte die Augen auf ihre Rücken, als sie in den Flur hinaus verschwanden. Machte sich schwer wie Blei, um sie dahin zu bringen, daß sie es sich anders überlegten. Aber sie schlossen die Tür.
Da erkannte sie, daß sie nur sich selbst hatte. Rakel war woandershin gegangen. Sie hatte versagt. Die Stimmen waren auch nicht da.
Er war da!
Sie kam aus dem Sessel hoch, ging in den Flur und schrie die Treppe hinauf, daß es in dem alten, gemütlichen Haus widerhallte:
»Sie sollen nicht hier schlafen. Sie sollen zu sich nach Haus gehn! Hörste, Simon!«
Erst tat Simon so, als ob er Toras Benehmen für einen groben Scherz hielt. Aber Ingrid stand wie ein toter Baum im Flur und erklärte, daß sie nach Hause gehen würden. Je mehr Ingrid darauf bestand, desto wütender wurde Simon.
»Ich versteh' nicht, wie du so garstig sein kannst, Tora?« sagte er mutlos mit grauen Lippen.
Aber Tora schrie immer weiter, bis ihre Stimme nur noch ein Fauchen aus der Kehle war:
»Sie sollen gehn! Ich will nicht, daß sie hier schlafen!«
Sie war ein fanatischer Fußballpatriot, der mit flammenden Augen und Schaum in den Mundwinkeln für den Sieg seiner Mannschaft schrie.
Da hob Simon die Hand und schlug ihr ins Gesicht.
Noch brannten die Kerzen im Messingleuchter. Aber es würde nicht mehr lange dauern.

Ingrid sah so aus, als ob sie lange verprügelt worden wäre. Sie war nicht mehr die Jungfrau Maria. Henrik war sichtlich beleidigt. Er hatte sich doch den ganzen Abend wie ein ordentlicher Mensch aufgeführt und nahm an der Aufregung nicht teil. Simon holte schließlich seine Schaffelljacke und die Schiffermütze, um sie nach Hause zu fahren.

41

Die Weihnachtstage gingen irgendwie herum. Rakel kam nicht zurück, und die Stimmen waren nur da, wenn sie allein war. Sie zog mit ihrem Federbett in die Dachstube, damit Simon sie nicht so in der Nähe zu haben brauchte. Im übrigen achtete sie darauf, so neutral wie möglich zu sein. Sie schrieb in ihrem Heft.

Einmal sah Simon sie mit seinem alten Blick an und fragte sie, warum sie am Weihnachtsabend so ein Theater gemacht habe.

»Es ist quälend, solche Leute zu Besuch zu haben.«

»Was haben sie dir getan? Warum biste so?«

»Nichts. Überhaupt nichts.«

»Irgendwas muß es doch sein. Ist es der Henrik, dessen Anblick du nicht erträgst?«

»Sie gehören zusammen«, sagte sie und schlüpfte aus dem Raum, ehe er noch mehr fragen konnte.

»Ich kenn' dich nicht wieder«, rief er ihr nach.
»Das weiß ich«, antwortete sie kaum hörbar.

Sol war gekommen. Sie hatte ein rotes Jäckchenkleid an und einen neuen Mantel.
Tora und sie gingen spazieren. Sol hatte sich daran gewöhnt, spazierenzugehen, erzählte sie. Es ergab sich so, wenn man in einer Stadt wohnte.
Für Tora war es wie ein Aufschub, Sols Erzählungen, ihren Beschreibungen von den Menschen, die sie getroffen hatte, von den Festen, auf denen sie gewesen war, zuzuhören.
Sols Stimme legte sich um sie – weich und sicher. Sie hatte in Oslo *Vom Winde verweht* gesehen. Tora hätte Clark Gable erleben sollen! Er war schön! Und Vivien Leigh! Die schöne Dame, die die Menschen immer dazu brachte, das zu tun, was sie wollte. Sol glaubte, daß sie böse war. Wirklich *böse*! Obwohl sie die Hauptperson im Film war. Das sei seltsam, meinte sie, denn sonst seien die Hauptpersonen immer gut.
Tora fand großen Trost in den Spaziergängen mit Sol und in ihren Erzählungen.
Ihr selbst ging es so, daß ihr die Worte, die sie sagen wollte, im Mund erstarben.
Weder die Stimmen noch die Pfefferkuchenleute wagten sich hervor, wenn Sol da war.
Elisif hatte Sol zu Ehren einen spärlichen, kleinen Tannenbaum geschmückt. Das war neu. Denn Elisif hatte vor vielen Jahren herausgefunden, daß der

Weihnachtsbaum Götzendienst und Teufelswerk sei. Jetzt stand er trotzdem auf einem wackeligen Tisch in der Ecke. Eine dick zusammengefaltete Zeitungsseite war als Keil unter das eine Tischbein geschoben.
Die Girlanden sahen etwas zerrupft aus. Und den Stern hatte seit dem ersten Weihnachtstag keiner mehr gesehen. Aber der Baum war schön. Er ergänzte die Familie und hatte seinen Platz gefunden. Hatte nichts dagegen, ein Bindeglied zwischen Gottesverehrung und Götzendienst zu sein. Er schien seine Rolle direkt zu lieben.

Sol bestimmte, daß Tora und sie nach Breiland fahren würden und dort Silvester feiern. Sie fegte Elisifs Proteste und Tränen und Vorwürfe beiseite und erklärte, daß Breiland auf dem Weg nach Oslo liege und es einfach für sie sei, von dort zu starten. Außerdem sei es jetzt eng in den Räumen, wo sie einen Weihnachtsbaum und andere Dinge bekommen hätten. Sie streichelte ihnen allen die Wange und ermahnte sie lachend, ihretwegen nicht zu weinen, denn sie hätte sie doch alle gern. Tora war immer wieder erstaunt, wie schnell Sol alle Dinge nach ihren Wünschen regelte.
Ingrid tat so, als ob sie den Weihnachtsabend vergessen hätte, als Tora hereinkam, um ganz kurz zu sagen, daß sie fahre.
Sie sah beinahe froh aus, während sie ihr die Hand reichte und gute Reise wünschte.

Henrik war weggegangen, aber sie würde ihm Grüße ausrichten.
Tora schaffte es, die Worte einzuschließen. Drückte nur die ausgestreckte Hand. Es war unbedingt notwendig, sie fest zu drücken, denn es war das einzige, was sie tun konnte.
»Du kannst ja nach Berlin schreiben, wenn du willst«, sagte Ingrid versöhnlich, ohne Einleitung oder Schluß.
Tora drückte die Hand, die zwischen ihnen in der Luft hing.

Simon fuhr Sol und Tora zum Kai und sah erleichtert aus. Er war grau und gebeugt.
Rakel blieb unsichtbar. Sie wollte sich nicht zu ihren Kleidern bekennen. Tora füllte sie aus, so gut sie konnte.
»Ja, ja, das war's«, sagte Sol, als sie mit dem Linienschiff zum Fjord hinausfuhren. »Jetzt kannste tanzen gehn. Niemand in Breiland erinnert sich dran, daß die Rakel tot ist. In großen Städten nehmen sie's nicht so genau mit der Trauerzeit.«
Sie sagte es mit dem gleichen erleichterten Seufzer, mit dem sie den Kofferdeckel zugemacht und den Koffer abgeschlossen hatte.
Tora saß mit offenem Mund da. Die Worte waren unglaublich, aber ehrlich.
Es schlingerte ganz heftig an diesem Tag. Der Winter hatte das Meer im Griff, und die Tage waren sozusagen nicht mehr da. Sie hatte Jon vergessen. Bis Sol sie

daran erinnerte, daß sie ihn anrufen mußte, damit sie ihn bei dem Tanzvergnügen dabeihatten. Vielleicht hatte er noch einen netten Kameraden.
Sie benutzte das Telefon im Flur bei Bergs und wählte die Nummer. Jons Mutter hob ab und war kühl wie ein Wäschestück, das man gerade von der Leine geholt hat und das die Nachtfeuchtigkeit in vollem Umfang mitbekommen hat.
Jon war schrecklich froh, daß sie wieder da war. Weniger froh, als er hörte, daß sie in Begleitung einer Freundin war. Aber zum Tanzen würden sie gehen.
Er traf sich mit ihnen im Café, mit gebügelten Hosen und Pomadenhaaren. Tora erkannte ihn bis zu einem gewissen Grad wieder, doch er war ihr nicht nahe. Sie konnte nicht mit ihm reden. Ihn anfassen. Trotzdem tat sie es.
Sie tanzten. Aber sie fühlte sich die ganze Zeit müde und seekrank. Schließlich trank sie einen Schluck aus einem Glas, von dem sie nicht wußte, was drin war. Es machte sie warm und schwer in seinen Armen, und sie brauchte ihn nicht mehr deutlich zu sehen. Es wurde alles viel besser. Sie bekam in der Pause das ganze Glas für sich allein.
Sol fand schnell jemanden zum Tanzen. Das heißt: Sie ließ sich finden. Sorgte dafür, zur Stelle zu sein, als der Richtige vorbeiging. Einfache, wendige Regeln, nach denen Sol spielen konnte.
Die Feuerwerkskörper waren gen Himmel gefahren, alle hatten einander umarmt und sich ein gutes neues Jahr gewünscht, und die Stunden hatten sich wie

Zuckerlösung auf sie gelegt, klebrig und zu süß. Da kam Sol und flüsterte, daß sie mit einem, den sie kennengelernt hatte, heimgehen würde und daß Tora nicht auf sie warten solle.
Tora fühlte eine gewisse Trauer, wie damals, als sie klein war und Sol anfing zu groß zu werden, um mit ihr zu spielen. Sie wollte protestieren, aber es fiel ihr ein, daß man gegen das, wozu Sol sich entschlossen hatte, nicht protestieren konnte.
Hatte sie sich darauf gefreut, zusammen mit Sol in ihr Zimmer zu kommen? Die Treppe heraufschleichend, noch die Wärme vom Tanzen im Körper? Kichernd, wie in alten Tagen, wenn sie Geheimnisse hatten und auf dem Klo im Hof des Tausendheims saßen und flüsterten, bis jemand kam und klopfte. Aber Sol hatte andere Dinge vor. Genau wie Rakel. Versinken.
»Komm ans Kai, wenn das Schiff abgeht, damit ich dir auf Wiedersehen sagen kann«, flüsterte Sol.
Und Tora nickte. In ihrem Kopf drehte es sich. Die Türen standen gegen eine weiße funkelnde Welt auf. Die eine oder andere verspätete Rakete zischte über den Himmel und warf ihre falschen Sterne herunter, ohne zu treffen.
Sie leerte ihr Glas und glaubte, daß sie irgend etwas sagte.

Sie lag unter der Bettlampe. Das Licht war grell wie beim Zahnarzt. Er hatte es eilig, ihr die Kleider auszuziehen. Zuletzt lag sie nackt auf dem Bett und hatte ein gewaltiges Nordlicht über sich. Er riß sich auch die Kleider vom Leib und kam in dem Nordlicht zu ihr. Aber sie erkannte ihn nicht. Es wogte drohend, und der kühle Raum drängte sich ihr in die Poren.

Er hatte große, dunkle Augen, mit denen er sie zu wecken versuchte. Sie lag nur still da und sah ihn an. Den ganzen Mann. Als ob sie sich jede Bewegung einprägen wollte.

Als seine Hände sie auftauen wollten, wurde sie ein kantiger Stein unter ihm.

Immer wieder versuchte er, in sie hineinzukommen. Aber sie hatte keine Öffnung. Denn sie war Tora. Er fand nichts. Er setzte sich auf die Bettkante und zündete sich eine Zigarette an und wollte mit ihr reden. Aber sie antwortete nicht auf das, was er fragte, denn sie verstand nicht, was er sagte. Schließlich konstatierte er hart:

»Du bist voll!«

Da geschah es: Es wurde ihr klar, daß sie Henrik war. Und daß Henrik in den Glasscherben auf dem Fußboden im Tausendheim saß und weinte, weil er sich geschnitten hatte. Denn Henrik und sie waren der gleiche Mensch.

42

Sie merkte sofort, als sie aufwachte, daß ihr jemand die Haut abgezogen hatte, während sie schlief. Jede Bewegung mit dem Kopf tat weh. Der Körper näßte. Sie hatte unerträglichen Durst.

Sie erinnerte sich nicht, daß Jon gegangen war. Dagegen erinnerte sie sich, daß sie vergessen hatte, das Radio von der Insel mitzunehmen. Ein weinrotes Kurér-Kofferradio mit vier elfenbeinweißen Knöpfen und dem Globus, der den Sucher feststellte. Das Radio hatte einen wunderbaren Klang, den sie nicht gehört hatte, weil *er* nach Bekkejordet gekommen war. Später hatte sie es wahrhaftig vergessen. Die zwei Zeilen mit der Berliner Adresse auch. Sie vermißte beides, nachdem sie ein großes Glas Wasser getrunken hatte.

Sie hätte das Radio nicht eingeschaltet. Nein, das würde zuviel Lärm geben. Sie hätte es auf den Tisch gestellt und die Hand darauf gelegt.

Als der Schnelldampfer am ersten Tag im neuen Jahr vom Kai ablegte, spielte das Breiland-Schulorchester in den roten und blauen Uniformen. Es klang unsauber und nackt über den flauschigen Fjord. Wie ein Jammern.

Sol schwatzte mit einem jungen Mann vorne bei der Landungsbrücke, und es fiel ihr schwer, sich loszureißen, so daß Tora nicht zu ihr ging. Sol hatte sie

wohl vergessen, so wie sie selbst das Radio vergessen hatte. Es war nicht böse gemeint. Manchmal fügte es sich so, daß man vergessen mußte.
Rakel hatte sie auch vergessen. Da war wenig dran zu ändern.
Aber Sol hielt Ausschau nach Tora. Es war nicht einfach, sie zu entdecken, denn an einem solchen Tag fanden viele den Weg zum Kai. Sie gab ihrem zufälligen Freund einen extra nassen Kuß und ging an Bord. Hatte bereits eine Menge aus ihrer Reise nach Süden herausgeholt. Und sie würde noch mit den Leuten auf dem Schnelldampfer bis Trondheim schwatzen und im Zug bis Oslo. Die Nacht war immer neu. Wie eine übermütige Neujahrsrakete, die sie die düsteren, ekligen Werktage vergessen ließ. Von denen sie Tora nichts erzählt hatte. Die man am besten begrub, sobald sie verbraucht waren. Sie stand an Deck und schaute nach Tora aus, bis das Land im Schneetreiben verschwand.
Tora dachte daran, Jon anzurufen, aber sie hatte das Gefühl, daß er einige Lichtjahre entfernt war. Glitt immer weiter fort. Folgte gleichsam dem Schnelldampfer zum Fjord hinaus. Sie hatte ja keine Öffnungen mehr. Nichts. Sie war niemand in Rakels Kleidern. Sie wünschte beinahe, die Pfefferkuchenleute kämen, so daß sie sich fürchtete und somit fühlte, daß sie noch lebte. Aber sie kamen nicht. Sie hatten Simon dazu gebracht, daß er sie schlug, damit sie begriff, wie wenig sie wert war. Simon, der sonst nie schlug.

»Es war nicht richtig von mir, daß ich dir eine runtergehaun hab'«, hatte er gesagt.
»Haste mir eine runtergehaun?« hatte sie gefragt. Sie wußte, daß er es nur gesagt hatte, um vor sich selbst bestehen zu können.

Die beiden hohen Fenster schauten gütig auf sie herab, obwohl sie dunkel waren. Das ganze Haus nahm sie an, auch wenn sie mehrmals klingeln mußte, bis Frau Karlsen kam, um zu öffnen. Sie schien erschrocken, redete schnell und sagte zweimal »Prost Neujahr«. Sie war ungekämmt und sah nach alter, verwelkter Einsamkeit aus. Und Tora spürte, wie Frau Karlsen sie in die Räume hineinsaugte.
Sie kochte Kaffee und brachte ein paar Schmalzringe, die sie in der Bäckerei gekauft hatte.
Tora erwähnte, daß sie einen Holzlöffel und eine Strickdecke in ihrem Zimmer vergessen hatte.
Frau Karlsen starrte sie zuerst an, dann hielt sie inne und kaute weiter. Natürlich solle Tora die Strickdecke zurückbekommen und den Holzlöffel! Es wohne jetzt niemand mehr da oben. Sie vermiete das Zimmer nicht mehr. Sie habe ja noch die Miete von dem Mann, der in dem Zimmer gegenüber im Flur wohne und der nie zu Hause sei.
Sie sagte nichts davon, daß es ein sonderbarer Tag war, um vergessene Dinge zu holen. War nur erregt und teilnahmsvoll. Wie damals, als sie alles für die Beerdigung richtete, dachte Tora.
Frau Karlsen fiel es plötzlich ein, daß sie im Sommer

in der Zeitung über Tora gelesen hatte. Das sei ja großartig. Großartig! Sie habe es ausgeschnitten. Tora solle den Ausschnitt mitnehmen, falls sie ihn nicht habe. Sie eilte zu einer Schublade und holte eine alte Zeitungsseite, die bereits anfing zu vergilben. Breitete sie auf dem Tisch aus.
Sie erzählte, daß alle in der Bank davon gesprochen hätten, daß Tora so gute Noten bekommen habe. Es sei ein phantastisches Geschenk, einen so klugen Kopf zu haben. Ja, sie würde wohl etwas Großes werden. Etwas richtig Großes...
Sie sah Tora hingerissen an.
»Kinderleiche in einer Plastiktüte gefunden!... Mord!«
Das steht da noch, dachte Tora. Es wurde schrecklich still rund um alle Möbel.

Der Schneewall ist nicht so hoch, wie sie ihn in Erinnerung hat. Sie nimmt sich nicht die Zeit, auf alles zu schauen, was überall heraussticht, als sie sich dem Müllplatz nähert. Klettert über den Wall und geht am Müllplatz vorbei.
Der Friedhof ist beinahe freundlich. Der Schnee ist ins Meer geblasen worden, weit draußen an der Landspitze. Die Leiter hängt an der Schuppenwand. Aber es gibt keine offenen Gräber, und der Weg zum Friedhof ist nicht geräumt. Man kommt nur schwer voran in dem matschigen Schnee, aber es geht.
Dann springt sie endlich von Stein zu Stein, am Strand entlang, bis sie beginnt hochzusteigen. Mit

losem Schal und offenem Anorak. Ist froh über die Stretchhose und die Wollsocken.
Die Luft ist still, hat nur einen sanften Zug vom Meer her. Wie eine Liebkosung.
Dann ist sie da! Packt die Strickdecke und den Holzlöffel aus dem Leinensack aus und bleibt einen Augenblick sitzen, um auf die Steine über dem Grab zu schauen.
Sie scheinen immer da gelegen zu haben. Aber sie wird es schaffen, sie wegzuwälzen. Sie hat es ja auch vorher geschafft. Gestern? Vor langer Zeit?
Während sie an dem größten Stein rüttelt, der es für gut befand, an der Unterlage festzufrieren, merkt sie, daß sie Hilfe bekommt. Gute Hilfe.
Rakel steht da!
Sie spürt ihren Atem im Gesicht.
»Ich wußte, daß du ihn mitnehmen willst, wenn du fährst«, sagt Rakel mit einem Lächeln, das zu einer Grimasse wird, weil sie so fest anpackt.
»Ja«, sagt Tora jubelnd und packt auch fest an.
»Haste das Heft und den Federhalter mit?«
»Ja, und das Bild vom Papa, damit sie mich erkennen, wenn ich komm'.«
Rakel gluckst.
Tora kann sich nicht dazu entschließen, ihr Vorwürfe zu machen, daß sie so lange fort war. Sie ist so unendlich froh, sie zu sehen. Froh, weil Rakel froh ist.
»Ich hab' lang auf dich gewartet. Hab' geglaubt, du kommst überhaupt nicht mehr«, sagt Rakel, während der letzte Stein wegrollt.

»Ich wußte nicht, daß du hier gewartet hast.«
»Wo in aller Welt sollte ich sonst sein?« fragt sie sanft. Sieht verstohlen zu Tora und fängt an, mit den bloßen Händen zu graben.
»Nein, mach dich nicht schmutzig, ich hab' den Holzlöffel mit, verstehste.«
»Es war gut, daß du soviel Verstand hattest, den Stein drüberzuwälzen, sonst hätt' es sehr tief gefroren.«
»Hörste was?« fragt Rakel nach einer Weile.
»Ein klitzekleines, fröhliches Zwitschern«, lacht Tora.
»Wir haben ihn bald in der Hand. Vögel soll man nicht vergraben. Sie sollen fliegen. Daran haste nicht gedacht, Tora.«
»Nein.«
»Das macht nichts. Wir nehmen ihn mit, wenn wir nach Berlin fahren. Das hier ist kein Ort für uns. Das weißte ja.«
»Wie werden wir hier wegkommen?«
Rakel hört auf zu graben und lacht erstaunt, während sie eine Atempause macht. Dann stupst sie Tora in die Seite. Die Haare stehen wie ein Glorienschein gegen den zerbrechlichen Himmel. Wie eine Sonne.
»Wir nehmen den Schnelldampfer. Und den Zug. Wir fahren Tag und Nacht, bis wir da sind.«
»Wie sollen wir uns zurechtfinden, Tante?«
»Du fragst so dumm, daß ich dich keiner Antwort würdige. Du wirst schon sehn!«
»Es gibt einen runden Turm. Ich hab' ihn in einem

Buch gesehn, weißte. Ein großer, runder Turm mit einer Uhr und sehr vielen Fenstern. In der Kuppel ist ein rundes Fenster mit einer Krone drüber. Beinah wie im Himmel. Und ganz oben steht eine schöne, nackte Dame, die auf einem Fuß balanciert und einen Vogelflügel hält. Es sieht so aus, als ob sie fliegen wollte. Sie besitzt sich und die ganze Welt.«

»Da hast du's. Du weißt ja, wie alles ist. Wir müssen nur den hier mitnehmen, dann fahren wir«, sagt Rakel zufrieden.

Sie graben, ohne etwas zu sagen. Aber Tora sieht, daß es viel zu langsam geht.

»Ich glaub', er ist doch erfroren, Tante.«

»Immer mit der Ruhe, es taut wohl, bis der Schnelldampfer kommt. Ich setz' mich hierher und wärm' den Boden – dann geht's schneller.«

Rakel breitet die Strickdecke in der Mulde, in der vorher die Steine gelegen haben, aus und setzt sich. Tora setzt sich dicht zu ihr.

»Es ist ein Tor vor dem Turm, Tante.«

»Wie sieht's aus?«

»Es hat viele gold'ne Schnörkel drauf. Und auf jeder Seite steht ein Mann mit Schwert und Schild Wache. Aber es ist nur wegen des Aussehens. Denn es ist kein Krieg mehr.«

»Da gehn wir einfach rein und schaun uns um. Was sehn wir noch?«

»Grüne Wiesen und Blumen. Große Bäume mit Vögeln.«

»Sollen wir uns auf die Treppe setzen und alle Leute beobachten, die vorbeigehn?«

»Tante! Fühl mal die Wand hier – die gelben Steine.«
»Die gelben Steine?«
»Aus denen das Haus gebaut ist, was sonst?«
»O ja, fühl mal hier – die Sonne hat sie gewärmt. Sind sie deshalb gelb?«
»Nein, Tante, du bist dumm!« lacht sie.

Der Schnee und die Dunkelheit legen sich nach und nach wohlig um Tora. Es ist unendlich still. Nur ein winzig kleines Tönen ist in der Luft.
»Wie sollen wir wissen, wann das Schiff kommt, Tante?«
»Wir sehen die Lichter, Tora. Eine Unmenge Licht.«

Knaur

Ein erschütternder Roman über die Folgen von Vergewaltigung und sexuellem Mißbrauch auf das Leben eines Mädchens.
Für diesen Roman hat die Autorin den Literatur-Preis des Nordischen Rates erhalten.
384 S. [8075]

Anne ist tot. Sie hat Selbstmord begangen. In einem Brief versucht ihre Freundin Cass, den Gründen für ihren Tod auf die Spur zu kommen. Ein sensibler Roman über zwei Frauen auf der Suche nach dem eigenen Ich.
176 S. [8047]

Rosamund ist schwanger! Dabei hatte sie so große Pläne. Sie bringt das Kind zur Welt und schließt das Studium trotz aller Widrigkeiten mit einer Doktorarbeit ab. Auf ihrem Weg lernt sie eine Welt kennen, die ihr bisher verschlossen war: die Welt der Mütter... 288 S. [8068]

Chrissie und Margaret sind Freundinnen und leben in einer heruntergekommenen Straße in San Francisco. Das Ungewöhnliche: sie sind bescheidene alte Damen – aber alles andere als friedlich und still! Mit Mut und Engagement kämpfen sie für ein angenehmes Leben im Alter.
288 S. [8052]

Die Sklaventochter Tituba erwirbt sich auf der Karibikinsel Barbados den Ruf, eine Hexe zu sein. Sie heiratet und wird mit ihrem Mann zusammen an den Pastor Samuel Parris verkauft. Der bringt die beiden in das Dorf Salem. Hier nun wird eine Massenhysterie entfesselt...
352 S. [8074]

Nach einem längeren Aufenthalt in Paris kommt Sarah nach England zurück, um an der Hochzeit ihrer Schwester teilzunehmen. Sarah kann sich noch gut erinnern, daß ihre Schwester immer attraktiver und anziehender wirkte als sie selber. Doch nun gelingt es ihr, sich von ihrer Schwester freizumachen... 288 S. [8073]

FrauenBücher

Knaur

Essen als Strafe

»Ich hatte die Antwort auf all meine Probleme entdeckt. Ich konnte essen, was ich wollte, ohne zuzunehmen und es gab eine einfache Lösung, falls ich wieder zuviel essen sollte. Damals begriff ich nicht, daß ich das erste Glied einer endlosen Kette von Hungern, Fressen, Kotzen und Entleerung geschmiedet hatte.«

Louise Roche

Frauen & Literatur. Knaur-TB 8060

Ein Thema, das Hunderttausende von Frauen betrifft - ein Buch, das Solidarität und Hilfe bietet.